时运

长篇社会小说【第一季】

刘春来◎著

中国青年出版社

（京）新登字083号

图书在版编目（CIP）数据

时运. 第1季/刘春来著. —北京：中国青年出版社，2009

ISBN 978-7-5006-8150-2

Ⅰ.时... Ⅱ.刘... Ⅲ.长篇小说–中国–当代 Ⅳ.I247.5

中国版本图书馆CIP数据核字（2008）第205170号

责任编辑　曾玉立
装帧设计　白乃婷工作室
出版发行　中国青年出版社
社　址　北京东四十二条21号（邮编100708）
网　址　www.cyp.com.cn
营销部　010–84039659
编辑部　010–64010309
印　刷　三河市君旺印装厂印刷
经　销　新华书店
规　格　700×1000　1/16
印　张　17.25
插　页　2
字　数　260千字
版　次　2009年1月北京第1版
印　次　2009年1月河北第1次印刷
印　数　1–10000册
定　价　29.00元

本图书如有印装质量问题,请凭购书发票与质检部联系调换　联系电话：(010)84047104

天壤之别的两个时代，西方人或许要经历两百年才能感受到，中国人只用三十年就感受到了。

我就是许许多多中国人中间的一个。

龙鳞城当然就是我所生活的那个小城了，我从没有向她宣过誓，但我确实是热爱她。我看见十五里麻石街悄然消逝，一座现代新城不知不觉慢慢就形成了。我们是怎样走过这个过程的？我们曾经有过多少困惑，又有过多少感动？我们在这个过程中失去了一些什么，又得到了一些什么？

现在，我把我们所经历过的那些事记录下来，借用这部小说。

——作者感言

目　录

1

车匪路霸

时
运

贾胜利盘着两条瘦腿,坐在公路边的一棵大枫树下拼命地吸烟。他阴沉着一双眼睛,下定决心要做一回车匪路霸。

一个农民在公路对面的排水沟里埋头割牛草,时不时抬起头来,用警惕的眼光看他一眼。贾胜利穿的是一件很破很破的假军装,头发故意留得很长。割草的农民一看就知道,这就是一个城里下放来的街痞子嘛,他们都是这样一个流里流气的打扮。自从猫公岭上有了那一个知青点后,山下的农民就时常丢失鸡,丢失狗,西瓜成熟的时候还丢失西瓜了。隔大枫树不远刚好就是一个桔园,现在正是桔子成熟的时候。这一个街痞子又在动什么鬼心思呢?割草的农民一边割草,一边心里想:要不要给桔园的主人打一个招呼呵?贾胜利被那个农民警惕的眼光弄得心里烦躁死了,他拾起一个小土块掷过去,恶心恶气地喊道,看什么看什么? 我难道是一个贼么?

贾胜利正义在胸。

贾胜利当然不是贼,他是按照毛主席的指示下放农村,到广阔天地来大有作为的。毛主席他老人家向全国人民反复讲了的呢,知识青年到农村去很有必要,农村的同志应当欢迎他们去。割草的农民当然也知道有这一条最高指示,他惹不起,好在躲得起。他挪了一个地方,挪到远一点的地方继续割他的牛草。

贾胜利维护了自己的尊严之后,这才抬起头来举一双眼睛乱看山景。山里很幽静,景色确实很好。普山普岭枫树的叶子都像是在大出血,放眼看过去,真的是层林尽染万山红遍。红的是枫树,绿的就是竹林了。一只竹鸡婆躲在竹林深处在死命地叫喊:痛痛痛,痛死我了,痛痛痛,痛死我了!竹鸡婆真的很奇怪,一个比拳头大不了好多的小东西,而且总是瘦骨伶仃的,下出蛋来却有半个鸡蛋大。贾胜利听知青点的饲养员说过,竹鸡婆一只蛋要下七天七夜,所以它下一只蛋,就要叫喊得全世界人民都知道。起风了,大枫树上不断有枯萎的叶子掉下来,很不礼貌地落到贾胜利的假军装上,落在他的长头发上,他也懒得去动一动。吸到第三根烟的时候,他看见一辆铁牛牌拖拉机猖狂地冒着黑烟,突突突地叫嚣着开过来了。他那一双阴沉的眼睛,这才一下子瞪得圆鼓鼓的牛卵子一样,浑身的肌肉也开始绷紧。

妈妈的,这么久了才来呵?

贾胜利丢掉烟蒂巴,站起来很愤怒地骂道。

他要爬车,急不可耐地要爬车。

他到黄金公社板凳形生产队去,去看他的女朋友谭丽丽。

时间是 1977 年秋天的一个中午,地点是龙鳞县铜鼓公社知青点山下简易公路的转弯处。这里叫猫公岭,下岭就是一个很陡的上坡。拖拉机开到这里,任怎么加速也是走不快的。山上知青点的人爬车,都是选在这个地方做车匪路霸。

贾胜利的心思,是新痞子撩发的。

刚才在知青点吃中饭的时候,新痞子埋头扒着扒着饭,突然就拍了一下自己的脑壳,好像刚睡醒的样子,说道:呵呵,贾哥贾哥,我差一点就忘记了,丽妹砣只怕又要"那个"了呢,要你到板凳形去一趟,而且要赶快去!新痞子说了就坏笑,呵呵呵,样子很轻薄。新痞子的牙齿有一点暴,他一坏笑,两颗门牙就更加暴露无遗了。贾胜利望着新痞子的暴牙齿,看见其中一颗上还很不文明地粘着一星菜叶子,就很恶毒地骂他道,你他妈的嚼血呵,暴起一个鬼牙齿!

知青点的人老是在背后议论,说贾胜利和谭丽丽已经"那个"了。谭丽丽和一个叫裴红红的妹子同住队屋,他们说只要贾胜利一去,裴红红就很自觉地腾地方,腾出地方来让他们不受干扰,好"那个"。有人就经常拿了这个事来和贾胜利调味口,半真半假的。新痞子就更不是东西了,调起这样的口味来想象力特别丰富。贾胜利曾经对他实行过镇压，但新痞子就是不长记性。这家伙早就破罐子破摔了，他犯过错误，犯过很严重的错误。去年伟大领袖毛主席逝世的时候，公社开万人追悼会，这家伙却在追悼会上嘻嘻哈哈，说现在没有人站在天安门挥手了，我们还怎么奋勇前进呵？这样的话讲得的？冤不冤又让公社的武装部长听见了，当场就抓了他一个现行。武装部长喝令他退出悼念队伍，跪在地上接受大家轮番批斗。他从那一天开始就破罐子破摔了，不要表现也不要前途。他现在不靠工分吃饭，他现在是游走四方到处偷鸡摸狗，到处败坏铜鼓公社知青点的荣誉。前天他回来了，一回来就请知青点所有的人吃板栗。贾胜利也吃了，贾胜利一吃就知道，这家伙这一向是游走到黄金公社去了。黄金公社正在收获板栗，黄金公社产的板栗特别粉，粉中带脆。龙鳞县其他公社产的板栗就不行了，咬开总是一泡渣。谭丽丽每年分的口粮里面，大约有三分之一是板栗。贾胜利吃板栗，已经有吃出真伪的水平了。那一天新痞子又调口味，贾胜利就不上他的当，还是不紧不慢吃自己的饭。贾胜利几天前打死了农科队的一条狗，刚刚给谭丽丽送了一腿狗肉过去。谭丽丽说他走得太勤密了，批评他也要注意一点影响。她说今后没什么事就不要经常来往，我们都要搞好表现呢，招工回城才是最重要的。谭丽丽最注意影响的了，会喊起要我去么？贾胜利想，你新痞子又调老子的口味了呵？我是一个宝呵？贾胜利不理新痞子，新痞子就发躁气了，他将饭钵子往桌子上一顿，大声地叫嚷道，我说利马虎，我在和你说话呢，你听见没有呵？你的耳朵打蚊子去了么？

　　知青点的饭桌子其实就是一块水泥预制板，只是两头搕了几块土砖。这一块预制板还是公社供销社的。公社供销社建屋，堆了一些建筑材料在河边上，知青们在河码头上运大粪，顺手牵羊将预制板抬到板车上，运回来就成了饭桌子了。预制板两边胡乱放着几块土砖，当时两个人都坐在土砖上，正好是面对着面，眼睛瞪眼睛。新痞子这个人有点神经质，情绪一激动，口水就从他那张臭嘴里飚出来，直接威胁着贾胜利菜碗的红薯汤。贾胜利赶紧一口喝完碗里的红薯汤，瞪着新痞子又吓唬他道：哪个是利马虎？利马虎是你这个鬼喊的么？你吵死呵，你是不是又想讨打了？

　　利马虎是贾胜利的小名，他不喜欢人家喊他这个小名，尤其是新痞子,就更没有这个资格了。

新痞子晓得自己讲话没有份量,就叹口气再喊贾哥。新痞子说,贾哥,我说的是真的呢。丽妹砣这一向守板栗园,我到板凳形征粮碰到她,她帮我望风还帮我摘了板栗呢。她千嘱咐万嘱咐,一定要我告诉你。她说若三天内不见到你,就是我的讯没有捎到,她就要追究我的责任。

新痞子这样一说,贾胜利就有些紧张了。

谭丽丽出事了么?

她能出什么事呢?

新痞子的人生哲学是活一天算一天,从不知道叹气的。他一叹气,说明事情就是真的了。

贾胜利丢下饭钵子,也不和哪个打个招呼,头也不回就下山了。

下山就蹲在公路边上等车。

谭丽丽的父亲在县一中教书,母亲是县剧团的演员。她父母亲的出身都有些讲不清的地方,所以谭丽丽从一懂事起,就老是看见他们向各自的组织上写历史经历,写思想汇报。她母亲戏演得好,字却写得鸡脚爪一样。母亲写历史经历写思想汇报怕组织上说她态度不好,写完了总要女儿帮她工工整整再抄一遍。看得多了,抄得多了,谭丽丽就晓得世道有多么险恶了,胆子就只有一粒碎米子那么大了。贾胜利和谭丽丽高中同学,谭丽丽被同学欺负,他总是跳将出来英雄救美。英雄救美救得几次后,谭丽丽刚刚有一点感动,贾胜利就对谭丽丽产生了狼子野心。谭丽丽的父亲戴一副深度近视眼镜,人称谭眼镜。谭眼镜本来是坚决反对女儿和贾胜利来往的,他认为贾胜利也不是好东西。但谭丽丽下乡之前他想来想去,还是用光了那个月的计划肉票,请贾胜利在家里吃了一餐饭。谭眼镜把红烧肥肉一筷子又一筷子挟到贾胜利的饭碗里,无可奈何地叹着气说,贾胜利,贾胜利同学呵,我家丽丽胆子小,走路都怕踩死蚂蚁,幸好还有你和她一起下放。谭眼镜这么一说,贾胜利就高兴得要死。贾胜利平常找谭丽丽,谭眼镜总是鼓眼暴睛,有一次还很严肃地说,贾胜利你是工人阶级的儿子,你根红苗正,你就不要经常来找我们家丽丽了,我们不想影响你呢。贾胜利晓得谭眼镜其实是看不起自己的,请自己吃饭是临时抱佛脚,但他还是很愿意做这个佛脚。他当时就坐正了表态说,谭老师你就放心好了,我今后一定把丽丽保护好。谭丽丽的妈妈姓傅,主要演女英雄,四十多岁的人了,还可以绑一条假辫子演《红灯记》里面的小铁梅,在舞台上举一个红灯尖起喉咙唱,说她打不尽豺狼决不下战场。可以演女英雄的傅老师在现实生活中就不是女英雄了,她听贾胜利这样一说,眼泪就泉水叮当流出来了。傅老师当时呜咽着说,也不是说我家丽丽就吃不得苦,主要是,主要是——。傅老师主要了好几回还是主要不出来,贾胜利就明白了:谭丽丽是女孩子,人又长得那么好,嫩豆腐一样,他父母是怕她吃那种讲不出来的暗亏。贾胜利不好涉及这样的问题,他只是笑了笑,握紧了拳头朝傅老师亮了一亮,表示他很有力量。可贾胜利没有想到,他们这批知青只是分在同一个区,名单一到区里就分开了。他分在铜鼓公社,谭丽丽分在了黄金公社。两个公社教育知识青年的方法各有千秋。铜鼓公社建了一个知青点,把知青们放在一起过集体生活。黄金公社没有建知青点,把下乡知青都分到生产队去了,去插队劳动,住就住在各自的队屋里。谭丽丽先是一个人住在板凳形生产队的队屋里,第二年裴红红来了,这才有了一个伴。板凳形生产队的队屋原来没有亮窗子,亮窗子还是贾胜利后来安上去的。贾胜利在知青点住了四年了,谭丽丽在队屋也住了四年了。贾胜利是人在曹营心在汉,自己的知青点就是倒了墙,他也不会去管一管,但要是板凳形生产队的队屋漏雨,他一定会几十里山路急行军赶了去,爬上屋顶将漏洞盖好了才回来。

枫叶还在红,竹鸡婆还在叫。那一天贾胜利蹲在公路边上老是想:谭丽丽到底遇到了什么困难呢?是不是屋顶又漏雨了呵?

这一向没有刮大风,应当不会漏雨。

想来想去,她只和她们队上的贫协主席有过一次冲突。

板凳形生产队的贫协主席是个骚脚猪。

这个骚脚猪,胆子也太大了一点。

去年年底裴红红回城里休探亲假去了,骚脚猪喝了一点烂红薯熬出来的七五寸,半夜里醉醺醺搞开了队屋的门,满嘴喷着酒气哄骗谭丽丽说,队上会有一个去楚阳二三四八的招工指标,我呢,我打算推荐你去。他还真的一样嘱咐谭丽丽说,丽妹砣你可不要告诉裴红红哪,我特地等她不在队上才开的贫协会,你呢,就不要辜负我的好意了呵。骚脚猪说着说着，一双老眼盯紧谭丽丽高高耸起的胸脯。知识青年招工参军是要过贫协这一关，但骚脚猪的智商也太低下了。贫协组织到生产队这一级其实就只是一个样子了，生产队的贫协主席一样靠挣工分吃饭。骚脚猪如果说队上会有一个县铁业社或是县氮肥厂的招工指标，谭丽丽或许还会相信。楚阳二三四八是什么厂？是军工厂，工人都穿军装只是不戴帽徽领章！他说队上会有一个军工厂的招工指标，那就谁都晓得是信口开河了。军工厂的招工指标一个县一年也没有几个，根本到不了生产队的。还没到大队，就被公社那几个干部狗抢屎吃一样早抢光了。各家有各家的地道，女知青如果不是家里后台特别硬，想得到这样的指标只有一条路走，那就是为公社干部英勇献身。而且英勇献身时还要认准对象，最好是公社的一二把手。骚脚猪，官场上你连蚂蚁子都不是的，你搞得到军工厂的招工指标到手呵？谭丽丽心里这样恶毒地骂道，当然不理骚脚猪。骚脚猪想动蛮的，她就打出了新痞子的招牌来了。谭丽丽躲避着说，主席你就不要乱来呵，我就告诉你算了，我男朋友是铜鼓公社的新痞子！

新痞子打群架敢拖一把铁齿钉耙上，还敢单选对方的脑毛顶上挖，他的狠毒早就在周围几个公社都出了名了。但骚脚猪酒已经喝下去了，那一刻已经性不由人了。他不想长远，只抓当前，还是要上，结果就撕破了谭丽丽刚上身的一条新罩裤。谭丽丽这时候不胆小了，她一翻身，就抓起了挂在壁上的一把镰刀。再后来，板凳形全生产队的人都说谭丽丽是个好角色了。他们说，这妹砣还真的看不出呵，平时怕踩死蚂蚁，关键时刻却是一个刘胡兰！谭丽丽那一回不但表现得很勇敢，还表现得很聪明。她抓起镰刀将贫协主席逼到墙角落，再返身打开队屋的门，就穿着那条烂罩裤，一口气跑到了公社。公社的干部让她和广播室的女广播员睡了一晚，第二天一早就派了一辆手扶拖拉机，再加上两个武装民兵，很隆重地送她回来了。武装民兵都是很年轻的后生子，他们讨好谭丽丽，一到板凳形就喝令贫协主席道：矮下去！老牛还想啃嫩草呵，这是毛主席亲自栽下的嫩草呢，你也敢啃！贫协主席开始还想狡辩，一个后生子朝他膝弯里踢了一脚，他就不再狡辩了，矮下去跪得规规正正。武装民兵把贫协主席捆成了一个肉粽子，手扶拖拉机打转身，就将这个肉粽子拖到公社去了。

贾胜利知道这个消息的时候，贫协主席已经被黄金公社送进了县知青办，县知青办又将贫协主席送进了县公安局。谭丽丽呢，也已经将她被撕烂的新罩裤补好了。但贾胜利暴跳如雷，还是咽不下这口气。他第一回和新痞子讲好话了，充分发挥新痞子的业务特长，请新痞子搞来了几只鸡，自己再买了两瓶龙鳞小曲，让知青点的那一帮兄弟大吃一顿后，他就带着他们打着手电举着火把走了几十里山路，被山道上的石头踢坏了好几个脚指头，第二天清晨出现在板凳形生产队。他们就像是一群日本鬼子搞扫荡，将贫协主席家里养的鸡鸭狗猫都杀来吃掉了。要不是县里知青办的干部骑了摩托车来得快，他们还准备将贫协主席家里养的两只架子猪也杀了算了。这个倡议是新痞子提出来的，贫协主席有七个小孩，两个最小的当时正饿得哭。新痞子喂了两个小孩各一碗鸡肉汤，然后愤怒地说，他狗日的人都喂不饱，还有什么资格喂猪呵？杀！杀了猪带回知青点去炕起，冬天就要来了，冬天我们吃腊肉！

　　贫协主席的家里等于是被土匪洗劫了一次，但贾胜利还觉得不解恨。

　　因为谭丽丽说了一句老实话。

　　天地良心，贾胜利那时候其实还没有和谭丽丽"那个"。贾胜利当然是一个男人，而且血气方刚正在需要女人的时候，但谭丽丽就是不肯。谭丽丽告诉贾胜利说，女孩子不像男孩子，招工上调是要搞体检的。去年相邻公社有一个女知青查出来了，查出来了就走不了，她前途无望，一索子就把自己吊死了。谭丽丽目前还不想吊死，贾胜利当然也不想谭丽丽吊死，他们确实是经常在一起，但在一起的情形有如一句很形象的龙鳞土话：炕起腊肉吃斋。那一天正打算出早工的谭丽丽一开门，就看见了一队"日本鬼子"。当着那么多人的面，她一倒就倒在了贾胜利的怀里，哭成了一个泪人。她那句话是伏在贾胜利的怀里哭着说的，呜呜咽咽的要是常人去听，可能听都听不清，但贾胜利听清楚了。他听见山在呼，海在啸，地球马上就要爆炸。谭丽丽哭着说，我要保护——保护——我们结婚的那个晚上——

　　贾胜利听出来了，绵羊一样的谭丽丽突然变成了猛虎，其实是在保护他的根本利益呢！

　　贫协主席破坏伟大的的知识青年上山下乡运动，本来是要重判的，鉴于没有得逞，后来县法院就只判了他一年徒刑。贾胜利因为聚众斗殴，也被县知青办在他的档案里记大过一次，喊到公社被训斥了一顿。但贾胜利一点也不后悔，也没有堕落成为新痞子第二。贾胜利那一天下山的时候在心里对时间,对出来他们当"日本鬼子"到现在刚好差不多是一年了,他就大叫一声道:坏了,那个骚脚猪很可能有立功表现,提前释放回来了!

贾胜利越想越怕,越怕越急。

他好像听见了谭丽丽在哭。

他这个人什么都不怕,就只怕谭丽丽哭。

他好像看见了那个骚脚猪在笑,笑得露出一口墨黑的牙齿。

他一急,就决定不走路了,爬车。

那时候乡下还很难看得到汽车,简易公路上跑来跑去的,还都是一些大大小小的拖拉机。那一辆铁牛牌拖拉机冒着黑烟突突突突开过来,贾胜利就吐掉咬在嘴里的烟蒂巴,活动着四肢站起来了。站起来的时候他想了一想,又顺手从地上捡起一块拳头大小尖尖的石头,一藏就藏到了怀里。开拖拉机的司机经常从这里过身,他一看贾胜利的装束,就知道又碰上车匪路霸了。司机知道这个车匪路霸是要强行爬车,就也不鸣喇叭了,只是一脚踩在油门上,拼命加油,加得拖拉机黑烟滚滚,吼声如雷。贾胜利是爬车的老手了,拖拉机冲过来的时候,他朝司机踢了一脚沙子,然后抓住拖拉机的后挡板,跟着拖拉机就跑。

跑两步轻轻一跃,就滚进车斗里去了。

贾胜利爬上辆拖拉机才发现,这个司机是个十分毒辣的家伙,一路上司机都在绞尽脑汁,是真心实意地想把他甩下车去。那时候龙鳞县全境所有的公路都还铺的是鹅卵石,有的鹅卵石比人的拳头还要大一些。拖拉机在鹅卵石上面纵情狂奔,就像一匹狂躁的劣马在危险的山道上野性发作了。车斗里装的是一包包化肥,贾跃进摊开两手两脚,尽量加大身体和化肥包包的接触面积,把牙齿都啃进化肥包包里面去了。他闻出了包包里装的是氮酸氢铵,还闻出了这是日本来的进口产品,不是龙鳞化肥厂生产出来的那号假冒伪劣。但他还是好几次都被颠簸得滚到了车斗边上,只差一点就滚下去了。

贾胜利也愤怒了。

好呵,乡巴佬,你在跟老子玩真的呢,老子也就跟你不客气了!

贾胜利就像《铁道游击队》里面的游击队员一样英勇顽强,滚到了车斗边上又爬上来，滚到了车斗边上又爬上来。拖拉机经过一个水库的时候，司机回头阴险地看一看，又阴笑着加大了油门。野性发作的劣马跃起来跌下去，跌下去又跃起来，好像下定了决心，要一头扑进水库里面去喝水。贾胜利五脏六腑都被颠簸得找不到原来的位置了，司机却回过头来阴笑。贾胜利看见了他得意的脸，觉得不能让他再得意了，必须对他采取专政的手段了。幸而上来之前就做好了充分准备，贾胜利就像一名二战老兵一样匍匐着前进。他终于抓到车斗前挡板站起来了。站起来再看司机，就是一览群山小了。贾胜利一只手抠住前挡板，一只手从怀里一掏，就掏出来那一块尖尖的石头！贾胜利将石头举起，将石头定位在离司机脑壳大约有一尺远的地方，然后摆出了一个董存瑞炸碉堡的造型，咬牙切齿地喊道，妈妈的乡巴佬，你只讲，你是想死呢还是想活？

司机再回头，脸色就变了。

城里下来的街痞子，一个个都是不要命的。司机有这个经验，司机就讪讪地说，我开玩笑呢，兄弟，你就当真了！

哼，玩笑！贾胜利说。

贾胜利收起手中尖尖的石头，司机就不开玩笑了，拖拉机喘一口粗气，车速就慢了下来。

慢一点，妈妈的你再慢一点！

贾跃进命令他的兄弟道。

拖拉机就平稳了，像一头听话的老牛。贾胜利挪开几包化肥，很快就给自己营造出了一个舒适的座位。化肥包包很软和很温柔，仰在上面很舒服，相当于现在火车上的软席卧铺。

而且还是专列。

2

马褂子和紧身子

贾胜利仰在他的软席卧铺上胜利前进的时候,谭丽丽正蹲在黄金公社板凳形生产队队屋的阶沿上,在给倒霉透顶的马拐子擦红药水。

深秋了,午后的阳光依然很强烈。

板凳形生产队的队屋兀立在一大片金色的稻田中间,一共是三间。杉木搭的架子,牛屎糊出来的墙壁,稻草盖的屋顶。墙壁上用石灰水写着农业学大寨五个字,每一个字都有一张扮桶大,很有气势。谭丽丽和那个叫裴红红的姑娘合住东边一间,中间一间关了一头水牛一头黄牛,西边那一间就放了队上的风车、扮桶、浪耙、晒垫等等一应农具了。谭丽丽给马拐子擦红药水的时候,中间那间屋里水牛和黄牛都在哞哞地叫着。有牛屎的气味从里面飘出来,游走在空气中经久不散。阳光很强烈,谭丽丽本想让马拐子也进屋去坐一会的,但裴红红在屋里睡午觉。谭丽丽只好将装满了冷茶的包壳搬出来,请马拐子就在阶沿上喝一点水算了。马拐子也没有提出进屋休息的要求,他一口气喝了半包壳水,就很听话地伸出他的两个手爪子来了。他手腕上的老皮都被麻绳勒掉了,红药水一涂上去,他就疼得哇哇乱叫。

叫什么叫呵?自讨的!谭丽丽皱着她的柳叶眉,对马拐子厉声说道,你要再叫,我就不给你擦了,让你烂出狗骨头来!

谭丽丽一骂,马拐子就只好忍住疼,只吸进一点点冷气了。他的牙齿咬得嘣嘣作响,一双黑白分明的眼睛却扫向地坪,还有心思去看稻田里的风景。他看到稻田的水被阳光晒热了,正在拼命地蒸发。有一只青蛙从稻田里跳上来,刚跳到队屋的地坪里,立刻被一只小黑猫按住了。一只大黄狗跑过来,赶走了那只小黑猫,理直气壮的就享用了那一只青蛙。

马拐子笑道,呵呵,青蛙!

谭丽丽说,还呵呵呢,蠢猪!

马拐子还是一个读过书的人呢,谭丽丽认为他是一条蠢猪,一条只是没有尾巴的蠢猪。

比方说,他的这一餐打就不怪别人,是他自己讨起来的。

马拐子那一年也还只有四十几岁吧?但一脸的苍老皱纹,背脊也已经倾向于驼了。他其实原来不是一条蠢猪,是因为读了太多的书,就应验了一条革命的真理:知识越多越反动,于是就蠢了。谭丽丽小时候曾经听爸爸妈妈说起过他,知道他曾经在龙鳞县一中做过第一任校长。他是龙鳞城里的几大才子之一,在北京读的一所名牌大学,据说和一些大领导的子女都是同学。就是那些同学害了他呀——谭丽丽记得她妈妈曾经这样说过,他就是仗着有那么多好同学才骄傲自满,才不知道上下,课堂上也经常是一顿乱讲。一九五七年看到那么多人划成了右派,他还不知道收敛。一九五八年大炼钢铁的时候,县一中也在校园里砌起了土高炉,砍了校园里的大枫树做燃料,将破铁锅烂铜锁丢到土高炉里去烧,有一阵子烧得红了半边天。大家都不说不行,都说只有这样搞才能超英赶美,我国的钢产量才能超过英国赶上美国,他却摇头,还十分阴险地讲反动话。那一年年底再找漏网的右派,他就顺理成章补划了一个,被遣送到农村改造思想去了。妈妈说马拐子的时候,总还要教导谭丽丽不要乱讲话,讲话要以报纸上的提法为准则。谭丽丽不知道马拐子是怎样反动的,下放到板凳形才知道。马拐子就在河那边一个叫鲜鱼塘的生产队改造。这一向乡下有谣传,说是上面有大领导在一个小范围内说了,五七年划右派存在一个扩大化的问题,真正划错了的右派,我们还是要考虑给他们平反的。右派分子会平反么?谭丽丽听了这个谣言都觉得很好笑。虽然"四人帮"已经被新的党中央一举粉碎了,那个搞样板戏的红色旗手也被老一辈无产阶级革命家抓起来了,但报纸上还是天天在讲,凡是毛主席作出的决策,都要坚决维护,凡是毛主席的指示,都要始终不渝地遵循。右派分子的帽子是哪个定身量做的?全中国人民都知道。所以谭丽丽坚决不会信这个谣言。事实上公社也在追谣,抓了很多人,只要是传过谣的人,都被民兵小分队喊到公社去,一个一个办学习班。马拐子没有传谣,却做了比传谣更加反动的事情。他不好好改造了,却跑到县一中去问他曾经的同事,问这是不是真的,还说他和人家不同,他是补划的,真的平反的话,他这个补划的应当优先。也不知道是哪个曾经的同事觉悟很高,当作阶级斗争的新动向向组织上汇报了。一个电话打到黄金公社,于是他就送肉上案板,成了全公社右派分子想翻天的反面典型。民兵小分队公事公办,绳捆索绑送到县公安局。奇怪的是县公安局却不收他,说上面有指示,这个谣言暂不追。公社不理解,大骂县公安局变修了,变质了,只好自己找台阶下。他们给了马拐子一个铜锣,叫马拐子自己提着敲,游乡算了。马拐子这一向自己敲锣自己喊:当!为人不学我的样,我想翻天。当!我罪大恶极,我罪该万死!公社怕马拐子偷懒,还给了马拐子一张公文纸,喊到哪个生产队要哪个生产队的队长签个字,这张公文纸最后是要送到公社去,让武装部长过了目才算数。武装部长遥控指挥,在纸上面写了这样一段话:

武装部长写字很潦草,各生产队的各字没有写到位,那一捺没有捺出来,写成了一个姓名的名字。马拐子前几天还在河那边生产队喊,工效比较高,一天喊得几个生产队,这几天就喊到河这边生产队来了。铜锣当当当敲到板凳形生产队时,谭丽丽撞见了。谭丽丽看见马拐子手腕上有麻绳捆出来的伤口,太阳一晒快要化脓了,心里就不忍,就找出来一瓶红药水来,给他消炎。

马拐子哇哇乱叫,谭丽丽说,你这个马拐子!你这样乱叫,人家还以为我是屠户,在杀猪呢。

马拐子说,哎哟——杀猪?哎哟——你这个丽妹砣,你不懂礼貌。子不教父之过,是你爸爸谭眼镜没有把你教育好呵,我要去批评谭眼镜!我是猪么?你应当叫我马老师才对呢。

谭丽丽故意气他,你是老师吗?你教过我的课么?你是老师你还敲什么铜锣呵？你为什么不去上课呢？

马拐子摇着头说，丽妹砣你不要这么厉害。你妈妈生你的时候，担架还是我和你爸爸一人抬一头，抬到医院里去了呢。我不是吹牛皮，我抬到医院里大气不出，你爸爸谭眼镜就没有卵用，我让他抬脚那头，他还抬得出气不赢。你的数学老师姓张吧？叫张艳玉，张艳玉都是我的学生呢——哎哟哎哟，丽妹砣你真的是在杀猪呵？你手脚轻一点好不好？

谭丽丽当然知道这个事实，担架的故事张艳玉就曾经和她多次讲起过，也是笑她爸爸谭眼镜没有用。谭丽丽和张艳玉不像师生像是朋友，而且好到了没大没小的地步。她们两个在一起的时候，张艳玉叫她丽妹砣，谭丽丽也直呼张艳玉，有时候两个人还吵架。正是念及和张艳玉的那份情感，谭丽丽今天才会给马拐子上红药水。否则的话，全生产队都没有人管这个闲事，她也不会管这个闲事的。张艳玉至今未婚，一中的人都说她年轻时和马拐子有一段惊天动地的师生恋，现在都还在等着马拐子。谭丽丽也不知道这事有好大的真实性，谭丽丽就问马拐子。谭丽丽说，马拐子呵，都说是你害了我们张老师呢，这里也没有其他人，你给我把你做的坏事坦白交代了，我就喊你马老师。

马拐子笑，嘿嘿，嘿嘿。

谭丽丽问，嘿嘿嘿嘿是什么意思？

马拐子说，你瞎讲。

谭丽丽说，无风不起浪。

马拐子四下望一望，想说什么又不敢说，最后好像下定了决心才说，最多明年春上，你就会晓得了。公安局为什么不收我？这里面有学问！

屁学问！谭丽丽说，你这个样子，我们张老师会要你么？

嘿嘿，嘿嘿，马拐子又笑，笑过了才说，你还太年轻，你不懂，我不和你说。我主要是太性急了，我还要修炼，我的耐力还不行。

谭丽丽说，什么耐力不耐力的？我警告你要老实些呢，不要再去讨打了。

马拐子突然来火了，厉声说，丽妹砣你今年好大呵？你妈妈生你担架都还是我抬的呢！你就教导我了呵？你没有这个资格！

谭丽丽笑着说，我是革命的知识青年呢，阶级斗争永不忘，你呢？

马拐子张着嘴，无话可说了。

谭丽丽是在队屋的阶沿上和马拐子说这些话的。谭丽丽蹲着,马拐子坐在一块土砖上,土砖上就垫了他那面铜锣。红药水总算涂完了,太阳也开始偏西了,有成群的麻雀鼓噪着,在他们头顶上集体飞过。麻雀都知道要上班出去觅食了,应该是下午出工的时候了,但队长还不见来。马拐子要等队长来签字,暂时还不能走,谭丽丽只好继续陪了他,在阶沿上和他斗嘴巴。马拐子说你们只是号称知识青年其实没有什么屁知识,现在的教学质量差,差得没办法说了。谭丽丽就吓唬马拐子说,你要不要我把你的话汇报到公社去?马拐子说他口粮有一些紧张,谭丽丽就说,毛主席早就教导我们了,粮食的问题一定要十分抓紧。你自己不抓紧,你怪哪个?七说八说一阵后,马拐子总是占不到上风,就突然转个方向问谭丽丽说,丽妹砣你实在还很小呵,一猫猫年纪,怎么就谈恋爱了呢?你不听毛主席的话,你要全心全意干革命呵。

谭丽丽狡辩,说没有呵,我是在全心全意干革命呢,我去年出了二百九十一个工,评了优秀社员,我谈了什么恋爱呵?

马拐子狡黠地说,你瞒不住我的,我清楚。

谭丽丽想了一想,知道瞒不住,就不瞒了,她盖起红药水的盖子以攻为守了。她警告马拐子说,我知道是哪个告诉你的。你们是火烧冬茅心不死呵,你们现在都还在搞地下活动呢。

谭丽丽这么一说马拐子就有些紧张了,马拐子四下望望说,不要瞎猜,我和张艳玉没有联系。

这不是不打自招么?此地无银三百两!马拐子一紧张,谭丽丽就知道他和艳玉肯定是现在都还有地下活动了。贾胜利的事,谭丽丽只告诉过张艳玉,她和张艳玉无话不谈,不是张艳玉讲的还能是哪个讲的?谭丽丽回家休假大部分时间不睡在家里,却去敲开张艳玉的门,去和张艳玉挤一张床。张艳玉是世界上最爱干净的人,床上铺的是白床单,盖的也是白被单。那么干净的白床单和白被单,实在无法和眼前的马拐子联系起来。谭丽丽再看一眼马拐子,马拐子的头发是一头乱草,他身上穿的卡其布中山装,好像从来没下过水,恶心得如同刚刚从狗肚子里呕出来的。人呢,也太瘦了一点,风都可以吹倒的样子,而且还驼着背!谭丽丽突然为她的张老师感到难过了,心想一朵好花,怎么就硬要插在这么一堆牛屎上呢?这样一想,她再也没有兴趣和马拐子一来一去斗嘴巴了。

幸好队长过来了。

这么热的天,队长却趿了一双烂棉鞋。队长一路走一路喊:人呢?妈妈的人都死绝了呵?出工了出工了,男劳力还是挑塘泥,女劳力还是挖红薯!队长看见马拐子就不喊了,踱到队屋的阶沿上站下,装了一根烟给马拐子,还掏出汽油打火机来帮他点燃火。队长居高临下地批评马拐子说,你这个不老实的家伙,自找的吧?命中只有五斗米,找遍天下也不满升!队长看了看马拐子的伤又说,没有伤筋动骨吧?有内伤你就讲,我会一点跌打损伤,我不收你的钱。队长有一点喜欢吹牛皮,他对马拐子吹嘘说,我一看就知道,捆你的家伙有蛮恶,麻绳是先浸过水的。

马拐子瞪大了眼睛问,你怎么知道?你是神仙?

队长吐出一个漂亮的烟圈说,我也曾抽到民兵小分队搞过三年呢,那三年我也是经常捆人的。我要不是套套烂了稀里糊涂多生了一个崽,我可能就留在公社当上干部了。

队长这样一说,马拐子就装出一个很佩服他的样子。马拐子说,难怪你一看就知道!又骂捆他的那些人道,我说背个马褂子算了吧,有一个家伙不肯,他说我反动得透了顶,一定要给我穿紧身子。幸亏半个小时后武装部长过来了,说算了算了,背个马褂子算了。

队长也感叹,说狗腿子是拿了你图表现,证明他很革命。我那时节捆人,就经常只是做个样子,只给背时鬼背个马褂子就算了。队长弹弹烟灰发表他的观点,队长说,都是几个熟人呢,哪个又会跑呵?再说,就是想跑又能跑到哪里去呢?台湾海峡是游不过去的,运动员都不行。都是上面的政策太大了呵,既然要搞运动,不捆个把背时鬼,也确实不像个样子。

马拐子很理解,马拐子点着头说,那是的那是的。

接下来,在那个特殊年代的那么一个很平常的下午,一个经常捆人的人和一个经常被捆的人,就坐在一个队屋的阶沿上抽着烟,很友好地说起了捆人的种种方法以及各自的感受。好像这捆人和被人捆,都是人间生活不可或缺的日常内容,一点都不稀奇古怪的。他们说的时候还演示呢,谭丽丽站在那里,于是就既有了听的,还有了看的。于是她下乡接受贫下中农的再教育,又真的还学到了课堂上学不到的知识。她知道了绳子只缚在胳膊上,叫背马褂子,绳子真正绑住手腕,叫穿紧身子。背马褂子比较舒服,穿紧身子就很难受了。她还知道了,同样是紧身子,也还是有不同的穿法的。穿紧身子的麻绳可以先浸水，浸了水的麻绳一干就会缩紧，这样，麻绳就很容易扣进人的肉里面去了。最狠毒的紧身子穿法是这样的：先用浸了水的麻绳在人的后胫窝做个活结，再把人的手腕提起从活结里穿过去。手腕动一次，那个活结就会提高一点点，越动越提高，你不老实么？你动吧，你越动越疼，疼得最后哭爹喊娘还是自找的！只是要注意，活结两个小时后一定要解开，否则那个人就会终身残疾。搞得人终身残疾了，那也是要负责任的。谭丽丽学这些知识时学得心如刀割，她想，我如果把学到的这些知识再学给张艳玉听，张艳玉会哭吗？

她可能会哭。

谭丽丽观察马拐子，马拐子这家伙，却好像在说人家的故事呢，一点也不痛苦。马拐子跷起二郎腿很优雅地抽着烟，还有兴趣调侃队长呢。马拐子笑队长跶的烂棉鞋是捡来的，捡又不会捡，捡了一双女式棉鞋。队长承认棉鞋确实是进城挑大粪在城里垃圾箱里捡来的，却狡辩说时代不同了，男女都一样。马拐子说队长违反了计划生育政策多生了一个崽，其实也是该捆一索子的。队长就又吹牛皮了，他雄纠纠地说，我怕个屁？我在民兵小分队搞过三年呢，硬要捆他们也会照顾我的，最多背个马褂子而已，莫说我还不是故意的——两个男人开始讲荤话，涉及的全是女人裤带子以下的内容了，全不顾及谭丽丽还是一个红花妹子。谭丽丽不好意思再听下去了，就进屋去了。

进屋去喊醒裴红红出工。

裴红红叉手叉脚睡在那里展示出无限风景，嘴里好像还在喃喃自语。谭丽丽将裴红红一把拍醒，裴红红满脸潮红，睁开眼睛就极力争辩说，不是我，真的不是我！

谭丽丽就再拍她一掌，说，出工了！队长在骂人呢。

裴红红这才滚下床来，慌作一团地往身上套衣服。

她们各扛一把锄头从屋里走出来的时候，看见马拐子准备走了。马拐子从屁股下面抽出那面铜锣，将铜锣放在膝盖上，再在铜锣上铺开一张已经签上了很多名字的公文纸，公事公办地对队长说，签字吧。队长读了武装部长的介绍信，先笑武装部长没有文化，各字都写成了名字，再在上面很隆重地签上自己的大名，马拐子就走了。马拐子走的时候还很得意,说社会主义就是好,挨批斗也记工分,今天十分工又到手了。

队长签完字又骂人:人都死绝了呵?出工了出工了,男劳力还是挑塘泥,女劳力还是挖红薯! 队长两眼望着天上骂:妈妈的,不看见要下雨了么?你们是要让红薯都烂在地里呵!公社要我们还交一万斤爱国余粮呢,红薯烂了我饿死你们!

谭丽丽在田里挖红薯时,听见马拐子的铜锣越敲越远。

当! 为人不学我的样,我想翻天。当! 我罪大恶极,我罪该万死!

后来天上就下雨了。

那是一个风云突变的年代,那场雨只下得十多分钟,天上又出太阳了。

裴红红刚才午睡做了一个梦,这个梦有一些荒诞。她梦见贾胜利和谭丽丽吵架了,吵得很凶。本来加上她三个人吃饭吃得好好的,贾胜利突然就冲出去了。冲出去时还将队屋的门猛地一摔,吊在屋顶上的长长阳尘就惊下来了,掉在她的眼睛上,迷住了她的眼睛。梦做得很不连贯,她接着又梦见自己置身于一座桃花园里,有一个男人从树上摘下桃花来,一朵一朵喂给她吃。他想看清那个男人的面目,看不清。后来还是看清楚了,竟然是贾胜利!她正要问贾胜利你怎么又亲了,你喂我桃花是什么意思呢,谭丽丽一掌就把她拍醒了。

她醒来的时候,感觉自己像一个贼,好像偷了谭丽丽什么东西,所以她喊不是我不是我。

幸好谭丽丽没有在意。

裴红红一边挖红薯一边为自己辩护,这能怪我么? 我要知道谭丽丽已经霸占了贾胜利,我就不会到板凳形来落户了!

情况真的是这样。

裴红红有一个哥哥叫裴平平,和贾胜利是初中同学。裴平平下放在云南生产建设兵团,三年才准探一次家,放心不下妹妹。到裴红红也要下放的时候,裴平平就给贾胜利写了一封长长的信。裴平平在信里先写了一条最高指示,支援和友谊比什么都重要。然后说我远在千里鞭长莫及,我家里的情况你晓得的,我这个妹妹只能交给你了。贾胜利有什么能力关照裴红红呵? 贾胜利只能要裴红红想办法也到板凳形来落户,他说他一条牛是看，两条牛也是看，我保证没有人敢欺负裴红红就是了。裴红红为落户板凳形付出了沉重的代价，她把知青办配发给知青的那一点计划票证都送了人。蚊帐票送给了区里的秘书，棉被票送给了公社的武装部长。她对区里的秘书说我有蚊帐，她对公社的武装部长说我有棉被，其实她的旧蚊帐百孔千疮，她的旧棉被也根本不暖和。裴平平和贾胜利在龙鳞城里当红卫兵横冲直撞的时候，裴红红几根黄毛扎成两个羊角辫，是他们的一条跟屁虫。贾胜利天不怕地不怕，一个人就敢和一条街的小痞子们一个个单挑，从小就是裴红红心中的英雄。但裴红红不知道贾胜利已经名花有主了，如果知道了，她有可能就不来板凳形了。裴红红有一个这样的情愫说不出来，就只能老是背着谭丽丽做桃花梦。她老是梦见贾胜利和谭丽丽吵架了，吵得很凶。她自己也知道，这就是人们常说的日有所思，夜有所梦。

裴红红那一天挖红薯挖得有气无力。

有气无力的当然不止她一个，大部分社员都用锄头撑了自己的下巴，都是半天不挖一锄头。这一块红薯土大概是九亩七分的样子，全队几十号人排开挖了三天了，还天天学大寨出早工，但还是只挖得一半。队长又批评秋满憨子了，秋满憨子狡辩说，做也只是吃不饱，不做也只是吃不饱，搭帮社会主义制度好，反正不准饿死一个人！秋满憨子是全公社有名的学毛著标兵，这家伙记性特别好，一本《毛主席语录》他可以倒背如流。县里只要比赛背语录，公社肯定是启动他，他只要一去，就肯定可以为公社抱回来一个装了奖状的大镜框。他因为有这么一个过硬的资本，所以不怕队长批评。他穿了一双烂套鞋，队长批评他的时候，他干脆放下锄头坐在锄头把上，开始搞他的个人卫生了。他脱下烂套鞋用手抠出里面的烂稻草来，放在太阳下面晒。一股腐臭的气味溢出来，薰得裴红红差不多要晕倒了。裴红红只好紧挖几锄头，挖到秋满憨子的前头去了。但秋满憨子还很得意，卷起一根喇叭筒，坐在锄头把上抽着喇叭筒说，红妹子呵，你是讨厌和我这个工农群众相结合呵。

裴红红骂他，结合你的脑壳！

秋满憨子还在搞他的个人卫生，队长终于被激怒了。队长趿着他那双破棉鞋几个大步跨过来，一锄头就把秋满憨子晒的烂稻草夯进土里面。队长说，妈妈的，明年我是死人都不当这个队长了，明年要你秋满憨

马裤子和紧身子

子来当队长!

秋满憨子不理队长,起身向小树林走去。这家伙真不要脸,他一边走一边就解裤子了,还理直气壮地嚷道,妈妈的,老子的尿泡又胀了! 后来裴红红就听见尿水冲得树叶响。秋满憨子一边屙尿一边还大声地唱:北京有个金太阳——

3

棒棒糖

贾胜利赶到板凳形时，已经是太阳西下的时候了。余辉洒在田野里，挂在树梢上，铺在社员们的草屋顶上，他就走在斑斑驳驳的美丽霞光之中了。

霞光里，他看见兀立在稻田中的那个队屋了。

农业学大寨，还是那五个斗大的字，一撇一捺都很有力量。

那辆运送化肥的拖拉机不是到黄金公社来的，离黄金公社还有好远，拖拉机不走了。贾胜利做车匪路霸就没有做到底，他还是走了二十多里崎岖的山道。下车时，他装了司机一根烟，还由衷地对司机说了一声对不起，说以后我们就是朋友了，然后才丢掉了那块尖尖的石头。路上经过一个代销店，他发现深山里的这个代销店，竟然有棒棒糖卖！那个时代，糖和奢侈差不多是一个同义词，他当然就眼睛一亮了。他搜出了身上所有的钱，全部都买成了棒棒糖，装满了破军装的两个衣袋。他曾经看见知青点的女知青，总是把棒棒糖碾碎了以后溶水喝，而且这种情况，一律发生在她们向领导请例假不出工的时候。贾胜利在这个问题上舍得动脑筋，他搞清了什么是例假后，就悟出了棒棒糖大约可以代替红砂糖，在特殊的情况下可以用来舒经活血。他想到谭丽丽也是需要红砂糖的，他搞不到糖票，这回看见了棒棒糖还不赶紧就买？他在路上碰上了那场雨，雨水先是打湿了他的假军装，后来太阳一晒，要干不干的衣服穿在身上，很有些不舒服的感觉。看见队屋后，他心里有些紧张，他在通向队屋的田坎上看见了小七毛。小七毛是贫协主席的第七个儿子，小七毛在牧牛，他没有穿裤子,赤条条的骑在一条水牛的背上,手里挥舞着一根竹桠枝。一道彩虹在这雨过天晴的时候于天地之间突然升起,一时间云蒸霞蔚,田野就成了一幅美丽的风景画了。没有穿裤子的小七毛就镶嵌在这幅美丽的风景画里,他口里还哼哧哼哧在唱着歌呢。他唱道:我们是毛主席的红小兵,永远革命向前冲!每唱一句,他手里的竹桠枝还挥动一下,并不因为没有裤子穿而感到不幸福。可他看到贾胜利迎面走来了就不唱了,他用竹桠枝指定了贾胜利,怒目圆睁向贾胜利吐出两个字来:土匪!

他认得这个人,这个人去年杀过他家的鸡,还踢烂了他家的门。

贾胜利笑一笑,走过去拍拍水牛的屁股问,是小七毛呵,看牛呢,你老驾回来了吗?

小七毛说,回,回个屁!土匪!

贾胜利心里的石头落了地,他掏出一颗棒棒糖做奖励品,塞在小七毛的嘴里就走了。

小七毛在背后说,好甜呵,我还要!

贾胜利返身朝他做了个鬼脸,又丢了一颗过去。

谭丽丽收工回来走在路上,裴红红突然就掐了她一把。谭丽丽莫名其妙,就听见裴红红装出个无比痛苦的样子,指着队屋直嚷嚷了。

裴红红嚷道,丽姐姐呵丽姐姐,我怎么办呵?我今晚到哪里去流浪呵?

谭丽丽说,流什么浪?

裴红红手一指,你看!

谭丽丽顺着裴红红的手指看过去,就看见贾胜利一脸严肃,面向她们正坐在马拐子刚才坐过的那一块土砖上。谭丽丽的脸,突然就红起来了,有一种类似于电流的东西从脚板心升起,慢慢浸向全身。她后悔出门时不该锁上门。谭丽丽其实给过贾胜利钥匙,但他一片钥匙总是只可以开一回门,第二回不是忘了,就一定是丢了。谭丽丽有些做作地对裴红红说,那是一个土匪呢,一脸的匪气,而且死没有记性!

裴红红说,你是不想要了吧?我是收废品的,让给我算了。

谭丽丽拍她一掌:死鬼婆不要脸!

裴红红油皮渣筋:分一半也行。

谭丽丽说，大队小学校那个沈老师，不是正在追你么？

裴红红说瘩话了，裴红红说，他呵？想死他算了，想的时候就让他在床上一个人画他的地图吧！

两个人说了就笑，笑得抱到了一起。

贾胜利看见谭丽丽和裴红红就站起来了。裴红红眼睛尖，她一眼就看见了贾胜利的衣袋里鼓鼓胀胀，装着棒棒糖。裴红红立刻就大呼小叫了，跑过去给了贾胜利几拳又拍他几掌说，利马虎呵，敌人的军事机密你怎么就掌握了？又问谭丽丽说，机密是你出卖的么？老实交代！

贾胜利连这样的事情都想到了，谭丽丽的脸就更红了。

进屋吧，进屋搞饭吃了——谭丽丽看着自己的脚尖，声音小得蚊子一样，不知道是在对谁说话呢。

贾胜利就傻乎乎地笑着，笑出一个很幸福的样子来，跟着她们进了屋。

他已经放心了，贫协主席没有放回来。

贾胜利说，我饿死了！

裴红红吩咐谭丽丽：搞饭吃搞饭吃！

谭丽丽说，我一个人搞？

裴红红说，又不是我的客！

两个人斗着嘴，但锅盆碗灶还是一片响了。

她们住的这间草屋很矮，是从西墙上顺势拖下来的一间偏厦，人站在里面，只有三分之二的面积可以伸直腰。比较高的那一头砌了一个锅台，比较矮的那一头摊了两张床。床其实也不是床，是两张反扣在地上的烂扮桶。扮桶烂了，扮不得谷了，队管会就研究说，正好暂时给知识青年做床用。队管会前年去年一开会都还说床的事，说等收了秋就给你们知识青年建个屋，床也做新的，现在是说也不说了。贫协主席坐牢后队上的会计才讲出来，公社也是给了队上知青安置费的，但那点钱现在早没有了，一大半队上用来买了农药，一小半贫协主席借去喝了七五寸。隔壁关着的黄牛和水牛又在叫了，它们显然是早就饿了。要是在以往，谭丽丽或者裴红红会跑过去一个人，丢一捆稻草在牛栏里，但今天她们顾不上，今天来了客人，黄牛和水牛只好挨饿了。谭丽丽烧水，裴红红淘米。谭丽丽丢一个草把子在灶里点着了，却听见裴红红大叫一声：哎呀，又没有米了！

谭丽丽这才记起，她们已经一个星期没有米了，一直在吃着红薯等队上分板栗。

谭丽丽蜜笑着对贾胜利说，只有红薯呢，真不好意思。

裴红红调侃贾胜利说，你带这样来带那样来，怎么不知道带一些米来呵？我们现在需要米！

灶台上有一个大南瓜，贾胜利说，我好早就想吃一餐南瓜了。

谭丽丽说，好，南瓜就南瓜！

大南瓜几刀就砍烂了，砍烂了倒进砂锅里，很快就煮得滚过来又滚过去。裴红红朝砂锅里放了一点盐，谭丽丽又剥了几个棒棒糖丢进去，说这样煮出来的南瓜会更甜一些。很快一男二女三个知青就共进晚餐了，一人举一个搪瓷碗。搪瓷碗还是下放时县知青办赠送的，上面有红漆写的八个艺术字：广阔天地，锤炼红心。他们共进晚餐的时候，耸立在外面大田里的高音喇叭嗡嗡嗡嗡突然响了。首先听见的，是搬动凳子收拾扑克牌的嘈杂响声。谭丽丽说，今天广播少说也晚了半个钟头，干部们打扑克又忘记时间了。裴红红就恶声恶气骂道，只有他们好过，月月有钱领！搬动凳子收拾扑克牌的响声过去后，嘹亮的《东方红》乐曲才响起来。乐曲响过后，一个女声咳嗽一声，然后用一口塑料普通话说，贫下中农同志们，社员同志们，黄金公社广播站今天开始第三次播音。首先是国际重大新闻，我国援建的又一条非洲铁路通车了，非洲人民进一步坚强了反帝的决心。接着是本公社新闻，颗颗红心向北京，踊跃交送爱国粮。我公社晚稻又获大丰收，原计划向国家贡献余粮二十万斤，截至今日上午止，各大队报上来的余粮已经超过了四十万斤。

裴红红骂：狗屁，我们队上就一点余粮都没有，还要逼我们队长，说他隐瞒了产量！

贾胜利反话正说，南瓜有营养呢，井岗山红军就是吃小米饭南瓜汤，为我打出了今天的幸福生活。

谭丽丽接着说，革命传统是要代代传，所以我们最爱吃南瓜。

裴红红又骂广播员了，说，这样的普通话也就算了，广播员只怕是和书记有一腿，否则当不上广播员。

谭丽丽批评她说，不要乱讲。

贾胜利调侃广播员，她不讲普通话还只有外地人听不懂，她一讲普通话不但外地人还是不懂,我们本地人也听不懂了。

三个人都大笑。

三个人就这样说着笑着,吃完了那个大南瓜。裴红红放下碗擦了一把嘴,坏笑着说,我今天就不得洗碗了,我今天有事,我要过河去。

谭丽丽知道裴红红是又要让地方,谭丽丽说,这就不必了呵。我们两个挤着睡,利马虎一个人睡,以前不也是这样安排的么?

裴红红继续坏笑,裴红红说,现在不同了,利马虎进步了,利马虎知道棒棒糖可以代替红砂糖了。说完她拉开门,朝贾胜利扮个鬼脸就走了。

谭丽丽要贾胜利过来一趟,是有一个很重要的事情要和他打商量。

谭丽丽有一个伯伯,曾经做过华中大学的副校长,但"文化革命"一开始就倒霉了,被中央文革点名点姓批判。翻开一九六六年的《人民日报》,现在都还查得到他的名字,学霸,反动权威,名字前面顶了好几个吓得人死的大帽子。中央文革都点名了,全家人当然就和这个伯伯划清界线,没有任何来往了。可十多天前,乡邮员骑着自行车,却突然给谭丽丽送来了一封信。信就是这个伯伯写来的,伯伯在信上透露了一个惊天动地的事情:国家会恢复高考。这封信让谭丽丽惊恐不安,她以前什么信都给裴红红看,包括贾胜利写的软绵绵的信,但这封信她就没有给裴红红看。现在外面到处都是谣言,好像这个世界马上就要翻边了,什么事都可以推倒重来。马拐子已经惹出了一个麻烦,她不想因为这封信也惹出麻烦来。谭丽丽心里希望这不是谣言,她的实际情况就摆在那:下放四年了,招工上调是越来越没有希望了。如果不想扎根板凳形干一辈子革命,就只愿伯伯说的不是谣言。一想起还要在板凳形呆下去,谭丽丽就老做恶梦。她老是梦见贫协主席从监狱里跑出来了,又要推荐她去军工厂。在谭丽丽印象中,伯伯是从不讲假话的。小时候带着她玩,不准吃零食就是不准吃。先讲清楚吃零食都有些什么不好,绝不像爸爸妈妈一样,老是说街上没有卖的,或者哄她说,明天再买。假如伯伯讲的是真的呢?人家都还不知道讯息呢,我现在就搞复习了,到时候还不就跑到前面去了?但真正搞复习也不行,首先是没有书,其次是请不准假——谭丽丽左想了右想,越想越没有主意。那一天队长分配她去板栗园守板栗,刚好碰上了新痞子贼手贼脚前来打游击。谭丽丽帮新痞子摘了一袋子板栗,顺便就悄讯,要贾胜利来一趟。

裴红红走了以后,贾胜利就插上了门。插上门后,就炕起腊肉吃斋了。他通身的热血就像点燃了一样沸腾着,一把就把谭丽丽抱起来了。谭丽丽搂着他的脖子,热血也同样地沸腾着。他们很贪婪很贪婪地亲嘴,你咬我的舌头我咬你的舌头。后来两个人又滚到扮桶做的床上去了。他们亲嘴亲得山呼海啸,抚摸也抚摸得地动山摇,但就是不脱衣服。很快两个人脸上都滚起了火热的赤潮,两个人都死死守住一条底线,都用可怜的理智来死死抵制人性的欲望,经历真正的生死搏斗。是贾胜利先受不了了,他毅然停止了爱情,掰开谭丽丽的手从她身上滚下来,飞快地跑到屋角落去了。谭丽丽衣衫零乱地坐在床上,很伤感地看着贾胜利的背影。她觉得自己很对不起他,没有尽到义务。看见贾胜利从屋角落回来以后一身轻松,谭丽丽这才整理好自己的衣服,点上煤油灯。

她抚着贾胜利的脸说,胜利,你怪不怪我?

贾胜利也抚着她的脸说,蠢话!

两个人又抱到了一起。

抱了一阵,抱得都平静了一些,这才说正事。

谭丽丽从她贴身的衬衣口袋里拿出她伯伯写来的那封信,说,胜利呵,我要你来,是要你帮我拿一个主意。

于是在惨淡的煤油灯下,贾胜利就看到了那封信。

信是用毛笔写的工整小楷。

丽丽:

伯伯好想你呵,几年没有给你写信了,你知道原因,你不会怪伯伯,是吧?我现在告诉你一个好消息,我已经被解放了,从五七干校出来了,是我最崇敬的一位首长亲自点名要首先解放我的。我重新工作做的第一件事,就是到北京开了一个会。我告诉你,时代在变,今后变化的速度之快,你那小脑瓜怎样想象都不会过分。我现在要嘱咐你的是,你要马上搞复习,国家就会恢复高考。我现在在北京开会,就是和首先解放出来的一批专家们(哈哈,昨天还都是牛鬼蛇神呢)一起研究这个问题。如果再没有路线斗争了,估计十二月份就会开考。

你告诉你爸爸和妈妈,他们这么多年来和我划清界限我不怪他们,我相信他们写我的揭发材料,也是出于无奈。但这次你要是考不取大学,我就不放过你爸爸,不放过你们全家,包括你!你不要畏难,现在高中毕业生的文化水平都低。你现在就复习,一定考得起。填志愿就填华中大学,上面有要我重回华中大学去的意图。丽丽,我的好孩子,你一定要听伯伯的话呵。

　　特嘱:这封信你不要给任何人看,下面的情况很复杂,历史的列车惯性很大。切切!

棒
棒
糖

　　贾胜利知道谭丽丽有这样一个伯伯。

　　正因为谭丽丽有这样一个伯伯,贾胜利的父亲还曾经警告过贾胜利:利伢子你这个鬼崽子,都说你在乡下和谭丽丽谈恋爱,是不是有这回事呵?谭丽丽的伯伯可是上过《人民日报》呢!我就警告你哪,你就不要搞得老子讲话不起呵!贾胜利的父亲是响当当的工人阶级,在县机械厂工作,先当劳动模范后当车间主任,还是个老党员。他其实并不认得几个字,但车间里搞政治学习,还是要由他来辅导。他辅导政治学习,总是将“发展中国家”辅导成“发展中国”,将“五大洲”说成是资江河里的青龙洲、小碧洲、共华洲、南旷洲还有鸭婆洲。万一辅导不下去了,他就骂林彪的娘,骂孔老二的娘。最近这一年是在骂“四人帮”的娘,说江青真不是一个好东西,敢搞主席的鬼名堂。他辅导学习其实就是读报纸,所以谭丽丽伯伯的名字出现在哪,他都记得清清楚楚。贾胜利的阶级觉悟没有他父亲那么高,所以他那一次就抵他父亲说,你讲得话起?你怎么把小铁梅的剧照贴在你的床前呢? 你还说过小铁梅的辫子长得好,小铁梅可是谭丽丽的妈妈演的呵。贾胜利这样一说,他父亲就只能翻白眼了。但他父亲还是说,总之你不要搞得老子讲话不起,谈恋爱也要先突出政治。

　　贾胜利看过那封信后,谭丽丽就把那封信放在煤油灯上,烧掉了。

　　这回是来了机会了,贾胜利就说,我看你就还是听你伯伯的话,回去搞复习算了。万一是真的呢?你就坐了头班车的第一个位子了,你伯伯会把你直接就录到华中大学去的。贾胜利说,我要是你,我就坚决回家去搞复习。

谭丽丽也是这么个想法,谭丽丽说,那你呢?

贾胜利说,我?你要我搞么子呵?

谭丽丽说,我要你也搞考大学。

贾胜利大笑,说,我不急,我根红苗又壮,我要搞什么复习?我可以招工出去。

谭丽丽打了贾胜利一掌,谭丽丽说,我晓得,你牛皮。

贾胜利确实牛皮,贾胜利爸爸是车间主任,也牛皮。前年山西一家工厂到龙鳞来招工,他爸爸把招工指标都拿到手了,贾胜利却把指标让给了别人。公社表扬他毫不利已,只有谭丽丽一个人知道,他是不想去那么远,他想就招在龙鳞算了,好守着自己。

贾胜利说,工人阶级是领导阶级呢,我可以当工人阶级,我为什么要去当知识分子呢?知识分子是臭老九!

谭丽丽也认为他说得对,谭丽丽说,我要是有你这样的条件,我也就不考了。看来,我只能死马当做活马医了。

贾胜利鼓励谭丽丽,你一定要考上!贾胜利很务实地说,知识分子虽然比不上工人阶级,但也能进城呵!你不进城,我们吃斋吃到什么时候?

谭丽丽脸又红了,她又打了贾胜利一掌,两个人就商量如何请假了。

贾胜利出了一个主意,他说请假的事小菜一碟,请病假。县医院的那台 X 光机老得不行了,我们知青点想病退进城的人去试过,先喝一口蓝墨水再去照片,可以照出胃穿孔的效果。最好是喝碳素墨水,碳素墨水的颜色比较深,但副作用也大一些,喝了几天后还想吐,比较痛苦。你喝了碳素墨水抱着肚子喊肚子疼,最好疼得在地上还打一两个滚,医生怕负责任,就诊断为"胃部有阴影疑为胃穿孔"了。胃穿孔可不是一下子治得好的病呵,回家休养,一般都可以休养两三个月的。

那一天两个人一直商量到裴红红回来,有一个问题他们商量了好久:告不告诉裴红红呢?这个问题他们开始意见有点不统一。贾胜利怕对不起老同学裴平平,裴平平的爸爸在街上卖冰棒,连一个正式单位都没有,裴红红招工上调的可能性几乎是零,高考对于她也是一个难得的机会。但谭丽丽却说不能告诉裴红红,理由是她肯定还会告诉其他人,谁都有自己最好的朋友。一个一个传下去,都说我只告诉你一个人,你不能再告诉任何人,最后还不是大家都知道了?大家都知道了,竞争对头就多。

中国那么多人，一个公社还不晓得考得上几个人呢。贾胜利说这样不好，谭丽丽就换了一个说法。伯伯的信上也说了，下面的情况很复杂，历史的列车惯性很大，这封信你不要给任何人看，而且还切切。谭丽丽说主要是怕出事，假如又是谣言呢？那我们还不又惹出了一个麻烦来？而且还牵涉到我伯伯！多一事不如少一事，现在这个世道，保护自己是最重要的，我们出不起事。两个人讨论了好久，贾胜利最后只好依了她：不告诉任何人，包括裴红红。

他们刚商量完，裴红红就顶着一头的月色回来了。

裴红红是在半夜过后才回来的，她其实没有过河，她一直在四眼狗家里，和四眼狗一起收听敌台广播。

裴红红一来，四眼狗就拴上门关上窗子了。

四眼狗叫沈土改，是大队小学校的赤脚老师。因为戴着一副深度近视眼镜，裴红红就叫他四眼狗。其他人也有喊他四眼狗的，其他人喊，他肯定要骂人，只有裴红红喊，他才答应得浸甜的。四眼狗是板凳形的土著，但算得上是一个杰出的人物。他没有学过美术，却会写艺术字，生产队队屋上"农业学大寨"那五个宋体字，就是他搭着楼梯用广告粉描上去的。他还会用九宫格放大领袖像，再用广告粉比着画，画好后再配上一个金光四射的太阳，几片葵花，一艘海轮，几朵浪花，写上大海航行靠舵手，就是一堵很标准的忠字墙了。全公社的忠字墙都是他画出来的，公社奖励他，就让他做了大队小学的赤脚老师。四眼狗当上赤脚老师后，就癞蛤蟆想吃天鹅肉了。他了解过裴红红，裴红红家里没有什么靠山，父亲卖冰棒，她基本上是只能扎根农村干一辈子革命的。板凳形土生土长的高中毕业生有好多个，哪个不是读了书和没读书毫无差别，还是在田里弯腰曲背翻泥巴坨呢？只有他没有翻泥巴坨，他觉得他至少已经在城里人和乡下人的分界线上了，基本上有资格和城里下来的知识青年平起平坐了。裴红红会给乡下人当媳妇么？裴红红理是不理他，但被人追求还是很有意思的，何况四眼狗还有一个矿石收音机呢？那时候板凳形根本就没有什么娱乐活动搞，裴红红爱听敌台广播，就还是只能总往四眼狗家里跑了。四眼狗这个鬼确实聪明，他自己装配了一个矿石收音机，平时锁在柜子里，钥匙吊在腰间的皮带上。全大队只有三个人来了他才解皮带，一个是大队支书，一个是小学校校长，再一个就是裴红红了。裴红红来了，他解皮带解得最快，还拴上门，又关上窗子。支书和校长觉悟比较高，来了是听样板戏的，无需拴上门关上窗子，裴红红来了要听敌台广播，当然就必须拴上门还要关上窗子了。

四眼狗出身极好，家里三代贫农，公社干部又宠着他，所以他就胆子天大。那一天还没有到夜深人静的时候，他就搬出了他那台矿石收音机，就邀请裴红红和他一起收听美国之音了。那一天美国鬼子又造谣了，竟然说，中国云南生产建设兵团的知识青年造反了，数千人卧在火车路轨上和解放军对着干。解放军不敢开枪，请示北京该怎么办，北京也没有明确的指示。美国鬼子分明是想分裂我国，破坏我国欣欣向荣的大好局面呵，所以还造谣说，一位说四川话的首长私下里讲：要是我，我也想回家。美国鬼子居心不良地分折说，种种迹象都在表明，中国大陆的知识青年上山下乡运动，有可能最终结束。

裴红红说，屁话，造谣！

四眼狗笑，四眼狗也希望这是屁话。运动真的终结了，裴红红还不就要回去了？裴红红一回去，我还能跟她到城里去么？

裴红红说美国佬造谣是有理由的。裴红红的哥哥就在云南种橡胶，哥哥前不久还给她写了信，并没有说卧什么轨，只说他们兵团形势一派大好，而且是越来越好。他鼓励妹妹只有积极进步，才有可能招工上调。四眼狗却分析说，形势大好越来越好是流行语言，你哥哥说流行语言，等于说爸爸是男的，什么也没有说。四眼狗比较佩服美国鬼子，说美国鬼子打仗是不怎么行，在朝鲜打不赢我们的志愿军，在越南又打不赢英勇顽强的越南人民，但搞特务工作还是蛮厉害的。四眼狗举出例子说，几年前的林彪事件他们是说准了，去年说"四人帮"的事，他们也说准了。四眼狗有些伤感地说，到你回城的那一天，我就把我的收音机砸了。裴红红装着听不懂，问他为什么，四眼狗就叹一口气说，没有你来听，我的收音机还有什么用呵？

裴红红还是装着听不懂，却建议敌台广播不听了，听革命样板戏。

听革命样板戏，窗子可以打开，门也就可以打开了。

她怕四眼狗来蛮的。

四眼狗很不情愿地打开窗子又打开门，窗外就有月光融进来了。月光照在窗外的那一片竹林里，从竹梢上泻下来，铺满了竹叶的林间小路，林间小路就斑斑驳驳像是洒满了散碎银两一样了。据说月球引力和地球引力有很复杂的关系，月光可以改变血液在血管里流动的速度，四眼狗平时爱看书，他很相信这一点。四眼狗盯着裴红红的脸看了一阵，看着看着他自己的脸就热了。脸热的四眼狗小心地说，红红呵，我们到竹林里去散一下步，好不好？裴红红微笑着摇摇头，表示不想去。裴红红已经和四眼狗在竹林里散过一回步了，那一回也有月光。四眼狗也是在月光下的竹林里激动了，一下子就捉住了裴红红的一只手。四眼狗这个人其实不错，如果他是城里人，裴红红就和他亲嘴了。贾胜利已经是名花有主了，我裴红红再怎么样，也还是得找一个城里人吧？四眼狗不是城里人，注定了一辈子只能生活在农村，当了赤脚老师还是只能找大队调工分。裴红红把一只手挡在嘴巴上，让他碰了一个壁，从那以后好久没有来过了。这回是贾胜利来了，她实在没有地方去流浪，才迫不得已来了。裴红红不想散步，她估计谭丽丽如果想和贾胜利办什么事，有这么久的时间也应当办完了。裴红红就话里有话地对四眼狗说，解放军都不开枪，还有哪个敢开枪呢？我要睡了，我回家了。

四眼狗说，我——我，你再坐一会，我们再听美国之音。

裴红红说，我明天再来。

四眼狗坚持说，再坐一会。

裴红红坚持说，明天再来。

四眼狗要送裴红红，裴红红不要四眼狗送。

她借了四眼狗的一个手电筒，就一个人踏着露水回来了。

裴红红回来时推门说，你们完事了么？

谭丽丽开门时打了她一掌，你才和沈老师办了事呢，我晓得你没有过河。

贾胜利呵呵地笑，说四眼狗我认得，和他打过蓝球，蛮好的一个人呢。

裴红红很恶毒地说，我估计四眼狗今晚又会画地图。他说若是我上调了，他就要砸掉他的收音机。

谭丽丽说，你好坏呵，不和人家好又总是去招惹他。

裴红红说，我是学雷锋，我是给你们腾地方呢。

两个人斗了一阵嘴，谭丽丽就到隔壁给黄牛水牛添稻草去了。添了一点稻草回来，三个再坐着说了一些其他闲话，就吹灯睡觉了。

裴红红和谭丽丽挤一张床，贾胜利一个人睡一张床。

那一包棒棒糖，就放在窗台上。

月光照进草房，首先就照在那一包棒棒糖上。

有黄牛水牛咀嚼稻草的声音传过来，在静悄悄的夜里很响很响。

谭丽丽睡着了，裴红红睡不着。

裴红红老在想，我怎么就比谭丽丽小了两岁，就无缘和贾胜利同学呢?假如我和贾胜利同学，我一定会死死地拉住他，那他现在就是给我买棒棒糖了。和一个心细得会买棒棒糖的男人过一辈子，有可能天天都是甜蜜蜜的。

莫说贾胜利还长得那么好。

肌肉发达。

倒三角体型。

4

蚂 蝗

　　许多年后，裴红红经历了她人生的风风雨雨才成熟起来。在成熟起来之前，她一直对谭丽丽抱有极深的怨恨。贾胜利送过来的狗肉她吃了一半，送过来的干泥鳅薰蛤蟆她也吃了一半，但她还是无法原谅谭丽丽，她认为谭丽丽很虚伪，关键时刻就不是朋友了。

　　她这样想，也不是完全没有道理。

　　那一年秋天贾胜利送过来的棒棒糖，裴红红就没有来得及吃一半。第二天，谭丽丽就对裴红红说，我可能病了，肚子经常疼，我要回城里去看一下病。看病就看病吧，你看完病难道就不回来了？可那一包棒棒糖，还是被她带到城里去了，裴红红当时就觉得有点不理解。几天以后，贾胜利又来了一趟板凳形，他拿来了胃穿孔的医院诊断书，要送到队长家里去请假。贾胜利没有到队长家里去过，还是裴红红陪了他去的。谭丽丽得了这么严重的病，裴红红好着急。去队长家的路上裴红红问贾胜利，胃穿孔危不危险呵，贾胜利说不危险，只是要休养好长时间，有可能这一次替谭丽丽请了假，我还要来续假。队长的儿子想死了一顶军帽，贾胜利生怕请假请不准，不知道还从哪里搞来了一顶正牌军帽，裴红红亲眼看见他卑躬屈膝地送给了队长的儿子。裴红红后来知道了，谭丽丽其实没有病，她是那个时候就得到了恢复高考的讯息，进城搞复习去了，但就是没有告诉自己。

　　一直许多年，裴红红想起这件事就极度愤怒。

　　谭丽丽呵，你是一个东西么？我实在对得起你呵，我们同住在一个屋顶下，贾胜利一来，我就主动到外面去流浪。我的心里刀一样割呢，可我还要装得很快活。我并不比你丑，也不比你少一个零配件，我差不多是把贾胜利拱手让给你了，我还对不起你么？

可你呢？

全国那么多考生，你就怕多了我一个人竞争？

你虚伪！

你无耻！

尤其是在当时，在一九七七年的那个冬天，裴红红为这件事愤怒得肠子都快要烧断了。

裴红红一直到一九七七年十月二十二日，才知道我们的国家拨乱反正，真的要恢复高考制度了。十月二十一日，新华社正式发布消息，那条消息虽然文字不多，但真的是春雷一声震大地。那条消息直奔主题：新的党中央决定恢复高考，本年度高考将于两个月后在全国范围内进行。那是一个风雷激荡的年代，时代的列车要急转弯，突然就要把乘客们带到另外一个目的地去，许多事情是一下子讲不清的。讲不清就不要大家来讨论，只要求下面照着去做就是了。公社显然是得到了县里的强硬指示，也不讲为什么要恢复高考，只是从第二天起，耸立在大田里的高音喇叭就反复喊这个消息了。喊了还不算，还用那个时代的语言要求说，全公社的革命青年都要积极响应，要把高考当做一项伟大的政治任务来完成。其实，也就是这个高音喇叭，前一天还在说要坚持两个凡是，要谨防什么什么复辟，要永远沿着什么什么路线胜利前进。前一天还在号召革命青年，要向一个叫张铁生的白卷英雄学习，不做知识的奴才。

新华社正式发布消息的时候，裴红红正在和社员们一起挖冷浸水田。冷浸水田泥脚太深了，水牛黄牛都下不去，只能靠人力来挖。冷浸水田里有很多蚂蝗，裴红红的皮肤比社员们的皮肤要白嫩一些，进攻起来比较容易，于是一条聪明的蚂蝗左选右选，最后还是优先爬上了她的小腿肚。高音喇叭刚喊第一次，裴红红就感觉到她被谭丽丽蒙骗了。谭丽丽病了后，队上干塘捉鱼，两个女知青共分了一条半尺长的鲢鱼。裴红红提着那条鲢鱼走了二十里路到公社，再从公社搭船进了一趟城，主要是想去看一看谭丽丽。谭丽丽是她的姐姐呵，现在姐姐病了，这条鲢鱼当然应该给姐姐吃。

可她在县医院没有找到谭丽丽,到谭丽丽的家里去看她,谭丽丽的妈妈又说丽丽在另一个医院住院。现在回想起来,谭丽丽的家里分明有谭丽丽演算过的作业本呢!高音喇叭喊这个消息时,裴红红就愤怒地想:谭丽丽是从哪里得到了消息呵?她肯定已经搞了一个多月复习了!

背叛,这还不是背叛么!

因为太愤怒了,那条蚂蝗正在吸她的血,她也全然不觉。

她第一个反应就是跳上田坎,往大队小学校跑。

队长看见了她小腿肚上的蚂蝗,队长大声喊:蚂蝗!蚂蝗!

裴红红根本就没有听见。

她要去找四眼狗借书,晚了,人家就会将书借走了。

裴红红跑到了大队小学校,看见四眼狗因为自己也没有书,正急得猫弹鬼跳呢,急得脸上也流出了一脸的油汗。裴红红讲明来意,四眼狗摘下他的近视眼镜擦上面的汗,四眼狗说,我昨夜又听美国之音了,也不知道美国鬼子在中国派有多少特务!美国之音说,中国大陆十年没有搞过高考了,目前大陆共有一千七百六十万下乡知青和高中毕业后回乡的农村青年。大陆的高等教育因为"文化革命"而萎缩了,教师下放到五七干校,学校的学生宿舍十年间有一半被部队占用。这次突然招生,估计最多可容纳学生十五万人。四眼狗满头大汗地说,裴红红你看你看,一千七百六十万人,十五万人,就是这么一个比例呵!这一千七百六十万人,此刻恐怕都在找书呢,我自己都没有书,你还找我借书!

四眼狗说完推出一辆自行车,说他现在就要到公社去,看还搭不搭得上资江河里的船。他要进城到县城去,到县城里新华书店去买书。

裴红红就要求四眼狗用自行车载了她,她也要到县城里新华书店去买书。

四眼狗面有难色,四眼狗说,二十多里呵,都是小路!

裴红红剜他一眼:还说要砸收音机呢,屁话!

四眼狗就不好再说什么了。

裴红红说,两个人踩,你踩不动了我就踩!

也不等四眼狗表态,她就坐到了后座上去了。

四眼狗紧一紧腰上的皮带,他们就上路了。

冬日的风,嗖嗖地在耳边吹过,但两个人都感觉不到冷。路上碰到一群小把戏，小把戏们先避在路边，等他们过去了再拍脚拍手唱童谣。他们拍脚拍手地唱道：自行车，不稀奇，车上坐的是猪日的！自行车，不稀奇，驼了老婆去买东西！

四眼狗受了童谣的鼓励，踩自行车踩得很起劲。

四眼狗回过头来说，我一定要考起大学，我考起了大学就来娶你！

裴红红鼻子里哼了一声，你考起了，你就不会娶我了。

四眼狗说，我不会，我不像你。

裴红红说，你是什么意思呵，我很坏么？你是意思是我很坏么？

四眼狗说，你不坏，主要是城乡差别。

裴红红很现实地说，晓得就好。

四眼狗不讲话了，恶狠狠踩他的自行车。

他踩不动了，裴红红就坐到前面去，裴红红就踩。

他们的运气很好，河码头正有个小火轮刚刚启动锚绳。

自行车像一支箭一样射下河坡，四眼狗将自行车推到河边上一个熟人家里请人看管着，返身拖了裴红红的手就往船上跳。小火轮已经离岸了，启动锚绳的那个人喊道：危险！危险！来不得了，来不得了！两个人都不听，牵着手就跳了上去。两个人都跌倒在甲板上，四眼狗触动了裴红红的胸脯，裴红红感觉到了心里微微地一震。两个人这时候有了一点同生死共命运的味道，裴红红看了四眼狗一眼，眼光里透出一些鼓励，四眼狗就把裴红红的手握得更紧了。龙鳞城在资江河的下游，船走下水还是蛮快的，他们太阳偏西的时候就上岸了。新华书店就在大码头，进城时已经是下午四点了。两个人都不知道肚子饿，直接就往新华书店奔。有一个警察站在路口，先是对着他们喊话，后来又一边喊话一边追，再后来就拦下他们了。四眼狗很勇敢，敢跟警察讲道理。四眼狗义正辞严地说，我们不是盲流，我是老师，她是知青，我们都不是躲避集体生产的农民。警察根本就不理他，警察只是指着裴红红的小腿肚说，蚂蝗！

裴红红这才吓得大叫。

那条蚂蝗于是就死得其所，死进了城里。

可裴红红那一天还是没有买到书。

他们赶到新华书店的时候，新华书店买书的人早已经排起了长龙。一片黑压压的人头下面，书店的人嘶哑着喉咙在喊，不要挤，不要挤！中学课本没有了,没有了! 只有《工业基础知识》了,还有《农业基础知识》!

《工业基础知识》和《农业基础知识》是龙鳞县革委会教育组编写的,文革中龙鳞县教育革命搞得比较彻底,全县中学曾经一度只教这两本书,再加一本《毛主席语录》。可是裴红红连这两本书都没有买到,先还是排着长龙的队伍,后来突然就乱了套,有人插队,有人被踩了,有人打架了。新华书店很快就没有了秩序了,裴红红一往无前,还是挤不进去。

四眼狗挤进去了,但也没有买到书,四眼狗还遭受了严重的损失,挤烂了他的那副眼镜。四眼狗说回去算了,回去到公社供销社去看看,再不行找右派马拐子去想办法。四眼狗信心百倍地鼓励裴红红说,马拐子在教育部门有很多学生,很多学生都在当领导!

裴红红说,我不回去了,请你和我们队长说一声,我不回去了!

四眼狗问,为什么呢?四眼狗刚刚感觉到裴红红对他有了一点意思,他正想沿着这一点意思开拓前进呢,裴红红突然就不回去了,他很失望。

裴红红说,我就在家里搞复习算了。

四眼狗无可奈何,只好说,那——那也好。我们就考场上见面吧,我一定要考起,为了你也要考起!

裴红红没有心思儿女情长,裴红红只说也好,我们考场上再见。

裴红红从那一天起,就真的再没有回板凳形了。

她必须抓住这个机遇。

她的爸爸不管她,她的哥哥管不了她,现在谭丽丽又背叛她了,她不抓住这个机遇就没有一点希望了。从来就没有什么救世主,也没有神仙皇帝。要创造人类的幸福,全靠我们自己! 太阳落进资江的时候,裴红红打着一双赤脚,心里默念着国际歌的歌词,就那么回到了她的家里。她左腿的小腿肚上已经不流血了,但心里流着血。那时候龙鳞城还坐落在资江河北岸,还只是一个县城,只有十来万居民。无数块麻石一块接一块在资江河北岸摆开,摆出一条长达十五里路的街道,弯弯曲曲的像一条猪肠子。中国南方麻石街很多,但这么长的麻石街却是龙鳞唯一。龙鳞城据说存在有几百上千年了呢,最早的河堤就叫鲁肃堤,据说还是三国时代东吴大将鲁肃带人修筑的。城里每一块麻石都光洁如镜面,那是已经死去的人和现在还活着的人用无数双鞋底摩擦了上千年了才出的这样一个效果。那时候龙鳞城里的麻石街道还很狭窄，汽车迎面会不得车，幸喜那时候龙鳞城里也没有公共汽车。从麻石街道伸展进去的胡同，那就更狭窄了。有的胡同两个人对着走，相遇时两个人都得把自己的屁股贴到墙壁上去。走过去各自再拍掉屁股上沾的墙灰。整个龙鳞城一直分为头堡、二堡和三堡，有街谣说，一堡官，二堡商，三堡住的是卖水郎。裴红红家住三堡，住在三堡的一个大杂院里。大杂院里住的虽然不都是卖水郎，但都是很标准的劳动人民，有的打铁，有的补锅，有的掏厕所。进大杂院有一个很古老的石库门，石库门上方用红漆写着一个大大的"忠"字，石库门的右边用红漆写着"大海航行靠舵手"，左边用红漆写着"干革命靠毛泽东思想"。左边比右边多了两个字，但那时候的人只突出政治不讲究这些，左边的字比右边的字写得稍微扁一些，看上去就还是很像一幅对联，而且很整齐。

裴红红走进石库门的时候，碰上了她爸爸裴大头。

裴大头推着一辆自行车，自行车后座上驮着一个冰棒箱，他正咬牙切齿地想把自行车推进大杂院里去。石库门的门槛也是麻石做的，很高，冰棒箱又很重，自行车于是很难推进去。裴大头只顾埋头推车，没有看见裴红红。裴红红怯怯地叫一声爸爸，裴大头这才抬起他那颗比常人要得多的脑壳来。裴大头抬起他的大脑壳来马上就说，是红红呵，你怎么又回来了呢？见裴红红两手空空，裴大头又问道：现在乡里都在干塘呵，你们队上没有分鱼么？

裴大头这样一问裴红红就知道了，这个大杂院里最近有知青回来了，回来送了鱼。裴红红想起她分得的那条鲢鱼就烦躁，裴红红很气愤地对她爸爸说，我也分了鱼，但我分的鱼喂了狗了！

喂狗？

裴大头不懂，但也再不问了。

裴红红对她爸爸是又爱又恨，裴大头这辈子也真是太不容易了。一九六六年龙鳞城里"湘江风雷"和"工联"两大派造反组织搞武斗，真的过枪打。他们先是自造土枪，后来还在拖拉机上面焊上钢板，还取了个名字说是列宁号土造坦克。裴红红的妈妈其实哪一派造反组织都没有参加，武斗时爸爸说了不要上街，她妈妈偏偏要去看热闹。刚刚走出石库门，不晓得是哪一派造反组织的一颗流弹飞过来，她妈妈喊都没有来得及喊一声,就做梦一样死去了。哥哥大了后,天天喊要报仇,要找出是哪一个野杂种打死了他妈妈。爸爸怕事,就让哥哥下放得远一些,下放到云南生产建设兵团去了。哥哥不争气,好像云南那地方不种粮食只种橡胶,他老是写信回来向家里要粮票。粮票就是那么多,一个人一个月就是二十多斤,寄给哥哥了,家里只好吃黑市米。黑市米贵得吓死人,爸爸又和同院的陈家婶婶有一腿。陈家婶婶死了男人,带着三个小把戏,三个小把戏都还穿着开裆裤,当然要靠裴大头来补贴。裴大头原来是环卫处的掏粪工人,环卫处发的那点工资根本不够用,陈家婶婶就要他不去掏粪了,要他到街上去卖冰棒。裴红红知道,她爸爸卖冰棒只是一个幌子,裴大头的袋子里总有许多花花绿绿的计划票证:肉票、油票、糖票、鸡蛋票、香干子票,肥皂票、电池票、香烟票、火柴票,只没有粮票。那时候什么东西都凭计划供应,计划都只有一点点。但还是有人不抽香烟,要把香烟票换成肥皂票,有的人家舍不得吃肉吃鸡蛋,要把肉票鸡蛋票换成香干子票、裴大头就捣腾这些票证。粮票不捣腾,粮票就是命,没有人打算饿死自己。捣腾票证是犯法行为,裴大头其实是在做贼。裴红红恨她的爸爸不务正业,还恨她爸爸的骨头太软了,在陈家婶婶面前表现得就像一条狗。整个大杂院的人都在裴大头背后指指点点呢,这让裴红红做人太没有面子了。

裴大头后来就不管裴红红了,他是和陈家婶婶搭上线后变质的。

裴红红也不怪他,他管那三个小把戏都管不过来呢。

裴红红家住大杂院的最里头,走进去要经过一个很长的天井。天井上面扯着铁丝,她走进去的时候,铁丝上挂满了各家各户晒出来的衣服。许多衣服补着补巴,还有一条罩裤是用化肥袋子做出来的。那条罩裤前后都有字,前面是最高指示,字不全了,但还是可以看出来是一条语录,屁股上就是化肥厂的厂名了,还有化肥的净重量。化肥袋子做出来的罩裤绞不干水,那条罩裤刚刚晒出来,还在滴着水。裴红红从那条罩裤下走过去的时候,就有几滴水滴在她的头发上了。裴红红抹一把头发,抹出来一股怪味道。

走过陈家婶婶门前的时候,陈家婶婶伸出头来说,呵,红红呵,回来了呢?

裴红红说回来了,眼角都没有扫过去。

爸爸的脚步声停止了，裴红红不用回头，就知道陈家婶婶又拦住了爸爸。

陈家婶婶一直在主张裴大头把女儿嫁出去算了，尤其是她知道了有个赤脚老师想找裴红红谈恋爱以后。陈家婶婶有人时喊裴大头大脑壳，没人时喊裴大头我的大脑壳。有人的时候声调硬一些，没人的时候声调软一些。她老是说我的大脑壳呵，城里其实没有乡下好呢，城里吃水都要花钱买，乡下人有田有土，一年只要喂好一头猪，就油盐酱醋什么都有了。她分析说赤脚老师虽然也是拿工分，但拿的是最强劳力的工分，还天晴下雨天天都有。赤脚老师也还是有转正的呢——她经常开导她的大脑壳说，转了正，不就拿工资了？不就有钱孝敬歪老子给你大脑壳打酒喝了？裴红红走在长长的天井里的时候，她不要回头，就知道陈家婶婶撇着她的尖嘴巴，又在开导她爸爸了。陈家婶婶可能还说，我的大脑壳你看啰，又回来吃饭的来了吧，刚出去才有几天呢？你背了云南那个包袱就背不动了，我真替我的大脑壳着急！

果然，裴红红刚刚进屋寻出鞋子，打了盆水坐下准备先洗个脚，裴大头推着那辆自行车就进来了。裴大头进屋就问，我说红红，你回来要住几天呵？乡下秋收正大忙着呢，我们要继承毛主席他老人家的遗志，你还是要讲究一点表现。

裴红红头也不抬就说，我不走了，我要考大学。

裴大头吓了一跳，说，大学？哪里有大学考呵？

裴红红好伤心。

新华书店那么多家长在挤课本，爸爸竟然不知道！

裴红红恨恨地说，你反正没管过我，我的事不要你管！

裴大头问，那你要住好久呢？

裴红红猛地抬起头说，一年！两年！三年！

裴大头说，你晓得我很忙，我忙得平时煮饭都没有时间，我在你陈家婶婶家里搭伙食。

裴红红猛地把洗脚水倒在天井里，溅了裴大头一头一脸。裴红红咬着嘴唇哭出了声来，裴红红哭着说，哼，搭伙食！你就搭你的伙食吧，我不吃你的饭行不行？破釜沉舟，这一次我要破釜沉舟！

裴红红穿上鞋，就跑到五福宫去了。

五福宫过去是一座寺庙,住的是和尚。解放后改成了一个饮食店,依汤下面就叫五福宫饮食店了。文化革命破四旧,才改叫工农兵饮食店。裴红红的小舅舅叫洪定忠,洪定忠就在寺庙改成的饮食店里做馒头。小舅舅其实只比裴红红大得两三岁,裴红红长得像她妈妈,小舅舅又和他姐姐很挂像,于是从表面上看,他们俩就很像是两兄妹了。小舅舅小时候患过小儿麻痹症,长大了一直一只脚长一只脚短,裴红红从来没有喊过他小舅舅,总是直呼他的名字洪定忠。裴红红走进五福宫的时候,小舅舅正在和面粉。裴红红在街上走过来时本来没有哭了的,一看见小舅舅就又哭了,哭得更认真。小舅舅吓了一跳,连忙跳过来给大侄女擦眼泪,擦得大侄女一脸的白面粉。裴红红打开他的手说,洪定忠我不要你擦眼泪,我要考大学!小舅舅吃了一惊,一只脚长一只脚短的站在那里,呆呆地听大侄女哭诉,终于搞清了事情的来龙去脉。小舅舅也没有说话,他默默无声牵起大侄女的手,一拐一拐走出饮食店,走到了街面上。

小舅舅牵着大侄女的手,走进了一家寄卖商店。小舅舅在商店里摘下他手腕上的手表,咚地一声就丢在柜台上。营业员正伏在柜台上打瞌睡,小舅舅将他推醒来,嗡声嗡气地大声叫道,手表!

营业员醉眼朦胧拿起手表左看右看,看完了递出来五十块钱。

一百二十元一只的上海手表,只递出来五十块钱。

小舅舅收起钱,推了大侄女一把,才嗡声嗡气地说,你回去!

裴红红就回去了。

当天晚上裴红红正打扫自己的房间,小舅舅又来了。

小舅舅一拐一拐,提来了一个网兜。

网兜里有三本旧课本,五筒挂面,十二个馒头,还有一瓶红辣椒,一瓶老榨菜。三本旧课本是从三个地方搞来的,一本初一语文,一本高二数学,还有一本是初中政治。三本旧课本都烂得面目全非了,但从封面上写的名字上看,还是看得出它们以前分属三个主人,这三个主人还分别曾经是三个学校的学生。小舅舅从网兜里往外拿东西时一直在骂人,骂有个人心太黑了,一本破书就敢要一块钱,简直比旧社会的土匪还要恶!小舅舅骂完了那个人才对大侄女说,馒头你要好多我有好多,我从明天起每个馒头就做得小一点,对得上总数就是的,没得人会过秤称。书呢,红红你开一个单子给我,我慢慢去找。只是你要把自行车借给我,我的同学朋友熟人住得分散,有的住在头堡,有的住在三堡,有的还住在对河。

裴红红嫌小舅舅啰嗦,有些不耐烦地对他说,自行车在天井里呢,洪定忠你自己去推。

小舅舅就去推自行车了。

小舅舅推自行车的时候,陈家婶婶趿着一双木拖板从屋里出来了。陈家婶婶拉住自行车,说自行车不出借,自行车明天还要卖冰棒的。陈家婶婶还嘲笑小舅舅,说你这个鬼一只脚长一只脚短,你骑得自行车么?裴红红知道,她爸爸其实就在陈家婶婶的房里睡觉呢,他到底不好意思出来拦,陈家婶婶只好自告奋勇。裴红红听见小舅舅说,我们家的事,要你管什么?要你管什么?小舅舅的力气没有陈家婶婶的力气大,推不动自行车,裴红红就跑出来了。裴红红跑出来并不和谁说话,裴红红一伸手,就把冰棒箱子咣当一声掀到了地上。冰棒箱子悲惨地一滚,只差一点就砸了陈家婶婶的脚板了。

裴红红挺起胸,拦在陈家婶婶面前像一堵墙。裴红红说,洪定忠你走!

小舅舅就一拐一拐,推着自行车走了。

小舅舅走到天井中间又回来了,走回来嘱咐裴红红说,你那个叫谭丽丽的朋友,我记得她爸爸好像是县一中的老师呵,你也去找找她呵,她可能有办法搞得书到。

裴红红嘣的一声关上门,裴红红说,洪定忠你讲点别的好不好?谭丽丽得了死病,胃穿孔,谭丽丽已经死了!

5

高　考

恢复高考后的第一次考试，都是各省自己定时间，自己出卷子。中央给各省的指示只是要抢时间，要尽快把人才选拔出来，越快越好。国家要人才要得迫不及待，各个省的动作就都比较快。龙鳞县所属的这个省动作最快，新华社播出那条消息还没有两个月，全省就真的开考了。开考前一向龙鳞县阴雨绵绵，开考前两天却突然就晴空万里。老百姓都说，上天有眼呵，这是国运开始昌盛的好兆头！龙鳞街上，一个月前年轻人见面时还互相问：你会去参加考试吗？这时候再见面就不要问了，哪个人会不会去参加考试，一看就知道了。参加考试的年轻人，都关在屋里坐了一个多月牢了，现在放出来，一般都是眼眶陷了进去，脸骨暴了出来，猛然走在阳光下，他们还要摇摇晃晃好半天才站得稳。那时候还没有复习班一说，也没有什么考试提纲和复习资料，大家甚至都不知道要考一些什么课程。大家就是关在房里看课本，其实也是稀里糊涂瞎看。不知道要考些什么，人就很着急，都急得眼眶陷进去，脸骨暴出来了。

贾胜利的眼眶没有陷进去，脸骨也没有暴出来。

贾胜利从一开始起就没有准备参加高考，机械厂明年就招子弟了，已经内定了要把他招上来，他还要考个什么呢？那时候知青中有一首顺口溜，说一工交二财贸，没有办法才去文教。贾胜利知道算这个账：工人阶级是领导一切的，进了机械厂就是工人阶级了，就领导一切了，还要去考个什么鬼试呵？谭丽丽去考是没有办法，她只有这么一条路好走。不过贾胜利对高考的事还是很关心，他听广播里喊了新华社的正式消息后，就又到板凳形去了一趟。

谭丽丽要他把她的被窝帐子一担挑了,送到县一中来。

一个冬日的下午,贾胜利挑了那一担被窝帐子,兴高采烈地到县一中来了。自从下放农村以后,他基本上没有来过,他这回只当是故地重游。县一中那些房子解放前是一个教会医院,建筑风格和电影里的欧洲古堡差不多。从校门口往上,通向最高处的教师宿舍都是麻石砌就的台阶,贾胜利在这里读书时就数过无数遍的,总数是两百九十二级。许多很古怪的建筑沿两百九十二级台阶摆开,这些建筑或大或小,但一律红砖绿瓦。墙壁修得很厚,窗户开得很高。每一个屋顶的四个角原来都吊着风铃,风一吹,风铃就叮当作响。贾胜利读初中的时候,高中部的同学说这是帝国主义留下的靡靡之音,曾经搭长梯要把它拆掉。终因屋顶太高了,摔伤了一个学生,还是没有完全拆掉。这就使得贾胜利担了那担被窝帐子走在两百九十二级台阶上的时候,还是有风铃在叮当作响。校园里到处都是脚盆大脸盆大的枫树桩桩,据说大跃进以前这里曾经绿荫如伞。那些树桩桩春天会长出蘑菇来,但蘑菇从来长不大,一长出来就会被顽皮学生踩死或摘掉。许多年没有来过了,贾胜利发现县一中还是那个样子,只是墙壁上刷的标语不同了,现在打倒的是"四人帮"了。他在台阶上碰到了谭丽丽的父亲,谭眼镜从一条小径折出来,一折出来就走在他前面了。

谭眼镜手里提了一条鱼,鱼尾巴一晃一晃的。

贾胜利喊:谭老师,谭老师!

谭眼镜听见有人喊,就回过头来了。谭眼镜回过头很羡慕地说,贾胜利呵?你招工上来了么?

贾胜利说,明年,机械厂内定了要到明年!

谭眼镜问,那这是哪一个的行李呢?

贾胜利邀功请赏,说,谭丽丽的呵。我半夜动的身,走的夜路。

谭眼镜就剜了他一眼,说,八字还没一撇呢,你就——!

贾胜利只好如实汇报了,说,谭丽丽叫我送回来的呵,谭丽丽说,这叫破什么沉舟。

谭眼镜说,破釜沉舟,一个形容词,也是一个成语,还是一个典故。

贾胜利以为谭老师会说这个形容词这个成语这个典故呢,谭眼镜没有。谭眼镜一把接过扁担,很有些不耐烦地说,你回去吧,谭丽丽正在拼命呢,我搞到了一条鱼,我要给她补充营养。你呢,你就不要去影响她搞复习了。

贾胜利说,我不影响她,我只和她说一句话。

谭眼镜问,我传达行不行?

贾胜利说,我——我说一句话就走。

谭眼镜就皱眉头了,谭眼镜皱着他的眉头说,你这个伢崽,你怎么这样不懂事呢!

贾胜利只好懂事了,他把扁担交给谭眼镜,就魂不守舍一步一步走下那两百九十二级台阶了。

谭眼镜其实很讨厌贾胜利。

四年前请他吃那餐饭,实在是出于无奈。

谭眼镜不但不喜欢贾胜利,严格一点说,他还不喜欢那个时代所有的工农子弟。龙生龙凤生凤,老鼠生儿打地洞,他认为这句话其实是没有说错的。那个时代的工农子弟都是大爷,只知道造反有理,还自以为是世界的主人呢。像贾胜利,讲是讲高中毕业,又学到了一点什么东西呢?工农子弟都没有家教,他的父亲放他的敞牛,根本就不管他,他读书就只是做一个样子罢了。冬天在操场上跳房子,在走廊上滚铁环,夏天就在资江河里洗冷水澡,洗完了打个赤膊,再在县剧院门口抢人家的军帽。再不就再带了一帮小痞子,唱着语录歌和另一帮小痞子打群架。你做老师的还讲不得他呢,你一讲他,他就说你是修正主义教育思想回潮了。谭眼镜记得,有一回他给贾胜利那个班讲《农业基础知识》的某一章,讲生石灰如何烧制,熟石灰如何使用。他顺便讲到了化学分子式,说就是因为化学分子式的排列组合不同,世界上才有各种不同的物质。他不该举了个例子,说稻谷和稻草的化学成分本来都是相同的,只是化学分子式的排列组合不同,表现出来就是稻谷和稻草了。贾胜利那时候还没有看上谭丽丽,还不晓得要给他岳老子留一点面子,就逞英雄。贾胜利当场就跑出去寻了几根稻草来,请谭老师排列出稻谷。谭眼镜当然排列不出稻谷,贾胜利就带了同学们起哄,要开批判会。贾胜利后来再没有难为自己了,那是因为看上谭丽丽了。谭丽丽的情况就不同了,课堂上学不到东西,谭眼镜就把女儿关在家里自己来教。读书有用无用他不管,他对女儿说,教育的本身就是目的,知识可以让人聪明,你学到了知识就行了,不要问学了有什么用。县剧团的台柱子很协助他的工作,只要不在舞台上演小铁梅,就肯定是守着女儿在搞学习。这样一来,贾胜利初中两年高中两年四年只读了三本书,谭丽丽四年就读了无数本书,好歹把文革前的中学教材都大致跑了一个遍。县剧团的台柱子有时候还在家里偷偷哼交响曲,谭老师有时来了兴趣也在家里朗诵《神曲》,谭丽丽于是不但知道世界上有个人叫贝多芬,还知道世界上有个人叫但丁。知道贝多芬还知道但丁的人,却需要只知道抢军帽只知道打群架的人来保护,我堂堂正正教书,也还需要靠女儿的裙带关系来保护,谭眼镜一想起这个事情就感到很羞耻。

　　谭眼镜知道,羞耻不会继续很久了。

　　时代已经在起变化了,谭眼镜已经和他哥哥恢复联系了。说起划清界线的事,谭眼镜很不好意思,说了很多客观原因,但哥哥在信上说以后不要再提这个事了,一切向前看。哥哥那封信写得很长,而且文采飞扬。哥哥像一位年轻的诗人,在信上说,我们的祖国刚经历一场磨难,作为祖国的儿女,我以和祖国有共同的经历而无比骄傲。哥哥说,现在坚冰正在一点一点打破,航路正在一点一点开通。恢复高考只是一个信号。哥哥嘱咐他一定要解放思想,在今后的日子里,社会还会发生一系列重大变革。

　　哥哥信上说的那些话,以后才一句一句慢慢在报纸上出现。

　　他那时候还不知道,只是揣测哥哥要发达了,他的名字日后如果再上《人民日报》,有可能是视察哪里的哪一项二作后,再指出一点什么又强调一点什么了。谭老师揣测出这一点后很后悔,他后悔几年前目光短浅,不该请贾胜利吃那餐饭。那餐饭确实有将女儿随便就托付出去的意思,虽然没有明说,但两个小孩都懂,莫说他们两个本来就要好。现在呢,这件事不好办了。

　　所以那一天贾胜利想见谭丽丽,谭眼镜坚决不答应。

　　谭眼镜说,把扁担给我!

　　贾胜利只好把扁担给他了。

　　贾胜利在县一中碰了那个壁后,在家里闷闷不乐地住了几天,天天跑到电影院去看电影。那时候龙鳞城里十五里麻石长街上只有一家电影院,这家电影院在一个很长时间只放三个电影,一个是《地雷战》,一个是《地道战》,再一个就是《南征北战》。三个电影都是看过无数次的了,所有的台词差不多都可以背出来。贾胜利再看,就越看越没有味了。看电影看得真的看不下去了,贾胜利就回知青点。知青点没几个人,参加高考的知青都回城搞复习去了,不参加高考的知青也趁机回家休息。工是不要出了,只是很冷清。幸好新痞子那一向没有出去游荡,贾胜利才有一个可以说话的人。

新痞子请贾胜利帮忙,将知青点养的那条狗也勒死了。

勒死那条狗后,新痞子又在厨房里锯了一根屋梁。他堂而皇之将那根屋梁扛下山,找农民换回来一桶七五寸烧酒。

知青点于是酒肉飘香了。

酒肉飘香的日子过得飞快,他们吃完那条狗喝完那桶酒后,公社广播站的高音喇叭又喊了,说是全公社革命青年请注意,没有报名的要赶快来报名。十二月二十二日至二十三日,各大队革委主任要当成一项政治任务,要亲自带队,在公社中学开展国家考试。一个公社能开展国家考试?这不又是像一个笑话说的,某人评先进,得了个全国第一全省第七么?而且,听这个通知,贾胜利觉得话说得有点文理不通,但又想不出不通在哪里。

想不出就不想了,贾胜利只想谭丽丽考起就行了。

贾胜利吃狗肉吃得饱嗝掀天的时候,谭丽丽正在实现自己的理想。

她走进了考场还在默诵勾股定理。

黄金公社的中学太小了,根本就容纳不了那么多考生。谭丽丽默诵勾股定理的时候,武装部长正在发动农民搬桌椅板凳,把就近几个小学的四百多套桌椅板凳都搬到公社大礼堂来,临时开设了一个第二考场。公社真的是当作一项政治任务来完成的,组织得很严密。第二考场没有大门,武装部长就亲自带着武装民兵来站岗,他们手里的三八步枪还真的上了刺刀。谭丽丽分在第二考场,她挤了好久才挤进去。四百多人都挤进去后,大礼堂里就形同于一个戏院子了,不断有人碰翻桌椅板凳,不断有人踩着碰翻了的桌椅板凳跌跤子,秩序很乱。从公社中学抽来的监考老师要大家安静,他们的喉咙都快喊嘶了,大礼堂里还是安静不下来。许多人在走动,有一对父子一起来考试。父亲是一九六五年的高中生,一毕业刚好大学停招。儿子要明年才高中毕业,父亲还是带着儿子来碰一下运气。父亲站着和熟人聊天,并不认为考场就不能聊天。父亲对熟人说,我的要求不高,我们父子两个人,只要碰起一个就行了。武装部长威胁他说,你再不坐下,我就把你们父子两个都赶出去,让你们一个都碰不起!

规定的时间到了,派出所两个警察抱着考卷进来了,还有人在找座位。眼看考卷不能按时分发下去了,县里派来的总监考满头大汗,大声问武装部长怎么办呢?怎么办呢?武装部长想了一想,跑出去找了一个铁皮喇叭筒又跑进来了。他跑进来后狠狠地敲了一阵桌子,然后喇叭筒举起大声喊道:革命的同志们,国家考试就要开始了,我们要严防阶级敌人狗急跳墙!他叫门口的武装民兵站进来,谁不坐下就把谁清理出去,若有阶级敌人想搞破坏就坚决镇压!谭丽丽觉得很好笑。中央的文件规定:凡是工人、农民、上山下乡和回城知识青年、复员军人和应届毕业生,符合条件的均可报考。这就是说,阶级敌人的子女都可以参加高考了,他们祖坟冒烟了高兴还来不及呢,谁又会来搞破坏呢?但武装部长的老办法还是很起作用的,那几杆三八步枪一进来,秩序马上就好了。

第一堂考语文。

考卷一发下来谭丽丽就吃了一惊:这就是高考么?

小儿科!

第一个题目是"将下面的拼音用汉字写出来",而且正好是昨天在码头上和爸爸道别时说的那句话:我们的目的一定要达到!这句话是最近《人民日报》一篇社论中引用的一句话,有的人猜测说,这是新的党中央在暗示全国人民,很快就会有新的精神下来了。许多人年轻人一见面,总是一个人先说"我们的目的一定要达到",一个人再说"我们的目的一定能够达到",好像成了地下党的接头暗号。接下来除了造句,就是分析一篇文章的中心思想,分析一个句子的结构成分了。分析句子的结构成分,也只要求分析到主谓宾就行了,介词结构都没有涉及。最难的题目恐怕就是一段古文翻译了,选的也是《曹刿论战》中间的一段。《曹刿论战》因为说的是"肉食者鄙",表达的是劳动人民的观点,不算封资修,所以文革中的高中语文课本中就唯一保留了。只要真的上了课的人就会做,其实也难不到哪里去。谭丽丽一路做下去,才一个小时就做完了,又用半个小时写完只要求语言通顺的六百字作文,她就再没有事情可做了。她按照爸爸的嘱咐将考卷检查了三遍,这才出一口长气,感叹爸爸和他的同事们真的神了!

为这次考试做准备,谭丽丽破釜沉舟掉了几斤肉,她爸爸也破釜沉舟掉了几斤肉。

县一中有好几个老教师都有子女考大学,这几个老教师就团结起来了,共同来拟复习提纲。这几个老教师都教了一世的书,都是老精怪了。他们凭他们对这次高考的理解,又清楚现在的高中生是一个什么水平,估计国家也只能实事求是,整理出来的提纲就神仙一样。他们猜定作文是叙述文,猜定作文题目应当和恢复高考有联系,预先写了范文,作文题目就真的是《心中有话向党说》了。古文翻译猜了三段,其中有"肉食者鄙"。他们就像地下党做地下工作一样,拟好了提纲用复写纸复写了,一人拿一份,就把原稿烧掉了。他们还对天起恶誓,谁传出去,谁的子女就考不起大学。有这个提纲和没有这个提纲,当然是不一样的,谭丽丽抬起头来,看到县一中的一个子弟也在左顾右盼,还向她露出胜利的微笑,就知道他也得到实惠了。她发现考场上有三分之二的桌子上已经没有人了,她先还以为那些人比她还厉害些呢,是做完就走了。仔细一看才看清楚,他们人走了考卷却还在桌子上,才知道他们都是根本没有读书的,一看考卷就没有了信心,就痛苦地放弃了。这时候有一个人突然哭了,监考的老师请他不要影响大家,他就哭着跑出去了。突然听见有人喊:老师,老师,他不行了!就见一个人伏在桌子上,身子软软地正朝地上滑。武装部长走过来说,抬出去,抬到卫生院去。武装民兵就一个抱了那个人的上身,一个抱了那个人的两条腿,很快就抬出去了。

坐在她前面的一个人没有走,谭丽丽认出来是裴红红。

谭丽丽这才想起,考生序号按大队排列再按生产队排列,她前面坐的也只能是裴红红。看见裴红红,谭丽丽有一些不好意思。这两个月只记得复习了,澡都不记得洗,不记得考试以外的其他人和事,这两个月简直是将她忘记了。裴红红还是参加了高考,谭丽丽就还是感到很高兴。谭丽丽这时候才对裴红红有一点内疚,想起自己是对她有一点不够朋友。她拿到她爸爸和同事们拟的那份提纲后,就想过要复写一份给裴红红,但她爸爸又不许了,说的也是车少乘客多的绝对真理。谭丽丽现在想好歹弥补一下了,她轻声地对裴红红说,喂,红红,喂,红红,做得出来么?

裴红红不理谭丽丽。

喂,红红,做得出来么?

谭丽丽又问。

裴红红还是不理她。

谭丽丽知道裴红红为什么不理自己,谭丽丽很恼火。但她想了想还是谴责自己,确实是自己对不起裴红红。最初可以说是怕追遥,后来局势明朗了,你又想到过裴红红么?假如硬要把那份复习提纲复写一遍送给她,爸爸也是拦不住的。谭丽丽又想弥补了,她看到考场上也有递纸条子的,但监考的老师并不很在意,就飞快地将几个题目的答案写在一张纸上,然后将身子伏过去,放到了裴红红的桌子上。

她没有想到,裴红红几下子将那张纸揉成一个团,然后掷了过来。

谭丽丽将纸团展开了,再递过去。

这一回裴红红将那张纸撕碎了,掷到地上。

谭丽丽深深地叹了一口气,就交卷退出考场了。

谭丽丽打算考完以后,要好好地和裴红红谈一谈。

但她的这个想法没有实现。

最后一堂考的是政治,回答党的十次路线斗争,默写革命接班人的五项标准,以现在的观点来看,内容既是错误的,方法也是十分可笑的。四项基本原则故意只写三项,要考生把第四项在括号里写出来,三大作风故意只写两个作风,要考生找出藏起来的那一个作风再填到括号里去,其实也和考语文填充题差不多。考语文的时候谭丽丽用了一个小时,考政治谭丽丽半个小时就没有事情做了。前三堂考试谭丽丽都是提前交的卷,这一堂她没有提前交卷。裴红红每一堂考试都坚持到最后一分钟,谭丽丽想和她一起退场,揪住她好好谈一谈。考完了她如果回城里,就和她一起回城里,她如果回板凳形生产队,就和她回板凳形生产队,总之要好好谈一谈,该做自我批评的多做自我批评。谭丽丽将做好了的考卷检查了无数遍后,实在没有一点事做了,就考虑怎样和裴红红谈。裴红红的性格谭丽丽是知道的,她小时候没有母爱,父亲和一个寡妇乱搞男女关系,她很自卑,生怕人家看不起,表现出来就是自尊心极强了,有时候会强到不可理喻的地步。谭丽丽打算先不和她说"胃部有阴影疑为胃穿孔"

的事,她不理我,我就像一条狗一样跟着她,充分满足她的自尊心后,再和她解释"胃部有阴影疑为胃穿孔",但主要还是强调怕是谣言。

她相信她解释得清楚。

不就是怕追谣么?

当时谁又知道这不是谣言呢?

谭丽丽也累了,人家一般都只复习了两个月,她复习了三个月。一阵疲惫袭来,她伏在桌子上,就迷迷糊糊地睡过去了。她梦见她走进了一座宫殿,宫殿的墙上写了两个字:大学。宫殿的墙壁金碧辉煌,宫殿的屋顶也金碧辉煌。白玉铺成的台阶一级一级向上延伸,不知道要延伸到什么地方去。有仙乐飘来,是贝多芬的《致爱丽丝》。她感到很惊讶,这分明是资产阶级的东西呵。她正要逃跑,伯伯在仙乐声中从白玉台阶上飘下来了,伯伯说,贾胜利没有来?她这才记起贾胜利没有来。她大声喊:利马虎,利马虎!但还是看不见贾胜利——

谭丽丽是被武装部长的喇叭筒惊醒的。她醒来后才发现,考试已经到点了,武装部长在催促裴红红马上交卷。考场里已经只有她和裴红红了,谭丽丽起身走的时候,裴红红还不想走。裴红红咬着牙齿,还想再做一道题。谭丽丽从她身边走过的时候,看见她脸色灰青,眼睛红得就像刚吃过人肉的母狼一样。武装部长喊,时间到了,时间到了,你再不交卷就取消你的考试资格了!裴红红这才站起来,她站起来的时候眼睛还盯在考卷上。突然,裴红红的身子软绵绵地向下滑了,谭丽丽惊叫一声,赶紧一伸手就扶住了她。

谭丽丽喊:红红,红红!

武装部长走过来对谭丽丽说,你扶她到卫生院去吧,她是第十七个了,没事,吊瓶水就好了!

裴红红不想做第十七个,醒过来了。裴红红醒来后挣开谭丽丽,对谭丽丽凶狠地喊道,你走开,我不认识你!我有腿,我自己会走!

6

瑞雪新年

龙鳞城里工农兵饮食店的那个洪定忠，那一天下班后解下腰上的围裙，就耷拉着脑袋，一拐一拐直奔他的房间了。洪定忠一不爱打牌二不爱逛街，唯一的爱好就是睡觉，他想洗了脚早点睡觉，在他看来睡觉真是一件幸福的事情。工农兵饮食店既然是原来的寺庙，职工们的住房当然就是原来的僧舍了。洪定忠推开了一间僧舍的门大吃一惊，他那狗窝一样的小床上，竟然睡着一个年轻的妹子！

妹子的长头发拖在枕头上，黑了一大片。

洪定忠吓了一跳，以为又是街对面青年理发店的刘小玲来了呢。洪定忠的脚一只长一只短，按政策规定不要下放。刘小玲也不想下放，但她太健康了，健康得像一个铁姑娘，没有一丁点理由逃避下放。她目前正在和县知青办玩拖的把戏，她想和洪定忠马上结婚，结婚后有了照顾残疾人的理由，她就也可以不下放了。两个人已经偷偷摸摸地"那个"了，当然是刘小玲主动。但洪定忠想：就是已经"那个"了，也不能大白天就公然睡到我的床上来呵。这作风错误是犯得的么？饮食店的领导只要晓得了，我会被开除的呢！

洪定忠这样一想就很气愤，他一气愤，就一把掀开了床上的被子。

掀开被子，洪定忠又吃了一惊。

床上睡的不是刘小玲，而是他的大侄女裴红红。

洪定忠先发现裴红红没有脱衣服，后来又发现她竟然连鞋子也没有脱掉！她可能先是斜躺着睡下的，睡着了，睡得舒服了，于是一双脚也大大方方地撂上去了。她的鞋子上有很多泥巴，现在那些泥巴都擦在床单上被单上了。床单和被单都成了大寨田，只要一开春，就可以播种了。

洪定忠愤怒地喊道:起来,起来!

可裴红红就像死了一样。

洪定忠用拳头擂她:起来,起来!

裴红红还是像死了一样。

洪定忠弄不醒裴红红,只好去搬兵。他跑到街对面青年理发店,把刘小玲喊过来了。刘小玲比洪定忠稍微聪明一点点,刘小玲举着一把雪亮的剃刀跑过来,跑过来看了看裴红红就说,让她睡,让她睡,她一直搞复习,整整一个月没有好好睡个觉了呢,让她睡!刘小玲收起手里的剃刀,为裴红红脱下鞋子,再为她严丝密缝地捺好被子,然后很肯定地说,她估计要睡三天三夜呢,我们不要管她。

刘小玲给洪定忠丢了个媚眼然后说,你呢,你就睡到理发店去吧,我家里宽敞,我把床让给你,我睡到我家里去。

洪定忠摇摇头。

洪定忠知道,他如果真的睡到理发店去,刘小玲是决不会睡到家里去的。他的革命意志又很薄弱,主要是挨不得温香软玉。挨上了,总是忍不住就会有所动作。刘小玲现在是只想驮上崽,驮上了崽,我看你洪定忠敢不结婚。

洪定忠正要求进步呢,他已经向街道党组织写过入党申请书了。

洪定忠坚决不上刘小玲的当。

刘小玲又一次做安排,还是那个安排。

洪定忠又一次摇头。

刘小玲给裴红红捺好被子,举着她的剃刀很不高兴地走了,嘴唇嘟起好高。她的一个顾客被她剃掉了半个脑壳的头发,晾在椅子上晾了半天了,已经在街对面理发店里鬼叫鬼喊地骂娘了,她不能不走。

裴红红真的睡了三天三夜。

那一个冬天龙鳞县下了一场大雪,后来一直许多年,龙鳞县再也没有下过那么大的大雪了。裴红红是在一个阳光灿烂的下午睡下去的,可是她醒来后，外面就是一派苍茫，银装素裹了。世界发生了这么大的变化，她一点都不知道。她甚至没有做梦，她后来就知道了，人真累了睡觉是不会做梦的，你如果睡着了还做梦，那就说明你并不是真的很累很累。裴红红幸福地睡了三天三夜后，醒来发现身上压了无数条棉被。她挣扎着从山一样的棉被里钻出来，感觉到从来没有过的舒坦。她从镜子里看到她的脸色不是灰青灰青的了，眼睛也不是通红通红的了，血色重新回到脸上，脸上重新又一派青春。她想唱歌，想唱《我们走在大路上》，又想唱《我们是毛主席的红卫兵》。拿不定主意先唱哪一首后唱哪一首，一回头却发现小舅舅坐在床边上，脸色是灰青灰青的，眼睛也是通红通红的。裴红红就只好决定暂时不唱歌了，先搞清楚这是为什么。

裴红红很惊讶，摸摸小舅舅的额头很关心地问，洪定忠你是病了么？

洪定忠一把撩开她的手，说，我没有病。

裴红红说，那你怎么脸色发青呢？

洪定忠愤怒地喊道，我三天三夜没有睡觉了！

这回是裴红红大吃一惊了，裴红红说，是么？我好像只睡了一小阵呵。

洪定忠很愤懑，哼，还只睡了一小阵呢！

裴红红说，是一小阵呵，我梦都没有做一个呢。你给我压这样多被子，你是在报复我呵？

洪定忠又哼一声，然后啪的一声就打开了门。

门一打开，一股老北风强盗一样就闯了进来，吹得裴红红猛地打了几个寒颤。裴红红就看见了，房沿上吊着白色的冰柱，长长短短像恶鬼的獠牙。街道被雪盖上了，十五里麻石街上已经看不见一块麻石。横在空中的电线都被冻得吱吱响，突然啪哒一声，有一根电线被冰块吊断了，悲惨地掉在了地上，闪了一下蓝色火花就不闪了。街上行人稀少，就是有个把两个行人，也是将手缩在袖子里面，肩膀耸起一个个都像是小偷在踩点。有一个肩膀耸起的人摔倒了，爬起身跳起脚骂娘，可刚一跳起，又摔倒了，摔得再不敢骂娘了。裴红红赶紧将门关上，这才想起天气是这样的冷，我睡了这个床，我的小舅舅睡在哪里呵？

裴红红问小舅舅，小舅舅不回答，只是把背转过去生气。

小舅舅有理由生气。

洪定忠这三个晚上都是在县剧院度过的,看了傅老师演的《红灯记》后,又接着看通宵电影。天气太冷了,剧院里冷得人死,三角钱一张的戏票降到一角五,两角钱一张的电影票降到了一角,还是没有几个人光顾。戏票电影票这么便宜,洪定忠这三天还是花去了好几块钱。主要是街上太滑溜了,十五里麻石街道就像泼了油一样。两只脚一般长的人都要摔跤子,洪定忠一只脚长一只脚短,不摔跤子那就太没有道理了。摔伤了,他们街道企业不像国营工厂,又没有药费报销。洪定忠这阵子是困得连眼睛都打不开,大侄女在面前一晃一晃的,只是一个模糊的影像。既然和他大侄女生气的力气都没有,他就决定不生气了,心想还是睡一觉吧。可他刚想爬上床,又被裴红红拉住了。裴红红毫无道理地问,这屋里就只有这一个床呵,洪定忠你睡了,我睡哪里去呢?

　　洪定忠眼睛瞪得好大,说,你有家呵,你该回家。

　　裴红红撇了撇嘴,说,哼,那个家!

　　裴红红说她不回去了,还领导一样吩咐洪定忠,要他明天就到黄金公社板凳形生产队去,把她的铺盖被窝背回来。猛然想起正在下雪,这才照顾洪定忠身体不好改口说,看你这个鬼样子,雪停了以后你再去吧,把我分得的红薯也背回来。

　　困得要死的洪定忠揉着眼睛说,你真的考取了么?

　　裴红红说,今年没考取,我明年再考!

　　洪定忠问她,那我住哪里呢?

　　裴红红很横蛮地说,那不关我的事,请你不要老是来打扰我。

　　洪定忠愤怒地瞪大了眼睛,想说什么终于没有说出来,只是无可奈何地吞了一口口水。打开门,一拐一拐小心谨慎走,走到街对面青年理发店去了。

　　无路可走,他只好去上刘小玲的当了。

　　谭丽丽考试回来后,只睡了一夜又一天。

　　当时刚刚变天。

　　她醒来的时候听见北风在窗外呼呼地叫,傅老师爬在桌子上,正在贴玻璃窗上的缝隙。傅老师裁了很多小纸条,她在小纸条上涂一点浆糊,然后很细致地贴在窗户的缝隙上,北风就进不来了。看见她醒来了,傅老师很高兴,说,我的丽妹砣好可怜呵,几个月没有睡一个好觉了!睡,不饿你就再睡吧!外面就要下雪了,冷死人,反正也出不得门。

　　傅老师如果不说外面下雪了,谭丽丽可能会还继续睡下去,傅老师说外面下雪了,谭丽丽一翻身就坐起来了。龙鳞地处江南,不容易下雪,谭丽丽还是很小很小的时候见过雪的。雪的美丽,雪的晶莹,雪落在身上脸上的那一份神秘的感受,在她的心中留下了深刻的记忆。谭丽丽听说下雪了,就惊喜地从床上爬起来打开窗户。可是她马上就失望了,外面只见北风吹得树叶纷纷落地,北风裹夹着一些雪粒,雪粒打在地上沙沙作响,根本就没有千里冰封万里雪飘的壮丽景象。傅老师跑过来赶快把窗子关上,叫她穿上衣服准备吃饭。傅老师说饭菜早准备好了,只要热一下。走廊上锅盆一阵响,傅老师一手端一个碗,又进来了。

　　一碗油炒饭,两个荷包蛋。

　　傅老师说,这两个荷包蛋我藏在人家的矮柜里呢,你弟弟到处找,没有找到。

　　可谭丽丽吃着吃着就不吃饭了,碗一丢就出门。她一边走一边喊弟弟:晶晶你过来呵,有荷包蛋吃呢!

　　晶晶就跑过来了,一进门就喊姐姐万岁。

　　傅老师说,这个疯婆娘!

　　谭眼镜还在走廊上炒菜,他想再给女儿补充一点营养。谭眼镜也丢下锅铲说,这个疯婆娘!

　　谭丽丽要过河,她要过河去找贾胜利。

　　起风了,她怕风一大轮渡又会停开。

　　谭丽丽从考场一出来就知道自己考取了。她出了考场,担任总监考的老师就对她说,我在考场上走来走去,只发现你是都做对了。那么容易的题目,还都被爸爸他们估中了,考卷上的内容,百分之八十都在提纲上。尤其神的是,《曹刿论战》古文翻译选的就是"夫战,勇气也"。范文也用得上,还做不对那才有鬼了!谭丽丽已经知道了,全国的中等专业学校和技术学校都不再开考了。国家就是这点宝贝了,录完了大专录中专,录完了中专录技校。万一大学录不上,中专那是跑也跑不脱的。现在要和贾胜利商量的事情是太多了:一,填写志愿。贾胜利不想出去得太远。裴红红其实也想打贾胜利的主意呢,你怕我就真的不知道?我只是装出个不知道的样子罢了。二,上次让他把行李从乡下弄回来,忘掉了好多书信好多照片,烂帐子烂凉鞋可以不要,那些书信照片不能丢,只怕还要到板凳形去一次。三,一起去找了裴红红真诚地道歉,一定要恢复一个屋顶下结成的宝贵友谊,否则以后裴平平回来了,我们还有什么面目再见裴平平呢?尤其是贾胜利。谭丽丽走出门后,雪就开始下了,三点两点的,一落地就融化了,就不见了。走完两百九十二级台阶,她就走到了小街上。河这边没有麻石街道,河这边除了县一中,就只有两里路长的一条小街了。小街过去是一片丘陵,丘陵上长满了桃树,就叫做桃花仑。省里从解放初起就规划这一片丘陵是工业区,要建几个很重要的工厂。但这几个很重要的工厂只挖得几个眼,总是一开工就碰上搞运动,一搞运动就停下来,于是到现在这里还是一片丘陵,还是长满了桃树。河这边最高大的建筑,就是几座红砖楼了。红砖楼是中苏友好时期的产物,一律俄罗斯风格,里面住着龙鳞行署的机关。龙鳞行署是省里派出来的机构,理论上管着龙鳞县,还管着其他几个县,但因为没有自己的地盘,实际上差不多成了龙鳞县的附庸。桃花仑下去是一个峡谷,叫拖刀坳。拖刀坳很有一番来历,据说是三国时期那个红脸关公一刀拖出来的。龙鳞县志上说,三国时期河那边就是东吴领地,河这边驻守着蜀国的关公。鲁肃喊关公过河去开外交例会,关公单刀赴会。他的那把青龙堰月刀太长了,挂在千里赤兔马身上拖着走,一拖就拖出这个峡谷来了。从这个峡谷再下去就是大渡口,大渡口有两只轮渡, 从早到晚一来一去在资江河面上织布一样穿梭着,那时候龙鳞城两岸的交通就靠这两只渡船了。谭丽丽经过那几座红砖楼的时候,风吹得大了,行署机关墙上贴的标语,有的被风撕得稀烂,有的被风吹得掉到了地上。有一条标语本来是敌人一天天烂下去,我们一天天好起来。风把这条标语吹走了中间的大部分字,就变成敌人一天天好起来了。谭丽丽看见这条标语扑哧一笑,笑了赶紧走,差不多是骑着红脸关公的千里赤兔马走过峡谷的。可是等她走到大渡口,只见河里涌起了好大的浪,轮渡还是停开了。一个戴了红袖标的人摊开双手拦在泵船上,嘶着喉咙对很多还想上轮渡的人大声喊道:来——来——来——。谭丽丽经常过轮渡,知道这个人是一个结巴子,而且他越着急就越结巴。这个结巴子其实要喊的话是"来不得了",可他老是在哪里喊来——来——来——,这就弄得人们以为他是在喊大家赶快上,于是越挤越勇。谭丽丽没有去挤,她知道就是挤上了泵船,不开也是枉然,还是又要挤下来,于是快快地打了转身。

雪粒打在脸上,有一点疼感。

江南大地本来很少下雪的,龙鳞城那一年下的雪,于是就进入了龙鳞地方志。现在翻开龙鳞地方志,人们都还查得到关于那场雪灾的原始记录。志书上记录说:山野皆白,除资江河面外,我县水面冰冻,道路不通。大雪压塌乡间房屋一千一百八十三间,冻死耕牛一百二十七头(其中有繁殖能力的母牛三十八头),鸡鸭无数。志书上还记录说:部分公社春耕生产受到了影响,幸好首届高考已在雪前两天胜利结束。在毛主席革命路线的胜利指引下,雪灾发生前我县数千考生均已返回单位抓革命促生产,县革委没有收到关于人员伤亡的报告。

县革委没有收到关于人员伤亡的报告,不等于就没有人员伤亡。比如说,那一年铜鼓公社知青点的饲养员,就是在那场雪灾中不幸丧生的。饲养员不是知青,是公社从山下生产队抽调上来的贫下中农。他肩负了向知青点知青进行思想政治教育的重大责任,还精心喂养着知青点的一头母猪五头小猪。他按照上面的要求向知青们进行思想政治教育,最主要的方法是忆苦思甜。他会在所有的节日里,用他那口平时用来煮猪食的大铁锅煮一锅野菜,给所有的知青一人送上一碗,然后语重心长地开导他们说,你们生在新社会,长在红旗下,你们不知道在万恶的旧社会,你们的父辈受的是怎样的苦呵。可他平时和知青说闲话就不一样了。他平时和知青说闲话,总是抱怨现在生产队的工价太低了,一个工值还没有两角钱,而他旧社会给某个地主打短工,一般都是斗谷一工。他痛恨那个地主,尤其痛恨那个地主的臭婆娘。那个臭婆娘招聘短工考试手段很毒辣,总是逼着短工们吃肥肉。她的理论是吃得就做得,你吃不得肥肉子,你就担不动水谷子。据饲养员说,世界上有三分之二的人们还生活在水深火热之中,还有人在痛苦地吃肥肉子。他说,所以你们不但要思想好劳动好,还要身体好,你们将来解放了台湾后,还要去解放巴黎解放华盛顿,解放英国那个日日夜夜都迷雾重重的伦什么敦敦。他讲话就像说相声一样有味道,知青们都很喜欢他。他当然知道知青们只要等他一转身,都会将他送的那碗野菜就地倒掉,所以他每次给知青们分了野菜后,总是很迅速地喂他的猪去了。

饲养员死于那场雪灾，让所有的知青伤感不已。

贾胜利第一个见证他的死亡。

高考动摇了知青点的军心。知青们都在背后议论说，上面说按既定方针办，鬼才知道既定方针是个什么方针？今天可以恢复高考，明天就可以不下放了，我们还呆在这里做什么呢？军心一动摇，知青点就冷冷清清，没有几个人了。兄弟们一个一个都走了，他们的房子里，有大量的棉被闲置着。天就要变了，北风吹了起来，贾胜利就将人家的棉被抱了几个，丢到了自己床上。新痞子认为这是一个好办法，也去抱，也丢到自己床上去。后来他们就躲在山一样高的棉被下面，蛇一样开始猫冬了。饲养房被大雪压塌的时候，贾胜利听见了声音，还听见了母猪叫，小猪也叫。但天气太冷了，贾胜利不想起来。他只是支使和他对床的新痞子说，新痞子你起去看一看吧，看是不是你的同行来了，要偷我们的猪呵。

新痞子大声抗议道，利马虎你嘴巴放干净些呵，是你的同行来了呢。

贾胜利又威胁他，你起不起来呵？你不起来我明天敲掉你的暴牙齿。

新痞子翻一个身掖好被子说，你这样讲，老子就更加不得起来了。

贾胜利只好改变态度，说，好兄弟你起来吧，你思想最好的，活雷锋。你起来去看看吧，明天我奖你一包烟。

新痞子说，这还差不多，还像是人讲出来的话。

他们反正也没有什么事情做，就窝在被子里对烟的档次问题进行了好长时间的友好磋商。讨价还价的结果是，定为红桔烟，红桔烟一毛三分钱一包。协议达成后，新痞子哆嗦着牙齿起来了。他一打开门就欢欣地叫道：嗬，下雪了！可接着又惊慌失措地叫道：不得了，饲养室压垮了！

那场雪很狡猾，落地无声。

山野皆白了，关门睡觉的人们并不知道。饲养员在梦乡中永远睡着了，不知道回家了，知青们只好送他下山。第二天早晨起来，雪深已没膝。知青们喊着叫着，他们将裤腿绑紧，将胶鞋捆上防滑的草绳。大家抬的抬头扛的扛脚，喊着号子将他们冰冷的思想政治老师送到了他的家里，这件事就算完了。

世界一下子就被冻死了，资江河里的小火轮停开了，公路更不见拖拉机。大雪导致电杆倒伏，立在大田里的广播喇叭也不叫了。贾胜利这时候就是想回家去，也回不成了。

　　贾胜利的新年元旦，是在知青点偎在被子里挨过去的。

7

不是亲家霸不得蛮

谭眼镜后来被行署征调去阅卷,在行署的招待所等于是被关了十多天禁闭。行署也真的做得出,阅卷的老师上厕所,也要派个教育处的人跟着,站在厕所外面耐心耐烦听响声。谭眼镜阅卷回来后,心情特别好,对傅老师一连说了几个很好笑的笑话。谭眼镜擦着他的近视眼镜摇晃着头说,老婆呵,你看看现在高中生的水平!《曹刿论战》那一段古文翻译,一开头是"夫战,勇气也",实在不难吧?但你相信不?绝大部分考生都是没有动笔!小部分考生动了笔,又都牛胯里扯到了马胯里去了!他们一般都认为这是在讲夫妻打架,我看的卷子中就有一个考生这样翻译道:丈夫打妻子,都是一时的脾气。

傅老师马上就笑,笑得出气不赢。

当时傅老师正在做饭,她笑得一失手就打碎了一只好菜碗。要是在平日,谭眼镜会心疼,也会讲她几句的,但那一天心情太好了,谭眼镜就没有讲傅老师,只是将碎瓷片片扫进撮箕里,拿去倒掉了又讲另一个笑话。谭眼镜说,地理和历史是一堂考的,地理部分主要是一个大题目,要考生在一张中国地图上,填出各个省的省名来,填出来一个省就是一分。这也太容易了吧?但绝大部分考生还是在地图上分不清东南西北。有一个考生可能是想碰碰运气,就在这张地图上巴黎、莫斯科、华盛顿、河内乱填一气。行署教育处的张教授亲自阅地理卷,张教授是个书呆子,他愤怒地在那份考卷上写下了这样一句话:我坚决反对出卖祖国,此卷呈北京国家公安部!

傅老师又笑，这回笑得腰都弯不下了。

傅老师怕笑断了腰子，就撑着腰子上气不接下气地对她老公说，你、你、你再不要讲了，再不要讲了！

望了傅老师那个样子，谭眼镜也笑。谭眼镜笑着说，我不讲了我不讲了，再讲会出人命。

谭眼镜当年说的那几个笑话，估计还要流传那么几十年，流传到老班子都死光了的时候。为什么呢？因为现在的年轻人都不相信，他们没有经历过那样的岁月。他们总和老班子争，说既然是高中生，就不应当是这样的水平。他们不相信，老一辈也没有办法，这就是代沟。但谭眼镜说以上笑话的时候，听的人是绝对没有一个人会去争的，那时候全社会就是这样一个水平，大家都知道这是事实。谭眼镜当时说完了笑话下结论说，我不敢说我们丽丽是全省第一，我们这个省太大了，十年没有考过了，肯定也藏龙卧虎。但我敢肯定地说，我们丽丽肯定会是龙鳞第一！

傅老师笑得更开心了。

考卷是封闭了的，从龙鳞县征调来的老师也不准接触龙鳞县考生的考卷，但谭眼镜和傅老师就是有这样的信心。黄金公社考场上的那个总监考和谭眼镜一家是熟人，他一回城就迫不及待地给谭眼镜夫妇送恭喜，一定要谭眼镜打发他一包常德烟。他是这样说的：你们就给丽妹砣准备一张火车票吧，直达北京！谭眼镜没有办法，一番讨价还价后，还是被他敲诈了一包沅水烟。

傅老师笑过了感叹道，这个世界变化也太快了。

谭眼镜也说，做梦一样，真的是做梦一样！

他们昨天还在为女儿担心安全，担心她招不上工回不了城。现在呢？现在就不是招工回城的问题了，现在是成名成家的问题了。

真的是做梦一样呢，谭眼镜的哥哥又来了信，说他分配工作了，没有回华中大学，而是分配在了省委。哥哥没有说在省里担任什么职务，许多年后谭老师才知道，当时中央组织了一个讲师团，中央也在小心冀冀地摸着石头过河，组织讲师团的人去辅导各个省的领导们进行理论学习。中央要求高层先统一思想：不管白猫黑猫，能够抓到老鼠的就是好猫。白猫黑猫的话，现在看起来太平常了，但那时还是无法向下面传达的。宁要社会主义的草，不要资本主义的苗——下面的人们还陷在阶级斗争的惯性思维中,这样的话讲早了,他们会怀疑中央出修正主义了。讲师团先从上面讲起,这就同太阳只能一寸寸升起,阳光只能一寸寸照亮大地是一个道理。哥哥虽然还没有职务,只是省委讲师团的负责人,但人们还是对谭眼镜一家人都另眼相待了,有人私下议论,说中央讲师团的人就是钦差大臣。在那一段时间里,傅老师只要不是在舞台上塑造英雄形象,就一定会在县一中的校园里哪家人家走动串门。她看似无意,其实有心。她在哪家人家走动串门时,总要向同事们展示哥哥的来信。当然,她展示的时候绝不谈及内容,只讲书法。她总是对人说,你看我丽丽她伯伯呵,他的字写得多好呵,帖一样!现在组织上却要他去搞行政,真的是浪费人才了!

有可能是傅老师展示哥哥的书法起了作用,停雪后的一个中午,县一中的革委会主任找谭眼镜谈话了。谈话是在县一中革委会办公室进行的,这块牌子一直挂到1981年才换成县一中学校管理委员会,革委会主任同步改称校长。办公室升了一盆木炭火,青钢木烧出来的木炭燃起来没有一点烟,火劲却很大。主任用一双铁筷子将炭火朝自己胯下扒了扒,放下铁筷子后先夸赞了一阵谭眼镜哥哥的书法。主任说不管是写行书的还是写草书,不管是学王羲之还是学柳公权,小楷其实是最见书家功力的,你哥哥的小楷已经有柳公权的神韵了。主任断言说,那样的字,我写不出来,我敢说全龙鳞城都没有一个人写得出来。我的前任马拐子也写得一手好字,但那还算不上是书法,还只是写得一手好字。主任不像傅老师,他是一个真正的书法爱好者,一直在学毛泽东的草书,学校的旧报纸都被他写完了,学得差不多可以乱真了,但他还是很谦虚。他希望今后能够有机会,和谭眼镜的哥哥切磋书艺。他说毛泽东的草书太难学了,想重新学柳公权。和谭眼镜谈了一阵书法后,主任就和谭眼镜商量道,上面看样子是要真抓一抓教育了,我们也不能只教《工业基础知识》和《农业基础知识》了。我想请你负责语文教研组的工作,帮我重新把工作抓起来,不知你意下如何?

谭眼镜心头一阵鹿跳,但他还是要求自己谦虚慎重。他捡起铁筷子也扒炭火,但没有敢朝自己胯下扒,而是讨主任的好,朝主任的胯下扒。谭眼镜朝主任胯下扒着炭火说,主任,我怕我没有那个能力呢。

主任说,这还是我个人的意思,教研组长是中层干部,还是要民主。

我个人有这么一个想法,但还要拿到学校革委会去民主一下。

主任这样一说,谭眼镜就想抓住这根稻草了。谭老师说,我哥哥到了省里,回龙鳞就只是一个时间问题了。他信上说了他好想回来看看,只要他回来,我一定请您作陪,让你们切磋一下书艺。

主任说,那就好。又说,其实通过也只是一个程序,我想我在一中这点威信还是应当有的。

主任这么一说,谭眼镜就再一次心头鹿跳。

从革委会办公室回家的路上,谭眼镜走得大步流星。路上已经结了冰,麻石砌成的台阶很滑很滑。他看到有两个人在路上摔了跤子,其中一个是体育老师。可他竟然没有摔跤。他想起有一句古诗,说是春风得意马蹄疾,他感觉龙鳞的这个冬天虽然下了雪,但其实温暖如春。因为就是再冷一些的风,也是吹不到心里去的呢——他想。他回到家里把这个好消息告诉老婆时,傅老师比自己当上了教研组长还要高兴,说是好事连连,真的要加点菜庆祝一下。

那一天傅老师炒了几个小菜,谭眼镜开了一瓶酒。两个人喝了一点酒后,就在一起说了许多的话,感觉又回到了年轻时代。那个年代真好呵,那个年代有理想,有奋斗的目标。本来以为理想和目标已经远去了呢,没想到它们一转身,又讯都不把就都回来了,又在不远处亲切地朝我们招手了。他们讲了一些年轻时的事情后,就说起了谭丽丽。说起谭丽丽,谭眼镜感到有些压头,主要是几年前不该请贾胜利吃那餐饭。他们说起贾胜利的时候,两个人产生了一点分歧。谭眼镜认为生米还没有煮熟,就要傅老师去和女儿说一声,赶快撤出来算了,就像战场上撤兵一样。傅老师说她才不会去说呢,你这是嫌贫爱富,是陈世美的搞法。女人家的心,总要比男人的心柔软一些。

可谭眼镜说,我不是嫌贫爱富,也不是看不起贾胜利,我也是为贾胜利好。年轻人不懂事,不知道两个人不般配,那是共不到老的。生活自有生活的道理,不般配的夫妻,总是难得搞好的,弱的影响强的,只能向弱的看齐。谭眼镜说这就和物理学上的"短板理论"是一个道理:一个木桶十块木板拼成,不管九块木板有多高,水都只能装到短板为止。夫妻不般配,强的那个即使口里说幸福,心里也还是酸酸的。压抑得住的压抑了,压抑不住的就红杏出墙。贾胜利天资并不差,怪只怪生不逢时,读书无用。他生不逢时，我们也没有办法。他今后也要找个般配的才好，才可能有自己的那一份幸福。世界上有各种各样的人，幸福的方式也是各不相同的。谭眼镜最后下了决心，谭眼镜说，我还欠贾铁头的一张粮票呢，我也该去还掉了。

谭眼镜讲的粮票，和贾胜利吃的那餐饭不是一回事。

谭眼镜认得贾铁头，正因为认得贾铁头，知道那是一个什么人，才决定必须还掉那一张粮票。谭眼镜带学生在机械厂学工的时候，经常听贾铁头念报纸。贾铁头总是把"发展中国家"念成"发展中国"，念错了还要说报纸上多印了一个家字，很骄傲地说幸亏我看出来了。"限制小生产"是不允许农民种自留地，这意思鬼都晓得呵，贾铁头却向他的工人还有前来学工的老师学生解释道，上面的意思是，你们这些小把戏该读书的还是要去读书，不能只在生产队搞生产劳动。他还借题发挥道，像你们到我这里来学工，其实是帮我的倒忙。有一回谭眼镜实在忍不住了，向贾铁头指出"发展中国"读错了，贾铁头还朝谭眼镜眼睛一瞪说，你是什么立场呵？我们不发展中国，难道还要去发展美国么？

谭眼镜当时哑口无言。

谭眼镜不能想象和这样的人结成亲家。

龙生龙，凤生凤。

歪藤一般结不出好瓜。

谭眼镜带学生学工要在机械厂食堂里吃中饭，有一次粮票忘带了，曾经向贾铁头借过一张粮票。后来要贾胜利捎过去，贾胜利讲客气，不捎，说一张粮票还个什么呵？我爸爸会讲我多事。谭眼镜也就只好算了。谭眼镜是个思想很周密的人，想问题总是想得很全面。谭丽丽还在黄金公社考试的时候，他就一直在屋里想，阅卷的时候想，阅卷回来了还在想：贾胜利那个事，如何处理呵？他决定去会一会贾铁头，把这个事情讲穿算了。

不是嫌贫爱富，确实是为了两个人都好。

况且，贾铁头也看不起我们。

谭眼镜去机械厂得找一个理由，就装个是还粮票去的。谭眼镜那一天口袋里揣了一张粮票，就从大渡口过河了。谭眼镜在轮渡上碰上一个

不是亲家霸不得蛮

熟人。谭丽丽其时在考场上的表现已经在龙鳞城里传为美谈了,熟人就说,谭老师,都说你屋里这回会出一个博士呢,到时候我们都要到你屋里来喝喜酒!谭眼镜口里说哪里哪里,也还不晓得呢,心里却更加坚定了还粮票的决心。从学门口上岸,他叫了一辆人力车,不想那踩人力车的又是他学生的父亲,又一次恭喜他。谭眼镜不认得这个踩人力车的,踩人力车的却认得他。踩人力车的主动和他说话,说他的儿子叫刘新军,小名就叫新痞子。他是听新痞子的同学的爸爸讲的,你屋里谭丽丽好生了得呵,百万军中取上将之首,如探囊取物!新痞子的同学的爸爸和考场总监考是亲戚,总监考现在到处宣传,说四百多人的考场上,只有她一个小时就交卷了,交上来的卷子工工整整,字写得就像印刷机印出来的一样,画都画不出来!总监考说了,龙鳞的状元肯定就是她了。我要恭喜你呵,谭老师,真的是养崽不要多,你养了一个好崽! 人力车夫这么说。

谭眼镜眯缝着眼睛,他想起他的学生中间,好像是有新痞子这么一个人。这个学生好像没有读完高中就辍学了,好像还手脚有点不怎么干净。谭老师当然不喜欢新痞子,就连带着也不喜欢新痞子的父亲了。谭眼镜就只是听,不搭人力车夫的腔。谭老师正襟危坐只是说,嗯,嗯。

人力车夫一张热脸贴在冷屁股上没有意思,就不讲了,就努力踩他的车,只在心里骂:臭知识分子!

从学门口上新堤,人力车再下一个坡,机械厂就到了。机械厂的大门很威武,上面也写了五个很大的字:工业学大庆。谭眼镜正要走进大门去,刚好看到贾铁头和他的小儿子出来了。两个人穿得就像是两个棉花包,走路都摇摇摆摆的。谭眼镜弯下腰装做个系鞋带子的样子,等到贾铁头走近了,才猛地抬起头,喊一声贾师傅。贾铁头吓了一跳,见是谭眼镜,就说谭老师呵,又来联系学工了么?我就跟你说呵,我的车间生产任务好紧张,生产出来的产品都是支援越南人民的。你就不要带了那些鬼崽子再来害我了,前年铁水烫伤的那个学生,他屋里家长现在还在找我的麻纱呢,你们学校又不负责任!

谭眼镜说,你放心,我再不会带学生来害你了。拍拍贾铁头小儿子的头,谭眼镜夸他长得真的好,像电影《闪闪的红星》里面的儿童团长潘冬子,长大了肯定参得军。然后才问道,小伙子,几岁了呵?

小伙子很不甘心回答十五岁后,就催贾铁头说,躁死了!你们还有好多话要讲呵，讲好了带我买书包去的！

大人讲话细崽子听，给我滚一边去！贾铁头虎起脸迎头给小儿子一顿镇压。镇压得小儿子果然滚到一边去后，再对谭眼镜笑，开他的玩笑。贾铁头说，不学工了那就好。那你是专程来看我的么？专程来看我，怎么又两手空空呢？

谭眼镜说，还真的是来看贾师傅的呢，我还欠你一张粮票。

贾铁头不记得那张粮票了，贾铁头说，谭老师你肯定不是只来还粮票的。

贾铁头讲这些话时心里有些紧张，这里面有一个原因。利马虎不听话，和谭丽丽不清白，现在谭眼镜找上门来了，他怕是出了和他隔壁一个邻舍相同的事故。邻舍有一个儿子，讯都不把一个就把女同学的肚子搞大了。女同学的家长吵到家里来，这事现在搞得整个机械厂都晓得了，邻舍的儿子本来可以参军的，这回没有资格了。利马虎前一向闷闷不乐，躲在家里也不到知青点去，他就怀疑过是不是也搞出什么麻纱来了。果然，谭眼镜还了粮票后，真的说起了贾胜利，但利马虎并没有惹出麻烦来，贾铁头也就放心了。谭眼镜讲了一些七七八八的事后，斟字酌句很谨慎地说起了贾胜利和谭丽丽两个人的关系。谭眼镜认为，年轻人都要以工作和学习为重，都要坚决响应政府的号召，男的要二十八岁才结婚，女的要二十五岁才结婚。再说，我屋里丽妹砣这回考了大学，都只讲她还考得不错呢。她是个只会读死书的人，要高攀工人阶级，只怕是攀不上的。

谭眼镜这么一说，贾铁头心里就有气了。

呵呀呀——贾铁头心里想：知识分子又翘尾巴了，又翘尾巴了！贾铁头最讲政治，还辅导一个车间的政治学习，其实没有一点起码的政治敏感性。他当时就想：我晓得你丽妹砣考了大学，莫说还不知考不考得取，就是考取了，还改变得了你的家庭出身？无产阶级的铁打江山，总不会改变颜色吧？我利马虎是要争取入党的，我的孙伢子将来也是要争取参军的，你看我不来，我还看你不来呢，你是高攀不上！但贾铁头还是给谭眼镜留了一点面子，贾铁头说，谭老师呵，我们党的政策历来就是有成分论，又不唯成分论，重在个人表现，你也不要这样悲观。作为一个可以教育好的子女，你丽妹子响应党的号召参加考试，我个人认为还是不错的，是进步的表现。我们利马虎长得丑,我晓得他将来会找不到老婆。找不到就不找嘛,可能也会有瞎了眼的女的找起来呢。哈哈哈,我这个人爱开玩笑,你不要当真。闲话就不说了,我看这样好不好? 我们各扫自己门前的雪,还要帮着扫一扫人家瓦上的霜。你给你屋里女做工作,我镇压我屋里崽。他硬要不听,老子几拳揍死他! 我屋里死鬼到你屋里去了,你给他讲直的,断了他的念想。你屋里女若是到我屋里来了,我也给她讲直的,决不拐弯。贾铁头最后下结论说,明明是搞不成的事情嘛,不是亲家霸不得蛮,为什么要霸蛮呢? 霸蛮也是空的!

谭家人在贾铁头眼里还是一团人渣呢,谭眼镜忍着心里的火说,是的是的,你讲的都是道理。

想一想又没有火了,反而可怜贾铁头愚蠢。

愚蠢得只没有尾巴!

已经是深冬了,又正在变天,天气就特别冷。两个人站在路边上说话,鼻子很快就都让北风吹红了。脚也开始冰凉了,两个人就都跺脚,原地踏步踏。特别是那个小伙子,老是来打岔,老是催贾铁头带他快去买书包。他说那是一种新式书包呀,有两根背带,买书包的人排成了长队呢,再不去就会没有了。贾铁头老是镇压,镇压到后来扫了小伙子一个耳光,还是镇压不住。因为怕小伙子感冒,两个人跺了一阵脚后,达成了协议就分手了。

分手时谭眼镜假装谦虚说,我们这号人家,嘿嘿,高攀不起呵——天气看来是要变了。

贾铁头也假装谦虚,贾铁头说,可能会下雪——哪里哪里,是我们高攀不起呢,嘿嘿。

谭眼镜回来把贾铁头的态度告诉傅老师,傅老师气得要死。气过了又很不屑地说,还是领导阶级呢,世界变了还浑然不觉,蠢猪! 谭眼镜终于还掉了粮票,傅老师很高兴,现在只担心谭丽丽了。想起谭丽丽傅老师又忧郁,傅老师说,丽丽要是知道了你还粮票,还是会骂死你的。

谭眼镜说,我是为了她好呢。又说,我还是不放心,我还想到铜鼓公社知青点去一次呢,去和贾胜利当面谈一次话才好。

傅老师说,去吧。

谭眼镜说,越快越好。

后来的情况是,谭老师失误了,他还没有来得及到铜鼓公社知青点去,谭丽丽鬼迷心窍,抢在前面偷着去了。

去了还不煮成了熟饭?

后来的许多年,谭眼镜的短板理论得到了印证,谭眼镜两公婆想起那次失误总是懊悔不已。

8

铁树开花

谭眼镜开始还庆喜自己高瞻远瞩,他庆喜自己在轮渡还没有停开的时候,就还掉了那张粮票,和贾铁头达成了共识。以后几天一直是风狂雪猛,渡口就被县革委会封死了,这一封就是半个月。因为交通阻塞,那一年龙鳞街上人们过元旦,就过得比平常年份更加要革命化一些。平常年份过元旦一般都是一人配半斤猪肉,再配五块香干二两糖果,那一年猪肉就一户只一斤了,香干和糖果的供应计划也削减了一半。谭丽丽的户口还在乡下,就连这点计划物质也没有,只能吃爸爸妈妈和弟弟的剥削。那一年谭眼镜一家的元旦,就过得比大家都还更加要革命化一些。不过谭眼镜一点也不在意,因为元旦过后不久,他的教研组长就正式定下来了。

主任在会上宣布了对谭眼镜的任命后,会后还问谭眼镜,你哥哥回不回来过年呵?我写柳公权,现在已经找到一点感觉了。我想正式拜他为师,你要为我美言几句才好。

谭眼镜说,好的。他回来了,我一定告诉你。

谭眼镜觉得应当把这个好消息告诉女儿,让女儿也高兴高兴。可当他把这个好消息告诉女儿时,谭丽丽却瞪着一双好看的大眼睛说,爸爸,我真的没有想到,我没有想到你也是那样的人!

谭丽丽当时正坐在她的房子里生气。

谭丽丽不是说谭眼镜不应当想当官,一个教研组长,又是好大的官呢?谭眼镜的语文水平确实是全校第一。她是说谭眼镜做得太出格了,她已经知道谭眼镜去了机械厂,找贾胜利的父亲,还掉什么粮票了。

傅老师给她做工作告诉她的。

她还在家里发现了她的行李。

行李肯定是贾胜利送过来的,这一点毫无疑问,但她并没有见到贾胜利,这里面当然有鬼。可以肯定,贾胜利是被你谭眼镜拦在门外面了。还可以想象,你对他讲话一点也不客气。

谭丽丽很气愤,说,爸爸,我的事你今后最好不要管了。

谭眼镜说,好好,我不管,我不管。

谭丽丽晓得谭眼镜口是心非。

谭眼镜也确实是口是心非。

谭眼镜准备只要天一睛,就到铜鼓公社知青点去,找贾胜利面谈一次。长痛不如短痛。

谭眼镜说"我不管我不管"的时候,谭丽丽很忧郁地看窗外。窗外北风呼啸,白雪皑皑,许多树枝都被冰雪折断了,树的伤口流出白色的树汁来,那是树身上流出来的血。

谭丽丽的心里也北风呼啸,也白雪皑皑。

谭眼镜和傅老师都已经找她谈过话了,要求她认清当前的形势。当前是个什么形势呢?谭眼镜说,一切就要纳入正规了,掉了队的人就很难赶上部队了。小贾掉了队,他们一家人都掉了队。傅老师则说,粮票都已经还了,贾师傅也看我们不起呢,他讲出来的话气得人死,他还在嫌弃我们出身不好呢。我们有必要去求他? 我们有必要委曲求全么?

谭丽丽脚一跺:我今后又不和贾师傅一起生活!

轮渡老是不开,那一向谭丽丽只好老是跑学校的办公室。

谭丽丽把从爸爸妈妈和弟弟身上剥削来的糖果全搋在身上,一进办公室就请守办公室的那个老头子吃糖果。办公室有一部电话,谭丽丽请老头子吃了糖果后,就说我要打一个电话。电话当然是那种摇把子电话,这样的电话现在只有到博物馆去才看得到了,但那时在龙鳞城里还是很宝贝的东西。必得是很重要的单位,邮电局才给装上一部。办公室的老头子吃着糖果,说丽丽你是又要机械厂么? 我摇,我就给你摇!老头子很肯帮忙,猛摇那部电话,一边摇还一边喊:喂,喂,县总机,县总机,我是县一中！

大多数情况下，老头子猛摇一阵就不摇了，因为总机总是不接。

县总机设在县邮电局，总机接线员不是不想接，而是门子太少了，一般情况下轮不上。那时候在龙鳞城里打一个电话必须同时具备以下各个要素：首先是你必须是一个重要单位，对方也是一个重要单位，因为只有重要单位才装有电话。其次你打电话的时候县总机的门子要正好空出来一个。空出来一个也不一定就接你，如果正好有一个比你更重要的单位也在喊，接线员就会坚持原则，先将比你更重要的那个单位插进去。好不容易把你插进去了，还必须对方单位的电话旁边正好有人在。有人在还不行，还必须那个人认得你要找的人，还必须那个人愿意撂下话筒为你去找人。上述因素都具备了，还得你要找的人正好在家里，还得你要找的人能够在一分钟之内跑过来接电话。如果话筒空撂一分钟还没有人接，县总机决不会浪费资源，他们会把已经接通的电话接头一把掐掉，再插到另一个门子上去的。所有这些因素要凑齐真不容易，谭丽丽那一向往学校办公室跑了十多次，只有一次接通了。那一次老头子摇得脑壳上出了老毛汗后，她听见县总机的接线员说，县一中你听着，机械厂就来了。啪哒一响接头插进门子里后，她又听见电线那头有人说，哪里呵哪里呵？找哪个找哪个？老头子忙向那人讲好话，请他去喊一个叫贾胜利的人来接电话。那人说利马虎呵？可能没有回吧？他回了我会看见的，他要从大门口进进出出！老头子认为他的任务完成了，对得起谭丽丽的糖果了，就想放下电话。谭丽丽抢过电话，飞快地对着电话说，好叔叔，利马虎回了呢，真的回了，麻烦您老人家去喊一声，真的有很重要的事情。利马虎来了，我要利马虎请你老人家一包烟！

电话那头的那个人是个好同志，电话里格登一响，就知道他撂下话筒就跑了，但很快又跑回来了。他跑回来上气不接下气坚决地说，没有回，利马虎没有回！

啪哒，电话就断了。

后来，谭丽丽就老是想：利马虎真没回么？可能是那个人没有去喊他吧？

谭丽丽经常看见学校办公室老头子偷懒，不想喊的电话就在走廊上跑几步，然后跑进来拿起话筒也是坚决地说，不在，你要找的人现在不在。

那个人不会也是在玩这样的把戏吧？

但他就是玩这样的把戏，你也没有办法，你反正是看不到的。

那一向谭丽丽总是郁闷不乐，她不想呆在家里，家里已经找不到说话的人了。其实谭眼镜找女儿说话还是很主动的，他和女儿谈文艺理论，谈托尔斯泰，谈马雅柯夫斯基，谈文艺复兴，谈古典主义，但谈着谈着，总是要把话题转向他的短板理论。傅老师要稍微好一些，不讲短板理论，但总是拿了张艳玉来做生动的例子，为她指点迷津。傅老师讲盲目的爱情是一个魔鬼，专门吞噬女人的青春。傅老师说，丽丽你看张艳玉呀，一条胡同走到底，结果呢？结果呢？现在专门靠讲黄色笑话来自娱自乐！只有弟弟不和她谈这个问题，弟弟老是搜她的衣袋子，有糖果吃就喊姐姐万岁，没有糖果吃就喊打倒姐姐。

谭丽丽在家里找不到说话的人，就更加往张艳玉那里跑了。

傅老师说，你姓谭还是姓张呵？

谭丽丽说，你也不要管我了，你是爸爸的狗腿子！

后来谭丽丽干脆不落屋，干脆和张艳玉混在一起了。

县一中的校园里到处都是脚盆大脸盆大的枫树桩桩，只有最角落处傍围墙还有一棵大枫树没有砍掉，张艳玉就住在那棵大枫树下。那棵大枫树很大很大，树干粗得要四个男人才抱得过来。大炼钢铁的时候，校园里所有的大枫树都被砍掉了，学生们本来也是要砍掉那棵大枫树的，可刚一动锯，就惊动了省里，省里来了一个命令说不准砍。后来人们就搞清楚了，这棵大枫树已经成了空军的一个航空标志，已经是钢铁长城的一个组成部分了。大枫树下有两间小屋，是许多年前某一次学校搞基建搭起来的。基建完工后，小屋没有拆掉，堆着一些丢了可惜放着又无用的破东烂西。张艳玉原来也是住在上面教工宿舍的，马拐子打成右派后，张艳玉要求住到大枫树下面来。她说她患了神经官能症，怕吵。学校的房子正紧张着呢，许多人还搬不进来，领导当然就同意了。张艳玉将那些破东烂西整进一间屋里，就住进了另外的一间。这一住进去，就再也没有搬动过了。有人在背后造她的谣，说张艳玉是贼心不死。住到这里来，她是要继续和马拐子开展地下工作。

铁树开花

张艳玉恶狠狠地说，这就要看你们的本事了，你们抓住了就是真的，你们没有抓住就是假的。

莫看张艳玉长得文气，其实也很犟。

谭丽丽经常和张老师做伴，她也曾经留意过，但她没有看见里面有男人用过的东西，更没有看见过马拐子。

但张艳玉那一天还是露出了她狐狸的尾巴。

那一天谭丽丽成心要气死她爸爸妈妈，她爸爸妈妈派她弟弟来喊她回去，喊了几次了，她理都不理。张艳玉上午到学校办公室开会去了，谭丽丽一个人在大枫树下的小屋里看书烤火。有一个人推门进来了，谭丽丽认得，是黄金公社鲜鱼塘生产队的一个社员。鲜鱼塘生产队和板凳形生产队对河，马拐子就在那个生产队劳动改造。谭丽丽还知道，鲜鱼塘生产队生产搞得比较好，主要是大粪充足。他们队上有一个女婿在县环卫处工作，他们有硬关系，于是在城里常年包了一个公共厕所。大粪在那个年代是很金贵的，包不到厕所的生产队只好经常派人去偷粪。这个社员就常年来往于城乡之间，生产队为他在城里的公共厕所旁边搭了一个窝棚，他大部分时间都住在城里的窝棚里，为生产队守住宝贵的大粪。这个社员推门进来后，也不多说话，坐下来就烤火。一直烤到张艳玉回来了，交给张艳玉一封信，这才拍拍屁股打算走人。张艳玉给了这个社员一包常德烟，这个社员也不客气，心安理得地接过来就装在衣袋子里了，好像是在按劳得酬。张艳玉在好朋友面前也做贼一样呢，竟然躲到房子的最角上去看那封信。但谭丽丽还是用眼角看见了，信封上的地址是"内详"，信下面写的是"知名不具"。

张艳玉读过信后，马上说我要上街，我要到街上去看标语。

谭丽丽说，看标语？标语有什么好看的？

张艳玉笑着骂她道，你是一个什么东西？你管得了我么？

谭丽丽果断回击，那你就是一个东西吧，只是我也要跟着去。

两个人还是没大没小，师生不像师生，就拖肩搭背地在小街上逛起来了。

遍地标语是当时中国的一大特色，有人数过，有一天他从对河十五里麻石街这头走到那头，一共打了四十三次人民战争。工商部门不准农民进城卖小菜，贴出来的标语是：踩烂自留地上的菜篮子，打一场围剿资本主义的人民战争！文化部门收缴黄色书籍，贴出来的标语是：查出一本烧一本，打一场收缴黄书的人民战争！抓计划生育的人贴出来的标语也是这么一个口气：横下一个心，挑断一根筋，打一场育龄节扎的人民战争！那时候中心工作特别多，一有中心工作就要造革命舆论，而当时龙鳞城里没有报纸也没有电视台，造革命舆论的唯一手段就只有贴标语了。那个人说，他一走在街上，就陷入了人民战争的汪洋大海之中。"文化革命"十年了，一共打倒了多少人？连国家主席都打倒了，每打倒一个人，总要贴出打倒那个人，火烧那个人，再踏上一脚让那个人永世不得翻身的标语。还要在那个人的名字上画上一个大大的红叉，表示那个人政治上已经被判处了死刑。这些标语再加上那些农业学什么，工业学什么，解放军学什么，全国人民又学什么的标语，再加上那些万岁万万岁的标语，就弄得所有建筑的每一堵墙壁上都五颜六色了。

但每一个人都习以为常。

标语还是那些标语，谭丽丽看不出什么名堂，张艳玉却看出了名堂。行署机关那几栋红砖楼前站有几个人，提了桶子正在清理墙上的标语。凡是要打倒哪个人火烧哪个人的，一律撕掉，写在墙上的就用石灰水来盖掉。有些标语是用红漆写的，石灰水盖不掉，他们就用小铲子铲。天气好冷呵，这些人都冻得瑟瑟缩缩的，手脚很不灵活。一阵北风吹来，一个人的帽子被风吹掉了，在地上飞快乱滚。那个人追帽子追得心中大怒，恶声恶气地骂他们的领导：出太阳了再搞就会死人么？冻死你家爷爷了！

张艳玉踱过去问那个人：为什么要盖掉那些标语呵？

那个人眼睛一鼓：你问我，我去问哪个呵？我们领导说要搞就要搞，慢一天都不行！

张艳玉说，我告诉你，省城前天就清理了，上面又有新精神了，说要停止一切形式的阶级斗争。

那个人马上就警惕了：你是什么成分呵？你从哪里听来的谣言？

张艳玉不说话了，很优雅地笑一笑走开了。

回来的路上谭丽丽想，一定是那封信上讲的！

那封信是谁写来的呢？是谁要张艳玉上街看标语的呢？

她想到了马拐子。她记得她给马拐子擦红药水的时候马拐子说过，我主要是太性急了，我还要修炼，我的耐力还不行。马拐子还说过，最多明年春上。

是的,冬天已经来了,春天还会远么?

张艳玉养的一盆铁树,几天后在一个夜里突然开花了。

消息马上在学校里传开。

谭丽丽知道消息走进那间小屋的时候,小屋里已经有两个人了。都是学校里的老师,都是来看铁树开花的。

谭丽丽对张艳玉说,真的开了?

张艳玉说,真的开了。

她们两个人谈话有时候简明扼要,有时候啰啰嗦嗦,一般是白天简明扼要,晚上则啰啰嗦嗦。这时候是白天,所以她们的谈话当然就简明扼要了。说起铁树开花,两个老师都啧啧称奇。他们说,如果是在春天,那还好理解一些。现在北风呼啸,这铁树也真的会选时间呵。谭丽丽知道铁树是一种很奇怪的植物,常绿,但轻易不开花的。许多养铁树的人,养了一辈子铁树,还不知道铁树开花是一个什么样子呢。所以人们形容不可能的事情发生了,就总说是千年的铁树开花了。她小时候就经常唱一首歌,歌词就是千年的铁树开了花,开了花,劳动人民当了家,当了家。谭丽丽看那铁树开出来的花,并不是特别地美丽。无数小小的花骨朵绞绞缠缠,形成一个花柱很骄傲很坚硬地兀立着,有点像——有点像——谭丽丽是看过生理卫生书的,还和贾胜利一起炕起腊肉吃过斋,她实在不好意思再想下去了。那两个老师啧啧称奇走了后,张艳玉才告诉谭丽丽,铁树开出来的花,它的美丽要过细才能发现。谭丽丽问怎样过细,张艳玉就找出一个放大镜,要谭丽丽用放大镜仔细审视。

谭丽丽用放大镜一看,立时惊叫了起来。

那是一种怎样的美丽呵,无法形容!

铁树开出来的花骨朵那么小,但其实也有花瓣,也有花蕾,也有花芯。每一个花骨朵都绝不相同,猛看都是红的,细看颜色却有深浅。它们的颜色还可以变幻,有些花骨朵你说是桔黄也行,你说是青紫也可。有些花骨朵你先看是淡红色的,你换一个角度再看,它就是水红色的了。这么多的花骨朵绞绞缠缠,放大镜仔细审视,其实就是一个微型的大花园了。尤其是气势,它们万花竞放的那种气势,可以使人联想到永远奔腾的海洋,和海洋上永远汹涌澎湃的波浪!

花的海洋,花的波浪。

谭丽丽放下放大镜,半天说不出话来。

张艳玉说,你不要给人说,说你用放大镜看过。

谭丽丽不解,为什么?

张艳玉说,我只给你一个人看过。

谭丽丽问,他们知道要用放大镜看么?

张艳玉说,没有一个人知道。

谭丽丽问,那,你又是怎么知道的呢?

张艳玉不说话了,静静地想她的心思。

谭丽丽好像看见马拐子瞪着一双狡猾的眼睛,老鼠一样密切注视着这个世界在怎样变化。

9

都是爱情

轮渡重新启锚后的第二天,谭丽丽怒发冲冠过了一趟资江河。她先等了一天,她认为贾胜利过元旦应当是回来了,没有来看她是因为封了渡,现在轮渡重启了,他会在第一时间来找她的。但贾胜利没有来,等了一天还没有来,她就生气了。她怒发冲冠过河,要找贾胜利兴师问罪。

过河就坐人力车,坐人力车快一些。

谭丽丽雄赳赳气昂昂地走进机械厂,敲开了贾家的门。贾家当时没有大人在屋里,只有小弟弟一个人在烤一盆木炭火。谭丽丽推门进去,三言两语就问清了贾胜利确实是没有回来,心里一口气本来是已经消了的。但贾家的小弟弟不该多嘴多舌,又说起了那天谭眼镜还粮票的过程。小弟弟那天在雪地里冻了半天,结果商店里的书包卖完了,他没有买到他想要的书包,一直对谭眼镜心怀不满。出于一种报复心理,他就鹦鹉学舌,把两个大人说过的话,很恶毒地都给谭丽丽重述了一遍。

小弟弟最后总结说,丽姐姐,我爸爸不准你找我哥哥。想了想又加上一句,我哥哥也不会要你的。

谭丽丽问,为什么呵?

小弟弟说,他不想你嘛。

谭丽丽觉得很好笑,你一耳屎大,你知道什么想不想的?

小弟弟认真地说,他想你,他不晓得回来?

小弟弟这样一说,谭丽丽就重新又生气了。

谭丽丽当时就决定:到铜鼓公社知青点去,去把利马虎的鼻子揪下来！

揪鼻子之前，她还是先到了三堡，去看裴红红。

她还是想解开和裴红红的那个心结。

裴红红没有想到，她出师不利，被裴红红的小舅舅气了个半死。

谭丽丽走进裴红红家，陈家婶婶正在一个人煮荷包蛋吃。她当然不会请谭丽丽吃荷包蛋，她只是阴阳怪气地对谭丽丽说，你问裴红红？不在家呵，好久不在家了。人家是大学生了呢，天天在五福宫吃馆子呢！

谭丽丽说，吃馆子？

陈家婶婶很肯定地说，吃馆子！

谭丽丽就走到五福宫，看见洪定忠又在认真严肃地做馒头。洪定忠是到板凳形生产队去过几次的，去给他的大侄女送这样送那样，谭丽丽跟着裴红红喊他小舅舅，还批评过裴红红直呼其名是不尊重小舅舅。这次谭丽丽也喊了一声小舅舅，但洪定忠这个活宝，看来不但是一只脚长一只脚短，脑子里肯定还有严重的问题。这个活宝抬起头来见是谭丽丽，马上眼睛就瞪得牛卵子那么大了。这个活宝想也不想就脱口而出：谭丽丽呵，你的病好了么？红红说你胃么子阴影已经死了，我还以为是真的呢。

谭丽丽气得脚一跺，没说一句话返身就走了。

洪定忠这个活宝还感到很惊诧，他很诚恳地说，哟，也不喝口水么？怎么就走了呢？

谭丽丽恨恨地说，我已经死了，还喝什么水？

谭丽丽要去找贾胜利，去把他的鼻子揪下来，但铜鼓公社还是去不成。

她去买船票时人家告诉她，从铜鼓公社河码头上岸后，到知青点还有三十里山路要走呢。那三十里山路依然冰冻着，根本就走不得人。

谭丽丽好无奈。

那一天她在大码头站了好久，河风吹得她风衣的下摆飘呵飘。

那一天谭丽丽委屈得哭了。

谭丽丽在大码头委屈得流眼泪的时候，贾胜利在铜鼓公社知青点正过着幸福的生活。

往年的冬天，知青点主要吃萝卜。食堂里上顿把萝卜切成条条，下顿想换个花样,也不过是把萝卜再切成片片。条条也好片片也好,同样是不放什么油的,同样是只放一点盐。今年情况就大不相同了,感谢那场大雪很及时地压死了一头母猪五头小猪,他可以放开肚子放肆吃肉了。新痞子也没有回去,他很豪迈地说,只要有肉吃,男子汉哪里不可以四海为家?冷是有一点冷,但抵抗严寒的棉被很充足,要盖多少就有多少。他们床对床钻在棉被码成的山下面,新痞子打着饱嗝反复说,贾哥呵,我认为我们已经提前进入了共产主义。

贾胜利故意刺他,说,还没有吧?共产主义社会人们的思想觉悟据说都极高,已经没有人盗窃他人的劳动成果了。

新痞子马上就生气了,新痞子说,利马虎你讲话要负责任呵,我小时候捡到一分钱,都是要交给警察叔叔的。

现在是交给金妹砣了吧? 贾胜利问他。

新痞子承认,有时候也是要交一点的。

他们说的金妹砣,是山下生产队的一个新嫂嫂,嫁过来还不到半年。认真说也不是嫁过来的,可以说是卖过来的。她的老家离这里很远很远,遭了灾,她的公爹对儿子很负责任,借了一笔钱到她老家去了一趟,她就跟过来了。跟过来才几个月,不知道新痞子用的是什么方法,也只下得几回山,就把金妹砣勾引到手了。春天的时候,一个老农民到知青点来吵了一次。那个老农民警告新痞子说,你这个流氓,死流氓臭流氓,你若是还敢到我媳妇的窗子下面去吹口哨,我就打算浪费一点肥料! 老农民说他准备了一桶大粪,这个流氓还敢去,就用大粪泼他一身一脸!老农民的儿子太老实了,不敢奈何金妹砣,怕一奈何金妹砣就跑了。他就只好不服老,亲自出面了,出面主张儿子的权益。老农民这样一吵,于是全知青点的人就知道了,新痞子做了可耻的第三者。后来新痞子是不是还到金妹砣的窗子下面去吹过口哨,贾胜利不知道。但看新痞子辛辛苦苦在外面打游击,有时候空着一双手回来,就估计他是上山前将收获向金妹砣纳了贡了。新痞子也并不掩饰他的不轨行为,他还恬不知耻地说,主要是我长得太英俊了,牙齿暴是暴了一点,但身架子好,手长脚长,人呢,又比那个蠢家伙聪明了一百倍,所以金妹砣爱我,完全是新时代女性反抗罪恶的买卖婚姻。

新痞子说的蠢家伙,当然是指金妹砣的男人,那个第二者。

那几天贾胜利躺在床上,就听新痞子说了许多他和金妹砣之间的事情。新痞子讲得有故事有细节,有叙述有评论,只差一点点贾胜利就要相信了,新痞子不是乱搞,金妹砣也有情有义,联系新痞子和金妹砣两个人的,完全是一条标准的爱情纽带。后来贾胜利又搞清楚了,新痞子元旦也不回家,原来还另有阴谋呢。新痞子那几日总是向贾胜利讨好,讨了好又试试探探地说,贾哥呵,你的被子脏了么?妈妈的,我的被子是脏得不行了。我们应该搞一个人来,给我们洗一洗被子了。

贾胜利点破他,知青点没有领导了,我晓得你是想把那个金妹砣喊了来。

新痞子并不狡辩,他马上就竖起大拇指说,贾哥英明!

贾胜利有一点困了,眯着眼睛说,随你。

得到贾胜利的批准,新痞子马上就起床,穿好衣服就到山口去侦察情况。回来说目前还不行,目前山路还冻得铁一样,滑得就像淋上了清油。第二天早上又去侦察,第三天早上再去侦察,第六天早上才说山路基本上可能走得人了。他给自己套上两件棉大衣,腰上捆了一根皮带,头上还包了一条澡巾。他破坏了公家的一把新锄头,用锄头柄做了一根拐杖,挂着那根拐杖就很勇敢地下山了。给金妹砣带的那块猪肉,就吊在他的腰肢上,像腰鼓一样晃晃荡荡。他下山之前也有一点胆虚,为给自己壮胆,他就面对雪野背诵了一段最高指示。他气壮如牛声嘶力竭地喊道:下定决心,不怕牺牲,排除万难,去争取胜利!

贾胜利躺在床上,听见外面群山震荡响起了一圈又一圈回音:胜利——胜利——利——利!

新痞子那一天没有如愿以偿。

他没有能把金妹砣带上山来。

那一天金妹砣的男人在家里这不要紧,主要是她的公爹没有出门也在家里。新痞子刚刚在窗下吹了两声口哨,金妹砣的公爹就真的泼大粪了,泼了大粪还放出了一条黑狗来。新痞子身手灵活,大粪没有泼到身上,但黑狗汪汪叫着,龇牙咧嘴追过来,新痞子还是只能赶紧就跑。他在雪地上跌了无数跤,急中生智才想起了腰肢上挂着一块猪肉。他很果断地将腰肢上挂的那块猪肉奖给那条黑狗了,那条黑狗也不是一条廉洁狗,一见到奖品马上就停止了追击。这样一来,新痞子只好打消了和金妹砣新年团聚的念头,骂骂咧咧跟跟跄跄地跑回知青点了。他刚跑到山口上,就发现一个人也穿得像一个球,正在山口上手脚并用玩滑冰游戏呢。山口是一道陡坡,那个人扯住了路旁边树上的藤条慢慢走,可还是刚爬上去又滑下来,刚爬上去又滑下来了。最后那个人一滑滑到底,滑到了新痞子身上,将新痞子也撞了一个仰面向天。

新痞子大怒,刚要骂人,可刚一开口就骂不出了。

竟然是谭丽丽!

谭丽丽一口又一口出着粗气,看见新痞子就不玩滑冰游戏了,改为坐在地上失声痛哭。谭丽丽哭着说,呜呜,要知道山路这样难走,我就不会来了。

新痞子赶紧去扶谭丽丽,像哄小妹妹一样哄谭丽丽。新痞子说,你来这里做什么呵?你是晓得我们这里有肉吃么?资江河里通航了呵?你是先搭船再走的路么?

谭丽丽不回答他,只是咬牙切齿地说,我要去杀一个人!

新痞子说,嘿嘿,我晓得你要杀哪个。

谭丽丽恶狠狠地说,我要一刀杀了那个狗日的!

新痞子举双手赞成,说,确实该杀!

新痞子认为贾胜利也确实太不像样子了。他不回去是想和金妹砣一起过新年,贾胜利不回去,那就没有一点道理了。天寒地冻,要这样漂亮的女人搭了轮船还要走山路,山路又这样难走,贾胜利你是太没有良心了呢,真是太该杀了!新痞子那一回表现出了很好的骑士风度,他把谭丽丽从地上扶起来,还掏出了他的脏手帕,为谭丽丽擦干了脸上的眼泪。他拍着他瘦骨嶙峋的胸膛说,有我呢,我新痞子顶天立地是一个英雄!你就扯住我的皮带吧,我在前面开路开路地干活!

谭丽丽就扯住他腰上的皮带,一步一步向知青点前进。

山路上,风吹得林梢上的冰凌哗啦作响,不断地有冰凌从林梢上掉下来,砸在他们的头上脸上。

一路上谭丽丽老是说,要知道山路这样难走,我就不会来了。

新痞子扯着山藤说,来了好,来了和我们一起吃肉!

新痞子走后，贾胜利没有人说话了，就觉得浑身的筋骨都睡疼了。他想找一点水喝，就爬将起来，走到了阶沿上。他看到雪原上有两个黑点越移越近，他以为新痞子把金妹砣接来了呢。

　　贾胜利在厨房里灌了几口前几日剩下的冷茶，就回到房间里继续睡自己的觉了。英雄无用武之地，也只有睡觉。他朦朦胧胧睡了一阵，又梦见了谭丽丽。这一次他梦见谭丽丽在哭。谭丽丽哭着对他说，贫协主席回来了，利马虎你来救我！他提了一个棒子，就和贫协主席对打起来。来了鬼，我怎么打贫协主席不过呢？贫协主席的棒子打在身上，很疼。

　　贾胜利一疼，就醒了。

　　他醒来才发现，打他的不是贫协主席，是谭丽丽！

　　谭丽丽还是第一次到铜鼓公社的知青点来，她一踏上知青点的阶沿就问新痞子，利马虎现在在哪里？其时新痞子正在开展跳高运动，抖落着身上的冰屑。新痞子手一指，说那狗日的肯定还在睡觉，谭丽丽就一把抢过新痞子手里的拐杖，几步跑过去，一脚就踢开了门。

　　贾胜利果然在睡觉，谭丽丽想也没想，一顿乱棒就打在被子上！

　　我让你睡，我让你睡！

　　谭丽丽边哭边打。

　　打得好！打得好！打得鬼子哇哇叫！新痞子抖完了身上的冰屑走进来，站在一边为谭丽丽鼓着掌加油。

　　贾胜利以为自己还是在做梦呢，他揉揉眼睛，感觉到身上确实疼，这才翻身坐起。他翻身坐起就看见了奇迹，他一把抓住拐杖问道，我是在做梦么？丽丽真的是你呵？

　　贾胜利一说话，谭丽丽就浑身没有一点劲了。

　　几个月来的委屈涌上心头，她往后一倒，坐在地上就嚎啕大哭起来。

　　贾胜利赤着一双脚就跳到了地上，他一把就把谭丽丽抱在了怀里。谭丽丽根本就不记得旁边还有个新痞子了，当着新痞子的面，她张开嘴就咬住了贾胜利的舌头。新痞子不想看人家上演的黄色电影，他只好赶紧转过身去，讪讪地说，贾哥，我就不陪你了。

　　外面北风停了，天开始放晴了。

　　据国家权威历史资料记载，那一年国家在全国大专院校只有十五万招生能力的基础上，还是招收了十九万大学生。四十人的教室，霸蛮摆进去五十张课桌，四个人的寝室，硬要开五张床。这十九万人，成为了新时代的第一批骄子，他们后来都成为了国家的栋梁。十一年的积压一朝泄洪，那一年全国报考的青年达五百七十万人。全省的状元真的出在龙鳞县黄金公社的考场上，就是谭丽丽。谭丽丽的伯伯果然向华中大学打了招呼，但华中大学还是没有录到谭丽丽。招生的人赶到省招生办时，谭丽丽已经被北京一所著名大学录走了。许多年后，当谭丽丽成为了一颗政治上的新星，名字经常在报纸上出现的时候，华中大学还为当年派出招生的那个人动作不快而懊悔不已。但谭丽丽那时还不是政治新星，她还只是一个钟情的少女。她拿到了北京那所著名大学的录取通知书后，因为太爱而对贾胜利恨之入骨。资江河通航了，还不见贾胜利回来找她，她于是就跑到铜鼓公社知青点来了，来了，第一个动作就是棒打贾胜利。

谭丽丽咬了贾胜利一口问道，你为什么不来找我？

贾胜利说，我不知道资江通航了。

谭丽丽说，今天通航呢，我要咬死你！

贾胜利说，我也要咬死你！

他们是在被窝里说这些疯话的。说了这些疯话后，他们的爱情在那个冬天才有了实质上的内容。在谭丽丽的呻吟中，贾胜利全身的血液都像大河一样奔涌，他感觉到自己简直就变成了一个巨大的注射器。他当然也愿意自己是一个注射器，他要把自己对谭丽丽所有的情爱，全部干净彻底地注射到谭丽丽身上去。后来他就变成了一根羽毛，轻飘飘地飞翔在天空中了。他们滚烫着搂紧了，他们幸福的泪水流在了一起，也是滚烫滚烫的。平静下来后谭丽丽说，其实幸福太简单了，有起码的生活条件，再有一个人爱，想怎么爱就怎么爱。谭丽丽那时候还只是一个普通人，还只想有一份普通人的生活。都能进城，都有工资领，这份生活略高于一般水平就行了。她知道这份生活已经像出现在地平线上的太阳，就要升起在她人生的天空了。

那一年铜鼓公社知青点没有人考取大学，只有一个叫蓝如意的知青被龙鳞县师范学校英语班录取了。龙鳞县师范学校当时还野草丛生，围墙都倒塌了。学校一边修围墙一边招生，还雄心勃勃地要办一个英语班。龙鳞县师范学校确定的专业成绩录取线是二十五分，录不满，最后一名录到了二十二分。二十二分是个什么概念？默写出二十六个大小写字母是十分，还有一组选择题，每一题有两个答案，请考生在正确答案上打勾，在错误答案上打叉，打对了又是十分。蓝如意的运气好，他一顿瞎打，居然估对了一半，他的成绩正好是二十二分。

裴红红也被龙鳞县师范学校录取了。

追求裴红红的那个叫沈土改的赤脚老师，确实是有实力，他被省城一家综合大学录取了。

铁
树
开
花

10

回城风潮

一九七九年,中国爆发了知识青年回城风潮。

龙鳞县紧急应对。

春天的时候,裴红红的哥哥裴平平回来了。他背着一卷行李从一辆风尘仆仆的长途汽车上跳下来,一口浓痰吐在麻石街上,无缘无故地就骂了一句娘。他感到口干舌燥,他拧开汽车站里面的水龙头,一口咬住水龙头灌了自己一肚子水。抬起头就走,汽车站的一个女工作人员跑过来才批评他一句不关水龙头,裴平平土匪一样恶狠狠地瞪着她,吓得她再也不敢开口了。

裴平平没有回三堡他家那个大杂院去,而是直接就走进了坐落在学门口的龙鳞县知青办。

裴平平背着行李,在十五里麻石街上走的时候左顾右盼。他发现中国南方这一条著名的麻石街,还和七年前他走的时候是一个样子。硬要找出差别,也只是街两边的石库门显得更加老态龙钟,墙上没有打倒谁又要火烧谁的野蛮标语了。街上有农民在公开叫卖青菜了,他记得他在家时这是不允许的。他在家时,民兵小分队会把卖青菜的农民抓起来,说他们是在搞资本主义复辟。他努力寻找新变化,终于发现沿河一线的吊脚楼被拆掉了,新修了一条铺沥青的公路。沥青铺的公路上,跑着一种很奇怪的红脑壳汽车。他看见有人兴奋地指着红脑壳汽车对另一个人说,好了,好了,街上要通公共汽车了,县里一回就买了四部这种红汽车!那个人说话的时候,把四个手指高高竖起来,以强调四部汽车确实是很多很多。百货店卖的还是那些百货,南货店卖的还是那些南货,可是炒货店又炒花生了。他记得他走的时候炒货店是不炒花生的,花生是油料作物,是国家一类管制物资,炒货店炒花生是破坏国民经济秩序。

县剧院的前坪里还是那么热闹,人山人海。不过革命样板戏不上演了,上演的是古装花鼓戏:刘海砍樵。前坪里挤来挤去的不只是年轻人了,还夹杂着许多中老年人。售票口挤得一塌糊涂,有一个人鞋子挤脱了,在恶狠狠地骂娘。挨县剧院不远的那个凉亭里,那个瘦精精的老人还在炸油粑粑,只是头发白了好多,背也更加驼了。裴平平走到凉亭停下来,向老人买了四个油粑粑。裴平平的肚子其实并不饿,只是因为小时候经常在这里买油粑粑,他想找一找回家的感觉。他想起读小学的时候,他看多了专讲少先队员抓特务的连环画,只想也为祖国抓一个特务。他那时候戴着红领巾,瞪大了一双警惕的眼睛,在龙鳞城里城外到处找特务。他怀疑过郊外守墓的那个残疾人,怀疑过老是在街上流浪的一个哑巴,还怀疑过这个炸油粑粑的老人。老人精瘦精瘦的,确实有一点像电影里的特务。他和同学曾经吊过这个瘦精精老人的尾线,搞清了他独住在北门巷一间破房子里之后,他曾经和同学趁他不在家的时候,偷偷潜进那间破房子进行过很仔细的侦察。很遗憾,没有发现发报机,也没有发现手枪和炸弹。小时候的裴平平买了油粑粑就急着去滚铁环,急着去赌纸板,每次这个瘦精精老人都要摸摸他的头,嘱咐他说崽子呀,你慢一点走,不要绊了跤!龙鳞土话绊跤就是跌倒,他是七年没有听人说过龙鳞土话了,他想听老人说一说龙鳞土话。但老人已经不认识他了,老人公事公办将油粑粑用一张草纸包了,低眉顺眼地交给他,并没有再说一句多余的话。裴平平感到很失望,倒是旁边一个年轻人用很糟糕的普通话热心地指点他说,退伍办在南门口,你从那边走!

年轻人把他当成是退伍回乡的转业军人了。

裴平平是所谓的兵团战士,穿的是真正的军装,戴的是真正的军帽,只是没有帽徽领章。他走进龙鳞县知青办,已经是快要下班的时候了。一个很年轻的干部也说,退伍办不在这里,我们这里是知青办。裴平平不说话,从他的军装口袋里掏出一封盖着红色大印的介绍信,一拍就拍在桌子上。那个很年轻的干部吓了一跳,感觉到来者有点不善。他看了看介绍信,再看了看裴平平,就慌慌张张对着另一个办公室喊,主任呵,来了!

来了！

主任就进来了，主任搓着一双手说，这么快？怎么这么快？

很年轻的干部说，云南生产建设兵团！

主任是一位头发已经斑白的老同志，裴平平一眼就认出来了，他就是刘伯伯。刘伯伯原来是县环卫处的主任，他下放那年调到知青办来的。他走的时候，还是刘伯伯为他戴的大红花。刘伯伯的头发也开始发白了，但轮廓还是原来那个轮廓。裴平平故意装个不认得刘伯伯的样子，双臂交叉抱在胸前站在那里，眼睛向上望着房子的天花板。刘伯伯看了介绍信叹了一口气，然后对裴平平说，小同志呵，你们受委屈了！我们已经接到了上级的精神，知青办要改名为知识青年安置办公室了。你没有找错，是找我们，我们会负责安置你的。我们安置办的牌子都做好了，只是还没有挂出去。但是要请小同志你原谅，拨乱反正，你也要给我们一点点时间吧？是不是？我一看就知你懂道理！小同志你喝水，你是坐什么车回来的呵？怎么这么快呵？我就实话实说告诉你算了，县革委开了三天会了，现在还在开会。祁麻子的脑壳都想大了呢，急得差不多要跳河了呢，但目前还是没有一个很好的安置办法。

刘伯伯说的祁麻子裴平平知道，他下放时是龙鳞县最大的走资派，裴平平参加过他的斗争会，估计现在是平反了，又当县委书记了。

裴平平管不了那么多，裴平平不喝水，有些敌意地说，我是你们敲锣打鼓送走的！

刘伯伯说，不是你一个。全县一共有一千一百二十一名，三百二十名下放到了边疆，八百零一名下放在本县农村。

裴平平说，我不管别个，我只管我自己。

刘伯伯说，十年间招工参军上调一百五十六人，剩下的我们要安置。

裴平平说，我现在肚子饿了。

刘伯伯拍拍介绍信，兵团没给你发六个月生活费呵？

裴平平故意胡搅蛮缠，说，发了，可是我没有地方住，我今夜就住在你的办公室里算了。

刘伯伯突然指着裴平平说，平崽子，你以为老子不认得你了？你爸爸是环卫处的裴大头，你屋里住三堡！刘伯伯露出本来面目，很愤怒地厉声骂道,小鸡仔子的,你以为老子真的不认得你了,你敢给老子来横的! 我就告诉你,下放是国家政策,安置也是国家政策,下放你是对的,安置你也是对的! 你狗日的跟老子瞎吵,小心老子捶你的屁股!

刘伯伯这样一骂,裴平平哇的一声就哭了起来。

刘伯伯要捶裴平平的屁股,裴平平一下子就找到回家的感觉了。小孩子的屁股,只有长辈才可以捶的呵。小时候裴平平和刘伯伯的儿子建国仔是同党,两个小把戏在环卫处的食堂偷这样偷那样,吃了还要糟蹋,刘伯伯多次捶过他们的屁股。那时候刘伯伯一边捶,一边也是骂小鸡仔子的。刘伯伯下手回回都很重,但只要捶得两个小鸡仔子的认了错,总是再带着两个小鸡仔子的去买糖吃,算是赏罚分明。有时候两个小鸡仔子的想糖吃了,就商量去偷东西,偷了再认错。

多么亲切的回忆呵!

裴平平喊了一声刘伯伯,就再也说不出话来了。

裴平平的眼前又出现了一片又一片的椰树林,各式各样的口音都在椰树林唱:蓝蓝的天上,白云在飘扬,美丽的长江边上,有我心爱的南京——我的故乡。这首歌是南京知识青年根据一首南洋民歌改的词,那首南洋民歌本是怀念情人的,曲子就很忧伤。南京知青改了词后首先唱起来,一下子就流传到整个兵团了,各地知青很快都唱出了不同的版本。桂林知识青年唱:蓝蓝的天上,白云在飘扬,美丽的漓江边上,有我心爱的桂林——我的故乡。长沙知识青年唱:蓝蓝的天上,白云在飘扬,美丽的湘江边上,有我心爱的长沙——我的故乡。上海知识青年唱:蓝蓝的天上,白云在飘扬,美丽的黄浦江边,有我心爱的上海——我的故乡。这首歌后来就全国统一,定名为《知青之歌》了。裴平平的连队只有他一个龙鳞人,他想家的时候就躲在椰树林里,面对遥远的故乡唱:蓝蓝的天上,白云在飘扬,美丽的资江边上,有我心爱的龙鳞——我的故乡。一年多以前发生在昆明的那次卧轨行动,裴平平也参加了。椰树林里首先是许多不同的口音唱这首歌,突然有一个人发狂了,一路跑一路喊:我想妈妈!我要回家! 也没有什么人组织,真的没有什么人组织,许多人就跟着他跑,跟着他喊,就去拦火车。后来就发展到数千人睡在铁轨上,男男女女都睡在铁轨上,大家都哭泣着唱这首歌了。他没有想到,惊动了中央领导,政府不但没有镇压他们,还派人给他们送开水,送热馒头。后来来了中央的领导,一位中央领导个子不高,听说还是一位老帅呢,他立在站台上哽咽着反复说,孩子们起来,起来,我也是父亲,我也有孩子!请相信我,像相信父亲一样相信我,给我一点点时间,给我一点点时间!

知识青年上山下乡运动停止后,裴平平在拿到回城通知书的第一天就登上了火车。他真是迫不及待了,连向他的恋人,一个美丽的傣族姑娘告一个别也顾不得了。那个傣族姑娘独自看守着一个高高的森林防火哨,裴平平怕上了那个防火哨就被她拖住了,心一软就下不来了。裴平平也不是不懂道理的人,他只是觉得他心里有一口气,但又不知道应当找谁去出这口气。他家也不回先到知青办,就是想出这口气的。这口气现在又没有办法出了,裴平平只能哽咽着握住刘伯伯的手问,刘伯伯,建国仔也回来了么?

刘伯伯当年要起带头作用,就让儿子带头去屯垦戍边,下放到最遥远最遥远的北大荒去了。

说起儿子,刘伯伯的眼睛也潮湿了。刘伯伯说还没有回,又说崽子呵,你不要发躁气,这不是哪一个人的事情,这是一个国家的事情。

一声崽子,让裴平平无可奈何。

裴平平说,刘伯伯,我错了,我不发躁气了。我这就算报了到,我先回去了。

刘伯伯说,你表现好我就不捶你的屁股。刘建国回来了我叫他来找你,你要体谅我,你们要带头做好回城知青的安定团结工作。

那一年龙鳞城里的社会秩序有一些不好。

一千多名知识青年几天之内都回到了龙鳞城里,龙鳞城里十五里麻石街道上就只看见假军装和假军帽了。也有真军装和真军帽,但他们是少数。真军装和真军帽是边疆各个生产建设兵团回来的,而假军装和假军帽都是本县各个公社回来的,龙鳞城里的居民一看就清楚。他们在同一栋房子出发,又回到同一栋房子里,只是那一栋房子出发时叫知青办,回来时就改了牌子,叫知青安置办了。这一改,就改掉了他们宝贵的青春,改得他们哭笑不得。他们出发时戴着大红花举着红旗,回来时一个个垂头丧气,就像一群败下阵来的溃兵。这群溃兵各自在安置办报了到后,就在家里等待安置,但一等就是大半年,县里连一个像样的安置方案都拿不出来。拿出的第一个方案是"谁家的孩子谁先抱回去",意思很明白：哪个单位的知青，哪个单位先收了，暂时过渡一下。可县革委会刚开完会，方案就泄露出去了，第二天安置办就被一大群知青包围了。这群知青都是纯居民子弟，家长没有单位，将会没有人来抱。比如就说裴平平吧，他爸爸裴大头现在在街上卖冰棒，难道他爸爸能抱着他到街上去卖冰棒么？裴平平没有去包围安置办，他怕刘伯伯打屁股，但他也还是参加了行动。他挨家挨户动员，动员他那个大院杂里好几个和他一样会没有人抱的知青，说快去快去，到安置办反映情况去，我们又被可耻地出卖了！包围安置办的那一群知青，男知青都把军帽歪戴着，女知青都把头发披散了，他们也不吵，也不闹，都盘腿坐在地上唱《知青之歌》，唱的当然是《知青之歌》的龙鳞版。许多居民跑过来看，听他们唱到"麻石街上有我的亲人，会龙山上有我的初恋"时，居民们一个个都流出了眼泪。都是龙鳞的儿女呵——居民们这样说，手掌是我们的肉，手背也是我们的肉！他们这样说了又骂县革委，骂祁麻子，说县革委不负责任，说祁麻子不是个东西。再然后劝知青：起来起来，有饭我们分着吃，有衣我们共着穿！

刘主任也被居民们骂得狗血淋头，刘主任拍着胸脯保证：谣言，绝对是谣言！我以我的党性保证，这百分之百是谣言！

他费了好大的力气，好不容易才把知青们打发走了。

这个方案其实根本就行不通。

且不说没有人抱的，只说有人抱的。工厂也许可以把自己的孩子抱回去先做临时工，但机关呢？学校呢？机关学校也抱回去，还不是要财政拿钱？

这个方案还没出台就被否定了。

拿的第二个方案是先养着，每人每个月给八块钱生活费。兵团回来的就不给了，因为兵团已经给了半年生活费。但县财政一匡算，还是不行。百事待兴，一切都是从头开始，哪里都要钱呢。龙鳞师范学校学生的生活费都还不能按时拨下去呢，县财政根本就养不起这样多回城知青。

时间拖得一久，龙鳞城里的一些知识青年就打架了。真军帽和假军帽打，真军帽说假军帽是土八路，就是因为你们这些土八路太多了，才连累了我们正规军。假军帽不服：你们的贡献都做在边疆了，你们应当去找边疆安排工作。真军帽人少，但团结得紧，还半玩笑半认真成立了"真军帽团结会"。假军帽人多,但到底都是一些没经过大世面的,团结不起来。不打不相识,他们打几架后就打成了自家兄弟。打成自家兄弟后,又分化瓦解以地域为单位重新组合。反正都没有事做,头堡的和二堡的打,二堡的又和三堡的打。以地域为单位重新组合后,一般都是真军帽当头头。假军帽很自觉地在真军帽的带领下,在十五里麻石街道上以武会友,在各条胡同里风一样穿进来又穿出去。

他们一打架,祁麻子就要刘主任去解决,又不准他喊派出所的警察协助。祁麻子交待他说:特殊时期,特殊人群,只能特事特办。

刘主任就只能和假军帽真军帽说好话。

刘主任说,我的小爷呢,你们要打就打我好不好?

知青们说,我们没有打架,我们是在锻炼身体。

刘主任说,好呵,锻炼身体。我让你们锻炼,我反正会被你们磨死的。

刘主任这么一说,知青们一般笑一笑也就散了。

他们也不是真要打架,他们只是闲得无聊。

可怜刘主任,他平息了街上的事端还要平息家里的事端,因为他儿子刘建国回来后没有事做,也在找他吵。

裴平平有一顶真军帽,他没有当头头,但他还是打了架。

他回家后发现家里多了一个陈家婶婶,想一想也就默认了这个事实。爸爸还只有五十岁不到,这个家里也确实需要一个煮饭吃的女人。只是陈家婶婶那三个小孩确实有些讨厌,一个个不读书,都在街上俏皮捣蛋。而且他们吃起饭来,一个比一个更像是饭桶。不过裴平平也还是会想:我又会在家里住好久呢?睁一只眼闭一只眼,也就过去了。可是裴平平到龙鳞师范学校看了妹妹裴红红后,想法却有些不同了。

回来后,他就和他父亲裴大头打了一架。

妈妈的!裴平平一掌就将父亲推倒在天井里,还恶狠狠地骂道:你不要红红了,老子也就不要你了!

裴大头不自量力,站起来刚想反抗,被儿子一掌又推倒了。

陈家婶婶这回没有露面,她躲在屋里不敢出来。

龙鳞师范学校就在对河的会龙山下,过资江河两里路就到了。

裴平平以为裴红红星期天会回来呢,开始几个星期就没有去学校。

第四个星期天,裴红红还没有回来,他就问他爸爸裴大头了。红红怎么老不回来呢?她学习就抓得那么紧么?裴大头支支吾吾,他就警觉其中是有一些问题了。

那一天又是星期日,他过河去找裴红红。

裴平平从小就最会钓鱼了,他先天在资江河里甩了一天钓杆,钓到了小半篮游条子。他把游条子用很辣很辣的尖辣椒过清油炒了,用油纸包了装在书包里去看妹妹。他记得妹妹是最爱吃尖辣椒炒游条子了,越辣吃得越有味。会龙山下有一个庙,叫栖霞寺。路过栖霞寺的时候裴平平突然想起,还在家里当红卫兵破四旧的时候,他曾经到庙里去斗争过和尚。一群红卫兵瞎胡闹,玩恶作剧将一碗红烧肉摆在和尚面前,强迫和尚吃肉。和尚宁死也不吃肉,眼看就浪费了,那碗红烧肉最后还是自己吃掉的。想起这件事,裴平平就想向和尚做个检讨了,路过栖霞寺就折了进去。裴平平看见那个和尚还住在里面,全世界的人都老了一圈了,那个和尚却还不见老,还是当年那一副善眉善眼的样子。只是栖霞寺不像一个样子了,到处是残砖断瓦,当年他亲手打坏的那个笑金刚,也还是断着手站在原地方哈哈大笑。和尚不理人,盘腿坐定在大殿里睡着了一般,裴平平不好打扰他,就出来了。他一出门走到大路上,就碰到了妹妹。大路上,裴红红弯腰曲背,正拖着一部板车,板车上面装的是刚出窑的红砖。裴平平很惊讶,一把抓住裴红红的胳膊就问:红红,你不是考取了大学么,怎么在拖板车呢?

裴红红看见哥哥就哭了,裴红红搂着裴平平的肩膀说,哥哥你死没有良心!你怎么才来看我呵?我知道你都回来快一个月了!我不是读大学,我是在读中专。

裴平平说,呵,呵,中专,中专。但中专就是拖板车么?

裴红红说,眼看就要换季了,现在流行的确凉,同学们都有了,我也想买一件的确凉衬衫,水红色的。

裴平平说,我跟爸爸说一声,我明天给你送钱来。

裴红红撇了撇嘴:跟他说?你讲点别的吧。

兄妹俩将板车拖到师范学校的地坪里卸掉红砖,裴平平就清楚了,爸爸的钱都被陈家婶婶掌握了,裴红红一直靠小舅舅资助。但好景不长,小舅舅和刘小玲结婚后,小舅舅的钱又被刘小玲掌握了,裴红红就只能勤工俭学了。现在小舅舅怪裴红红，就是她占了他的房子，才搞得刘小玲驮上了崽，才搞得他不能不结婚。刘小玲和小舅舅结婚是不想下放，她刚和小舅舅结婚下放运动就停止了，她又觉得自己上了当。现在她又和小舅舅吵离婚了，小舅舅那个样子离了还找得老婆到手么？只能发了工资就交给刘小玲。他过去是将军，现在是奴隶了。上中专国家当然也发钱，但只发十二元生活费。裴红红要买书，夏天来了还想要一件的确良衬衫，星期天就只好拖板车了。不但星期天拖板车，课余时间都拖板车。不过她的班上她还不是最穷的，最穷的是班长。班长三十九岁了，政策规定三十六岁以下的青年才能报考，他们公社帮他瞒了三岁。三十九岁的班长已经有了两个小孩，他和他的妻子约定了，妻子挣回全家的粮食，他课余拖板车要拖出全家的油盐酱醋钱来。师范学校明年又要扩招，现在正拼命地建屋，只要吃得苦，事情还是有做的。裴红红说，我看见陈家婶婶心里就烦躁，我是再也不会回那个屋里去了的。

裴平平看妹妹的手，妹妹的手指上脱了皮，他知道那是码红砖码成那样的。

裴平平骂：狗日的！

裴红红说，算了，他到底是我们的父亲。

裴平平说，哼，父亲！

裴平平在师范里吃了一钵饭，裴红红把饭打到寝室里来，菜里面竟然有几片肥肉，裴平平很吃惊。裴红红说，现在全国的学生都吃特供，不要一分钱。龙鳞县城镇居民一个月还是只供应半斤肉，但学生每月供应两斤肉。裴平平就感叹，感叹自己在云南时，怎么不也去考场上试它一下呢？运气好的话，说不定现在也是一个月吃两斤肉了。吃饭的时候，他向妹妹问起了贾胜利和谭丽丽。他没有想到，他刚问起贾胜利和谭丽丽，裴红红又哭了。裴红红哭着把谭丽丽如何自私，如何虚伪，如何先得了高考讯息却又不告诉她的情况说了一遍，说得裴平平无比气愤。裴平平也差不多要哭了，他想：这个世界上还有什么人可以相信呢？他在心里发狠：我一定要混出个人样子来，混得比那个混蛋强一些，才出得了心中这口恶气！

裴平平后来一直许多年都不理贾胜利。

他不好去和谭丽丽计较，他只能计较贾胜利。

他下午再帮妹妹拖了几趟红砖，就过河回家了。

他回家后就搜索队一样，在家里仔细地搜索。陈家婶婶的鞋子丢出去，陈家婶婶的衣服丢出去，陈家婶婶出门打的洋伞也丢出去。想起家里麻拐凳是陈家婶婶坐过的了，飞起一脚踢到天井里，想起家里的镜子是陈家婶婶照过的了，也咣当一声丢到天井里。陈家婶婶先是呆呆地看，看着看着就哭了，哭着跑出去了，跑出去找她的大脑壳去了。她再回来时，裴大头果然跟在她的屁股后面。裴大头说，崽子，你发癫呵？又不是我不让你出去工作，是安置办还没有安置好呵。

裴平平跑到天井里将陈家婶婶的鞋子衣服踩了又踩，踩一脚叫一声：哼，安置办！哼，安置办！

裴大头跑过来要打他，裴平平一掌就将父亲推倒在天井里了。

裴平平说，你对不起我妈妈！

裴大头的脑壳碰在阶基上，碰出一个好大的包。

下午，裴平平卷起自己的行李再过河。

他把行李背在背上，感觉到眼眶里要发大水了。他拼命忍住，眼泪才没有流出来。过了河一直走到会龙山下的的一片小树林里，小树林里没有一个人，他才让眼泪流了下来。别了，大杂院，别了，石库门！家里是再也不想住了，住哪里呢？已经想好了一个地方。他擦干眼泪后，笔直走进了栖霞寺。老和尚还是在大殿上打坐，裴平平将行李丢在地上朝老和尚打了一拱手说，老师傅，不知道您是不是还记得？大约是八九年前吧，有一帮红卫兵逼过您吃红烧肉。那一帮混账鬼中间，有一个人就是我！

老和尚打开眼睛笑一笑，笑得很灿烂。

阿弥陀佛！和尚说，施主你上午来过一趟了。那一碗红烧肉，本来就是你的缘分。

裴平平说，我可不是来修行的呵。

和尚说，我知道，但修行其实是修心，你现在要修心了。

裴平平说，我也不修心。

和尚说，阿弥陀佛！其实你已经在修心了，只是你自己还不知道而已。后面几间屋子都是空的，随便你住哪间吧。

裴平平吃了一惊。我还没有开口呵，他怎么就知道我是来借宿的？他是为妹妹来拖板车的，他确实看好了栖霞寺想住在这里。裴平平再不敢多话了，蹑手蹑足走到后面，将行李丢在第一间空屋子里，再蹑手蹑足走出栖霞寺。

就是从那一天起，裴平平开始敬天畏命了。

裴平平走进师范学校，见校园里静悄悄的，学生们都正在上课。他看见昨天那部板车就停在操场上，他拖起那部板车就直奔红砖厂。裴平平拖了一车红砖回来，和昨天那些红砖码在一起。工地上一个人跑过来说，哎哎，那一堆红砖是裴红红的，你这个人怎么一顿乱码呵？裴平平很平静地说，我是她哥哥，从今天起，我要养活她！

从那天起，裴平平白天拖红砖，晚上就睡在栖霞寺里。裴红红要她回去，回城的知青们都去修大桥去了，她听说不修大桥的不分配工作。裴平平嫌她啰嗦就对她吼道：你管那么多事做什么？你读好你的书！

11

倒　爷

以后的日子，裴平平拖红砖拖得很努力。

人家一天拖十趟，他拖十二趟。

人家一车装两百块砖，他装两百五十块砖。

上坡的时候他的背弓出九十度来，下坡的时候他咬牙切齿。他咬牙切齿恶狠狠地骂路上所有的人：让开，不要命的你就不让开！

许多人都说他是一个疯子。

疯子来了，你不让路还不是找死？

现在人们还说，改革开放后龙鳞县首先发达起来的产业是红砖产业。龙鳞县刚解放的时候是五十多万人，到这时候已经是八十多万人了，但二十多年来人们都不知干什么去了，直到这时候才想起还是要住得宽敞一点，还是要建一些房子才好。首先是那些招了生的学校要建房子，那些恢复了生产的工厂要建房子。后来郊区的农民又跟着学，自己烧砖自己建屋。一部分城镇居民也加入了这个行列，他们一般都是住的公房，一间公房几代同堂。几代同堂夫妻活动不好开展，现在他们要搭偏厦了，搭偏厦把成年了的子女分居出去。那时候建房子还没有章法，没有城管执法也没有国土执法，基本上是人们想怎样搞就怎样搞。红砖成了抢手货，一时间，会龙山下的那一片丘陵就变成了窑山，参天古木被连根拔起，到处被人们挖得坑坑洼洼。一排排烧红砖的土窑子也不需要向哪个部门申报一下，就傍山坡建起来了。运煤炭运黄土的拖拉机板车互不让道，将河这边每一条道路都压得稀烂。烧红砖的土窑子白天冒着黑烟直插云天，夜里则把鬼火一样的鳞光吐到天上,在天上和月亮星星一起闪耀。

会龙山都快要被人们挖平了,红砖还是供不应求。

一直要到鳞光闪亮的时候,疯子裴平平才回到栖霞寺,才倒在破屋里睡成一个死人。疯子开始还只是要拖出妹妹买书的钱来,拖出妹妹买确凉衬衫衣的钱来,后来就不是这么一个渺小的理想了。

老子也要发财!

裴平平在窑山上惊奇地发现,投机倒把再不是罪过了,投机倒把已经换了一个说法,叫做搞活流通。裴平平在投机倒把的人中间看到了新痞子,这个家伙真的很不要脸。对河十五里麻石街上的肉包子只有八分钱一个,他将对河的肉包子提过来,就要一毛钱一个了。裴平平和新痞子聊天,聊来聊去知道他认得裴红红,裴平平就说,我是裴红红的哥哥。裴平平打出裴红红的招牌出来,是想不受新痞子的剥削。你剥削劳动人民的血汗可以,总可以把我除开吧?你不是说你在板凳形的队屋里吃过好多餐饭么?你还说过裴红红手艺好,不要一点油用红锅子炒出辣椒来,竟然一点也不辣。我是谁?我是裴红红的哥哥呵!可裴平平没想到新痞子这个新生的资产阶级分子,一点也不好说话。裴平平要他的肉包子便宜一点,他说理是理法是法,我赚了钱我可以请你喝酒,但肉包子还是一毛钱一个!

新痞子一天要和窑场上的人吵无数次架,但窑场上的人还是无法不受他的剥削。因为窑场上的人不可能为了这两分钱,过河渡水到对河去买肉包子。搞活流通的话,是工商局一个干部说的。有人控告了新痞子,工商局一个干部就来了一趟。不但没有没收新痞子的篮子,反说这不是投机倒把,这是搞活流通。还说新痞子自谋职业是很光荣的,他这种情况应当叫个体户。这件事情启发了裴平平,裴平平打开眼睛四下里一扫描,这才发现许多和他一样穿真军装戴真军帽的兵团战士,已经也在搞活流通了。

比如说建国仔。

刘伯伯的儿子建国仔从北大荒回来后,有一天跑到窑山上来看裴平平。建国仔穿着刚刚流行起来的纯白色的确凉衬衫,他将纯白色的确凉衬衫扎在绿色军裤里面,那样子好不潇洒。那一天下着毛毛细雨,天气有一点冷,裴平平惊奇地发现,建国仔很不怕冷,他将衬衫的袖子高高勒起,一直勒到了胳膊上面。裴平平看到建国仔手腕上有一个银光闪闪的新手表后,一下子就明白了,他是在显摆呢,他当然不怕冷! 那时候的人戴一个手表招摇过市,大致相当于现在的人开一辆私家车招摇过市。何况还是新手表? 建国仔在那样的天气里将衬衫的袖子高高勒起,原来是很有道理的。

裴平平将板车停在路边上,正要问建国仔是不是抢了银行,建国仔就批评裴平平了。建国仔打了裴平平一拳说,裴平平你这个活宝,我到处找你,你躲着做叫驴子呵? 蠢,蠢得恶! 你晓得一个道理么? 赚钱不费力,费力不赚钱! 建国仔说他是怎样赚钱不费力的,算是给裴平平上了他人生第一堂经济学课。建国仔说,我跟我父亲吵了几架后吵不出名堂,后来就没有兴趣再跟他吵了。他还是知青安置办主任呢,自己一个崽也安置不了,真的是没有一点卵用! 我父亲差不多要给我下跪了,他叫我做个体户算了,我看他可怜,就说试试吧。一试试出效果来了。我在东北种过长白山人参,人参的下脚须须到处乱丢,我就叫东北的朋友收集了给我邮寄过来。我在街上摆了个地摊。父亲教给我一个办法,他用复写纸复写了许多说明书,极力说明长白山人参的下脚须须和人参本身其实具有同等的药用价值,他还摆了个一个录音机在我的地摊上,要我一遍又一遍放香港歌曲,邓丽君摇头摆尾天天唱"在哪里,在哪里见过你……",吸引得我的地摊上总是一堆人,妈的,香港歌曲就是好听些! 建国仔说他真的没有想到,才摆一个月地摊,他就做了两身的确凉衣服,还戴上了手表。究其原因,主要是长白山人参的下脚须须在东北不值钱,而在这里是太值钱了! 建国仔讲完了他的发财经历后就从地上捡起一块红砖,一红砖就砸在裴平平的板车钢圈上,砸断了好几根钢丝。建国仔丢掉红砖拍拍手说,你这个蠢叫驴,我让你拖板车,背断你的臭骨头!

裴平平当天就跑到建国仔的地摊上去取经学习,学习回来晚上一个人睡在栖霞寺的那间破屋里,就将自己的人生计划做了重大的修改。

裴平平想:我真的蠢,我也有这样的条件呵!

第二天早晨再爬起来,他就跑到邮电局去了,和云南森林里那个高高的防火哨通了一次长途电话。

裴平平说:印芭,是我呵! 我回龙鳞了,但是我很想你!

裴平平听见了傣族姑娘嘤嘤嘤的哭声。

裴平平说，印芭，我要来看你。

傣族姑娘说，不要来！阿妈告诉我了，汉人就是汉人，汉人的血都是冰凉的，他们都是没有良心的。

裴平平就笑了，说，我这个汉人的血是滚烫的，你等着吧，我就来了。

傣族姑娘说，你不要来，你不要来，我就要出嫁了。

裴平平说，那我就更要马上来了。

裴平平心里已经有了一个伟大的计划。

他也要去搞活流通。

他不会像新痞子一样，只会把河那边的包子提到河这边来。

他看中了龙鳞的黄金板栗，还看中了云南的菠萝和椰子。

裴平平修好被建国仔砸坏的那几根钢丝，又拖了两个月板车，夏天就来了。他在窑山结了账，跑到街上给裴红红买了一件红色的确凉衬衫，又给栖霞寺的老和尚盖好屋顶，这才丢下那部板车，告别那个热闹的窑山。他给老和尚盖屋顶的时候，老和尚不感谢他。

老和尚数着念珠说，我佛功德无量，又超度一个人了！

裴平平笑着说，我被超度了么？我实在还是原来的我呵！

老和尚说，你已经有一点智慧了。

我已经有一点智慧了么？裴平平当然不会和老和尚去辩论，他只是再笑一笑，又深深地向老和尚鞠个躬，就下山了。

裴平平把的确凉衬衫送到裴红红的寝室去的时候，看见裴红红正在写一封信。裴平平一进去，裴红红赶紧藏起那封信，裴平平就偏要看。看过了再审讯，于是裴平平就知道了，妹妹下放的那个地方有一个叫沈土改的赤脚老师，很有本事，差不多是一个自学成才的美术家，还会装收音机。最了不得的是，他一个泥腿杆子却考起了省城的一所综合大学！那所大学座落在一片美丽的枫树林中，林子里有小径通到山上，山上有一个亭子，那个亭子太有名气了，杜牧在亭子里坐过，写过诗，写的是"停车坐爱枫林晚"，老一辈无产阶级革命家年轻的时候也在那里坐过，坐在那里指点过江山。裴红红说得这样详细，这样富有感情，裴平平就起疑心了。裴平平要妹妹老实交代，你和那家伙是什么关系呵？你是不是也去那个亭子坐过？裴平平不回答哥哥提出的问题，反问哥哥你是警察么？她只问哥哥拖板车拖了多少钱，如果可以的话——裴红红有点不好意思地说，哥哥，沈土改是真正的贫下中农呢。他读书，家里是没有一个钱支援他的。裴红红想哥哥支援沈土改一双猪皮鞋。

裴平平说，那要看你和那家伙是什么关系。

裴红红叹一口气说，哥哥，我现在还不知道和他是什么关系。

裴红红说的是老实话。

裴红红现在真的不知道自己和那条四眼狗是什么关系。裴红红现在有点后悔了。要是知道世界会这样变化，有大学考，四眼狗也可以考，就不会拒绝四眼狗的热吻了。那是一个好聪明的人呵，自己一个人就装配得收音机出！假如那时候没有拒绝他的热吻，现在会是个什么样子呢？他早就是我的人了！那时候每一次听完敌台广播后，四眼狗都要求她到竹林里去散一下步，每一回散步，四眼狗都很激动，激动得一说话就结巴。四眼狗一结巴，我还觉得很好玩呢，现在想起来，这就叫目光短浅！裴红红不好意思告诉她哥哥，她现在已经主动出击了。和四眼狗写了无数封信后，某一个星期天，她向学校请假说是要去省城看病，星期一回不了，其实她搭车去省城，看四眼狗去了。她发现四眼狗对自己还是很钟情。四眼狗从食堂里打出了两份饭来，两个人在寝室里慢慢地吃，就像小两口一样。他真的是戴着眼镜找菜里面的肉，找到了就把肉一片片挑出来，挑到裴红红的饭碗里。

裴红红故意问，你的收音机砸掉了么？

四眼狗就捉住了她的手。

饭后学校里放电影，他们没有去看电影。这回是裴红红主动提出来的，说我们到山上去散步好不好？四眼狗不说话，眼镜片上透出炽燃的光芒来。他们踏着石板铺成的山径上山，这回是裴红红主动牵着四眼狗的手了。满目都是枫林，他们坐在一个叫爱晚亭的亭子里，四眼狗激动地说杜牧的诗，说老一辈革命家在亭子里指点江山的故事，说完了目光炯炯地提建议，建议裴红红秋天再来。四眼狗说，秋天来这里才漂亮呢，万山红遍，层林尽染，万类霜天竞自由！裴红红又牵起他的手，说，我觉得没有你家屋后的竹林漂亮。裴红红说她最喜欢看月光洒在竹叶上的样子，斑斑驳驳，竹叶上就像铺满了碎银子一样。裴红红一说起竹林，四眼狗又激动了，他一下子又捉住了裴红红的一只手，还大胆包天把那只手贴在了自己的嘴唇上！裴红红这回没有把手抽回去了，只是有点娇羞地问道：四眼狗，你吻过几个女人的手呵？

四眼狗说，你是第一个。

裴红红不信，四眼狗就对天赌咒。

裴红红信了，四眼狗就抱住了裴红红，找她的嘴唇。他的眼镜有一些碍事，裴红红帮他先取下眼镜，再把自己的嘴唇送过去。

吻了裴红红后，四眼狗说，红红，你知道我现在最想什么吗？我最想快些毕业，我想体验把工资交到你手上的那种感觉。

裴红红笑，笑得眼泪都流出来了。

从省城回来，裴红红就想给四眼狗买一双猪皮鞋了。那时候的龙鳞人，穿胶鞋就比较有身份了，但四眼狗穿的还是一双圆口黑布鞋。那一双圆口黑布鞋，他说是她嫂子做的。他嫂子肯定是个蠢婆娘，手艺真是太差劲了，圆口布鞋一只做成了方口，一只做成了三角形。四眼狗穿了嫂子的杰作，整个人都显得土极了，土得掉渣。裴红红想用一双猪皮鞋先拴住四眼狗再说，他班上也有许多女同学呵，她怕他班上的女同学近水楼台。这件事因为很重要，她就不顾上羞涩，向哥哥说了。

她没有想到的是，她说得晚了一点，裴平平身上已经没有买猪皮鞋的钱了。

裴红红生气了，说，你不是才结账么？

裴平平说，没有了，真的没有了，但我可以给你打欠条。今欠裴红红一双皮鞋——不是一双皮鞋，是一双皮鞋的钱，一个月后保证偿还。

裴平平百般哄妹妹，哄得裴红红不生气了。

裴平平准备去云南，他说他身上只有去云南的车票钱了。

裴平平告诉妹妹说，我现在晓得了，赚钱从来都是不费力的，费力反而赚不到钱。新痞子已经牛皮了呵，抽的烟已经是带过滤嘴的了。不过这家伙还是小打小闹，他就在龙鳞乡下当知青，他不知道世界其实很大很大。我知道，我知道世界很大很大。裴平平不讲建国仔砸了他的板车，不讲他到建国仔的地摊上学习了，显得自己很聪明，很伟大。裴平平和盘托出他很聪明很伟大的计划，裴红红于是就知道了，哥哥见过世面，哥哥已经把他所有能够调动的资金，包括兵团给他的那一笔生活费，包括刚刚在窑山结账结的钱，全部分批次购买了龙鳞县出产的黄金板栗。这些黄金板栗已经通过邮局,也是分批次发运到云南去了。哥哥现在决心要维护民族团结了,她的嫂子可能就是傣族姑娘印芭了。印芭和她的妈妈,一老一少两个很善于提篮小卖的傣族女人,现在正在祖国南疆的某一个小镇上,笑呵呵地倾销龙鳞运过去的黄金板栗呢。她们还给龙鳞运过去的黄金板栗又取了一名字,叫神仙果。那个地方橡胶树很多,可是没有板栗树,她们就说这是内地神山上神树上结出来的。这种神树一百年才成材,一百年才结果,结一次果就再不结了,所以很珍贵。通过邮局发运过去的板栗不可能很多,她们也有办法。她们一粒一粒数着卖,说这神树上结出来的神果和人参具有同等的营养价值,吃多了那是不行的。裴平平只要她们卖出两倍的价钱,可她们巧舌如簧,卖出了十倍的价钱。哥哥打算用板栗卖出来的钱,再贩了菠萝和椰子到龙鳞来卖。那边的菠萝椰子好便宜,便宜得几乎就等于不要钱。而龙鳞呢,这些年来闭关自守,到现在人们还只从电影上看见过菠萝和椰子。裴平平最后对他妹妹说,建国仔倒长白山的人参须须,跑的还是单趟,我现在倒双趟!我也不等什么安置了,我就做个体户吧。我想我不但可以供你上学,我还可以供你那条四眼狗!

裴红红说,哥哥你不能喊四眼狗,他叫沈土改。

裴平平皱着眉头说,沈土改就沈土改,好一个土得掉渣的名字呵!

裴红红说,这能怪他么?只怪他们家有用名字纪念历史的好习惯。他妹妹六六年生的,叫沈文革,他弟弟五八年生的,叫沈跃进,他是土改那年出生的,当然就叫沈土改了!

裴平平说,乡下人就是乡下人,土!

裴红红坚决地说,人家现在是大学生了,不土!

他们说了很多事情,但裴平平有一件事情没有告诉裴红红:他稀里胡涂就有一个孩子了! 裴平平本来自己都不知道的,印芭最近一次打电话来了。赚了钱的印芭在电话里很高兴地告诉他说,我已经有了,三个月了,我的肚子都显形了。妈妈本来要捆起我上卫生院去打掉的,你那个电话打得好及时呵,你打电话来了,又把神果发过来了,也不催钱,妈妈就说,你这个汉族人其实和傣族人是一样的,也是有良心的,妈妈就同意我生下来算了。裴平平接到这个电话时大吃一惊,他这才想起几个月前,他确实是在那个高高的森林防火哨的哨楼上,和印芭疯狂过的。森林防火哨有一支只能做样子根本就打不响的步枪，印芭平时背着那支步枪，看上去也还是像一个战士，但一疯狂起来就不像战士了，变成一摊月光下的梦幻泉水，倒在裴平平的怀里就再也收不拢了。假如没有这个电话，他可能还要拖一个月板车，因为云南的菠萝还没有成熟。有这个电话，他就决定不等菠萝成熟了。

他觉得自己很有能力，完全可以做一个负责任的男人了。

裴平平再次回到龙鳞，是大约两个月以后。

裴平平还是穿着他那套军装，他好像瘦了一些，但精神饱满，意气风发。他是坐一辆满身都披着尘土的嘎斯卡车回来的，开车的是印芭的堂兄，裴平平叫他茅芭师傅。茅芭师傅的头上缠着一大堆花色的头巾，腰上挂着一把很漂亮的小小弯刀，刀鞘上镶嵌着银子打制出来的一些图案。茅芭师傅为他的妹夫运来了大半车菠萝和椰子，外带一双皮鞋。这是一双正宗法国产小牛皮鞋，当时只有在边境上通过越南边民才可以搞到手。裴平平在边境上和越南边民非法交易，搞到了两双这样的皮鞋。另一双没有带来，另一双是女式的，放在森林里那个高高防火哨的哨楼里了。裴平平指挥着茅芭师傅，将那一辆满身尘土的嘎斯卡车开到了十五里麻石街上。嘎斯卡车在麻石街道上摇摇晃晃，喇叭叫个不断气，吸引了很多人驻足观看。裴平平坐在车厢里，一手举一个菠萝，一手举一个椰子，他用茅芭师傅根本听不懂的龙鳞土话喊道：菠萝，菠萝！椰子，椰子！想买的等下到北门来，想买的等下到北门来！

若看到人群里有要好的朋友，裴平平就打排球一样抛一个椰子过去，喊着朋友的名字说，你快点去给我动员群众！毛主席教导我们说，只有动员群众，才能进行战争！

朋友马上也用毛主席语录回答说，好！支援和友谊比什么都重要！

嘎斯卡车在十五里麻石街走了一遍后，裴平平认为广告效应基本上可以了，这才指挥着茅芭师傅，把嘎斯卡车开到了北门外。

龙鳞城这一块地方现在是修成大堤了，但那时还是一块很大的空地，工商局在空地上搭起了一大片棚子，把这里建成了龙鳞城最早的自由市场。工商局那一年也是下定了决心，他们差不多是在恳请大家，要大家都来复辟资本主义。裴平平第一眼就看到了炸油粑粑的那个老头，老头还是瘦精精的,但他占据了第一个棚子。他现在不亲自炸油粑粑了,他请了三个男女帮工,像过去的资本家一样,他做起了剥削。他用一张红纸写了"郭老倌油粑粑"几个字贴在墙上,茅芭师傅小心翼翼将嘎斯卡车开进去的时时候,这个老头就像旧社会的地主一样,正恶声恶气地在骂帮他掌勺的一个男人,说他没有掌握好技术要领,又骂帮他收钱的一个女人,说她没有搞清白数目。这里聚集了龙鳞县各个公社的土产品,有东山公社的鲜蕌菜,有鱼尾坳公社的干竹笋,有杜溪河里的火焙鱼,还有云雾山上的隔年茶叶。高音喇叭正在播放一个什么一号文件,这个文件说,要发展经济,首先就要组织农民搞活流通。茅芭师傅刚刚将嘎斯卡车停稳,工商局的人就从一个写着"管理处"牌子的棚子里跳将出来了。他们就像看见了外星人一样,大惊小怪地嚷道:哎呀,云南来的卡车,云南牌号!终于有一个敢吃螃蟹的人了!

裴平平跳下卡车,拍拍身上的尘土说,我不吃螃蟹,我想吃油粑粑。

裴平平吃油粑粑的时候,有一个工商局的人自称是龙鳞县广播站的特约通讯员。他要采访裴平平,说要给裴平平写一个表扬稿。裴平平也是一个会来事的人,他就不吃油粑粑了,马上就大谈特谈社会主义初级阶段的理论,以及他对这个理论的心得体会。他把严肃的理论说得四不对六,基本上是牛头对不上马嘴。不过这不要紧,大家都是刚刚接触这个理论,他也是昨天躺在车上听收音机,才知道有这么一个理论的。那个自称特约通讯员的人要的大约也只是一个形式,他也没有认真听,倒是一伸掌劈开了一个椰子,吸椰汁吸得津津有味。

这个——这个——,裴平平手舞足蹈,口水乱飞。

茅芭师傅忍不住了,茅芭师傅卷着舌头用近似于外语的汉话说,菠萝,菠萝,椰子,椰子。

茅芭师傅一个人一筐又一筐搬菠萝椰子,已经搬得满头大汗了。

裴平平只好不说理论了,帮茅芭师傅将大半卡车菠萝和椰子都搬下来。工商局已经为他们安排好了一间棚子,菠萝和椰子在那一间棚子里分门别类堆好后,时间就是下午了。高音喇叭里开始那一天的第二次播音,又一次播放一号文件,又一次号召人们要搞活流通。号召搞活流通后,就播放那个人写的表扬稿了。表扬稿写得很糟糕,不过是几句套话,但还是给裴平平做了一个很及时的现场广告。裴平平的棚子前于是人头拥动，人们都来看缠着一大堆花色头巾的茅芭师傅表演绝技。茅芭师傅左手握一个刺猬一样的东西，右手就握着他那把弯刀。窄窄的弯刀在他的手中几旋几旋，刺猬就变成了嫩生生的水果。裴平平告诉大家，《红色娘子军》里面的吴清华，在万恶的旧社会没有饭吃，主要就是吃这个东西。这个东西很有营养呢，吴清华吃这个东西吃得身强骨健，最后消灭了还乡团头子南霸天，解放了全人类。裴平平做完宣传后，茅芭师傅把这个东西切成小块请大家品尝，有人就叹息：这个东西确实不错。椰子被打开后流出来的汁水白生生的，有人说这是最好的奶水呵，完全可以喂养孩子！裴平平就表扬那个人聪明，说孩子经常吃这样的奶水，不读小学就可以直接读中学。工商局的人确实尽职尽责，他们推来了一个磅秤，而且还声明磅秤不要出租费，他们要落实中央一号文件精神。

批发，批发，烂便宜批发！

裴平平这样喊道。

裴平平的生意人生涯，就这样开始了。

正式开始之前，裴平平为销售价格的问题和茅芭师傅进行了很专业的磋商。这一套专业技术他本来不会，这两个月在云南边境向印芭姑娘虚心学习，他终于学会了。有了这套专业技术，他现在当着顾客，可以高谈自己的商业机密。茅芭师傅把裴平平的一只手拉到自己的袖管里，两根指头抵在他的手心，意思是我们卖出两倍的价格就可以了。裴平平不愿意，裴平平把茅芭师傅的一只手拉到自己的袖管里，把两根指头抵在他的手心，意思是还可以再高一些，可以卖出三倍的价格。他们把手指藏在袖管里拉来拉去，最后统一了思想，决定以二点五倍的价格批发第一批货物。

裴平平没有想到，他的货物当天下午就批发完了。

他可能是龙鳞城里的第二个倒爷。

建国仔是第一个。

也有可能不是，他只是龙鳞城里一个先富起来的人。

但有一点用不着怀疑的是，那一天黄昏时裴平平开始数票子，数到天上的星星出来了，数得手都有一点发麻了，他就不想数了。那时候中国还没有百元大钞，连五十元一张的钞票都还没有。银行也不像现在一样总是在收旧发新，许多毛票用烂了，人们用破纸糊好还在用。裴平平不想数了,就跑到写有"管理处"的那间棚子里去打电话。他喊道:你是师范学校传达室的郭爷爷么?郭爷爷,麻烦您叫一声裴红红,我是他哥哥。对对对,就是帮她拖板车的那个哥哥。您帮我上女生楼叫一声她,叫她到自由市场来。谢谢您了,明天裴红红会谢您一包烟的。

　　裴红红是晚饭后过来的。过来后大惊小怪,吃了一个椰子还要再吃菠萝。裴平平抢过菠萝把一烂提包毛票丢给她说,你想要牛皮鞋么?哈哈,给我数票子,不劳动者不得食!

12

大 桥

　　知青们真的都去修大桥去了。

　　省里的那个规划又要实施了，红头文件盖了各个部门无数个红巴巴，还是要在龙鳞县建一个工业区。龙鳞县地理环境得天独厚，全省一半是山区，一半是湖区，龙鳞县正好卡在山区和湖区的地理分界线上，水路运输和陆路运输正好衔接。早在一九五六年国家实施第一个五年计划的时候，省里就在龙鳞规划了要修一座大桥，但十几年这样那样的运动一搞，大桥就还是一张图纸，那张图纸总锁在设计院的保险柜里。现在，省里又把那张图纸找了出来，集中了全省财力，下定了决心要以最快的速度修出这座大桥。省公路局马上抽调精兵强将，在龙鳞建起了建桥指挥部。修大桥要一千名民工，一千名民工就在龙鳞县征集。

　　当时的形势是，农村里农民已经在偷偷摸摸地分田单干了。这个公开的秘密谁都知道，但就是没一个人去说穿。农民有了自己的土地，哪一个还想出来修桥呢？这征集民工的事就有一点难度了，但龙鳞县的祁麻子一点都不急。祁麻子有办法，祁麻子打算狸猫换太子了，而且一箭双雕。祁麻子跑到建桥指挥部和省公路局的人吹牛皮说，你们是精兵强将，我们征集的也是精兵强将！我有一千多知识青年，本来是舍不得用的，我就要冬修水利了。我不搞本位主义，现在给你们算了！他们可都是在广阔农村锤炼过红心的，都是革命事业的优秀接班人呵！

　　祁麻子说得慷慨无比，省公路局的人还是不干。省公路局的人说，祁麻子你就做好事吧，你的那些精兵强将你还是留着自己去用。真军帽和假军帽一打架,我们是抓真军帽还是抓假军帽呢?我们不知道抓谁,管理不了,我们不要。

祁麻子就不管了,说,那你们就自己去挑土方吧!

祁麻子是南下干部。一九四九年解放龙鳞的时候,祁麻子攀着云梯登上龙鳞城的城墙后,一泡土枪铁子打在他的脸上,就把他钉在这十五里长的麻石街上,让他再也不能动弹了。南下部队就把他留在这里,让他做了县委书记。他伤好后满脸都是小洞洞,就是抹一瓶子雪花膏也抹不平,龙鳞人就真截了当喊他祁麻子了。祁麻子职务不高但资格老,讲话就没有上下。一个要给,一个不要,这个官司就打到了省委。

其时谭丽丽的伯伯,那个被龙鳞人传得神乎其神的书法家,已经完成了他讲师团的任务,被中央任命为这个省的省委副书记了。有这么一位家乡人在省里当副书记,龙鳞县的祁麻子腰子就格外地硬。祁麻子到省里走了一趟,坐救护车去的。那时候县革委还没有小车,只好动用县医院惟一的一辆救护车。祁麻子坐救护车回来后,笑子笑着对省公路局的人说,嘿嘿,谭副书记要你们去一趟呢。

省城里真军帽假军帽比龙鳞城里还要多,省里也在为这事发愁呢,祁麻子轻而易举就说通了谭副书记。谭副书记把省公路局的人叫到他的办公室里,狠狠地批评了他们一顿。谭副书记说,知识青年目前的确是不安定因素,但我们共产党人,要勇于承担历史的责任!把你的青春也浪费掉,你也会鬼叫鬼喊!是谁把他们的青春浪费的?是你,是我,我们都有责任! 你不要这些知青,那好,我现在就把你派到下面哪个县里去,让你也当一当县委书记。我要一个县的知青都来找你吵,都来找你要工作,要饭吃!谭书记包公断案,惊堂木一拍就做出了决定:修大桥的民工就是那些知识青年了,但知识青年的管理工作还是由龙鳞县负责。

祁麻子犟赢了,但也摘了一个葫芦挂在了自己的脖子上。

祁麻子不怕困难,他这一辈子碰到的困难还不多么?"文革"前县委书记都配有枪,祁麻子那时候一把驳壳枪斜吊在屁股上,总是在反"右倾",叫嚣要枪毙人,今天要枪毙这个,明天又要枪毙那个。那些年他喊得最多的一句话是:有条件要上,没有条件也要上!尽管他从来没有毙过一个人,但龙鳞县的干部还是都怕死了他。祁麻子实在已经是够左的了,但他还是没有想到革命一浪高过一浪,"文化革命"一爆发,他自己还成了走资派,也成了革命的对象。疯狂的人们还说他是在走资本主义道路,说他当年包庇过右派,说他奉令撤消公共食堂是反对社会主义。他自己成了革命对象后,坐在牛棚里苦苦思考,思考不出其中奥妙。两年前,拨乱反正了,他这才知道再好的理论也不能脱离实际,只有实践才是检验真理的唯一标准。马克思恩格斯都没有到过中国,中国的社会主义应当走一条适合自己的道路。其时他重新担任县委书记也没有多久,大约是在裴平平他们在云南卧在铁轨上唱《知青之歌》的时候,改组后的省委才把他从牛棚里一拎拎出来。谭副书记代表改组后的省委找他谈话时说,啰嗦也就不啰嗦了,你只当是接受了党的一次考验。历史的列车要急转弯,却没有一条现成的路。但我们就是抬,也要把车头抬过去!

祁麻子发牢骚说,妈拉个巴子,这样的考验也太吓人了一点吧?

谭副书记说,其实我们谁都没有资格指责党,我们谁没有犯过错误?你也犯过错误,一九五七年划了那么多右派,一九五八年又砸烂农民的锅灶,强迫他们跑步进入社会主义,办公共食堂还饿死了许多人。你犯的错误我犯的错误,加起来就成了党的错误,你还妈拉个什么巴子呵?你这样一想就没有牢骚了。当然,要小心冀冀地抬,理论问题不要和任何人争论。老百姓丰衣足食了,一切争论也就没有了——谭副书记作为家乡人,那一次还在家里私人宴请了祁麻子。谭书记宴请祁麻子时,不止一次对祁麻子说,让人家去说,我们走自己的路。

祁麻子说,我现在是明白了老百姓不要理论,但还有很多人不明白呵。比如说,农村包产到户就有人说是资产阶级复辟,我心里急呵。

谭副书记说,秋后称粮食,你要不讲主义,只讲产量。

祁麻子说,知青也是个事,人家欠的账,现在要我来还!

谭副书记马上批评他:不准这样讲!你是党员么?集体犯下的错误,当然要集体一起来承担!

祁麻子就只好承担了。他回来后就叫知识青年安置办再加挂一个牌子:龙鳞功勋民兵团。安置办刘主任任团长,他自己亲自任政委。祁麻子对刘主任说,龙鳞功勋民兵团一个星期内必须组建好,半个月之后要在体育场誓师出发。

刘主任说,那些鬼崽子会去给你修桥?

祁麻子说,道理讲得清,牛肉也敬得神!

祁麻子本是北方人，在龙鳞混了一辈子，除了骂人的时候还骂妈拉个巴子，早就讲龙鳞土话了。

三十年过去后，龙鳞县变成了龙鳞市，成为了省里的一个重要工业区，现代化的市区已经移到了资江对河，桃花仑高楼林立，十五里麻石街上最后剩下的几个胡同成了文物要加以保护。资江河面上没有轮渡了，从新城区连接十五里麻石街已经有了三座大桥。而且相比这下，第一座大桥已经显得很小很小，只当成一道景观跑一跑龙鳞人的私家车了。但老一辈龙鳞人都记得，关乎龙鳞发展命运的是第一座大桥，就是这一座现在看起来很不起眼的大桥。它首先接通了全省的山区和湖区，在改革开放的头几年里，承担了全部物资流通的重任。而这一座功勋卓著的大桥，就是龙鳞县回城知识青年们修起来的！都是一些好孩子呵，关键时候还是很懂道理的——回忆往事的时候，老一辈龙鳞人都这样说。

当年的情况是：才听说有事做了，真军帽和假军帽立即就不打架了。居委会的大妈们歪曲县革委会议的内容，她们在居委会传达的时候说，不去修桥的，将来不安排工作！真军帽和假军帽都认得字，他们早都看见了街上张贴的《告知青朋友书》。《告知青朋友书》一开头就说，龙鳞的前途就看你们了，知青朋友，你们是不是龙鳞的儿女，现在是你们说话的时候了，知青朋友！《告知青朋友书》早已把真军帽和假军帽的热血点燃了，真军帽和假军帽都对大妈们说，你们也不算歪曲。桥不建好工厂就建不起，祁麻子就是神通再大，他脸上的麻子再多，也没有工作安排我们。我们修桥，是自己安排自己的工作！

真军帽和假军帽都踊跃报名，出发那一天，体育场齐刷刷站满了知青，黑压压一片真军帽和假军帽。没有推土机，也没有电铲，甚至连运土的小推车也没有，他们只有一千条扁担，一千把羊角锄头。贾胜利在乡下学大寨开山造田搞过爆破，报名进了爆破队，但指挥部也没有给他风钻，只给了他一只八磅重的大锤，再就是几根长长短短的钢钎。那一天刮着风，猎猎秋风中，龙鳞功勋民兵团的团旗迎风飘扬。祁麻子那天很隆重地梳了一个大背头，脸上抹墙一样抹了差不多一瓶雪花膏，妄图把他的麻子遮住。他的讲话通过高音喇叭飘荡在体育场上空，满天的麻雀被惊得乱飞。祁麻子讲话的时候，他的一张麻子脸涨得通红。

祁麻子扯着他的破嗓子说：崽子们，你们知道龙鳞功勋民兵团这七个字是谁写的吗？我告诉你们，是省委谭副书记写的，是我去请他写的！他可是全国都有名的书法家呵，他从不给人写字的！他要我告诉你们，一场伟大的社会主义建设运动在我们龙鳞开始了，资江对河三年之内将出现一个发电厂，一个水泥厂，一个纺织厂！发电厂有多大？我们省一半城市今后都要用龙鳞发的电！水泥厂有多大？我看过图纸，水泥厂的烧结罐高六十米，六十个烧结罐排开有一里路长！十年之内，我们要把龙鳞城搬到资江对河去，龙鳞城要成为全省最大的一座工业新城，注意，全省最大的工业新城！我们首先要有电，我们要修一座桥，我们从北方调来了煤炭，光靠轮渡不行了。我们有了电，才能有水泥，我们有了水泥，才可以造房子！有了电，我们要把龙鳞出产的苎麻都织成布！省里已经和美国佬签定了协议，他们没有苎麻，他们将投资在龙鳞建一个亚洲最大的苎麻纺织厂！桥是关键呵，桥是关键！你们现在建桥，你们是在为龙鳞的经济建设建功立业，你们将来都是龙鳞的功勋！

祁麻子接着说：崽子们，我还要告诉你们。你们的声誉不好哇，人家不要你们！这不怪他们，你们确实是不安定因素。但我不怪你们，我相信你们！龙鳞县革命委员会相信你们！我命令你们，从现在开始，去把自己的声誉找回来！你们不是老在唱《知青之歌》吗？你们说，麻石街道上有你们的亲人，你们愿意你们的亲人老是这样贫穷下去，老是这样落后下去吗？我们的会龙山确实美丽，但山上现在只有一座破庙！正是因为贫穷，正是因为落后，我现在无法安置你们。我没有那么多工作岗位给你们，我也没有钱给你们发生活费。现在，你们的亲人要求你们，你们要自己先把声誉找回来！

祁麻子还说：崽子们，我会安置你们的，但你们必须给我建起这座桥！你们也看到了，龙鳞还是十多年以前那个龙鳞，我们基本上还没有工业，我们的县机械厂其实是一个铁匠铺，我们确实是就业困难。就业位置不容易找，我不想隐瞒你们。我们一起找，我们已经在着手了，龙鳞县现有的县办工厂包括街道企业都在扩容，大桥修好后，你们一部分人还要继续给我建工厂，一部分人可以安排进县办工厂和街道企业，你们不能挑肥拣瘦！谁找声誉找得快，我将先安置他，谁的声誉找得慢，我将最后安置他！

祁麻子最后说：崽子们，现在我要说丑话了。从今天起，你们享受龙鳞居民的同等待遇。你们再打架，我肯定不要刘主任做什么工作了，我一定派警察抓人！你们以为你们是天王？你们吃过多少苦？你们被捆过么？你们被斗过么？老子要是发牢骚，老子比你们更有资格，妈拉个巴子！

祁麻子确实更有资格发牢骚，他当走资派时，不止一次背马褂子，还穿过一次紧身子。他穿紧身子穿得手腕都烂了，可那时没有人敢给他涂红药水，他的手腕上现在都还有伤疤。他都不发牢骚，哪个又敢再发牢骚呢？

而且，他还是一个说到做到的人，他现在又骂人了，你再闹，他真的会叫警察抓人的。

但后来祁麻子没有抓到一个人。

祁麻子讲完话，队伍就渡河了。

渡河的时候，贾胜利看见了新痞子，新痞子竟也举着一面红旗。新痞子举着红旗下河坡的时候鼓胸收肚，牙齿好像也不怎么暴了，一个北伐军出发横扫军阀的样子。新痞子住在二堡，民兵团按头堡二堡三堡分成三个营，新痞子举的那一面红旗就写着：龙鳞功勋民兵团第二营。贾胜利望了他那个样子觉得有点好笑，就故意问他说，没有在窑山里做倒爷了？

新痞子点点头，我这个人比较正规，我还是比较拥护搞社会主义的。

贾胜利说，当了官？

新痞子有些不好意思，如实回答说不过是突击班的副班长。

贾胜利说，怪了，你这样的人还搞得突击队？我怀疑领导上是不是知道你的历史问题。

新痞子生气了，说，利马虎，我就喊应你呵，你讲话要给我注意一点！我叫刘新军，过去那个新痞子死了，现在这个刘新军想抓住青春的尾巴！

贾胜利马上说，那是那是，你跟我平走平坐了，你可以喊我利马虎了。

新痞子占了上风就笑了，新痞子笑着说，当然，你现在和我一样了，都是待业，等待的待。我听说你们机械厂还是内招了，可你的内定招工指标已经泡汤了，你还有资格讲什么狠呢？

新痞子的话戳到了贾胜利的疼处。

贾胜利这一段时间确实是天天都在走下坡路。

新痞子没有说错,知青们大返城后,机械厂还是瞒着社会上悄悄地招了几个自己的子弟,可是他竟然没有招得上。原因是机械厂的牛鬼蛇神又上台了,那一帮打倒了的技术员助理工程师又上台后,当厂长的厂长,当车间主任的当车间主任,他父亲贾铁头那样的劳模干部就下台了。下台了不要紧,一样的干革命,那一帮牛鬼蛇神也确实是水平高一些,他们晓得画图纸,机械厂要发展是得靠他们。问题是那一帮牛鬼蛇神推翻了原来的内招方案,搞了一个新调子出来。他们成立了一个什么青工文化考查委员会,进来一个人就搞一次考试,而且申明只考初中毕业的水平。贾胜利有一本高中毕业证书,可那一帮牛鬼蛇神说文革期间的高中毕业证书概不作数,想进来就得由他们出题目,由他们来考。贾铁头骂了一回通天娘后,没有人理他,他还是只能要贾胜利也去考。贾胜利没有去考,他不想出这个丑。贾胜利晓得那一帮牛鬼蛇神讲的初中水平是指文革前的初中水平,他这个文革期间的高中毕业生碰都碰不上。不过贾胜利也不泄气,回城知青反正是都要安排工作的,不过是早一点晚一点的问题,急什么呢?不要急。只是贾铁头像是有点进入更年期了,在车间里骂人,在家里也骂人,贾胜利一看见他就有点躁。贾胜利虎困平阳早就想出来呼吸一点新鲜空气了,说是有桥修,就很快报了名。

人一背时狗咬人,新痞子也敢对老子无理了!贾胜利又要打新痞子,新痞子一跳就跳开了。

新痞子举着红旗招呼他的突击班:跟上,跟上!

贾胜利故意跌了一跤,倒下去的时候一伸手就扯住了新痞子的脚。新痞子哎哟一声也倒在地上,倒在贾胜利身上。

新痞子说,你这个家伙!

贾胜利也说,你这个家伙!

两个人都哈哈大笑。

龙鳞功勋民兵团就驻扎在会龙山下,山上砍来毛竹搭起工棚,工棚一字摆开长达一里路。工棚里是竹跳板开的通铺,通铺也长达一里路。知青们的家都在河对岸,可是他们不是星期日决不回家。早晨,嘹亮的军号声响起后,他们统一起床,去开山辟石。晚上,嘹亮的军号声响起后,他们统一回来,然后沉入睡乡。他们表现很好,几个星期后,龙鳞县要把管理工作也交给省公路局,省公路局也接受了。

交接那天,祁麻子很自豪地对省公路局的人说,看看,现在你们知道了吧? 我们龙鳞的崽子都是一些什么崽子!

两名知青为建这座大桥光荣献身。

头堡的李建国是阴炮炸死的,他和贾胜利在一个班。搞爆破最怕的是阴炮,导火索其实已经点燃了,却因为某种原因不冒烟,或者只冒出很少一点烟,你根本就看不见。你看不见,以为还没有点燃,你总是在点,你正在点着,它轰的一声就炸响了。李建国炸死后尸骨都不全了,指挥部要求全体知青都出动,在山林里展开地毯式搜索。全体知青搜索了一个上午,也只捡回来他一只手,一只脚。

三堡的张小毛是水淹死的。夏天的时候,资江涨水了,刚出水的桥墩经不起波涛冲击,民兵团组织敢死队紧急给桥墩打支撑。要是有一件救生衣就好了,当时没有救生衣。张小毛掉到水里就被江水冲走了,人们眼睁睁看着他还没有挣扎几下就沉下去了。水退了以后,他的遗体才在下流十多公里的地方浮上来。

这两个人的名字,现在只能在龙鳞县志中的某一个章节中翻到了。

贾胜利很幸运,他的名字没有写进龙鳞县志中去,很大程度上是谭丽丽救了他。

李建国被哑炮炸死的那一天上午,他的钢钎没有煅好,李建国背时,代他到本应是他作业的那个炮位上去作业,做了替死鬼了。那是一九七九年暑假,谭丽丽回来度暑假了。那一天早晨,谭丽丽沿会龙山下那一排一里多长的通铺找过来,没有找到贾胜利。人家告诉她贾胜利在山上炉屋里煅钢钎,她就找到山上炉屋里来了。炉屋里最主要的设备就是一座烘炉一个大铁砧,磨秃了的钢钎要在烘炉里烧红了,再在铁砧上重新打出刀口来,然后用冷水去淬火。爆破队上班第一件事就是煅钢钎,把昨天磨秃了的钢钎重新打出刀口来。一排人站在烘炉前煅钢钎,一排人围定了大铁砧在打刀口。炉屋里只看见黑烟滚滚,火花爆爆,空气里流淌出来的都是炽热。

贾胜利当时正在专心致志地给钢钎淬火,谭丽丽笔直走到他面前,清清嗓子咳了一声。

贾胜利眼前一亮，感觉地平线上升起一轮太阳了。他说，你怎么到这里来了？

谭丽丽说，这里不是人来的？。

贾胜利小声说，这些人都是流氓。现在是早晨，凉快。中午太热了，这些家伙都是赤膊裸胯一个。

谭丽丽故意大声说，那又稀奇什么？谁还没有见识过么？

贾胜利赶紧把谭丽丽拉到外面。

谭丽丽其实也没有什么事情，她是心里不舒畅，来找贾胜利诉说一下的。

他们在竹林里坐了下来。

谭丽丽说，我爸爸发火了，摔了一只杯子。

贾胜利问，他没有跟踪我们吧？

谭丽丽说，这需要跟踪么？

贾胜利想一想：确实，这是不要跟踪也猜得到的事情。

谭丽丽昨天瞒着她爸爸，已经和贾胜利玩了一天了。昨天贾胜利请了一天假，陪谭丽丽过了一次河。他们在大码头吃了猪血米粉，在学门口吃了油粑粑，还爬上了耸立在西门外江边上的那个三魁塔。上三魁塔的石级有一小半被乡下人挖去垫了猪圈了，塔顶没有几个人上得去。两个人不怕牺牲，还是爬到塔顶上去了。他们口里说是要一览群山小，心里其实还有另一个想法。到处都是人，到处都是眼睛，他们是想避开一些人避开一些眼睛，让青春期的心灵解一解饥渴。贾胜利一级一级翻上去，翻上去再扯着谭丽丽的手，把谭丽丽一级一级吊上来。吊到最后一级吊上塔顶后，谭丽丽就吊在他的脖子上不肯下来了。他们又重演了那个冬天在知青点演出过的那一幕。条件是有些不好，但贾胜利能够克服困难，用男人的努力和耐心，让谭丽丽一次比一次畅快。贾胜利借了人家一个海鸥牌照相机，那一天给谭丽丽照了无数个相。其中有一个相是在三魁塔的塔顶上照的：谭丽丽刚刚穿好衣服，在扣最后一粒扣子。谭丽丽脸上红扑扑的，奔腾的热血分明还没有归复正常。谭丽丽回到家里，谭眼镜问她回来第一天就到哪里去了，谭丽丽这才记起她早上说的是要到张艳玉家里去。马拐子平了反，张艳玉和马拐子结了婚，她说她曾经给马拐子上过红药水，她要去问张艳玉要红药水钱。谭丽丽一时不知道怎样讲，谭眼镜就猜定她是找贾胜利去了。谭眼镜这一年都在给谭丽丽写信,苦口婆心地说道理,说他的短板理论。谭丽丽一回来就把他的短板理论摔得粉碎,他能够不生气么?谭丽丽还狡辩,谭丽丽一狡辩,谭眼睛就把他手里捧的保温杯摔碎了。

谭丽丽心里不舒畅,找贾胜利来诉说,她一诉说,贾胜利就煅不成钢钎了,只能请假了,他负责的那个炮位李建国就只好上了。假如那一天谭丽丽不来诉说,成为烈士的就可能是贾胜利,而不是李建国了。

谭眼镜那个杯子,摔出了水平。

那一天谭丽丽和贾胜利说了一阵话就走了。他们商量了这一向要搞一些什么活动。黄金公社的知青要聚会,铜鼓公社的知青也要聚会。各人参加了各人的聚会后,他们两个人也聚一次会。借两部自行车,先踩到黄金公社,再踩到铜鼓公社去。听说铜鼓公社知青点的那一片茶园几个农民承包了,看他们是怎样承包的。谭丽丽说,学校布置了我们回家都要搞农村调查,我们的调查报告学校整理了,还要送到中央政策研究室去,给党中央制定新的农村政策提供参考呢。

贾胜利说,这么大的来头呀?那我就舍命陪君子了。

那几天贾胜利陪着谭丽丽搞农村调查,等于是旅行度他的蜜月。谭丽丽的学校肯定失望了,谭丽丽没有写出几个字来,他们把时间都耽搁在乡间的小旅馆里了。乡间很安静,尤其是在夜里,除了蛙声和虫鸣什么声音也没有。他们相搂相抱着一起睡到大天光,不用担心会碰上熟人,该做的工作尽可以从从容容地进行。那时候节育工具还只向已婚夫妇发放,没有结婚的人是搞不到的。贾胜利有一点恐慌,老是问怀上了怎么办?谭丽丽却一点都不怕,说,怀上了就怀上了,怀上了就去打结婚证,她说她们班上就有三个驮肚婆呢,一点都不稀奇!他们从从容容地工作,许多个晚上就像品尝一杯美酒一样,慢慢地开始,慢慢地结束。说到结婚证,两个人就心血都来潮了。他们搞农村调查回来后各自从家里偷出户口本,就真地去打结婚证了。他们跑到照相馆照了相,买了一点糖丢在街道办事处的桌子上,就把结婚证打出来了。

街道办事处的人吃着喜糖,教他们填写结婚证的各项内容,嘱咐他们要搞好计划生育,贾胜利觉得他们说话就像唱歌一样好听。贾胜利自己很幸运:爱情甜蜜,工作也快分配了。大桥就要修通了,他已经得到了讯息,他被分配到了群众街光明纸盒厂。单位是比新痞子差一些,新痞子修大桥受了一次伤,一个手指头被水泥预制梁压扁了。新痞子因为有这一个本钱,他的工作是应当分配得好一点,分配到了龙鳞电子厂。龙鳞电子厂是国营,光明纸盒厂是集体,但新痞子没有大学生情人。

鱼和熊掌,不可能兼得。

13

北 京

秋天的时候,傅老师接到女儿从北京写来的信,就变成了一个热锅上的蚂蚁,急得在家里团团转了。

女儿并不说明原因,她只说要母亲到北京来,而且来了还要住一些日子。傅老师猜想女儿可能是病了,只想马上就飞到女儿的身边去。谭眼镜也急,但他支使傅老师一定要女儿先说清楚:住好久?为什么要住那么久?谭眼镜支使傅老师说,你到邮电局拍一封电报去,要她说明是什么事,你说不说清楚你就不去。傅老师就跑到邮电局,按谭眼镜的指示拍了一个这样电报。

但谭丽丽的回电还是斩钉截铁几个字:来,马上就来!

谭眼镜看到这个电报后说了一句没头没脑的话。他说,看来是决堤了,门板都挡不了!傅老师莫明其妙,问他决了什么堤呵?怎么门板都挡不了呢,挡个什么呵?谭眼镜不给她说明白,谭眼镜只说,你快去吧,我现在已经晓得了,你去了也就明白了。

傅老师问谭眼镜晓得了什么,谭眼镜不说,他生怕只要一说出来,他的担心就会变成是真的了。他心里在骂傅老师,蠢婆娘,真是蠢到家了!夏天的时候,谭丽丽回来度暑假,一夜一夜不在家里睡,你以为她真的是给张艳玉做伴去了么?马拐子的右派平了反,已经做了行署教育处的处长。两个人刚刚举行了婚礼,正处在狂轰滥炸的阶段,张艳玉还会欢迎谭丽丽去做伴么?谭丽丽今天说看这个中学同学去了,明天说看那个知青战友去了,你还能一个一个地方都去调查么?她下乡搞什么农村调查,听说还是贾胜利陪了去的呢,有人看见告诉我了。关于谭丽丽搞什么农村调查的事,谭眼镜曾经在校园拦住张艳玉,也侧面问过。谭眼镜一问女儿的去向,张艳玉就只是笑,很神秘地笑,笑了还帮她打掩护。张艳玉很神秘地那样笑,谭眼镜就知道她和谭丽丽是一伙的。

那一天晚上,傅老师收拾行装准备出发时,谭眼镜想起了一则西方幽默。西方幽默说,美国在西德有一个兵营,一对西德夫妇整天看守着他们的女儿,生怕女儿被美国大兵拐骗了。直到有一天,女儿的肚子大了起来,他们才无可奈何地松了一口气。他们想:我们的任务终于结束了!

我会是那个西德的男人么?我的任务也会这样结束么?

谭眼镜真不甘心。

女儿真不懂事呵!

其时县剧团的舞台上已经不演《红灯记》了,演包公,演陈世美,演那个抱了百宝箱跳到江水里去的可怜的杜十娘。日间不演戏,日间放录像,放香港进口的武打片。这时候乡下的农民分日单干已经多收了三五斗了,他们多收了三五斗后一个一个都烧包了,总是一个生产队的人包一辆拖拉机,拥进县剧院来看香港进口的武打录像片,看完了在街上买几瓶洋酒,再坐着拖拉机叽叽喳喳发表着感慨回去。他们买的洋酒,其实就是从广东一个叫深圳的地方运过来的可口可乐。三年前的春天,中央把深圳划成了特区。全国许多人都往那里钻,那里好像满地都是钞票,谁都可以去捡。特区有很多特别的地方,其中之一就是夹着尾巴被赶跑的帝国主义又回来了,他们这回是夹着钱包回来的,回来办外资企业。外资企业生产的可口可乐,龙鳞县的农民就称之为洋酒了。李小龙的拳脚功夫果然了得,飞檐走壁刀砍不进枪打不死,比傅老师更有观众,他就代替了傅老师。这样一来傅老师就没有事情做了,要她在舞台上做丫环甲或衙役乙,树桩一样地站在那里,她又放不下昔日台柱子的架子。剧团领导正拿了她没有办法,随她上班还是不上班。她只和剧团领导讲了一声,就收拾行装急匆匆进京了。

她心急火燎从龙鳞坐汽车到省城,又从省城坐火车到北京,只花了两天时间就到了。

北京到底是伟大的首都呵,比龙鳞现代了一千倍,遍地都有电话亭。大街上不但有公交车,还有出租车。傅老师出火车站上出租车之前给谭丽丽就读的那所大学打了一个电话，出租车在学校大门口刚一停稳，谭丽丽就站在那里向她招手了。

谭丽丽的身体好像有一点虚弱，穿了长衣长裤，把身体捂了个严严实实。

傅老师说，你这个活宝，你会不会穿衣服呵？

谭丽丽却说，娘老子，你不准和我吵架！

我和你吵个什么架呵？傅老师认真审视女儿，才发现女儿的肚子已经微微显形了。傅老师这才大吃一惊，指着女儿的肚子半天说不出话来，呆一阵才有点结巴地说，这——这——

谭丽丽说，我不是乱来，我有结婚证。

谭丽丽拿出她的结婚证。

结婚证上，她和贾胜利脸贴脸傻笑着，就像两个小骗子。

傅老师又结巴了，傅老师说，这——这——

谭丽丽说，娘老子，我是向你学的，我们娘女，是屋檐水滴在现窝里呢。

女儿这样一说，傅老师也就没有什么话说了。想当年，龙鳞城里还在搞公私合营的时候，傅老师是龙鳞城里同庆号商铺的大小姐，而谭老师呢，只是简易师范的一个穷学生。同庆号商铺也是在龙鳞县志上查得到的，商铺发行的代金券，那时候在龙鳞城里和旧版人民币一起流通，一样叮当叮当响。本来，同庆号商铺的掌柜看好了军分区副司令的儿子，一个刚刚授了衔的解放军中尉。中尉在北京国防部工作，前途不可限量。傅老师却硬不要中尉，也是在一个夏天，她偷了商铺一大把代金券和穷学生私奔，生米煮成了熟饭还结出锅巴后，才抱着女儿回到同庆号商铺。她回到商铺才知道，父亲已经从开明资本家变成了不法资本家，商铺被店员工会用一点点定息就赎买改造成供销社了。达尔文的遗传理论看来是对的，龙生的是龙，凤生的就应当是凤。傅老师想起过去的往事就只能承认现实了，她说，丽丽呀，我就算了，我也是女人，我知道女人都很蠢。但是，但是你如何过你父亲那一关呢？

谭丽丽笑嘻嘻地说，东风吹，战鼓擂，现在世界上谁也不怕谁！

傅老师说，你狠，你比我还狠些。

谭丽丽说，彼此彼此。

傅老师说，你要我来，是要我给你做奴隶吧。

谭丽丽说，不是做奴隶，是来做外婆。

傅老师没有办法，就只能住下来做外婆了。

傅老师先还以为挺着大肚子读书是一件稀奇事呢，后来她就发现了，这事情在那一届大学生中一点儿也不稀奇。傅丽丽的班上，就真的有三个大肚子。有两个大肚子都是三十好几了，再不生，可能就生不出了，她们是没有办法。谭丽丽没有三十好几，其实用不着这么急，但谭丽丽说，娘老子你不知道，国家改革开放了，中国就要融入世界。我们的下一代人将是全新的人，从思维方法，一直到生活方式。我要让我的儿子早一点出世，好早一点抢占先机！谭丽丽好像还是为傅老师着想呢，她强词夺理地说，你做什么事呢？丫环甲衙役乙你又不想演，我这是让你重新就业呢。

傅老师说，哼，重新就业！我前世欠了你的么？

谭丽丽说，当然。

傅老师在学校里住了三个月，留下的印象只有一个字：挤！

学校操场上扎满了一顶又一顶绿帐篷，帐篷里住的都是兵。傅老师搞清楚了，学校的房子原来兵住着，房子要不断地腾出来给学生，兵们一时又没有营房，一般都要在帐篷里过渡个把月才能走。这一批兵走了，又一批兵从房子里搬出来，又住到帐篷里去。学生们每天都在挤来挤去。七七级还刚进校，七八级又进来了，七九级八○级扩招了，八一级据说还要再扩招。谭丽丽挺着大肚子不好再挤了，于是就和傅老师在学校近边找了一个防空洞改成的旅馆住下来。住下来后，傅老师每天都到学校里来按时上班，替她挤。白天在学生食堂排五次队，晚上再到图书馆排一次队。她从排成了长龙的队伍里打了饭菜出来，谭丽丽只吃现成的。她从排成了长龙的队伍里打了开水出来，谭丽丽只喝现成的。她从排成了长龙的队伍里提了热水出来，谭丽丽就可以洗澡了。食堂里挤五次傅老师不怕，舞台上都是要翻跟头要劈大腿的，她演出了一副好身体，基本上还吃得消。让她感到有点难为情的是，晚上还要为女儿到图书馆去占座位。七点钟一到，图书馆开门，门口早挤着一大片学生了。老师可以把图书借到家里去，学生不可以。傅老师夹在一群学生中间，管理员不止一次要她亮出学生证或者教师工作证，她只能每次都说我忘了，我忘了。说到第三次,管理员就把她揪出来了,一定要她说出是哪个单位的。她只好坦白交代,说我是来为女儿占座位的。女儿就要生了,女儿当了很多年知青,要把失去的光阴夺回来。她以为这么一说,管理员就会感动呢,管理员一感动,就会通融的。她没有想到管理员一点也不感动,管理员吊着京腔生硬地说,也不行,这样的情况多哪儿去了!

后来傅老师就想出了一个好办法。

管理员每天挤食堂都排在队伍的最尾巴上,有时候就只有饭没有菜了,他只能吃窗口里面大师傅的一个"对不起"。管理员要等到图书馆里面的人都走了才能锁门,他就是跑得最快,也还是不可能不后到。发现了管理员的这个软肋后,傅老师排在队伍前面就留了一个神。她只要看见管理员来了,就打三份饭菜。打了三份饭菜后,她把管理员从队伍的尾巴上叫出来,让他也和谭丽丽一样,不劳而获坐享其成。

管理员吊着京腔说,谢谢,太谢谢了!

傅老师说,不用谢,我一条牛是看,两条牛也是看。

管理员听不懂南方话,问谭丽丽,你妈妈说些什么呵?

谭丽丽用普通话翻译道:我妈妈说您是一位坚持原则的好同志,您那回把她赶出来了。

管理员的脸就红了,说,这样吧,你把你的学生证让你妈妈拿着,她进去也亮一亮,我不认真检查就是了。

谭丽丽故意说,不好吧?这样的情况多去了。

管理员笑着说,但给我排队买饭的人目前还只有一个。

傅老师排了三个月队,谭丽丽就生了。

谭丽丽是临产前一天住进学校医院的。同学们用担架抬着她大呼小叫出教室时,傅老师扶着担架问她:现在可以给贾胜利发个电报了吧?那个狗日的,他在龙鳞真的好过呵!

谭丽丽说,不要,这个事情他帮不上忙。

傅老师说,不发贾胜利就不发贾胜利,但现在还瞒着你爸爸,算个什么事呢?我回去他会追究我的责任。

谭丽丽说,你还以为他不知道呵。

傅老师说,我怕他会找我发脾气。

谭丽丽说,他会打你么?

傅老师说,打倒不会打。

谭丽丽就抵她说:那你怕什么呢? 你当年也不是抱着我回的外婆家么?

傅老师无话可说了,代替狗日的贾胜利在妇产科签了字。

签了字就坐在走廊里了。

她先还听见女儿在里面和医生说闲话,后就听见女儿在里面喊了。再后来,女儿声嘶力竭愤怒地声讨贾胜利。医生们都笑,笑着笑着就喊了:嗬,男孩!

一声嘹亮的婴啼,就这样踏着一个新时代的脚步声唱起来了!

和婴儿并头睡着,睡在担架车上从里面出来,谭丽丽拨弄着婴儿,很不好意思地对妈妈说,他本不肯出来,我一骂他爸爸,他就出来了。

傅老师说,不知羞耻!

谭丽丽嘻笑着又抵她说,你没有资格说我呢,我有结婚证。你生我的时候,你连结婚证也没有!

谭丽丽连婴儿的名字都起好了,贾亦谭。谭丽丽对傅老师说,贾就是谭,谭就是贾,你看看你看看,我起的这个名字是多么有创意呵!

县剧院的那位台柱子是六个月后从北京回来的,回来时手里抱了一个孩子。

那孩子当然就是贾亦谭了。

贾胜利被叫到了县一中。

生米已经煮成了熟饭,还结出了锅巴,谭老师不承认事实也是不行了。谭眼镜打发小儿子谭晶晶过了一趟河,到光明纸盒厂将正在上班的贾胜利喊过来。贾胜利问谭晶晶是什么事,谭晶晶说,我不晓得,你去了就晓得了。贾胜利说,是你爸爸要你这样讲的吧? 我晓得是你做舅舅了! 谭晶晶人小无城府,马上就承认说,是的。而且还反问:你怎么知道? 贾胜利心里好快乐,谭丽丽早就写信告诉他了,他已经知道自己做父亲了。他想起那一年他给谭丽丽送行李,谭眼镜不准他接触谭丽丽,就忍不住想要笑出来。你想守住你女儿呵,你守住了么? 贾胜利真想对谭眼镜说,谁笑到最后谁就笑得最好。

当然只是想一想，并不敢真说的。

贾胜利在县一中门口的小商店里买了两瓶最好的酒。小商店的售货员是一个饶舌的人，问他买这样好的酒做什么，贾胜利说，我去看我的岳老子！售货员问他岳老子是哪个，贾胜利就说出了谭眼镜的名字。售货员当然知道谭丽丽，按一般的常识思维就问道，你在哪个大学读书呵，也快毕业了吧？贾胜利大言不惭地回答说，我读的是社会大学！

读社会大学的贾胜利站到谭眼镜面前时，谭眼镜手指颤抖着，咬牙切齿想把他骂个狗血淋头。但他激动得说不出话了，手指颤抖了老半天，只是反复地说：你！你！你们，你们——！

贾胜利心里快乐得要死，却装出一副痛不欲生的样子，很不要脸地喊爸爸。贾胜利说，爸爸呵，要打你就打我一顿吧，我是主犯。不过，谭丽丽也说了，说她愿意和工农群众相结合。错误呢，我已经犯下了，我想改正呢，又不知道您老人家允不允许。您不允许，我这一辈子都会永远忠于谭丽丽。

因为快活，贾胜利讲起话来风趣幽默，表达得也很流利。

谭眼镜不欣赏贾胜利的风趣幽默，谭眼镜的手指还颤抖着，说，改正，这事是改正得了么？你酒都买了，全世界都知道了呢，你这是威胁我呵！谭眼镜气不过，一伸手就打了贾胜利一个耳光。打了又训斥道，孩子都有了呢，你妈妈的还是乡里当知青的那种搞法，还是这样的油里油气呵？

谭眼镜从来不骂痞话的，这是第一次。

贾胜利捂着脸笑，呵呵呵地笑。

谭眼镜说，你还笑？

贾胜利就不笑了，去看小东西。

贾胜利知道，这一巴掌说明谭老师已经承认了现实。他不承认现实，是不敢打人的。国法规定打人犯法，民法认为打儿女包括打女婿还是不犯法的，谭眼镜运用的是民法。他想，做父亲了还油里油气是该打，今后不油里油气就是了。

伟大的岳母娘从北京回来后已经向县剧团正式请长假了，在谭眼镜和贾胜利交锋的时候，她保持着严格的中立立场，只围着小东西的摇篮转。当时她正抱着小东西，好像没有听见那一巴掌的响声，也没有听见贾胜利呵呵呵的笑声。她不知道要如何才能表达出她伟大的外婆之爱,她为小东西买了各种奶嘴,贾胜利跑过去数了一数,数出来一共是八个。小东西还不会翻身,她就为小东西买回了大孩子才能玩的正规玩具。贾胜利又不要脸了,贾胜利说,娘老子,他还不会玩呢。傅老师抱着小东西自言自语地说,唉,又尿湿了,刚尿湿的都还没有洗呢!贾胜利马上就捡了那一大堆湿淋淋的尿片说,我去洗!傅老师做出个不理他的样子,但贾胜利在厕所外面洗尿片的时候,她还是站在走道那头喊:利马虎,不要用洗衣粉,要用香肥皂!洗衣粉含磷,烧屁股。她又喊她的小儿子:晶晶晶晶,你送香肥皂去!傅老师喊自己的小名了,贾胜利就知道了:傅老师不理自己,其实是做个样子给谭眼镜看的,只是表面上和他保持一致。小舅子晶晶官升一级成了舅老爷也很高兴,他围着小东西的摇篮车转,竟不肯去做作业了。但傅老师叫他给贾胜利送香肥皂,他还是来了。贾胜利接过香肥皂时收买他,说晶晶呵,我要给你买一个变形金刚,你要不要呵?变形金刚那时候刚刚在龙鳞城里出现,贵得吓死人,还没有几个大人敢给自己的小孩子买。晶晶小舅子马上就很痛快地喊道,要,要!姐夫,我要大号的那种!

贾胜利十分慷慨地说,行,大号的就大号的,姐夫给你买!

晶晶说,姐夫,我爸爸好像不喜欢你呢。

贾胜利说,这你就不懂了。打是亲骂是爱!

晶晶心里就想:难怪爸爸老是打我呢!

生活是多么美好呵!贾胜利那一天洗尿片洗得畅快无比。他知道,那个叫贾亦谭的孩子只要他播一下种,苗壮成长的事情就用不着他再管了,而且会长成一个有知识有学问的人。这时候龙鳞城里的社会风气开始变化了。贾胜利住在机械厂,已经深刻地体会到了这种变化。过去机械厂长得差一点的青工找不到老婆,请人做介绍时总是说,我可以放低条件,介绍一个女老师也要得。现在如果还有人这样说,人们就会说他是一个白痴,是一个不知道倒顺的二百五。谭家一屋的知识分子,会把这个孩子培养得比我不知道强出来多少倍!洗过尿片后,贾胜利拿起火钳往煤炉里加了一块煤,又厚着脸皮喊傅老师了。贾胜利说,妈妈,明天我厂里休假,明天我来做藕煤。您看,家里的藕煤快烧完了呢。

傅老师勉勉强强地说,好呵,你来吧!

贾胜利又请示：我来时带一点奶粉来，奶粉要买哪个牌子的？

傅老师说，乐乐牌。

贾胜利继续请示，以后我一周来一次？

傅老师说，想来就来，能来就来，一家人有什么规定呢？

贾胜利偷偷看谭眼镜，他看见谭眼镜脸上挂着霜，但鼻子里还是哼了一声，总算是无可奈何地认可了。

14

减去十岁

一九八二年最流行的语言是:把失去的光阴夺回来!

领导给下属讲话时这么说。

老师给学生上课时也这么说。

一位叫谌容的女作家,突然就成了全国人民的崇敬对象。因为她写了一部中篇小说,题目叫《减去十岁》。这位女作家很幽默,她在小说一开头就给读者开了一个玩笑。她写道:听说中央要发文件了,要给每一个人都减去十岁。人们看这部小说先是笑,后来笑着笑着就心酸了,原来女作家是含着眼泪在告诉人们呢:"文革"十年动乱是一个恶梦,八亿中国人一觉醒来,都发现自己损失了十年时间。

中央不可能给每个人都减去十岁,但确实是在号召大家,要停止争论一切向前看,要把失去的光阴夺回来!贾胜利二班的那个光明纸盒厂,是一个专门糊火柴匣子的街道小厂。火柴匣子是要装火柴的,火柴一划光明就来了,叫光明纸盒厂也算是名副其实。厂长是一个五十多岁的老太婆,还兼了那一条老巷子居民小组的小组长。全厂七长八短才二十多个人,其中一大半婆婆姥姥,一小半姑娘媳妇。老太婆最喜欢召开全厂职工大会,只要可能,她就要把全厂职工都喊拢来开会。只要一开会,老太婆无论是布置计划生育还是布置防火防盗,最后总要做总结。她总结时一定会说:同志们,我们一定要搞好这项工作,让我们紧紧地团结在新的党中央的周围,把失去的光阴夺回来!

贾胜利夺光阴的具体形式是努力糊火柴匣子,但他的一双手,还是没有那些婆婆姥姥姑娘媳妇的手灵活。那些婆婆姥姥姑娘媳妇坐在那里一边扯东家长西家短，大半天就完成了一天的定额。他认真严肃地坐在那里，通常每天都要加一阵班，才能勉强完成一天的定额。

有一个月没有完成定额，老太婆毫不客气扣了他全部奖金。

贾胜利那一天又在车间里糊火匣盒，老太婆突然在西头的那个角落里就喊了。老太婆喊道：贾胜利贾胜利，你到我的办公室来一下！

光明纸盒厂就一间大屋子，大屋子里摆着许多长条工作台，工作台上结满了浆糊壳壳。老太婆在大屋子的西头角落用三夹板夹出一个七八平米的空间，就硬说那是厂办公室了。贾胜利早已不是车匪路霸了，尤其是被他岳父谭眼镜打了那一巴掌后，更是变成一个温良恭谦让的君子了。他在家里听傅老师的话，在厂里听领导的话，正在严格要求自己，努力改正自身存在的知青作风。老太婆一喊，贾胜利忙不迭地起身。他把满手的浆糊在腰上的围裙上擦了擦，就走进老太婆所谓的厂办公室了。他进去的时候，看见里面已经坐了一个客人。那客人高高的，瘦瘦的，抹了油的大背头向后梳着，穿了西装打着领带。贾胜利一看，就知道来人是有身份的领导干部了。有身份的领导干部朝贾胜利笑了一笑说道：你就是小贾？又夸奖贾胜利说，后生子长得好帅呵！

老太婆说，小贾的爱人是大学生呢，我们厂里的姑娘们，没有一个人敢打他的主意。

干部说，我知道，他爱人是我爱人的学生。他爱人心特别好。我当年在黄金公社搞劳动，有一回受了一点小伤，就是他爱人给我涂的红药水。

干部这样一说，贾胜利就知道他是当年的马拐子了。

贾胜利就喊：马叔，您好！

马拐子摸一摸头发：马叔？你喊我马叔？我是不是看上去很老了？要是真的减去十岁，我才三十八岁呢，哈哈哈哈！

贾胜利马上改口说，马处长您好，马处长您找我有事吗？

马拐子说，有事，有很重要的事。

马拐子来找贾胜利，的确是有事。他刚刚办了个教师进修学校，他要调贾胜利到教师进修学校去。

马拐子平反上任后，立既对行署所辖几个县的师资情况做了一次全

减去十岁

面摸底,情况触目惊心。龙鳞地区几个县有近四万教师,但赤脚老师占去了百分之八十。这百分之八十都是文革期间毕业的所谓高中生,搞得清四则混合运算的分不清主谓宾,分得清主谓宾的又搞不清四则混合运算。他们也想考大学,但考得取的这几年都考出去了,他们都是剩下来的。马拐子在下面听赤脚老师上公开课,真是有一点哭笑不得。琼池县三学区有一个赤脚老师见上面来了人,就想露一手,课堂上就采用当时正提倡的启发式教学方法了。那堂课上的是毛主席的七律《送瘟神》,老师启发学生说:春风杨柳多少条?学生就用童声齐声咏唱道:万千条!老师接着又启发学生:六亿神洲尽什么尧呢?学生又用童声齐声咏唱道:尽舜尧!岩山县五学区一个老师教学生用"而且"造了句后,又教学生用"不过"造句。学生都造不出来,老师就只好自己造出来算了。老师在黑板上很认真地写道:我牵牛到河那边去吃草,牛不过河。

"春风杨柳多少条"的时候,马拐子还强令自己要稍安勿躁,到了"牛不过河"的时候,马拐子就再怎么也忍不住了,他袖子一拂就走出了教室。他走出教室后质问那个学校的校长,那一个赤脚老师是你的什么人呵?是从后门塞进来的吧?你老实讲是你的妹夫还是你的妻弟?马拐子愤愤地说,牛不过河,还猪不过河呢,你们这不是在毒害祖国的花朵吗?我们国家的希望在哪里?就在这些孩子们身上!马拐子要那个赤脚老师马上卷铺盖滚蛋,滚回去开他的大寨田去。可校长不同意。校长说,处座您是高高在上呢,您不亲自生崽,您就不知道生崽的时候,我们下面这些人肚子有好疼。校长也发火说,我们学校除了一个平反的老右派,这个老师就是我手下教学水平比较高的老师了。叫他卷铺盖滚蛋?说得容易!我还想最好是都给我卷铺盖滚蛋呢,但我到哪里云找人来教书?校长反过来质问处长:十多年了,上面给我分来过一个正规师范学校毕业的老师吗?恢复高考后龙鳞师范的首届中师生毕业了,又考的去考大学。不考大学的也被你都留在上面,留在你上面的所谓重点学校!

马拐子想一想,情况确实也是这样。就说和谭丽丽住过一个队屋的那个裴红红吧,黄金公社来要,说是他们公社考出去的,要物归原主,也还是没有要到手。马拐子把她分到城南小学去了,城南小学是重点学校。

校长还告状说,有一个学校还想抢我的老右派呢,说只要他过去,就分他一套房子。我把自己的房子腾出来给他了,那个学校又出怪主意,说是只要他过去,就给他介绍一个对象。那个学校已经把一个愿意和他结婚的小寡妇,安排在食堂里煮饭了。我现在是当着校长又兼了媒婆了,我想把我姨妹子嫁给他,但我姨妹子不愿意!校长最后说,处长您今天不能走,您要去批评那个学校。您不给我把好这个关,我就给您打辞职报告!

校长这么一说,马拐子只好不生气了,和他开玩笑。马拐子说,据说你们这里有一个好风俗,姨妹子的屁股,姐夫哥占一半股份。不是姨妹子不愿意吧?是姐夫哥不诚心吧?我当然会去批评那个学校的校长,怎么能在窝里抢食呢?恢复高考后首届大学生快毕业了,自己去动员嘛。哪个学校动员得一个大学生回来了,我优先拨他的款,优先建他的教学楼!

校长反击马拐子,说只有你屋里才有这样的好风俗!反击了马拐子又讽刺马拐子说,动员大学生回龙鳞?想他们来我这里教书?处座呵,你以为大学生都像张艳玉一样好骗么?我就讲你一句直话吧,你是老鼠子想和猫婆结婚呢!

马拐子见和他讲不清,就不讲了。

马拐子不该去摸底,摸了底回到龙鳞城里后就吃什么都不香了。他向行署打了一个报告,报告了下面的师资状况后,说师资状况不改变,就远不是减去十岁的问题了。我们这一代已经减去了十岁,我们的下一代就要减去二十岁,我们的再下一代要减去三十岁,我们永远都会落后人家,而落后是要挨打的!他强烈要求行署领导,百废待兴先兴教育,再穷也不能穷教育,再苦也不能苦孩子。他要求马上恢复行署辖下的龙鳞教师进修学校,必须把全县的中小学教师都轮训一遍!他说至少要让那些赤脚老师都晓得,什么是启发式教学,再不能"春风杨柳多少条"了。行署管教育的副专员很同意他的观点,副专员说,恢复教师进修学校那还不容易?把占据了学校的那个工厂搬出去就是了,我们马上就下文件。

红头文件很快就下发到各县和行署直属各部门各单位了。那个红头文件说:经专员办公会议研究决定,龙鳞教师进修学校恢复建制,兹任命行署教育处处长马自立同志兼任龙鳞教师进修学校校长。责成人事处负责龙鳞教师进修学校教职工归队事宜,各县各部门各单位不得以任何理由截留原龙鳞教师进修学校的任何教师。行署要求各县马上抽调专人进行摸底,即日起会同行署教育处,着手编制本县中小学教师轮训规划,具体事项与教育处衔接。

这一下马拐子慌了张了,这不是拆了东墙来补西墙么?拆来拆去,都是我教育处的墙呵!

但有什么办法呢? 还是只能拆墙。

马拐子在教育部门的声誉,就是在那一段时间彻底搞坏的。下面的那些校长们纷纷声讨他,有的还越级,向行署告他的状。琼池县三学区的那个校长就愤怒极了,他逢人就说,想不到马拐子是个这样的人!这个校长为留住他学校里的那个老右派,最后还是做通了姨妹子的工作,把自己的姨妹子贡献给那个老右派了。但行署人事处一纸调令,却还是把那个刚结婚的老右派调到马拐子的教师进修学校去了。马处长还玩了一个阴谋。龙鳞师范是两年制,其时龙鳞师范的七八级中师生又毕业了,下面的学校眼巴巴地都望着分个把人来, 马拐子却要和下面的学校搞人换人。马拐子在下面看中了哪一个人,就要行署人事处下调令,调一个我要的人,才给你一个中师生。你同意还好,你不同意照样调,中师生还不给你,教训你一下,让你落一个鸡飞蛋打。他干脆不是教育处长了,只是进修学校的校长了。下面学校教得好的老教师,都被他换完了,下面的那些校长们都骂,这不就像日本鬼子一样么?看见了花姑娘就抢!但马拐子是处长,他有权力,人们只能二十五里骂知县,奈是奈他不何的。

龙鳞进修学校顶着一片嘹亮的责骂声, 在某一个阳光灿烂的日子里还是开学了。马拐子大干快上,他以为他会得到行署的表扬呢,没有想到,开学第一天他就被行署主管教育的副专员批评得一塌糊涂。副专员检阅他了的队伍,发现他的队伍整齐划一。一个五十来岁的男教师,是这支队伍里的小老弟,一个四十多岁的女教师,是这支队伍里的小老妹。三名教师有哮喘病,两名教师有心脏病。有一名教师要拄着拐杖才走得路,当着副专员的面他就做出声明, 声明他上不得楼梯, 只能在一楼的教室里上课。副专员检阅了这支队伍后回到学校办公室,铁青着脸问马拐子,说有一个事情我不是很清楚,我请问马处长,你是办学校呢还是办敬老院?

马拐子说,当然是办学校。

副专员说,我看像敬老院!

马拐子也来了火,说,我是男性公民,我又生人不出!

马拐子讲的也是硬道理,副专员就只好指示他说,七七级大学生不是快要毕业了么?你怎么只望着自己小碗里的呢?你要到国家的大锅里去扒呵！你要给我保证，我们龙鳞地区考出去的学生，你都要给我搞回来！

马拐子里外都不是人了，好像是他要拆了东墙补西墙。

官大一级压死人呵，马拐子只好努力到国家的大锅里去扒了。

他首先瞄准的是沈土改。

熟人好办事。马拐子在黄金公社当右派的时候，沈土改经常跑到他的生产队来请教，尤其是鼓捣矿石收音机的那一段时间，马拐子被他缠得差不多都有一点烦恼了。马拐子后来就老是往省城那所综合大学跑了，每一次都看见各路英雄在斗智斗勇。那时候省城那所综合大学的招待所还真的只是招待所，只管客人吃三餐，只管客人睡一觉，没有歌厅，也没有酒吧。吃是两菜一汤，睡是很大的房间。一个房间如果开得十张床，那是决不会只开九张的。马拐子常住的那一间就开了十张床，住了十个人。这十个人和他一样，都是来挖毕业生的。所不同的是，那九个人都是省里部门下来的，就他一个人好可怜，是从下面基层上来的。马拐子很快就搞清楚了，那九个人中，一个是省委组织部青干处的，一个是省人事局干部处的，两个分别是省城两所大专院校的，还有五个是从北京、上海等大城市过来的。这九个人都不断带了毕业生到房间里来谈话，都说到他们那里去是怎样怎样的好，怎样怎样的有前途。马拐子没有他们的优势，就临时做了一顶帽子，用这顶帽子来引诱沈土改。马拐子和沈土改说，我们教育处的情况是有文凭的都老了，没有老的都没有文凭。工农兵学员的文凭国家暂时还不承认，据说还要送他们回一次炉。干部队伍是严重老化了，我这个样子，在教育处领导班子里还算是年轻的呢，今后靠什么人来接班？马拐子只没有向沈土改挑明了：你只要肯来，搞两年还不就是副处长了？相当于一个副县长！和沈土改见了第一面后，马拐子发现沈土改脚上穿的，竟然是一双正宗的法国产小牛皮鞋。搞清了那双小牛皮鞋的来历后，马拐子就不急了，回来和裴红红谈了一次话，就把工作交给裴红红去做了。其时裴红红已经读完了她的龙鳞师范，已经是城南小学的一名教师了。她老是和她哥哥一起上云南，他哥哥搞个体户搞出了名堂，已经注册了一家公司，据说她在给她哥哥管账。她已经不珍惜人民教师的光荣称号了，上课有一点吊儿郎当，学校却管不下她。学校反映上来，马拐子已经批评过她好几次了，正想处分她呢。但知道她和沈土改的特殊关系后，马拐子就打算目前不处分她了，要她动之以情先把沈土改搞回来。

　　但沈土改并没有答应马拐子,只是说我会考虑的。

　　马拐子那一向为进修学校的师资问题发愁,愁得是吃什么都不香。他的夫人却笑得哈哈连滚,不时还给他玩一下幽默。顺便回顾一下,马拐子变成马处长后,张艳玉在婚姻的问题上就不搞地下活动了。而且她还不爱清净了,不愿意住在大枫树下面的那一间清净的小屋里了。马拐子是教育处长,是县一中的顶头上司,她要和马处长结婚,县一中马上就给她分了房。她结婚的时候,县一中的革委会主任还亲自用柳体写了一幅对联送给了她。上联:分明两个老家伙,下联:还是一套新东西,横批:今夜试火。谭眼镜的哥哥一直没有回来,主任一直没有得到切磋书艺的机会,主任的书艺就一直进步不大。实事求是地说,主任现在写的柳体还不如他过去写的毛体有功力。但张艳玉得了这幅对联还是很高兴,高兴主任拍马屁,终于拍到自己头上来了。张艳玉只是在心里嘲笑主任蠢得真可爱:你晓得个屁呵!马拐子根本就没有你想象的那么老实呢,新不新旧不旧的问题只有我们自己知道!但火还是要试的,这回是光明正大的试火。张艳玉连试了几次火后,再不需说牵故事搞精神会餐了,就经常笑。而且一笑就是哈哈连滚,有一点像是放鞭炮,而且还是万子鞭。她脸上以前有一些皱纹,现在雨露一滋养,脸上的皱纹就没有了,又回到了她惊天动地搞师生恋的少女时代。马拐子为师资发愁的时候,张艳玉笑着说,哈哈哈哈,大干快上啰,挂了一个葫芦在脖子上吧?牛又不吃草了!马老师,尊敬的马老师,先喝一杯茶吧。

　　张艳玉和她以前的老师现在的夫婿矫情一阵后,泡了一杯茶,又帮他想办法了。张艳玉说,裴红红今天来过了,她说她帮你又做了沈土改的工作,又进一步夯实了沈土改的基础。

　　马拐子知道裴红红今天来是什么目的,马拐子说张艳玉,你搞得鬼清。

　　事情是有一点复杂。

　　马拐子知道裴红红在玩花招,因为沈土改最近打了一个电话到处里。沈土改在电话里说,我是愿意报效乡梓的,愿意回龙鳞去向老一辈学习,只是——只是——。沈土改只是了半天,说出来一个小小的要求。沈土改说,裴红红不适合教书,适合搞行政工作。假如可能的话——沈土改吞吞吐吐地说,裴红红到您的教育处搞办公室工作,为您服务,那就——那就最好了。马拐子这才知道,裴红红也有狼子野心,她想搭顺风车。马拐子为难了,裴红红不属于要引进的人才,马拐子当不得这个家。马拐子当时只好给行署分管教育的副专员挂电话。讲明了情况后,副专员也是很恼火,想了好一阵还是只能说,妈的,你马拐子就看着办吧,只要能把那个姓沈的挖回来。

马拐子知道裴红红今天来,不是来夯实基础,而是来催他答复她的。

张艳玉说,沈土改算个什么呢? 我给你把谭丽丽挖过来,你又不要。

马拐子说,你又瞎吵,你说点别的吧,根本就没有这种可能。

张艳玉说,我不瞎吵。谭丽丽也答应了,只是要让贾胜利到进修学校来读书,也混一个相当中专的文凭。

马拐子说,更没有可能了。进修学校只轮训教育系统的人,贾胜利是教育系统的人么?

张艳玉说,调过来就是的呵。你进修学校就不要煮饭的,不要开车的,不要扫地的? 你把贾胜利调到进修学校来,当工人,不就是教育系统的人了么?

马拐子说,问题是谭丽丽不会来,我知道你和她是在合伙诈骗我,要我搞不正之风。你老说这件事,我已经烦了。

张艳玉又矫情了,说,你说诈骗就是诈骗吧,我就是诈骗你了,怎么样? 这又是好大的不正之风呢? 我要你去贪污了? 我要你把你们教育处的钱搬回来了? 你也晓得谭丽丽是我最要好的朋友,我就是要帮她这个忙!你一天不答应,我就找你吵一天! 张艳玉先是横蛮不讲道理,马拐子烦了,她硬的不行就上软的了。她滚到马拐子怀里嘻嘻嘻笑着说,你烦什么呵,处长大人? 你烦我了么? 你帮了我小女子的忙,我小女子会报答你的。

马拐子说,去去去,夫妻之间是要讲报答的么? 再说,你报答我什么呵?

张艳玉顽皮地说,我陪你睡觉! 就上床好么? 不过你要先洗澡。

马拐子又好气又好笑。

实事求是地说,张艳玉当时没有想要诈骗马拐子,谭丽丽当时也没有想要诈骗马拐子。至于谭丽丽后来反悔了,没有到进修学院来教书,完全是因为世界变化得太快了，组织上一下子就给了谭丽丽那么大的发展空间，谭丽丽不是神仙，抵制不了那么大的诱惑。谭丽丽在北京读书的时候很少给贾胜利写信，不是她不想写，是贾胜利不爱回信。贾胜利不爱回信，摆在桌面上的理由是真爱的人心心相印，尤其是崽都有了后，就无须老是去互相表达了。而真实原因是他每一封信都要写出好几个错别字，语法也停留在只搞得清主谓宾，一到介词结构以上就老出毛病。谭丽丽真的是一个好老婆，总是回信再给他指出来。这就搞得贾胜利不好意思了，他就干脆不爱写信了。贾胜利不爱写信了，谭丽丽就只好一封又一封给张艳玉写信。谭丽丽给张艳玉写信，是想解决贾胜利的实际问题。知道龙鳞进修学校恢复建制后，谭丽丽就指使张艳玉向马拐子瞎吵了，要马拐子把贾胜利调到进修学校来。调进来就是教育系统的人了，就可以进修了。进修又不要考试，结业了却发相当中专的文凭，贾胜利有这个文凭今后也就足够了。张艳玉当然愿意帮这个忙，只是思路上和谭丽丽略有不同。张艳玉的思路是：贾胜利一个大男人，一个车匪路霸一样强悍的大男人，现在却整天和一群婆婆姥姥姑娘媳妇坐在一起，笨手笨脚地糊什么火柴盒，那像一个什么样子呵？谭丽丽当时还没有很远大的理想，她当时确实是想毕业了就回来，回来在进修学校教书，我织布来你浇园，和贾胜利过七仙女和董永那样的生活。所以张艳玉说你答应了回来我就去和马拐子说，谭丽丽想都没有想就答应了。张艳玉的道理也很充分：你马拐子动员沈土改回来，沈土改还要顺便搭一个裴红红呢，现在我动员谭丽丽回来，难道就不能顺便搭一个贾胜利么？

张艳玉那一天滚在马拐子的怀里一瞎吵，马拐子就记起谭丽丽给他上红药水的情景了。

想起红药水，锣声在马拐子心里又当当当地敲了起来。就只凭谭丽丽那天给我上的红药水，我也应当为她做一点贡献呵——马拐子心里这么想，但并不说出来。说出来就是以权谋私了，不说出来就是公事公办。马拐子想的事情比张艳玉还要深远一些，他知道夫妻不般配容易出问题，他也想为谭丽丽今后的婚姻生活锦上添花呢。他那天就装着个很不情愿的样子，答应了张艳玉的瞎吵。他打算把贾胜利先做水电工调进来，再和下面上来的赤脚老师混在一起培训文化。有了相当中专的文凭后，再把贾胜利放到办公室去，还可以再找一个机会派出去进修，或者是上电大。把贾胜利关照好了,就算是报答了谭丽丽的那一瓶红药水了。

那一天马拐子下了决心,对张艳玉说,我就给你这个人情吧,但下不为例。

张艳玉得了人情还不认账,她点了一下马拐子的额头说,人情,鬼情!

马拐子说,你要请我吃饭。

张艳玉笑,早就请了,你天天吃的哪个的饭呵?

马拐子说,那你请我看一场电影。

张艳玉很痛快地说,行。你这个月工资交了,奖金好像还没有交吧?交了奖金我请你看电影。

马拐子就站起来,从衣袋里往外掏奖金了。一边掏奖金一边说,算了算了,我不看电影了,你也给我留几个零用钱,好人总是搞坏人不赢。

张艳玉一把全捞过去说,男人有钱就变坏,全部没收!

15

软　饭

　　一个阳光灿烂的日子,马拐子又到光明纸盒厂来了。

　　这回是接贾胜利去进修学校看房子的。

　　水泥地坪里晒着一地坪火柴盒,贾胜利也晒在地坪里。他要把一箱又一箱的火柴盒先搬上小推车,再用小推车推到仓库里去。贾胜利穿一身背心短裤,姑娘媳妇们隔着窗玻璃在议论他,议论他的那一身好肌肉。姑娘媳妇们说着说着就来荤的了,说他老婆在北京读书,他这一身好肌肉算是浪费了。有一个大嫂指着一个姑娘说,你长得最好,我们推荐你去利用一下。那个姑娘就尖起喉咙喊道:贾胜利,贾胜利!贾胜利以为真的有人找他有事,就颠儿颠儿地跑进来了。跑进来大家都望着笑,没有一个人和他说话。贾胜利茫然不知所措,只问哪一个找我?哪一个找我?大家还是没一个人说话,只是笑得更加厉害,笑得斜偏裂倒了。贾胜利知道大家又是在逗他的活宝,也不恼,喝了一口水就颠儿颠儿地出去了。贾胜利在厂里经常被大家这样逗活宝,老太婆厂长在办公室的时候她们不敢这样做,老太婆厂长其时不在办公室,跑到地坪里去了。她刚才接到了街道办公室的一个电话,说贾胜利的商调函已经来了,调他的单位就来人了。

　　一辆吉普车停在地坪里了,马拐子从车上跳下来说,嘿嘿,坐车确实比走路快一些,而且舒服!

　　老太婆厂长说,多余的屁话!

　　贾胜利也认为是多余的屁话,但是他不会说。

马拐子和老太婆厂长握手，说，厂长呵，我要在你这里挖走贾胜利，你不会有意见吧？

老太婆厂长说，最好都挖了去。我们街道就这么一个宝贝厂子，我们还有好多人没有事情做呢。

马拐子说，慢慢来，先挖一个，先挖一个！

老太婆厂长开玩笑说，多少交一点培训费吧？

马拐子说，嘿，培训费！我给你安置了一个人，我还想收你的安置费呢。

老太婆厂长就感叹，你们河那边是一天天好起来，我们河这边是一天天烂下去了。你把贾胜利挖到河那边去，贾胜利算是走向光明走向胜利了。

老太婆厂长这样说，是很有一番道理的。

龙鳞城里前一向锣鼓喧天。

省里要把龙鳞建成重要工业区，就将龙鳞计划单列，第一批撤地建市了。本来是省里派出机构的龙鳞行署摇身一变，就变成龙鳞市政府了。龙鳞市吞并了原来的龙鳞县，龙鳞县从地改市的那一天起，就委委屈屈成了龙鳞市辖下的河北区。级别是一个很重要的东西，地改市后的第一个变化，就是街上车多了一些，连教育处也有了车，有了一辆吉普车。因为教育处不是教育处了，升格为教育局了。县一中改称为市一中，马处长也改称为马局长了。不过这些变化主要发生在对河，发生在对河桃花仑那一片本来是长满了桃树的丘陵上。现在那一片丘陵不长桃树了，长出来一片又一片工厂，一片又一片楼房。那一片工厂和楼房，被冠之以一个好听的名字：新城区。而河这边十五里麻石街呢，不但县政府降格变成了区政府，还被人唤成了旧城区。新的市政府加大了沿河防洪大堤的建设力度，旧城区沿河的房子在规划上都是要被拆掉的，拆掉了腾出地方来修防洪大堤。这样一来，十五里麻石街上的马路当然就不必要再拓宽了，街道上的路灯就还是原来的路灯，只要夜里勉强有点亮，只要能不摔死路人就行了。新城区隔不多远都建了一个很现代的垃圾站，旧城区就算了，旧城区反正以后是要拆掉的，资金很紧张，就不要搞浪费了。于是旧城区有人就编了一首歌谣，那首歌谣说：新旧社会两重天，旧城区人民好可怜，二婚带过去的拖油瓶呵，都不爱我我泪涟涟。旧城区的一些居民唱着这首歌谣相邀了到市政府去上访，市政府还是只能向这些人反复解释，若解释不清解释到中午，还得破费请这些人吃一个三块钱的便宜盒饭。河这边的年轻人都下定了决心，都想往河那边调，但目前没有几个人冲破得封锁线的。贾胜利冲破了封锁线，所以老太婆厂长说，贾胜利是走向光明走向胜利了。

马拐子安慰老太婆厂长说，你不知道有这么一句话么？后来者居上。河那边现在后来者居上，河这边后走一步，老城改造完成后，肯定又会来一个后来者居上的。那时候我就来找你，到你厂里搞一个副厂长算了。

老太婆厂长说，瞎讲。

马拐子和老太婆客套够了招呼贾胜利说，走呵，看房子去！马拐子一喊，贾胜利就放下小推车，坐进吉普车里去了。他坐进去想摇下玻璃，左摇右摇也摇不下。马拐子连忙说，别摇了别摇了，摇不动的。

马拐子有了车，但还是一辆破车。

说起来真有一点不好意思，贾胜利长这么大还是第一次坐小车呢。他坐上去后手脚不知往哪里放，感觉和爬拖拉机的差别还是太大了。正高兴着，又被老太婆厂长叫下车。老太婆厂长把贾胜利扯到角落里，很亲切地对贾胜利小声说，小贾，你到底有好大的后门呵？一调就调到河那边去了！给我也帮个忙吧，把我女儿也调过河去吧，她也是知青呢，她正在搞自考。

贾胜利说，我调过去是修水管子。

老太婆厂长说，哼，水管子！

贾胜利笑一笑，吉普车就开动了。

吉普车爬上大桥过了资江河后，马拐子叫司机先到新城区转一转。马拐子说，贾胜利你糊火柴匣子可能糊蠢了，我就先给你开一开眼界吧。你教书可能不行，你结业了我打算安排你搞办公室，你不能再两眼一抹黑了。你从今天起就要像个干部一样，对全市面上的情况都要尽量去掌握。不掌握好全市面上的情况，那是搞不好办公室工作的。从现在起，你再不能这也不知道那也不知道了。

马拐子知道贾胜利平日一般不过河，过河也只是去市一中看一下崽。

贾胜利说，嘿嘿。

马拐子问，嘿嘿是什么意思？你要努力学习。我讲的努力学习还不是只学文化,世事洞明皆学问,人情练达即文章。一个合格的办公室干部,必须天上的事情他晓得一半,地上的事情全部晓得。最好还要能够给领导当参谋,对还没有发生的事情有个估计。而这一切,就建立在对面上的情况尽量掌握的基础上。

贾胜利还是说,嘿嘿。

贾胜利老是嘿嘿,马拐子就有一点火了,马拐子摇摇头骂贾胜利道,你狗日的本事不怎么样,福气怎么那么好呵?马拐子心里一句话只没有讲出来了:难怪谭眼镜不同意你做他的女婿呢,谭丽丽找上你确实是昏了头!

马拐子就是从那时候开始,估计贾胜利和谭丽丽的婚姻不会长久的。他的估计后来不幸成了事实,但这是后话。

贾胜利坐在吉普车上嘿嘿嘿嘿,其实心里在沾沾自喜。人确实是有一个时运的呵,工人阶级不吃香了,是人都在往知识分子的队伍拱,没有几个拱进来,我就拱进来了。龙鳞城里有人连续参加几届高考也没有任何效果,我考都不要考,就会有一个相当中专的文凭了,这不是时运又是什么呵?马拐子你没有讲错,我是要学习,我这就学习。

吉普车拉着贾胜利在新城区跑了一个圈,贾胜利惊奇地发现,龙鳞城已经不是河北十五里麻石街的那个概念了,河南新城区的骨架已经可以看出来了。十多平方公理的土地上,四横四竖拉出了新城区的主干线。从北到南分别是沿河路、金桃路、朝阳路和迎宾路,从西到东分别是电厂路、银山路、康富路和龙鳞路。从功能上区别,西面是传统工业区,东面是高新工业区,六个商贸小区分别规划在两个工业区中间,其中错落着新型的住宅小区。贾胜利平时除了上班就真的是只跑到市一中看一看崽,从来没有到新城区来过。他没有想到,洞中才一日世上已千年,龙鳞的变化真的这么大!三年前修大桥从体育场出发时,祁麻子讲的那个电厂已经落成一半了,苎麻纺织厂也开始了生产。水泥厂因为有污染,后来落实到远郊去了,马拐子告诉贾胜利说,现在我们学校大兴土木使用的水泥,就是从那个厂运来的。贾胜利这才知道河北老城区确实是很落后了,还是那十五里猪肠麻石街,还是那些石库门大杂院。硬要在石库门上面找出变化来,也还是找得出。比如过去石库门框上用"大海航行靠舵手"

做对联,现在就尽是写的渴望发财的吉祥话了。贾胜利曾经为老城区感到不公,工商局在十五里麻石街的最东头搭起那么多棚子时,他也和麻石街上的人们一样高兴了一把。他认为龙鳞的商贸城以后当然就是建在那个地方了,河那边的经济于是就搞得活了。但龙鳞市正式规划商贸城的时候,那一片棚子还是拆除了,商贸城又建到了河这边。贾胜利还听说裴平平的生意是越做越大了,他现在就在河这边的商贸城里有了两间很大的门面,人们已经戏称他是水果大王了。贾胜利近几年和裴平平没有什么来往,主要是因为那一年没有把高考消息告诉裴平平,觉得有一点对不起他。再加上自己身份不行,在光明纸盒厂糊火柴盒,和他当老板的人不对等。现在好了,现在拱进知识分子的队伍了,贾胜利坐在吉普车上就想:以后找个机会也到裴平平的公司去看看。

过去的恩怨,早就应当是一个笑谈了。

相信裴平平也不会那样小肚鸡肠。

知识分子真的是要上天了,市委市政府都还在老行署那几栋俄罗斯风格的红砖楼里办公,听说挤得很,但进修学校建好教学楼后,却又建了一栋教工宿舍。两室一厅的房子,有厨房还有厕所,这在当时的龙鳞城里当然是顶顶高级的房子了。僧多粥少呵,张艳玉讲感情,催着马拐子给贾胜利办手续。不快点办手续,房子就没有了。马拐子在车上和贾胜利讲了房子后,又和贾胜利讲起龙鳞市的教育规划。龙鳞市的教育规划真的了不得,五年内九年义务教育那是肯定要普及的,五年内高中升学率要达到百分之三十。五年内进修学校要把全市的中小学教师都轮训一遍,中学教师也要换一次血。马拐子反复强调说:市委决心很大,再穷也不穷教育!

吉普车开进进修学校贾胜利就相信了,果然是再穷也不穷教育。进修学校已经鸟枪换炮了,不和市教育局共一个院子了。进修学校现在好大的一个新院子呵,只是基本上还是一个建筑工地。这个建筑工地上人头攒动,这边在建房子,那边在上课。戴安全帽的是建筑工人,不戴安全帽的就是老师和学生了。马拐子下车时喊老宋,一个半老头子就来了。半老头子拿来了一串钥匙。马拐子领着马胜利踩着砖头碎瓦走进刚竣工的一栋教工宿舍楼,用钥匙打开三楼的一套房子,然后就将钥匙丢到贾胜利手里。

怎么样？还对得你起吧？马拐子问。

贾胜利好惶然：我的么？

马拐子直话直说，也可以说是你的，但分是分在你老婆名下，我们引进的人才是你老婆，你目前还不够这个资格。哪个要你不考起大学呢，说句玩笑话，你现在是吃软饭。见贾胜利的脸上有些挂不住，马拐子也觉得自己讲话过分了一点，于是就话题一转和贾胜利真的开玩笑。马拐子说，我和你一样的，我也是吃软饭的角色。张艳玉也调到进修学校来了，我们就住你上面一套，谭丽丽回来了以后，你们夜里打仗动作要轻一点呵，不要影响了我们休息。

贾胜利忠诚地说，谭丽丽回来了，我要拿出我最高的水平来，搞一餐饭感谢你和张老师。

马拐子说，那要得。张艳玉搞饭只是态度好，技术上还是幼儿班水平，她说她只保证不毒死人。她有一次煮熟了一只鸡，好心好意挟了一坨净肉来敬我，我咬一口咬出一嘴的稻谷，原来是鸡食袋！我今后不想咬鸡食袋了就少上一层楼，到你屋里来改善生活。

贾胜利笑得要死，说，那最好！

贾胜利好不高兴，他看了房子就去报到。先去人事科报到，他的编制是学校里的管道工。再去学生处报到，他这个管道工比较特殊，还没修一根管道，就被学校安排先培训了，脱产学习。

贾胜利有了房子后，谭眼镜有一天就和傅老师一起跑到进修学校来了。他们把贾亦谭也带来了。傅老师带贾亦谭，等于是重新带了一个小崽，贾亦谭是一步都离不开她的。谭眼镜早就不上课了，他现在成了省里中学教材编写组的一个成员，领了任务每天就窝在家里编教材，他说他做的是最有意义的基础工作。这个工作关系到祖国的未来，不是每一个人都可以承担的，他于是很自负。他原来剃的是小平头，现在不理小平头了，把头发梳成一个大背头了。梳成大背头就比较像首长，那天比较像首长的谭眼镜在贾胜利的房子里背着一双手踱步，确实是有一点像是首长在搞视察。他在房子里从这头走到那头，又从那头走到这头，用步子去量。基本上搞清房子的平方面积后，谭眼镜转过身来说，有什么稀奇的？还是比老子住的小了几个平方！

傅老师知道他是故意在贬低这个房子，就说，有厨房有厕所呢，你住的房子有这样规整么？你住的房子厨房在走廊上，夜里起来还要上公共厕所。

一岁半的贾亦谭抓紧一切机会牙牙学语，他手舞足蹈咬字不清地跟着说：厕所，厕所。

谭眼镜骂贾亦谭，吵，就知道瞎吵！

贾亦谭又学道，吵，瞎吵。

谭眼睛命令傅老师，把小崽子抱到一边去！

最近谭眼镜有一点烦躁。

谭丽丽把贾胜利调进了进修学校，并没有和父亲通什么气。谭眼镜知道女儿把她自己做了抵押物，气得差一点就要脑溢血了。谭丽丽你是昏了脑壳么？毕业了回龙鳞，回进修学校来教书？这是一个什么学校呵？狗屁学校呢！谭眼镜认为马拐子搞的这个四不像的东西，充其量也只是一个教师培训站！不是教师培训站又怎么样？谭眼镜已经搞清楚了，恢复高考的第一届大学毕业生因为太紧俏了，一个和尚十个庙抢，基本上是想到哪里就能到哪里去。北京名牌大学的毕业生一般都是去高校，去研究院，去新华社，去国家级大报，省里要人，也只能要到本省院校的毕业生。时代变迁之际，干部肯定是要大换班的，他已经打听清楚了，省委组织部就在规划选调一批大学毕业生做行政干部来培养，这批学生官先放到下面县里去任职锻炼，锻炼好了再调上来，就一个个都是大领导了。这些选调生，只要不犯错误就前途无量。谭丽丽做事稳健，如果伯伯再在暗中助推一把，选调得上，说不定日后就是龙鳞市的女市长了。

这样的机会一定要把握住呵，谭眼镜就给女儿写了一封信，要求她认真地考虑一下他的"不成熟的建议"。谭眼镜在说"不成熟的建议"之前，先给女儿说了一个真实的故事。这个故事的主人公，就是本市目前还在岗的一位老领导。这一位老领导刚解放时是地主家许多长工中的一名长工。祁麻子被土枪射出来的铁子打成一脸麻子留在龙鳞做了县委书记以后，马上就着手培养红色干部。祁麻子抽壮丁一样，要到那个地主家抽一名长工进干训班，本来不是抽他的。原定的那名长工只有一条裤子，刚好洗了没有晒干，不能光着屁股去，他有两条裤子，祁麻子等不及，不能让那名长工裤子晒干了再办干训班，就让他来了。现在他是本市一位职级不低的老领导了，威风得很呢。而另一个呢，就一直是农民了，现在吃五保户，可怜得很哪。谭眼镜用这个真实的故事教导女儿说，你看你看，机会就是这样重要，一条裤子和两条裤子，差别就是这么大。现在你们第一届大学生，都是有两条裤子三条裤子四条裤子的人。谭眼镜的意思是，有两条裤子三条裤子四条裤子的人，还去教一个什么书呵？

女儿没有给他回信，现在马拐子就给她分了房子了，还把贾胜利调上来了，这不是要谭丽丽将来也去做五保户么？

简直是绑架！

马拐子太狡猾了，谭眼镜怕谭丽丽上当。

但谭丽丽不回信。

谭丽丽不回信，谭眼镜心里就有一些烦躁。

贾胜利不知道这些套路，谭眼镜才不会和他说这些套路呢。谭眼镜平时对贾胜利讲得最多的一句话是：你晓得一个屁！这一天因为烦躁，就连这句话都没有说了。贾胜利当时搬了一把椅子，正低眉顺眼地说爸爸您老请坐。贾胜利就是这一点好，不管谭眼镜怎样阴起个脸，他都爸爸爸爸喊得沁甜的，耐力非常好。平日里喊得三声爸爸，搞得谭眼镜老是不答腔不好意思了，也还是鼻子里要嗯一下的，这一回喊了四声了，谭眼镜还是一个聋子。贾胜利搬了那把椅子就只好请岳母娘坐了。还是傅老师给了贾胜利面子，接过那把椅子坐了下去。贾胜利这才一把抱起贾亦谭，逗着贾亦谭的小脸蛋说，喊爸爸，喊爸爸！

贾亦谭喊是喊了一声爸爸，但喊了这声爸爸就挣脱爸爸的怀抱，又扑到傅老师怀里去了。

贾亦谭和贾胜利一点都不亲。

贾亦谭虽然姓贾，但被谭家人带养得基本上姓谭了。

贾亦谭姓贾还是姓谭，贾胜利无所谓。他心里清楚：反正是老子搞出来的，这个事实谁也改变不了。但贾胜利也有烦恼，主要是他父亲贾铁头没有这样的觉悟。谭眼镜过去和他哥哥划清过界线，现在贾铁头和贾胜利也划清界线了。导火索当然是贾亦谭。不是亲家的两家人霸蛮搞成亲家后，贾铁头其实姿态还是很高的。贾亦谭放在市一中带养贾铁头没有意见，他要求贾胜利还是要时不时送过去给他看一眼，就算是贾亦谭探亲,让他的婆婆子也带养一天,他们也要享受一下天伦之乐。开始没有一点问题,傅老师每隔一段时间就要贾胜利抱过云,但后来就产生矛盾了。原因是贾家的条件确实是太差了一点。贾亦谭第一次探亲回来身上就起了一身的小坨坨,傅老师说是蚊子咬的,谭眼镜说是臭虫咬的,争来争去也没有搞清到底是什么东西咬的。第二次探亲回来情况就更惨了,拉稀,拉了整整一个星期的稀,贾亦谭一张小脸都拉得不成形了。谭眼镜守在医院里给贾亦谭打吊针,傅老师特地过了一趟河,问亲家母到底都给贾亦谭喂了一些什么。亲家母说,我们是大人吃什么,贾亦谭就吃什么,我并没有特别搞一点什么东西给贾亦谭吃。傅老师感到很惊诧,贾亦谭牙齿都没有长齐,大人吃的饭他怎么能吃呵?亲家母说,我有办法,我一口一口嚼碎了喂他。我带大了两个崽呢,我还不会带人?我说,孙呵,听话,再吃一口,呵呵,再吃一口,他吃得津津有味。亲家母不讲津津有味还好些,亲家母一讲津津有味,傅老师就想呕吐了。虽然不能认定贾亦谭拉稀和这种亲密的喂养方法有直接关系,但贾亦谭探了两次亲后,就没有再探第三次亲了。决策当然是谭眼镜做出来的,谭眼镜在做出这一重大决策之前征求过贾胜利的意见,贾胜利敢讲半个不字?再说,他也讨厌他母亲的那种喂养方法,确实——确实是太不讲卫生了。贾胜利和谭家人一鼻孔出气,贾胜利就成了甫志高,成了贾家可耻的叛徒。贾家人先是和谭家人划清界线,后来和贾胜利也划清界线了。

贾铁头在机械厂公开叫嚣:老子等于少养了一个崽!

贾胜利付出了这样大的代价,但贾亦谭和他还是一点都不亲。

这真让贾胜利不好想,幸好基本事实谁也改变不了。

天地良心,谭眼镜也没有想过要去改变这个基本事实,他只是从来就看着贾胜利不顺眼。现在心里一烦躁,就更加看着他不顺眼了。谭眼镜不坐贾胜利搬过来的椅子,踱到阳台愤愤地想:就是这个贾胜利呵,实在没一点吊本事,却偏偏把女儿抢走了!女儿还要为他卖身呢,要到这个鬼学校来教书!谭眼镜从阳台上重新踱进来说,我烦躁死了!贾胜利。你们那个狗崽子呵,天天吵,吵得老子天天都睡不好觉,我现在是文章都写不出来了!谭眼镜还是踱着步安排道,你们既然有房子了,我就随听你们怎样搞吧。叫你岳母住到你这里来吧,帮你们带你们那个狗崽子,我是眼不见为净了。

贾胜利说,好。又对岳母娘说,妈妈,只是累您老人家了。

傅老师说,我无所谓。

贾亦谭是谭丽丽生的,谭眼镜不喜欢贾胜利,但他还是很舍不得贾亦谭的,事情就这样定下来了。

贾胜利好高兴,终于可以不住在市一中看岳老子脸色了。他一高兴,就又拿出他的一惯伎俩。他的一惯伎俩是和岳老子嘻皮笑脸,再就是爸爸爸爸喊得沁甜的。贾胜利又喊爸爸了,他喊了无数声爸爸以后,谭眼镜这才鼻子里嗡了一声。谭眼镜嗡了这一声才说,你把你的房子收拾一下吧,快点把你的狗崽子搬过来!

他说他再不愿意被人剥削了,尤其是受了剥削人家还有意见。

这当然是指贾铁头。

谭眼镜要贾胜利把他的狗崽子搬过来,贾胜利巴不得。你以为我想在市一中跑上跑下,低三下四狗一样呵?我也是没有办法。我贾胜利六尺高的汉子,站起原不比人矮,我是看在谭丽丽的面子上。我讲了忠于谭丽丽,我讲的话现在还作数。过去我没有地方安家,现在有了,你不讲我还想提出来呢。贾胜利当下就说,好的,只是贾亦谭会天天想爷爷呢。

谭眼镜说,嗡。

谭眼镜说完那个嗡字就下楼了,只催傅老师快点快点!下午有两个部门有两个会,都在等着他到场。一个是城建规划会,他是城建局聘请的文化顾问,他准备在这一次规划会上进一步强调自己的主张:城建一定要坚持文化品位。一个是重修龙鳞志的坐谈会,市志办也聘了他做文化顾问,他的袋子里现在有一个发言提纲,题目是《志书要编出文化档次》。这两个顾问虽然都是业余的,一分钱都拿不到,但谭眼镜还是很看重。

那时候的人搬家还都不搞装修,搬家最大的工程就是打一个煤灶。谭眼镜在城建局谈他的"文化品位"的时候,贾胜利在进修学校的基建工地搬砖。他有的是力气,搬了几十块红砖回来后,又向工人师傅要了一点石灰和水泥,然后就用一把旧菜刀代替砌刀,自己给自己打煤灶了。打煤很容易打,只是做烟囱有些难度。烟囱要通到外面去,必须在墙上穿一个洞。贾胜利又向工人师傅借了一个锤子,扎脚勒手只干了一天,洞就打通了。

买一些瓷片贴在灶面上,嘿,还像一个样子!

两间房子摆两个床,再在小餐厅里摆一个饭桌子。

再把儿子把岳母娘接过来,一个家就安顿好了。

16

真的稀奇

　　贾胜利后来只在这个屋里住了不到两年，他没有想到后来他在这个屋里就住不下去了。实事求是地说，那两年他和他岳母娘合作得还是很融洽的。傅老师负责带贾亦谭，保育员和幼师一个人兼了。贾亦谭吃饱了睡足了，傅老师就把他拍醒来，然后拉长了声音教他念"床前明月光，疑是地上霜"，或是"鹅鹅鹅，曲颈向天歌"。贾胜利在这方面没有特长，他就发挥自己其他方面的特长。他的特长是很会做家务，傅老师就不止一次地夸赞他，说利马虎你真能干。傅老师讲的是真心话，贾胜利也真的是很能干。早上傅老师带着贾亦谭还睡得鼾直扑，他就把早餐做好了。面条下得恰到好处，绝不会煮烂，又不会硬得粘牙。下面用榨菜，或者用酱萝卜，都切得很细很细，傅老师说你这号刀工可以到高级饭店去当红案师傅了。贾胜利吃早餐吃得飞快，一碗面倒进嘴里后，抓起书包就直奔教学楼。他的书包里有一个菜篮子，菜篮子是可以折叠的那种网丝袋，放在书包里一点不显形。上完第二节课后学校的高音喇叭会响，运动员进行曲放过后，高音喇叭会说：全国第三套青少年广播体操，第一节，伸展运动。同学们都站在地坪里搞伸展运动，搞了伸展运动又搞踢腿运动，里面却没有贾胜利。早在高音喇叭响起来的时候，贾胜利就从他的书包里把菜篮子拿出来了，运动员进行曲还没有放完，他就从学校的后门偷偷地溜到了附近的小菜市场。贾胜利的手心里握了一把毛票，不急不恼地和菜贩子们讨价还价。南瓜两毛？你的是金瓜么？一毛八，一毛八，你以为你的真是金瓜！鲫鱼肉价钱，也要七角六分？你就不要骗我呵，我是天天都要来买菜的，鲫鱼还是这些鲫鱼，我昨天看见你卖的是五角！高音喇叭喊第八节整理运动的时候，贾胜利已经回来了，菜蓝子里面已经内容非常丰富了。第四节下课铃声一响，贾胜利提起内容丰富的菜篮子就跑。他跑的时候，一般都会有男同学女同学站在走廊上，集体开他的玩笑。

有的同学喊：师公加油，师公加油！

有的同学喊：师公师公，真的很行！

同学们喊贾胜利师公，是因为同学们都晓得贾胜利是谭丽丽的老公。那个谭丽丽何等了得，恢复高考就考了个状元，马上就要毕业，马上就是我们的老师了。贾胜利既然是谭丽丽的老公，当然就该喊他师公了。师公能够把老师搞到手，当然是真的很行了。过修学校对学生的要求还是很严格的，不做广播体操那是要出榜警示的，但师公不警示，马拐子在学生处讲了话，说贾胜利同学情况特殊，要照顾。

贾胜利确实情况特殊，一老一小加上他自己三个人的家，要料理好是一件容易的事么？

还有一个特殊的情况更加复杂，马拐子还不知道呢。

贾胜利有了房子以后，贾铁头派他的弟弟过了一趟河，把贾胜利叫到机械厂去了。贾胜利不想去，他弟弟说，老东西病得只剩一口气了呢，你老底是姓贾还是姓谭呵？贾胜利晓得他弟弟是故意这样讲的，但还是不能不去。

贾铁头果然活得生龙活虎。

贾胜利回去那天贾铁头正站在厂门口，正在和厂长瞎吵，厂里两个月没有发工资了。厂长骑着他那辆自行车急着要出去，贾铁头不让他出去。机械厂这一向有点不安定，领导和工人有点不团结。有关部门准许街上几个个体户合办了一个铁作坊，生产的产品和机械厂差不多。也是铁齿钉耙，也是脚踏打稻机。偏偏他们的产品比机械厂的要便宜一小半，搞得机械厂差不多成了堆放铁齿钉耙和打稻机的大仓库。政财局又要机械厂自己养活自己，这样问题就出来了。领导怪工人，说大锅饭养懒人，不打破大锅饭不行，工人怪领导，就是领导太多了，人家的铁作坊打铁就打铁，哪像我们有行政科教育科还有武装部，那么多相公办公！讲到最后是我们都是国家工人，财政局敢不管我们！贾铁头给厂长指出两条路:或者带我们去财政局吵,或者带我们去砸烂个体户的铁作坊!私人也办得工厂了?那还要国家做什么?工资,工资,你是厂长你就得给我们发工资!厂长和贾铁头讲不清,牵涉的理论太多了,讲来讲去还是一堆乱麻。

贾胜利回去,正好解了厂长的围。贾铁头放走厂长讽刺贾胜利说,驸马爷回来了? 那个公主差不多也要毕业了吧?

贾胜利皱着眉头说,有什么事就说什么事。

贾铁头确实是有事。

贾铁头认为贾胜利过去寄人篱下是没有办法,现在自己在进修学校有房子了,谭家不应当霸占这个房子。贾胜利向贾铁头解释,谭家并没有霸占这个房子,我岳母娘住过来,是帮我带小孩。他只不好讲穿,这个房子其实也不是分给我的,我其实现在也还是寄人篱下。贾胜利本想讲贾铁头几句的:你怎么不突出政治了?你过去政治太突出了,突得我现在没有文化。子不教父之过,我现在讲话不起,其实根子还是在你身上呢,你还有道理! 贾胜利没有讲贾铁头几句,是因为看见贾铁头的头发都已经发白了,而且丛毛丛草的。背呢,也开始有一点驼了。贾胜利有点可怜贾铁头,想起贾铁头当劳模当车间主任的时候,那是好鼓劲呵。一开口就是我们工人阶级要怎样怎样,我们主人翁要怎样怎样。贾胜利叹一口气劝贾铁头说,爸爸我说你呵,你老人家不要躁,世界和过去大不同了,农村都已经分田单干了呢,工厂也不是过去那种搞法了。你老人家再不要和厂长瞎吵了。

贾铁头说,好! 驸马进步得还蛮快嘛。我听你的话,我不和厂长瞎吵了,我也住到进修学校去,我也去帮你带小孩。

贾铁头后来并没有到进修学校来,但贾胜利却成天提心吊胆,生怕他真的到进修学校来,来瞎吵。

贾铁头已经有一些神经质了。

进修学校和电子厂只隔一道围墙。

贾胜利将一天的家务事做完后,会解下腰上的围裙,站在阳台上远眺一阵。进修学校的地势比较高,整个新城区尽收眼底。他不明白人们要建这么多房子做什么,到处是吊塔,到处都是打桩机,到处都是圈出来准备建房子的土地。进修学校就圈了很大一块土地,准备建房子还没有开始,那一块土地就空着。有人就在那上面种了菜,因为这些菜,进修学校的人和电子厂的人就有了来往,两边的人经常吵架。某一天黄昏太阳快要下山的时候,贾胜利又站在阳台上远眺,他一不小心就看见了新痞子。他看见新痞子从围墙那边轻手轻脚跳过来,大大咧咧地在围墙这边扯了几根大蒜,进修学校的人刚刚抗议,新痞子侠客一样跃上围墙,纵身一跳就消失了。贾胜利想:这家伙做工人阶级了,还是狗改不了吃屎。贾胜利就来了兴趣,打算要去看一看新痞子了。

过去的日子很难忘。

兄弟呵,你这几年还好么?

出进修学校拐个弯,就是电子厂。电子厂有两千多人,直属市里管,在龙鳞城里就算是一个很大的工厂了。贾胜利进电子厂后一路问去,很快就问到了新痞子住的屋门口。电子厂的宿舍比机械厂的宿舍要好一些,走廊上没有人放溺桶,也没有人堆藕煤,但新痞子住的屋子里却乱七八糟。贾胜利推开门,一股煤烟呛出来,薰得他倒退了一步。他看见一个典型的集体寝室,摆着两个上下铺,但三个铺上都空空如也,说明只住了新痞子一个人。屋中间立得有一个煤油炉子,新痞子让煤烟薰得眼泪双流,手忙脚乱正在炒菜呢。一个没睡人的下铺摆着盐坛子酱油瓶子,他一伸手碰翻了一个瓶子,弯腰扶正骂了一句娘。另一个没睡人的下铺摆了一个案板,案板上是刚刚切好的几根大蒜。

贾胜利悄悄走了进去,拍拍新痞子的肩,然后嘿一声,搞什么好吃的呵?

新痞子猛一回头,发现是贾胜利,就伸手一拳亲切地打在他肩上了。新痞子把锅铲一丢就嚷道:你这个家伙,你怎么来了?才听裴红红说你调到进修学校了呢,你就来了!我昨天街上碰到那个鬼婆了,她说她也调到教育局来了。

贾胜利不和他说裴红红,贾胜利说,你轻点打老子好不好?我又调到派出所了呢,我是来拿赃的。

新痞子问,拿什么赃呵?

贾胜利说,大蒜,我们学校丢了大蒜了。

新痞子哈哈一笑,我拿过人家的东西么? 好像我拿过人家的东西一样!

　　贾胜利拿起案板上的大蒜说,这好像就是我们学校的大蒜吧?

　　新痞子说,你喊得它应么?你喊得应就是你们学校的。

　　贾胜利说,还是一口痞腔。

　　新痞子说,我又混不进知识分子队伍。

　　两个人像当年在知青点一样快活地正调笑着,就听见门哐当一响,一个脏猴一样的小屁股闯进来了。脏猴一样的小屁股闯进来就说,爸爸呢,饿了,我饿死了!小屁股流着鼻涕,也不怕烫,小手在锅子里拈起一根半熟不熟的菜就往嘴里塞。新痞子一个巴掌掼在小屁股的头上,很不耐烦地骂道,去,去!饿死鬼投的胎呵?那小孩才委委屈屈瞪了他一眼,委委屈屈地跑出去了。

　　贾胜利问,哪家的小孩呵?

　　新痞子说,你的侄儿呢。

　　贾胜利大惑不解,没听说你结婚呵,我怎么就有一个侄儿了呢?

　　新痞子叹口气,一边炒菜一边就说起了那小屁股的来历。

　　这个流鼻涕的小屁股,确实是新痞子的崽。

　　金妹砣也真的是有本事呵——新痞子这样开始他的故事叙述。新痞子说,真的稀奇。老子其实跟她也只有那么几回呢,而且回回都时间紧迫,回回都是吃的快餐,她就为老子生了一个崽了,真的稀奇!吃快餐吃得出什么味道?妈妈的!你晓得,那一年落大雪,我想把她搞到知青点来也品一回慢酒,我的阴谋没有得逞。金妹砣为老子生了一个崽,瞒都瞒不住,长得太像老子了,牙齿也有一点暴。你刚才可能没有看清楚,真的有一点暴,真的太像老子了——新痞子好像是很想有一个人来听他倾诉,干脆放下锅铲,搬了两条矮凳子过来。自己坐了一条,让贾胜利也坐了一条,他口里咬了一根烟,坐下来叙述他的爱情故事。

　　妈妈的!新痞子唠唠叨叨,还没开讲就先骂人。他一口一声老子,称了无数声老子,烧了好几根烟,才把他的故事讲完。这个故事最重要的情节是,金妹砣的公爹,当年放狗咬过新痞子的那个老农民,其时已不饿饭了,责任田一年打下的粮食可以吃上好几年。可他认为他的粮食就是再多,也还是不能给野种去糟蹋的。他卖了整整一拖拉机谷子后,就带了小孩去省城搞血型鉴定。一鉴定就清楚了,确实不是他儿子播下的种。是哪一个播下的种呢?只要一看野种的相貌就清楚了:小眼睛,一笑就两只眼睛眯成了一条线,而且牙齿还有一些暴。老农民爱憎很分明,他把野种往公社一丢,就不管了。

　　其时黄金公社已经改成黄金乡了,黄金乡政府又没有托儿所,只好根据老农民提供的线索,把封存的知识青年花名册再打开。搞清了野种的生父在市里电子厂工作后,就派专人把曾经的知识青年新痞子请到乡政府。乡政府的妇女主任讲得很有道理,是你的崽,你就把他带到街上去。你看好乖的伢崽呵,你就舍得么?乡政府为了做好这项工作,特别强调小家伙曾经受过老农民的虐待,说老农民只要是金妹砣不在场的时候,就打小家伙的耳光,他说他要把小家伙打得牙齿不暴,心里才舒服一点。新痞子开始还不认账,乡政府只好再喊了很有本事的金妹砣也来,来了坐下来慢慢调解。金妹砣见了新痞子眼泪涟涟,金妹砣启发新痞子说,你还记得么?那回你送了一袋子板栗来,又在我窗子下面吹口哨,吹的是《莫斯科郊外的晚上》。我说我男人刚起床,到河里洗澡去了,就会回来,你说你只吃一个快餐,吃了就走。我——我——金妹砣脸上泛起红潮,结结巴巴小声地说,我其实一怀上就晓得是你的,我好想为你生个崽呵,我——我——我是真的爱你。金妹砣连典故都说出来了,有时间有地点还有细节,细节是新痞子那一回走时慌慌张张穿错了她的内裤,新痞子还不想认账。要是过去,一索子捆了新痞子或许就认账了,不认账就再穿紧身子,但时代不同了,已经没有那样的搞法了。乡政府也文明了,耐心细致地给新痞子做思想工作。乡政府抓司法的副乡长还哄新痞子说,私生子特别聪明,真的,这孩子长大了,说不定就是一个将军呢。

　　在场的人都帮着打呵声,都说那是,那是。

　　倒不是想当将军的爹,实在是那小孩太可怜了。老农民是不是虐待过他不清楚,假如老农民真的虐待他,金妹砣是肯定保护不了他的。总之是自己的骨血呵,新痞子叹了一口气,于是就把小屁股带回来了。新痞子家住河北十五里麻石街上西施胡同,父亲是踩人力车的。新痞子想把小屁股放在家里带,踩人力车的父亲不帮他的忙,说他暂时没有这个条件。新痞子只好把小屁股放在厂里,自己先带着算了。这一间集体寝室本来还住了三个人的,小屁股顽皮得要死,今天打烂了窗玻璃,明天又踢翻了热水瓶。夜里还吵得要死,那三个人就都不来住了,反而好了新痞子,新痞子说他现在是一个人住单间呢,呵呵,新痞子说,我现在享受电子厂科级干部的待遇。

磨死人呵,夜夜尿床——新痞子讲完小屁股的来历后对贾胜利说,我没有你命好,我又没得你那号岳母娘!

贾胜利哈哈大笑。

贾胜利笑过了想起另外一个问题,贾胜利问新痞子,现在金妹砣是不是经常到你这里来呵?

新痞子坚决否认,新痞子很坚决地说,从没有来过。

贾胜利不很相信,贾胜利在知青点时就见过金妹砣,那是一个有情有义的女人。现在一个崽住在这里,她会不经常来走动一下?贾胜利就站起来,在新痞子的屋里搜索起来。搜来搜去,在上铺搜出了一件女式红上衣。新痞子举着这件红上衣问,哈哈,这是哪个的呵?

新痞子说,我也不晓得。

贾胜利就警告新痞子,贾胜利说,我国婚姻法规定,明知对方是有夫之妇而与之夫妻名义同居的,定为重婚罪。

新痞子说,鬼婚罪,她来看她的崽,关我一个屁事!

新痞子招了,贾胜利也就不说这个事了,两个人后来说了一些其他七七八八的事。那一天贾胜利坐了一个矮凳子,就在新痞子那里吃晚饭了。吃饭的时候,小屁股回来了,新痞子要他喊伯伯,他就喊了贾胜利无数声伯伯。命苦的小孩通常乖巧,这个小屁股就很乖巧。贾胜利吃饭时,他半个身子伏在桌面上,竟然懂得要给贾胜利来挟菜。贾胜利吃了饭想抽烟,刚刚摸出烟盒子,他赶紧又找出火柴来了,还要帮贾胜利点烟。贾胜利有一点喜欢这个小屁股了,他拉过小屁股说,告诉伯伯,你叫什么名字呵?

小屁股唱歌一样唱道:伯伯,刘亦金,我叫刘亦金。

贾胜利大吃一惊。

贾胜利说,新痞子呵,你怎么什么都偷呢?连给小孩取个名字,都要盗窃我的版权!

新痞子说,这有什么奇怪的?我们是弟兄,他们也就是弟兄了。再说,我也懒得动脑筋。我们一起上山下乡,他们要一起改革开放。你的小屁股叫贾亦谭,我的小屁股当然就叫刘亦金了。

贾胜利坚决地说,那还是不行。我们叫亦覃有特殊意义,你这样叫,有什么意义呢?

新痞子说,结晶呵,我和他妈妈也一样的是爱情。

贾胜利说,呸,你们爱情个屁!

新痞子后来就不讲道理了,新痞子说,他是我的崽,我就是愿意这样叫,你打算怎么办呢?

贾胜利后来就知道了,和新痞子隔得近并不是一件什么好事情。

这家伙是一块牛皮糖,好粘人。

而且一粘上就甩不脱了。

新痞子先是有事没事都要到进修学校贾胜利这里来坐一阵,来时总要带了刘亦金来。新痞子说,我们要培养贾亦谭和刘亦金的兄弟感情。这感情还真的很快就被他培养出来了呢。刘亦金比贾亦谭大两岁,跑得跳得,在还跑不得跳不得的贾亦谭眼里,就是一个大英雄了。贾亦谭慢慢就离不开刘亦金了,新痞子隔几天不来,贾亦谭就喊:金,金金!贾亦谭既然喜欢和刘亦金玩,新痞子后来一到星期天,就干脆把刘亦金丢到贾胜利这里算了。他真诚地认为贾胜利和他岳母娘带一个小孩是带,再带一个小孩也只是顺带。傅老师问过贾胜利,你那个朋友是不是很忙呵?贾胜利只好说很忙,说他是厂里的革新能手,他正在搞一项技术革新。其实贾胜利晓得,新痞子把刘亦金往这里一丢,自己不是趴在麻将桌子上不下来,就是过河看戏去了。傅老师心肠好,她看刘亦金也确实可怜,被新痞子带得只剩三根骨头两根筋了,就也不说什么,就让刘亦金星期天赖在进修学校算了。这个家庭于是就很热闹了,一到星期天就锅盆乱响,再加上两个小孩猫弹鬼跳。贾胜利认为这很不公平,你他妈的赌博逍遥,刘亦金难道是我搞出来的么?有一日他和新痞子因为这个事吵起来了,不想新痞子反而来了火。新痞子阴阳怪气地说贾胜利,你不要以为你很了不起呵,我问你一个问题,软饭很好吃么?

贾胜利当时正在煮饭,一下子没有反应过来。贾胜利说,你是讲我的饭煮得太软了么?今后我煮饭少放一点水,煮硬一点就是了。

新痞子笑,笑得很恶劣。

新痞子一笑他的牙齿就暴得更厉害了,这表明是坏笑。新痞子一坏笑,贾胜利就反应过来了。县剧院正在上演一出古装戏叫《杜十娘》,和杜十娘要好的那个男人是个窝囊废,就是一个吃软饭的典型。杜十娘陪他睡了,还要供他吃供他喝,他还要把杜十娘卖掉,最后气得杜十娘沉江了。新痞子这是说贾胜利也吃软饭呢,和那个窝囊废男人一个性质,贾胜利的脸就阴沉了。贾胜利一把揪住新痞子的衣领说,要是依我在知青点的脾气,新痞子你今天这餐打又跑不脱,我会打掉你的暴牙齿。念你已经少了一个手指头了,念你已经是一个残疾人,我就不打你这个鬼了。只是——贾胜利点着新痞子的额头说,你今后说话要注意一点!

新痞子嘻皮笑脸,说,嘿嘿贾哥,注意一点就都注意一点,我是残疾人么?你讲话也要注意一点才好呢。

贾胜利拿了他哭笑不得。

新痞子理直气壮地认为,我和贾胜利是患难之交,而患难之交除了老婆不能共产,其他什么都是可以共产的。贾胜利有软饭吃,我没有,我来共一共软饭也是在情理之中。贾胜利则认为,吃软饭一点也不可耻。他仔细观察新痞子,发现新痞子好像苍老了许多,一双眼睛显得更小了,差不多只有一条缝了。他也真的可怜,拖了一个包袱,家没有一个家,厂里的效益也越来越差,基本上是搭不上时代的列车了。

贾胜利就尽力地照顾着新痞子。

某一天深更半夜,新痞子又来了。

那一夜贾胜利破天荒,说也做它两页作业吧,门却被人敲得嘭嘭乱响。贾胜利平日是不怎么做作业的,因为马拐子说过贾胜利同学情况特殊,要照顾,他的班主任也就对他睁一只眼闭一只眼了。贾胜利想都不要想,一听这嚣张的敲门声就知道又是新痞子来了。新痞子什么时候都可以来,白天从大门走进来,晚上翻围墙翻进来。贾胜利开开门踢了新痞子一脚,你狗日的要吵醒贾亦谭呵?新痞子说,我是特地来告诉你一声,明天是你的生日。

贾胜利莫明其妙,明天真的是我的生日么?贾胜利从来记不住自己的生日是哪一天,他的生日观念非常不强。小时候贾铁头要求家里讲政治,大人小孩都不做生日,不搞资产阶级那一套。下乡后知青点的知青们没事情做找事情做,哪个生日就敲盆打碗出一回洋相,他从来都没有搞

真的稀奇

过。记不住生日也好,贾胜利打定主意一辈子不过生日不请客,正好节省一笔人情开支。现在新痞子突然说明天是他的生日,他就莫名其妙了。贾胜利说,我自己都不知道,你怎么知道呵?

新痞子不说这个话题了,说另一个话题。新痞子说,老子要先搞一点东西吃,老子饿得眼都冒金花了!

新痞子经常是鬼摸了脑壳,经常是说出话来没头没脑。贾胜利不理新痞子,兀自去做自己的作业。新痞子倒像到了自己家里一样,碗柜子里面翻出面,捅开炉火就下了。一共还剩得四个鸡蛋,他扑通扑通扑通打了三个在面碗里面,算他还是有良心,还给贾亦谭明天早上留了一个。新痞子吃罢面饱嗝掀天走到房里,说要辅导辅导贾胜利同学做作业,贾胜利又给了他一脚,说你应当吃饱了呵,滚吧,他才不打算辅导了。但新痞子还是不滚,新痞子说,贾哥,你猜我今天和哪个打麻将?

贾胜利说,估计是和香港的李嘉诚打吧。

新痞子说,李嘉诚不打麻将。

贾胜利说,那就是和台湾的蒋经国了。

新痞子说,蒋经国请我不动。贾胜利听电子厂的人说过,新痞子每个月一至五号过的是幸福时光。电子厂一号发工资,一至五号就有很多人都喊他打麻将。五号以后就是他的悲惨岁月了,再没有人喊他了,他据说是牌桌上的书(输)记,一般打到五号袋子里就布撞布了。贾胜利瞄了一眼墙上的挂历,发现那一天是十号。十号了,居然还有人喊新痞子打麻将,这不能不说是一个奇迹。新痞子说,我今天本来没有资格打麻将的,今天裴红红跑到我们厂里来了。裴红红说她那帮麻友三缺一,急死人呢,要我去凑一个角。我说,我袋子里布撞布,她就拍出来几百块钱说,我请你打,赢了是你的,输了是我的!她真的有钱呵——新痞子无限羡慕地说,裴红红从她的坤包里拍钱出来,就像拍纸出来一样。新痞子感叹道,我现在晓得了,硬要拿别个的钱才赢得钱到手。我今天在牌桌呵,是喊糊七小对就是七小对,喊和清一色就是清一色。真的是大赌能发财,小赌能养家!

新痞子刚进来的时候,贾胜利就注意到了他袋子里胀鼓鼓有一袋子稀烂的票子,猜到了他是从赌桌上下来的,打麻将打得晚饭都忘记吃了。但贾胜利没有想到裴红红会和他打麻将。裴平平先富起来以后,裴红红当然也先富起来了。先富起来了的人都有自己的社交圈子,新痞子目前应当还进不了那个圈子。裴红红跑到电子厂来请新痞子打麻将,应当是另有隐情。果然,新痞子说了大赌能发财小赌能养家后,很认真地批评贾胜利。新痞子说,利马虎,我今天才发现一个秘密,裴红红相当念记你呢。

贾胜利问,何以见得?

新痞子说,她嘱咐我一定要告诉你,明天是你的生日。

贾胜利感叹,真的稀奇!

新痞子说,稀奇个屁!还在乡里做知青的时候我就看出来了,谭丽丽爱你,裴红红也爱你。谭丽丽是你爱上她以后她才爱你,被动的;裴红红却是你晓都不晓得,她就爱上你了。新痞子还说,主动的爱才是真爱。

新痞子成天一个没有睡醒的样子神里神经,有时候也粗中有细,一不小心就讲得出句把绝对真理。

贾胜利说,你嚼血!她和四眼狗搞好了,四眼狗是大学生。

新痞子说,我不是嚼血。裴红红和我说了知心话,她说她就要和四眼狗一起生活了,不知道为什么心里总是慌落落的。她形容说,好像是捡了人家一粒芝麻,却丢了自己一个西瓜。我发现我今天当电灯泡了,裴红红请我打麻将,其实是要我跑一趟腿。她还和我讲了当年谭丽丽胃部有阴影,你们也真的做得出来!她说她恨死了谭丽丽,本来也应当恨你的。但不知为什么,她就是对你一点也恨不起来。新痞子七七八八讲了三担六皮箩后调侃贾胜利说,我实在只是比你牙齿稍微暴一点呵,身架子比你好,衣架子也比你好,我怎么就没有你那么的好运气呢? 一个大学生,一个小富婆!

贾胜利把新痞子推到门外边说,滚滚滚!

新痞子就滚走了。

那一夜新痞子滚走了以后,贾胜利就没有再做作业了。傅老师带着贾亦谭在隔壁睡出香甜的鼾声,贾胜利却怎么也睡不着。夜色已经很浓了,但大街上还有酒癫子在唱歌,唱的是《她比你先到》。贾胜利一点一点回忆往事,他想当年裴平平托付他照顾裴红红,其实和当年谭眼镜请他吃饭应当是一个意思。自己当年为什么就没有想得到呢?他还想起还是在当知青的时候,每一次到板凳形去盖屋顶,谭丽丽都有意不让裴红红递草把子。现在看来,那个时候谭丽丽就知道裴红红的心思了。咳,往事

真的稀奇

如烟，往事变成烟了再想也没有什么意义了。谭丽丽就要回来了，我和谭丽丽过好日子，裴红红和四眼狗过好日子，这就行了。

睡吧睡吧。

贾胜利用被子蒙好头数数，数到三百一十六就睡着了。

17

奋斗者

省城火车站永远是一个拥挤的地方。

外面的人还在挤进去，里面的人又在挤出来。挤进去的人背着大包提着小包，挤出来的人也背着大包提着小包。每一个人都行色匆匆，都认为世界上最重要的事情，就是自己正要去做的事情。只有一个人从火车站挤出来一身轻松，这个人就是谭丽丽。谭丽丽什么行李也没有带，只背了一个黄色的挎包从火车站挤出来了。她背的那个挎包洗得有点发白了，还是她做知青的时候用过的。挎包上面绣得有一个伟人像，还绣得有为人民服务五个字。她挤出来后看到出站口有个年轻人，年轻人双手顶着一个牌子，上面写着"接谭丽丽同志"，她就知道那个人是伯伯派来的。她跑过去笑了一笑，就伸出手来对年轻人说，我是谭丽丽，让你久等了，你好！

年轻人也伸出手来说，你好，我是谭副书记的司机。

谭丽丽说，走吧？

年轻人说，你的行李呢？

谭丽丽说，我的行李都托运了，直接发龙鳞了。

年轻人就吃了一惊，他不明白谭丽丽为什么要回龙鳞。

谭丽丽在北京读了四年书，伯伯多次进京开会，但一次也没有去看过她。有一次伯伯约好了到学校来看她的，到时候却是秘书打来一个电话到系里，说谭副书记被中央首长叫走了，不能来了。大前年暑假谭丽丽回了一趟龙鳞，来去两次都路过省城，都给伯伯打了电话。一次伯伯出差了不在省城，一次在省城却正在赶往飞机场的路上。这一次也是她主动找伯伯，说是有重要事情要和您商量，您一定要约个时间接见我。伯伯就约了一个时间，电话打到了学校里说，我派司机来接你，你下火车先到我这里来。谭丽丽和年轻人接上了头后，就跟着年轻人向广场走去。广场上真是人山人海呵，尽是到深圳特区去打工的乡下农民。一些人上身穿着乡镇企业生产的劣质西装，下身穿的却是老头裤，老头裤的裤裆好大，大得可以装进去两斗米。有的人还高高挽起裤腿来，露出筋筋暴暴的小腿肚，简直是浪费了上身的西装。一些人左手提一个鼓鼓攘攘很高级的黑色皮包，右手却又抱一个鼓鼓囊囊装过化肥的编织袋。有一群人坐在地上说着龙鳞土话，谭丽丽走过去，认出其中一个就是板凳形的小七毛。小七毛长大了，营养状况很好，兴高采烈正在和人说笑话呢，没有认出谭丽丽来。谭丽丽走过去，也就只对他笑了一笑。谭丽丽感觉得出，农民已经从束缚他们的土地上解放出来了，不只在土里刨食了。当然，陈渣也同时泛起了。一些从乡下进城的胖姑娘，就在广场上公然拉客。她们将嘴唇描得通红，看见单身的男人就贴上去，眼射着秋波劝单身男人说，跟我去休息一会呵，很安全的呢，很安全的呢。没有人搭理她们，人们都像躲避瘟疫一样躲避她们。一个贼眉贼眼的男人走到谭丽丽面前，轻声问您要顶级黄色录像带么？我有《动物和人》。问的时候他掀开胸前的衣服，里面开着一个小商店，小商店里挂满了录像带。谭丽丽知道《动物和人》是个很污秽的录像带，公安部门正在追缴，就故意对那个人说，给我送到家里去好么？我住在派出所。那个人瞪她一眼，一转身就不见了。接谭丽丽的那个年轻人被一个红嘴唇姑娘缠住了，脱不得身了。谭丽丽心头一动，就想开一个玩笑。她走上去对那个红嘴唇姑娘说，你好大的胆子呵，知道我和他是什么关系么？那个红嘴唇姑娘才走开了，一边走一边还嘟嘟囔囔地说，我不过是做一个生意呢，我又不破坏你们的家庭！

年轻的司机羞得脸都红了，谭丽丽却笑得要命。

谭副书记派了司机去接丽丽后，又继续开他的会。

这个会是龙鳞市那个祁麻子引起来的。

祁麻子这个事情很有代表性呵，我们需要统一一下思想——谭副书记对与会的同事们这么说。

同事们都知道祁麻子,就是老龙鳞县的那个祁书记,那个曾经指挥知青们修过桥的祁书记。大家都很尊敬祁麻子,祁麻子在龙鳞县当了那么多年的书记,龙鳞县改成了龙鳞市后,组织上只安排他做河北区的书记,没有升他的官,他一点想法也没有,真是一位好同志呵。可就是这样一位老资格的好同志,不想最近却出了一点问题。

不是经济问题,也不是作风问题。

前不久的时候,省政府组织一些区县书记和县长,到海边上那个叫深圳的特区去参观学习。参观人家改革开放的成果,学习人家思想解放敢为人先的经验。祁麻子当然也去了,不想才参观学习了两天,他就不出酒店了,一个人躲在酒店里哭,真的是伤心伤意地大哭了一场。祁麻子认为,改革开放是要改革开放,但怎么能让帝国主义提着钱包又回来了呢?当年我们浴血奋战,一寸一寸才收回租界,现在他们给两个小钱,我们就给他们一大片土地办工厂,办学校,而且还在税收的问题上优惠了再优惠。祁麻子最看不得的是,基层许多干部在帝国主义面前低三下四,生怕他们不来投资。许多干部只要看见来投资的,就马上请他们吃饭,个别的干部还动用美人计。这算是哪门子事呵?难道我们自己就不会办工厂办学校么?外资厂的厂门口飘着人家的国旗,五花八门什么式样的都有。无数的革命先烈要是能看见,他们会答应么?

他们会气得又活过来!

尤其让祁麻子无法容忍的是,住在特区的酒店里,他接到了好几个骚扰电话。他一接电话,电话里就总有小姐娇滴滴地问:先生,让我来陪一陪您吧,我会让你满意的。我要满意你什么呵?他妈的!妓女!祁麻子接了这样的电话就骂人。人家接就接了,不要她们陪就是了,祁麻子接到这样的电话先骂人,骂了人还要到酒店保卫处去报案,一定要人家查出来,说又回到了旧社会么? 他还问人家说,你们这里是不是共产党的天下?酒店保卫处的人笑他老土冒,说他是多管闲事。他们不和他说这些,只说你住得呢就住,住不得就另请高就吧。

祁麻子当然不能另请高就,他只能中途退出考察团,一个人回龙鳞市了。路过省城他进了省委大院,向谭副书记义愤填膺地告了一状。他说同去的人中间有一个某县长,和他的司机去洗了什么桑拿什么浴。某县长洗了桑拿什么浴还幽默,说小姐搓背的时候上身只穿一个乳罩,下身只穿一条白色三角裤。他说他看见了小姐的白色三角裤里面,补的是一个黑补巴。祁麻子是一个很正直的共产党人,对组织上从不隐瞒自己的思想。他义愤填膺地告了某县长一状后又向谭副书记很严肃地指出来:看小姐的黑补巴是很不道德的行为,某县长应当撤销职务!他还说,这样的经验不可以学,这和白猫黑猫不是一个事。

祁麻子讲的也不是完全没有道理,但谭副书记还是不知道如何答复他。

世界上的许多事情,并不是一下子就说得清楚的。

龙鳞市祁麻子的故事,已经在下面引起了一场争论了。

省里要拿出一个带倾向性的意见出来。

龙鳞市的祁麻子痛哭了一场,省里谭副书记的一些同事们虽然目前还没有痛哭,但也是在心里流泪的。这些人和祁麻子持相同的观点,他们务实,从特区说到本省,尤其对农村出现的种种问题忧心忡忡。谭副书记只好不和他的同事们说祁麻子了,和他的同事们算一笔账:责任承包前,全省二十八万多个生产队农民全年口粮三百斤以上的只有百分之十一,三百斤以下的有百分之八十九,其中不到二百斤的占百分之三十。谭副书记问他的同事:大跃进时期还饿死了那么多人,这样的社会主义有什么意义呢?大部分同事们都同意他的说法,这样的社会主义是没有什么意义。但农村已经出现了新的两级分化了,集体没有了,水利设施越用越烂,我们也要想出一个办法来应对呵。某某县某某村一个有二十年党龄的老支书,现在在给一个万元户做短工,党费都不知道往哪里交。某某县某某村没有党组织了,村里的事封建宗族势力说了算,计划生育也搞不下去了。和祁麻子持相同观点的小部分同事都敲着桌子说:问题严重呵,问题很严重!

有人说,那个县长是要撤职,他的思想太解放了。

有人说,该下课的不是那个县长,而是祁麻子,他的思想太不解放了。

谭副书记想:思想解放要是有一个尺度,那就好了。

但上面没有发给他这样的尺度。

上面还是只有那句话:摸着石头过河。

摸着石头过河,这样的会当然是越开越疲惫。可怜谭副书记,他每天都陷在这样的疲惫之中。有时候他也想：当年如果不是太理想化了，讲师团搞完了还是到华中大学去任教，我可能还有一个清闲的晚年呢。现在没有了，看来我这人就是这样一个命，注定要埋葬在伟大的理想中！疲惫中接到司机的电话，说小谭已经接过来了，谭副书记就很激动。想一想吧，还是小时候见过的呢，一晃就大学都读完了！天天说要和她好好谈一谈，到现在一次也没有谈过，也不知道都忙什么去了。这样一想谭副书记就感到很内疚，他一感到内疚，就决定天大的事情都放一边了。他宣布给大家都放半天假，休会。他叫一个老秘书在接待处开了一个房间，叫老秘书先陪一陪侄女，他还要去参加另一个会。谭副书记说，大约半小时后，我就过来。

谭副书记又失算了，那个会一开又不是半个小时。

谭丽丽只好在老秘书开的那个房间等，和老秘书有一句没一句地聊。

老秘书姓崔，谭丽丽叫他崔叔叔。

谭丽丽和崔叔叔龙鳞北京知青大学天南地北地聊了小半天，谭副书记好不容易才过来。谭副书记一进屋，就把丽丽抱在了怀里。当年的丽丽已经是风姿绰约的大姑娘了，谭副书记只象征性地抱一下就松开了，但谭丽丽不愿意松开。谭丽丽感觉有两滴滚烫的液体落到了自己脸上，她知道坚强的伯伯流泪了。她仰起头来看伯伯，伯伯明显地苍老了。脸上皱纹很深很深，两个眼袋也很大很大，明显的睡眠不足。这样的老人一流泪，那就显得是更加苍老了。谭丽丽想起小时候骑在伯伯的背上，伯伯扛着她上街买糖吃的情景，不觉也哭了。那时候的伯伯好年轻，好潇洒呵，一讲话就是马雅科夫斯基，或者是高尔基。谭丽丽记得，那时候总是有不认识的阿姨给她一颗糖，再拉她到一边偷偷地问：你有伯娘了吗？她说有，不认识的阿姨就脸上都露出很失望的神色。

过去的事情就像在眼前一样，想起来真是令人伤心。

谭丽丽哽咽着，为伯伯揩干眼泪，扶伯伯坐下才问道：伯伯，我伯母呢？

伯伯已恢复了常态，伯伯说，我们已原则上谈妥了复婚的事，但我一直抽不出时间具体和她谈。

谭丽丽说，这要多少时间？

伯伯说，真的抽不出来。

谭丽丽说，伯伯，你真的需要一个人照顾。

伯伯说，组织上给我配了一个公务员。

谭丽丽说，公务员不行。

伯伯说，现在只能这样。

谭丽丽本来要责怪伯伯的，四年了，你一次也没有和我见过面，我还不如有一个当农民的伯伯呢。谭丽丽现在知道了，伯伯确实是太忙了，忙得一塌糊涂，忙得连自己复婚的事也还只是"原则上谈妥了"，还要责怪他那是不公道的。她就和伯伯谈贾胜利，谈贾亦谭，谈她对改革开放的认识。他们谈话的这个房间是内外两间，他们谈话的时候，不断有人进到外间想找伯伯。崔秘书拦在外间，总是很抱歉的要他们等一等，再等一等。谭丽丽听见他们急切地向催秘书说，这个事情好紧急，那个事情又是好棘手。崔秘书就老是走进来，但走进来后又总是走出去，欲言又止。

谭丽丽知道不能耽搁伯伯太多的时间，就很快地把自己的想法汇报了。

谭丽丽学会了迂回着说话。

谭丽丽先说，伯伯，我的档案已到了省人事厅，我是坚决要求回龙鳞市。

谭副书记说，那好呵，我们正需要人呢。

谭丽丽再说，我想从最基层干起，最好从一个生产队或一个生产大队干起。

谭副书记马上来了兴趣。

省委组织部本来抽调好了一批毕业生做行政干部来培养，可培训班才开张，就有个别人不听从组织分配，要去深圳特区，干部不当了要给外国老板去当买办。谭副书记正为这件事生气，谭丽丽与众不同要去基层工作，而且是去最基层工作，谭副书记当然就来了兴趣了。谭副书记和谭丽丽深入一谈，就发现眼前这个侄女，已经不是只知要糖果饼干吃的那个侄女了。眼前这个侄女，已经很有思想深度，对当前社会现状很有研究了。谭丽丽认为，当前的社会矛盾主要是新旧思想交锋，新思想每前进一步都要克服重重障碍。我们老是劝人们思想解放一点，再解放一点。但什么是解放什么不是解放？我们又拿不出一个样板，或者说典型。包括安徽的小岗村,十八户农民发起包产到户,但到现在也只是有饭吃了,农村综合配套改革还谈不上。反对改革的人要找我们的缺点,一找就是一大把。我们要有一个有说服力的典型,这个典型在奋力奔向小康的同时,还要顾及其他。比方说集体没有了,五保户怎样供养,水利工程怎样分摊,基层党组织怎么样适应新的变化,怎么样守住自己的阵地。总之,要尽快在每一个环节上都找到新旧体制的衔接点,把新酒装到原来的瓶子里去。谭丽丽说,我在学校差不多研究了所有形式的农村改造方式,包括马寅初三十年代的中国农村改良设想,印度现行的农村改造模式,甚至以色列目前的集体农庄方式,还有其他。谭丽丽最后说,我想到最基层去,我想找到新旧体制的衔接点。

谭副书记兴奋不已,谭丽丽想的都是他正在想的事情呵,他已经在心里同意谭丽丽的选择了。政治路线决定以后,干部就是首要的因素。我们现在干部队伍的状况如何?谭副书记又想起了龙鳞市的那个祁麻子,想起了那个在深圳洗了桑拿浴的某县长。这不是思想解放不解放的问题呵,而是综合素质和理论修养的问题。在过去那个体制里爬滚出来的干部,只能有这样的素质和理论修养——他们只能或者是祁麻子,或者是某县长。中国人吃饱肚子后,以后还要走民主化进程,干部是要大换班了,要年轻化,要知识化。谭副书记觉得自己这个侄女搞行政还是很适合的,稳健,善良。但他还是说,你不想做一个文艺理论家了?你怎么想起要做行政了?

谭丽丽说,伯伯,美国首任总统华盛顿说过,如果我能够活三世,我第一世只能是个军事家,因为我要统一国家。我第二世就是一个设计师了,我要建设国家了。他说他其实渴望成为艺术家,但要到第三世才有可能,艺术只能放在安全和温饱的后面。

谭副书记说,确实,艺术只能放在安全和温饱的后面。我现在搞政治是没有办法,我也像华盛顿一样,我也想成为艺术家。具体说,我应当是一个书法家。我挂了中国书法家协会的常务理事,还是本省书法家协会的副主席,可我连一次书法方面的活动也没有参加过!你这个想法很好,我们正需要人下基层,需要既有领导能力又有研究能力的人下基层。你真的愿意下基层么?到一个乡去,我不需要你有领导能力,你只要能够为我解剖好一个麻雀就行了。你真的愿意去,我这就和省委组织部的人打电话。他们也在物色大学生乡官，正求贤若渴呢。当然，这个乡官干得好，很快就会得到提拔，你们年轻，有知识，时代需要你们。不过你要想清楚，我不会特别提拔你，因为你是我的侄女，我只同意你去锻炼一下。伯伯要告诉你，伯伯其实不想你搞政治，你不知道搞政治有多么累！你最后还是要成为艺术家的，我现在是没有条件，再过十来年，到你们这一代，应该有这个条件了。

谭丽丽说，我也是这么一个想法，我还怕伯伯以为我想做官呢。我一个女孩子，我还要做贤妻良母，我已经成家了。我不过是想有一个经历，到一定时候，经历就变成思想的财富了。而思想的财富，就是艺术的基础。

伯伯说，到底是大学生！

谭丽丽说，我还想今后为您拾拐杖呢。您今后老了，我叫我亦谭给您扛锄头，您就种菊东篱下，悠然见南山吧。

说起贾亦谭，谭副书记的声音格外温柔。谭副书记说，亦谭有两岁了吧？

谭丽丽说，快两岁了。

他们就谈起了贾亦谭。正谈着，崔秘书又进来了，又欲言又止了。他欲言又止了一阵，最后还是附在伯伯的耳边上，说了一句什么话。伯伯的脸色就有点不好看了，他和什么人打了一个电话，批评了接电话的那一个人，还责令他必须怎么样怎么样，不然我就要怎么样怎么样。最后还说，你给我先维持原状，我就过来！伯伯打了这个电话后，余怒未息。他默默地抽了一支烟后才说，丽丽我的孩子，你先到组织部青干处去一下，你要崔秘书带你去。现在我再嘱咐你一遍，你不要想当官，你今后要给我成为艺术家，你就是要当官，也只能当学校校长，或者是研究所所长。对不起，我要和你说再见了，我的丽丽！你回家和你爸爸妈妈说，我只要抽得出时间，我就会回龙鳞看他们的。我现在又有一个紧急事情要去处理，我走了。

谭丽丽注意到，伯伯的眼睛又潮湿了。

伯伯用擦眼镜的动作掩饰自己。

谭丽丽哽咽着说声伯伯保重，就由崔叔叔陪着，到组织部青干处去了。

谭丽丽那天没有回龙鳞，青干处把未来的乡官们都拉到了省委党校,那里正在办一个特别的培训班。

青干处的人说,你们先要掌握党的农村政策。

就是在省委党校,谭丽丽很意外地碰到了沈土改。

谭丽丽是在培训班的花名册上发现沈土改的,发现了沈土改,她就想起了裴红红。张艳玉写信告诉过她,裴红红先是扳俏,后来又主动去缠沈土改了。张艳玉认为裴红红的人品有一些问题,谭丽丽却认为这很正常。女人嘛,谁又不想攀高枝呢?我要是不那么早就谈恋爱了,假如我现在才谈恋爱,我也不能保证找的还是贾胜利。不知道裴红红和沈土改是不是彻底地搞好了,搞好了才好呢,算起来裴红红也是老大不小了。谭丽丽迫不及待地跑到沈土改的房间,去了敲开门才知道,她已经是不宜向沈土改打听裴红红的情况了。

沈土改正坐在房间里,正和一个漂亮得花朵一样的小姑娘娇情生气呢。小姑娘一定要沈土改系上领带,沈土改要求在房间里领带就免了吧,小姑娘不批准,一来二去两个人就生上气了。

谭丽丽敲开门,正好解救了沈土改。

谭丽丽走进去的时候,小姑娘还以为是服务员来了又要打扫卫生呢,她很不友好地说,怎么又来了?怎么又来了?讲了我们在的时候你不要来打扫卫生!沈土改认出了是谭丽丽,赶紧站起来说,谭丽丽!哎呀谭丽丽!她才吐了一下舌头,赶快张罗倒茶。

谭丽丽表扬小姑娘:好漂亮的小姑娘呵!

沈土改正好不系领带了,不系领带要和老朋友谈话,好漂亮的小姑娘就没有办法了。沈土改看见谭丽丽很惊讶,说我听说你要去龙鳞进修学校呀?怎么也被掳到了这里?谭丽丽说,我是想追随你呢,星星跟着月亮走,你不去龙鳞教育局了,我还去进修学校做什么呢?沈土改谦虚:你是月亮!你是月亮!他们心里都有一句话没有说出来:当时谁知道会有选调这种好事呢?古往今来,中国没有比当官更好的职业了。他们说起了马拐子,说起马拐子的时候都理直气壮:我们是听从组织分配,组织要这样分配我们,我们有什么办法呢?他们天南地北地聊了一阵后,谭丽丽就搞清楚了,沈土改原来读的那个班叫政教班,读到半路上,政教班就被省委组织部改成了政务班了,沈土改在政务班毕业,愿意不愿意也只能成为省委组织部的后备干部,而且分配方向也是龙鳞市。沈土改拖着长腔说,我的命不好呵,以后只能是端一杯清茶,坐在办公室里看报纸了。可是他刚刚说了自己命不好,又很得意地告诉谭丽丽说,昨天党校有人向我们透露了,地市级干部很快就要年轻化、知识化,这个培训班的学员,就是为以后地市级干部更新换代做准备的。沈土改告诉谭丽丽说,组织部对我们要求很严格呢,派了老部长来做我们的班主任。老部长刚刚退下来,德高望重。有一个学员才报到,就被班主任开销了。只怪那个学员作风不严谨,和朋友打电话就自称已经是黄埔一期生,还答应为朋友调动工作。他打电话的时候,刚好班主任在旁边,班主任当下就说,小王,你回家去吧,我们这里只培养人民公仆。

谭丽丽调侃他道,我晓得你是不会打电话的,你老谋深算,你会当了市长再打电话的。又说,你当了市长,我给你提包算了。

沈土改大叫,说你是北京毕业的,谭副书记又是你伯伯,你才应当先当市长呢。你当了市长后,一定要调我来给你提包呵。

两个人好像都不想当市长,都只想给对方提包。

他们说话的时候,本来在生气的小姑娘不生气了,也插进来说话。于是谭丽丽又搞清楚了,小姑娘姓霍,叫霍玲玲,在中心医院做护士,是现任龙鳞市市长的千金。霍玲玲说话时不管说什么,总是要提到我爸爸。谭丽丽问沈土改为什么不喜打领带,她就插进来说,我爸爸最讲究风度了。谭丽丽和沈土改说起板凳形旧事,说起他的小名叫四眼狗,她就插进来说我爸爸也有小名,我爸爸的小名叫四先生,也有一个四字。沈土改说他喜食肥肉,她也插进来说,我爸爸每天都要喝一回功夫茶,目的就是降低血液中的胆固醇。因为霍玲玲多嘴多舌,谭丽丽还搞清楚了,沈土改回龙鳞后会留在市委办当秘书,并不会下乡。霍玲玲已经把沈土改的工作安排好了,霍玲玲说,我爸爸本想让他提包的,我说不合适。女婿给岳老子提包像个什么?我就找了书记,书记答应了让他提包。

谭丽丽发现只要霍玲玲一说话,沈土改就皱眉头。

看沈土改那个样子,谭丽丽就在心里哀叹了:既然皱眉头,为什么又要找她呢?是不是因为她是市长的女儿呵?张艳玉和谭丽丽写信是无话不谈的,知道沈土改曾经向马拐子提出过要求,要求马拐子将裴红红安排在教育局。现在这个故事突然就没有了下文,半路上又杀出了一个霍玲玲来了,霍玲玲轻轻地一伸手,就把裴红红胜利的桃子摘走了。

谭丽丽想，这个裴红红怎么这么不走运呵？

她这回又惨了。

谭丽丽在心里看不起霍玲玲，也看不起沈土改。

18

新城区，旧城区

谭丽丽已经在省委党校学习了，马拐子一直不知道。

他没有和谭丽丽联系过。

他太相信张艳玉了。

谭丽丽到河北区黄金乡报到去了，马拐子这才接到市长助理打来的电话。

市长助理是哪个？就是那个大名鼎鼎的祁麻子。

祁麻子从深圳回来不该大哭，他大哭一场后，组织上就认为他已经跟不上形势的发展，不适合当一个区的一把手了。就把他明升暗降，调到市里来了，给他挂了一个市长助理的名义。组织上和他谈话，说你今后的工作主要是传帮带，言下之意是您老人家就休息算了，但祁麻子不休息。他还是一贯的作风小车不倒只管推，还是多事，而且一多事就脾气好大。他那一段时间基本上每天都是骂骂咧咧的，社会上的许多事情，他是越来越看不惯了。下面部门招待个把客人，他说是腐败，不知道这是社会物质丰富了。下面部门换一台车，他也说是腐败，不知道生产力就是要靠消费去拉动的。下面部门的头儿脑儿们真是有苦难言呵，都说他是更年期到了，又不敢和他当面顶撞。组织上没有办法，只好又和他商量道，祁老呵，教育是基础呢，要加强这个基础，首先要加强领导。经市委常委会议郑重研究，祁麻子就只专门抓教育这一条线。教育线的头儿脑儿也没有把他当成一回什么事，只有祁麻子自己把自己当成教育线的主管领导，只要是涉及到教育线的利益，他还是豁出老命都要坚决维护的。

马拐子那天一拿起话筒,就发现市长助理火气好大。

祁麻子嚷道,你这个马拐子,你怎么搞的呵,你怎么搞的?市长助理说了无数个你怎么搞的后,这才说谭丽丽分到江北区黄金乡去当副乡长去了,组织部又抢我们的人了!祁麻子刚刚和分管组织的副书记吵了一架,市里分管组织的副书记得了便宜还装糊涂,说什么谭丽丽人虽然来了,但档案并没有来,档案还放在省委组织部。说她是省委组织部掌握的后备青年干部呢,只是下来锻炼的,他们并没有和教育线抢毕业生。祁麻子弄清市里组织部真的没有抢人后,火气就更大了。既然市里组织部没有抢人,那人就是你马拐子自己弄丢的。祁麻子这样一推理,就电话打到马拐子这里来,就一口一个你怎么搞的了。

祁麻子问:马拐子你怎么搞的?你不是把她老公都安排了么?还浪费了我一套好房子!你这是偷鸡不着呵,你反而蚀了我一把好大米!祁麻子说,你把那套房还给我,我有了那套房,我随便都引进得一个人才!

祁麻子心疼那套房,有一点像乡下的老农民心疼他的自留地。

马拐子不怕祁麻子,但他还是很小意地说,不会吧不会吧?谭丽丽不会叛变吧?张艳玉打了包票的!我这就和谭丽丽联系一下。

祁麻子继续骂,还联系个屁!人家过家门而不入,好积极呵,黄埔一期培训结业,就笔直上北伐前线,就笔直去黄金乡了!

马拐子说,黄金乡?就是她下过乡的那个乡?

祁麻子愤怒地骂道,你为什么不说就是你当过右派的那个乡呢?你这个老右派,你自己看今天的报纸吧,头版。你妈拉个巴子这样糊涂,你当年在黄金乡穿紧身子穿马褂子,我认为是该穿呢,穿少了!

祁麻子说的报纸,指的是《龙鳞日报》。

龙鳞既然是一个地级市了,就应当有一张报纸,龙鳞市就是那一年创办的龙鳞日报。当时《龙鳞日报》还只是四开小报,马拐子找来一迭,找到其中的一张,果然见头版上有一条报道大学生当乡官的新闻。报纸刚创办,记者也都是新手,文章就写得很幼稚,但五个 W 新闻要素还是都具备了,基本上做到了一目了然。新闻就事论事:本报记者张玉忠报道,某月某日,江北区黄金乡在家的干部们济济一堂,热烈欢迎我市的第一位大学生乡官前来就职。记者说的这位乡官,当然就是谭丽丽了。导语完了,又阐述意义。马拐子一目十行将这个消息只读了一遍,就读出谭丽丽的葫芦里面卖的是什么药了。谭丽丽不简单呢,这就叫抢占时代的制高点! 现在这个时代,天下者他们这些宠儿的天下,舞台者他们这些宠儿的舞台。她又有一个伯伯在省里可以做推进器,搞得好不需要几年,她就会是一个女市长了! 要是我,我可能也会这样选择。但你要当女市长就去当女市长呵,不来进修学校就不来嘛,你要骗我一下做什么呢? 骗我把贾胜利调过来了,还骗了我一套房子! 全世界都知道了的事情,我怎样向大家交代呵? 进修学校也不是世外桃源,也有人在搞我的名堂呢。搞名堂的人会说我以权谋私,会推理说我调贾胜利,其实是报答谭丽丽的红药水。马拐子越想越复杂,放下报纸就喊老宋,说老宋老宋,叫司机把车子开过来!

烂吉普就开过来了。

马拐子对司机说,去黄金乡!

司机说,那里现在正在修路呵,很不好走,你还是搭船去吧。

那两年龙鳞市城里乡间到处都在修路,各级领导只要一开会就强调说:要想富,先修路。

马拐子火一冲,恶狠狠地说,是你指挥我呢还是我指挥你?

司机发现局长大人今天火气特别大,可能是因为昨天没有睡好觉。他吐了一下舌头就打火。打了无数次火烂吉普才启动,他一踩油门,烂吉普就怪叫着驶出大门,冲上了公路。可是冲上公路后不久,马拐子又改变了主意。事情就是这样明摆着了,你就是赶到黄金公社,还能把谭丽丽再拉回来么? 人各有志不能勉强,谭丽丽的档案并没有到龙鳞来,她完全可以说她本是愿意到进修学校来教书的,是省里把她截留了,你还有胆子去和省里去打一个官司么? 这样调过来一想,马拐子就气馁了,就要司机掉头。司机嘟嘟囔囔,马拐子又恶狠狠地说,是你指挥我呢还是我指挥你?

司机笑呵呵地说,当然是你指挥我。

车开到院子里,贾胜利手里拿着一张报纸,正从教学楼跑过来。

贾胜利跑过来说,局长你看你看,谭丽丽回来了,去当副乡长了!

是么? 马拐子问的时候阴着嗓子。

贾胜利问马拐子,局长,这是怎么回事呵?

怎么回事? 马拐子盯着贾胜利的眼睛看了半天,突然一甩车门说,你是真不知道呢,还是假装不知道?

说罢扬长而去。

贾胜利拿着那张报纸立在那里,有一点莫名其妙。

马拐子其实是错怪贾胜利了。

贾胜利是真的不知道呢。

谭丽丽就是要制造出这么一个效果来。

谭丽丽在省城党校学习的时候,常给她的一位大学同学打电话。这位同学是一位男同学,曾经想追求谭丽丽。谭丽丽拿出结婚证来给他看,他才长叹一声停止了跑步。但两个人的关系还是很好的,好得比友谊多一点点,比爱情少一点点。谭丽丽一直开玩笑叫他假老公,叫得他心里总是痒兮兮的。假老公分配在北京的一家大报了,谭丽丽给假老公打电话说,假老公呵,我命不好,苦海无边。我要去当乡官去了,你要把我的宣传工作搞好呵,让我早点调上来呢。假老公揭穿她说,你就不要得了便宜还要假装肚子疼了。我若有一个伯伯在省里做副书记,我也会一定要到那个省去当乡官。在基层镀金镀得金光闪闪的,然后再升起一颗新星。你以为我这点常识都没有?假老公虽然揭开了谭丽丽的面纱,还是答应把谭丽丽的宣传工作搞好,要谭丽丽给一个新闻由头。谭丽丽给不出,假老公就给她支招了。假老公要她上任时就像远古时代治水的大禹一样,过家门而不入。假老公说,这个由头对你来说,将是一个宝贵的不动产。你想想:今后无论什么时候宣传你,无论从什么角度宣传你,无论用什么体裁宣传你,都可以追溯到你上任的第一天。你大禹治水一样,过家门而不入,这是一个资本呢,一个很好的政治资本。

谭丽丽说,你好残忍! 我好想我的小孩子呢。

假老公酸酸地说,不是想小孩子,是想大孩子吧? 春宵一刻值千金。

谭丽丽骂,狗嘴里吐不出象牙!

假老公坏笑,我想学雷锋,可你又从不让我帮一点点忙。

谭丽丽谦虚,我有那样的福气么?

假老公也谦虚,是我没有那样的好命呵。

两个人荤的素的扯了一阵,调子就定下了:从培训班直接就上任去,搞政治就得有一个搞政治的样子。戏要唱得真的一样,唱得家里人都不知道,今后面对记者采访的时候,家里人才谈得出当时的真情实感来。

谭丽丽想想很对,就没有告诉贾胜利了。

所以说，马拐子是错怪贾胜利了。

贾胜利被马拐子抢白了一顿后，怏怏地上教学楼。同学们正好下课了，走廊上站满了人，有的在相互间打闹取笑，有的在看风景。有同学也在看那张报纸，那个同学看了后就问他：师公，谭老师抛弃我们了？又接受贫下中农的再教育去了呢。

贾胜利不回答，恶声恶气地说，收作业本收作业本，都把作业本交过来！

贾胜利那一天值日。

同学们叫贾胜利师公是有缘故的。张艳玉一张嘴巴到处宣扬她引进人才做出的辉煌成绩，他们都已经知道谭丽丽毕业了就来进修学校了，来了就是大家的老师了，那贾胜利当然就是大家的师公。这个称呼很智慧，和师母相对应。以前同学们这么叫，贾胜利无可无不可，但从那一天起，贾胜利就觉得这个称呼于他是一种嘲弄了。

这件事让贾胜利受到了伤害。

谭丽丽的假老公要她把戏唱得真的一样，谭丽丽还是没有完全按照他的指示去办。谭丽丽把这出戏的内容以及演法还是打电话告诉了谭眼镜，只是没有告诉贾胜利。谭丽丽要谭眼镜转告贾胜利：你告诉他我到黄金乡打一个转身再回，其他就不要讲了，讲了他也搞不清。谭眼镜认为谭丽丽的思想有点接近自己的思想了，知道要抢抓时代的机遇了，也知道对贾胜利有的事告诉有的事不必告诉了，他就很高兴。贾胜利确实是太蠢了，而且是越来越蠢，蠢得只知道油盐酱醋茶了。一个只知道油盐酱醋茶的男子汉，比只知道油盐酱醋茶的的女人家还不如，你能跟他去说什么呵！一个水桶由十块木板拼成，其中一块是短板。这块短板又不能拆掉，面对这块短板你除了叹息以外，你是再没有什么好办法了。真是商女不知亡国恨呵，他这样碌碌无为，却还高兴得很呢。同学们叫他师公，他竟然还答应得很响亮！谭眼镜为贾胜利感到很悲哀，就把谭丽丽的指示全部贪污了，根本就懒得去和他讲这个事情了。

贾胜利还在等谭丽丽回来。

他在他睡的那张床上加了一块铺板，就把一张小床改造成一张大床了。

他没想到等来等去，等来的却是一张报纸。

那一天贾胜利就过得很郁闷，他不理解谭丽丽为什么突然就变卦了，突然就去当什么副乡长去了。

他觉得就是要去当副乡长，也应当先和我通一下气。

而且还过家门而不入。

回家和岳母娘说起这件事，傅老师也不理解。

傅老师是真的不知道，不知道谭丽丽答应了回进修学校，怎么又过家门而不入了。贾胜利在家里是第三世界，傅老师在家里是第二世界，谭老师对她也是不必要讲的话就不讲的。傅老师看见贾胜利很可怜，就有点同情贾胜利了。贾胜利除了本事小点，其他什么都好，尤其是善良。傅老师和他一起生活，已经生活出一点感情了。贾胜利和她起这件事，她就说，我要是你，我就到黄金乡去跑一趟，去问问那疯婆娘，是不是不要崽了？

贾胜利快快地说，我不去。

去做什么呢？去丢人现眼么？贾胜利没有到黄金乡去。

贾胜利那几天怕出得门，他怕碰见马拐子，怕碰见张艳玉。马拐子和张艳玉第一次吵架了，吵得很凶，马拐子将家里的一个收录机也摔坏了。贾胜利就住在他们楼下，收录机摔在地板上的时候，贾胜利正在楼下不好意思出门，他桌子上的茶杯也跳了起来，掉到地上打碎了。张艳玉哭天抢地，打开了她家的窗子骂，我怎么知道谭丽丽讲话不算数呢？你有狠就把房子收回来，把那个人退回光明纸盒厂去！你就只会欺负我？你打死我吧，你这个右派分子，我怕你真的是要翻天了！张艳玉打开窗子骂马拐子，贾胜利知道是骂给自己来听的，骂给全学校所有人来听的。

张艳玉是要唱戏给大家看。

贾胜利这一段时间试着带贾亦谭睡，已经试出一点效果来了，那一夜又把贾亦谭交给了岳母娘，但还是没有睡好。新城区这一边正日新月异，一大片工厂开工了，又有一大片楼房拔地而起，铁路也修通了，已经在建火车站了。半夜三更，这里那里，还有打桩机在猛烈地捶击着大地。贾胜利躺在床上，听不到打桩机的声音，却老是听见马拐子在溶溶月色中质问自己。马拐子还是那句话，你是真不知道，还是假不知道？贾胜利觉得自己是一个贼，偷了马拐子一套房子，偷了马拐子一个好工作，还继续在偷他的相当中专的文凭。

马拐子让他拿着工资读书,为的是什么?

为的是谭丽丽回来教书。

现在谭丽丽不回来了,这让贾胜利真的无法做人。

那一夜贾胜利睡不着,朦朦胧胧地好不容易睡着了,他又梦见了新痞子。新痞子不怀好意地问他说,软饭好吃么?贾胜利一拳打过去,新痞子躲在叠成了山一样的被子下面就不见了。怎么到了知青点呢?大雪,好大的雪呵,饲养室都被大雪压垮了!但是一点也不冷,谭丽丽紧紧地抱着他,他差不多就变成一个巨大的注射器了……可他醒来时,却发现自己抱的是一个枕头。

枕头上有一些湿润,贾胜利发现自己流泪了。

隔壁,岳母娘正在哄贾亦谭撒尿。

岳母娘说,嘘,嘘,亦谭屙尿尿呵,不屙尿尿妈妈就不回来了。

贾亦谭奶声奶气地说,亦谭不要妈妈,亦谭要奶奶!

贾亦谭对妈妈根本就没有概念。

第二天早晨,傅老师发现贾胜利面色有些不好,傅老师就说,胜利呵,我昨夜也想了想,想清楚了。丽丽她是要那个新闻呢,过家门而不入,新闻才有内容写呵。

贾胜利说,是么?新闻就那么重要?

贾胜利真的是只知道油盐酱醋茶。

贾胜利早晨起来精神萎靡,他给贾亦谭冲牛奶时还打碎了一个鸡蛋。他还打不定主意,今天去不去上课呢?去了,见了张艳玉他不知如何说话,不去,又不知怎样向班主任请假。

正踌躇间,他岳老子来了。

谭眼镜一进门就说,贾胜利,第一节课你就不要去上了,你请假,我要和你说一个事。

贾胜利说,我知道您要说什么。

谭眼镜眼睛一鼓,反话正说道:你真聪明。

谭眼镜是坐蹦蹦车过来的。新城区起点很高,主干道拉通后,大街上就有蹦蹦车开进开出了。蹦蹦车其实就是摩托车上搭了一个雨棚,可龙鳞城里那时候还没有出租车,很长时间这就是当时龙鳞上流人坐的出租车了。蹦蹦车把谭老师一直送到楼脚下，谭眼镜的皮鞋于是也和他的大背头一样一尘不染。谭眼镜这一向好高兴，主要是谭丽丽成长得快。你看她在毕业分配时考虑得好周全呵，上任第一天就出了彩！我们的时代到来了呢，我们就像市里那位老领导一样，我们有两条裤子了。谭眼镜给女儿指出的发展方向，女儿这回是听进去了。他这一向在市里参加这样那样的会受到了更多的尊敬，人们都说他教女有方。我当然是教女有方了，谭眼镜想，你们都在突出政治的时候，我就在突出文化，这就是眼光！

谭眼镜坐下来，他将眼镜取下来擦着说，贾胜利呵，张艳玉昨日找我了。我跟张艳玉说了，丽妹砣本来是要回进修学校的，但省委组织部中间截留了，哪个又有办法呢？我怕她也找你，我特地来和你说一下，今后无论哪个说这个事，我们都是一个口径。

贾胜利心里就越发悲凉了：我就住在张艳玉的楼下，张艳玉不来质问我，却跑到一中去质问你！师公和师母不是同一个档次呢，虽然是玩笑，但我知道我在人们心中是什么地位了。

贾胜利幽幽地说，岳老子，丽丽不回进修学校了，事先和您说过么？

谭眼镜问，你这是什么意思？

贾胜利说，我也没有什么意思。

贾胜利说完这句话就出门了，他突然想起好久好久没有过河了，他想回机械厂那个家去看一看了。

贾胜利露出了反骨，谭眼镜大吃一惊，谭眼镜对傅老师说，造反了，造反了！

傅老师叹了一口气。

那一天贾胜利特意在学门口就下了公交车，一个人在老城区游荡了好久，有一点回到了旧社会的感觉。原来的县剧院还是立在那里，但是空置了，雕花的大厅窗格上都结了蜘蛛，只在大厅里摆了几个桌球案子了。看桌球的主人低着头，伏在一张桌子上假睡。几个闲人有一杆子没一杆子地打着桌球，醉翁之意都不在球，其实是在消磨时间。他们一边打桌球一边议论，说对河新城区的龙鳞大剧院已经落成了，大剧院舞台上表演的流行歌舞真带劲。舞女们冬天都把圆肚脐露在外头，她们冷不冷呵？他们爱死了那些舞女又恨死了那些舞女，就是她们，把老城区的人都吸引到河那里去了，搞得这边县剧院没人看戏了，搞不成器了。贾胜利走到城门洞，看到城门洞有几个人在钉一块铜牌牌，他才知道他当年和小伙伴们捉迷藏的这个破洞洞，已经被确定为市一级文物保护单位了。从城门洞下去就是资江河，他当年差不多就是在这一段江面上泡大的。他曾站在城墙上光着屁股，很不文明地和小伙伴们比赛屙尿。他们当年的竞赛规则和冠军奖励是：谁可以把尿水屙到河里去，谁就可以值日的时候不打扫教室。

江面上那时候停满了湘西漂过来的木排，他们经常潜入水底去剥树皮。剥了树皮送到烧柴店去，换了钱再坐在傍城墙的图书摊上，去看一分钱一本的连环画。驾木排的排古佬都是新化人，人们总是戴着一种很古怪的尖斗笠。排古佬不准剥树皮，他们经常是分出几个人来站在岸上和排古佬相骂，另外几个人则秘密地潜在水里。那时候江面上真是百舸争流呵，从湘西下来的乌篷船单单瘦瘦，从汉口上来的平头船蠢头蠢脑，一律都扯着风篷，靠风力推动着前进。现在还是百舸争流，但贾胜利突然就发现，所有的木船都没有风篷了，都装了动力。乌篷船和平头船驶过时，柴油机突突地叫着，屁股上冒出一股股黑烟。

只几年时间呵，船都机械化了。

城区也快要搬到对河去了。

贾胜利到这时候才检点自己，检点自己这几年都干了一些什么。

他发现自己也成旧城区了。

贾胜利和他岳母娘有明确的分工。傅老师主要只负责贾亦谭的智力开发，叫贾亦谭背了"床前明月光，疑是地上霜"后，再教贾亦谭写ABCD。贾胜利要煮饭，还要洗尿片。他读书其实也是掩人耳目，反正相当中专的文凭已经拿定了，还要费那么多神做什么呢？他常常在同学们做课间操的时候偷偷溜到农贸市场去，和菜贩子们讨价还价。他卖了菜回来放在课桌里，上课的时候则考虑这些菜该怎么做，下了课再飞快地跑回家去捅开煤灶，搞了饭再搞菜。这些年社会交往都省略了，当年的中学同学和知青战友，一律都生疏了。新痞子住得近，新痞子主动，也只和新痞子还有些联系。家更是回得少，不过是河这边河那边呵，却只在弟弟结婚时回去过一次。回去了也从不过夜，要赶回来，赶回来给贾亦谭做饭。有两回贾铁头病了，弟弟要他回。他搞清了不过是小感冒，有一次竟然就没有回。弟媳妇曾经讥笑过他，说哥哥真是嫁出去的女呵，嫁出去的女是泼出去的水。

弟媳妇讥笑过他的时候，他当时还嘿嘿嘿嘿地一点也不感到难为情呢，现在他感到难为情了。

从学门口走到机械厂，他走了好久好久。

泼出去的水，还可以流回来么？

机械厂最终也要搬到河那边去，机械厂的厂房也是最终要拆掉的，所以贾胜利家的两间房子，就还是原来那个老样子。石灰粉刷的墙壁脱落了，门口还是摆着一只破坛子。破坛子里装着潲水，潲水有郊区养猪的农民先预订了，他们一个星期一次会拖着板车来收，每个月两块钱。机械厂的工人阶级现在骄傲不起来了，他们为每个月两块钱，就可以忍受恶臭。煤炉子还是放在过道里，藕煤还是码得整整齐齐的。贾胜利进屋的时候，贾铁头也在做着最基础的工作。但他不是在编教材，他是在摇孙子。睡在摇篮里的这个孙子是小儿子生的，大儿子生的那个孙子其实是人家的孙子，只在名义上是他的孙子。他知道这个事实，所以他带这个孙子带得尽心尽力全神贯注。贾胜利进来了他并不知道，他找奶粉找开水正忙不过来呢。他听见一条破竹椅吱吱乱响，转过身来看，才发现贾胜利已经在竹椅子上坐下来了。

贾铁头眉头一皱就说道，稀客呵。

一边问，一边还找他的奶粉找他的开水。

贾胜利丢一根烟过去说，日子真快呵，又是夏天了。

贾铁头问，你婆娘毕业了么？工资高得吓人吧？

贾胜利帮他找到了奶粉，说，奶粉在这里呢，你看你到处乱找！

他们讲话对不上榫，各人都讲各人的。贾铁头点烟的时候，睡在摇篮里的小孙子又哭了。贾铁头赶快熄灭烟，又去摇摇篮。贾铁头摇着摇篮说，前几日我和厂里一些人去市里上访，我在街上看见你那个岳父了。他没有叫我，我也就对不起没有叫他。你岳父原来是剃一个小平头的呵，现在怎么汉奸一样，梳了一个大背头了呢？

贾胜利说，资江河里跑的都是机器船了。

贾铁头瞪了儿子一眼，不说话了。

他们已经没有了共同语言。

于是贾铁头抽烟，贾胜利也抽烟。

贾胜利那一天在家里吃了一餐晚饭。

弟弟和弟媳妇下班回来后留他吃饭，他开始还不肯。他说，我在这边吃饭，那边家里人吃什么呢？弟媳妇恨铁不成钢，弟媳有些歹毒地说，你是喜儿卖给黄世仁了么？你姓贾呢，你又不姓谭！弟媳妇这样一说，贾胜利就只好坐下来了。但弟媳妇又不准他坐，弟媳妇很恶毒地说，你现在是谭家的大厨师了，你来煎鱼，你的手艺我们也要享受一下。贾胜利成了钻进风箱里的老鼠，跑到这头受气，跑到那头还是受气。弟媳妇是个好人，诚心诚意向着他，他只好煎了那条鱼。煎了那条鱼，一家人就坐下来吃晚饭了。

电风扇呼呼地转着，吃晚饭时贾胜利对弟弟说，你们也不要批判我了，我知道我讲话不起。我快毕业了，相当中师。我不想教书，知识分子复杂，难和他们打交道。我想回机械厂工作，我是机械厂的子弟呢。

弟弟大喜过望，说，相当中师的文凭在教育系统不算什么，但在我们机械厂，可就算是一个大人才了呵。你本来就是机械厂的嘛，是要回来！

弟媳妇多嘴多舌，抢着说，革命不分先后，站错了队现在站过来就是的！弟媳妇很不喜欢谭丽丽，最看不得哥哥给她做奴才。弟媳妇爱漂亮，谭丽丽还在北京读大学的时候，她就对谭丽丽有意见了。她好几次请谭丽丽在北京给她买这样的那样的新潮衣服，谭丽丽只敷衍过她一回。弟媳妇想解放贾胜利，她早就对贾胜利奴才一样痛心疾首了。弟媳妇说，贾亦谭还是姓贾呵，怎么就像姓谭一样了呢？说了要不时抱过来给我们看一看的，现在是被他们独霸了！

弟弟比弟媳妇的觉悟要高一些，弟弟批评弟媳妇说，要安定团结，不要说不利于团结的话。弟弟就换了一个话题，说起了厂里的蓝图。他说机械厂现在是一个什么水平，三年内要达到什么水平，五年内又要达到什么水平。好像他们的龙鳞机械厂很快就可以和长春飞机制造厂一比高低了。弟弟说，教书有什么搞头？我就不相信，改革开放会损害工人阶级的利益。弟弟要贾胜利快一点拿定主意，他说，政府在新城区给要搬迁工厂的工人盖廉租房，慢了就没有房子分了。

贾胜利说，我想想，我再想想。

弟媳妇说，我晓得，你还要回去请示。

弟弟说，一请示你的目的就达不到了。

贾胜利想，情况确实是这样。

不过他还是下不了决心。

他们说这些的时候，贾铁头不参与。贾铁头现在只关心一个事，我们上访的事情市政府几时回复？厂里要打破铁碗饭，车间要重新双向组合，我们这些老牛会有没有人要呵？

19

乡官丽丽

贾胜利产生背叛思想的那个晚上，其实谭丽丽还是在思念着他的。长途汽车停靠龙鳞车站的时候，谭丽丽还是犹豫过的。她也正在如狼似虎的年龄段上，恨不得就把贾胜利抱在怀里。但她还是没有下车，她赞成那个男同学的分析，这个事以后将是宣传报道的一个闪亮点，她知道自己以后将注定是记者们的热捧对象，她需要这样做。谭丽丽太勇往直前了，没有去考虑贾胜利的情感，以及他的理解能力和承受能力。

一个人不顾一切勇往向前的时候，是不可能考虑得很周到的。

黄金公社改成黄金乡了，领导班子换了不少人，但广播员还是那个广播员。谭丽丽当年被贫协主席撕破罩裤时，曾经和广播员并头睡过一晚。她被任命为副乡长再到黄金乡，头几天没有安排好房子，晚上她就还是跟那个广播员并头睡。广播员还没有结婚，她也想做出点事业再谈个人问题。当她知道副乡长已经结了婚，把小孩生了，把一个女人应当做的事情都做完了，可以毫不动摇地勇往直前了的时候，她才知道这个世界上还有比她更加聪明的人。副乡长过家门而不入，她知道这是做秀，就像某些领导坐在主席台上，一定要摄像机对住了自己才清清嗓子说我讲几点是一个路子，但她还是装出个被感动得一塌糊涂的样子出来了。

广播员说，榜样，乡长是我的榜样！

广播员讲话按惯例，按惯例副字是要省略的。

乡政府简单的见面会开完后，谭丽丽和广播员牵着手，走在田间的小路上。田间小路上开满了星星点点的金色野菊花，有蝴蝶有蜻蜓在花间飞来飞去。她们说起当年那个贫协主席,说起农业学大寨说起阶级斗争,说起那时候大家很严肃很认真做的种种蠢事,两个人都笑得要死。广阔天地,这回才真的是大有作为了呢——广播员这么说,副乡长也这么说。广播员说,现代乡官怀大志,一心扑在工作上——乡长,我要写一篇稿子,先在全乡广播,再投到《龙鳞日报》去,第三梯队的事情,我相信是可以上《龙鳞日报》头版的。

谭丽丽笑一笑:不必了不必了。

谭丽丽根本就看不起《龙鳞日报》。

广播员说,乡政府分了我任务的,我一年要在市报完成三篇稿子,要在省报完成一篇稿子。我开了这个广播,还要报道本乡改革开放的大好形势。

谭丽丽循循诱导,谭丽丽问:中央大报有没有任务?

广播员说,中央大报我们上得了的?区委宣传部也想都不敢想呢。我要是完成得一篇就好了,乡政府会给我大奖,区委宣传部也会给我大奖的。

谭丽丽说,好呵,我一个同学分配在中央大报,你给他寄稿子吧,得了奖金你要请我的客!

广播员喜得跳起来,说,真的?

谭丽丽说,当然是真的!

谭丽丽就给了广播员一个人名一个地址。

谭丽丽第一夜没有睡好。和广播员并头睡下去后她老是在想:假如不是过家门而不入,这时候和贾胜利在做什么呢?她回忆那个冬夜的一个又一个细节,就觉得脸红耳赤,身体某个部位还蠢蠢欲动,隐隐涨潮了。她后来还是睡着了,醒来后发现自己一只手搂着广播员,把广播员想象成另一个人了。这弄得她很不好意思,她趁广播员没醒,早早就起来了。秀已经做完了,她想早一点回家去,回去就把贾胜利再一次累死,自己也累死算了。她想早上起来就去找书记说一声,请假回去打一个转身再来。

可是早上起来,她又摊上一个事了。

那个事,让她一来就展示了能力。

那一天谭丽丽草草在食堂吃了碗面,就去找书记了。可她找到书记的时候,书记正被一群农民包围在地坪里。书记姓李,部队转业来的营职干部,刚到,他也只比谭丽丽先来黄金乡几个月。谭丽丽找到李书记的时候,李书记正和那群农民理论,理论得理屈词穷后只好做检讨,说是的是的,确实是我们的工作没有做好。

但他做了检讨,还是下不了台。

谭丽丽站在旁边听了一会就明白了:竟然是卖粮难!

谭丽丽是在这里做过知识青年的,她怎样也想不明白:田土还是那些田土,农民还是那些农民,农村联产责任制落实才两三年,昨天大家都还饿得哇哇叫呵,怎么一下子就卖粮难了呢?再听了一会就搞清楚了,其实也没有多少粮食,主要是过去的公社不需要粮仓,粮仓就是农民的肚子。现在多收了三五斗,农民一家多两百斤余粮,加起来也是一个很大的数目了。中央对这个情况都措手不及,乡政府就更没有办法了。公社粮站的粮仓堆满后,乡政府的领导就成了过街的老鼠,被农民一抓住就脱不得身了。乡政府的领导只能催区里来调运,区里也只能催市里来调运,市里也只能催省里来调运,但一级一级催来催去,乡政府的粮站还是腾不出仓容。谭丽丽站在地坪里听了一阵农民的叫嚣和李书记的检讨后,突然就来了灵感,想起了伯伯的那个老秘书。

谭丽丽飞快上楼进办公室,要通了省城崔叔叔的电话。

谭丽丽说,崔叔叔,我是丽丽。

崔秘书问,丽丽?哪个丽丽?

谭丽丽说,乡官丽丽!

崔秘书就笑了,崔秘书笑着说,谭大乡长呵,这么快就上任了?你好像是你们那批人中上任最快的呢。你找你伯伯?

谭丽丽说,不,就找您!谭丽丽很甜很甜地叫了几声崔叔叔后,这才说道,我遇到困难了,崔叔叔你一定要帮我一把!

谭丽丽编了一个故事,谭丽丽说,我一到龙鳞市江北区黄金乡,乡政府就说我是上面下来的,关系一定很多,大家就把解决农民卖粮难的问题交给我了。我哪里有什么关系呵?我是两眼一抹黑呵,我只认得崔叔叔!崔叔叔呵——谭丽丽可怜巴巴地说,您做做好事帮我一把吧,您给龙鳞市粮食局打一个电话,优先调运了我们黄金乡粮站的粮食吧!我们黄金乡产的板栗可是有名的呢,今后要进入国际市场的。您帮了侄女的忙,侄女今后请您吃黄金板栗!

崔秘书说,就是这么个事呵,看把你急的,还贿赂我板栗!

谭丽丽说,崔叔叔,您快打电话吧,农民在敲我办公室的门了!

崔秘书说,好,我打,我打,只是下不为例!

谭丽丽说,下可能还要为例,我不找您我能找谁呵?

谭丽丽后来把通话内容向李书记汇报后,李书记高兴得就像路上捡了一个红包。书记说,大学生到底是大学生,你是我们乡的宝贝呵,我正有好多事伤脑筋,这下好了,我交给你!

谭丽丽放下电话才半个小时,龙鳞市粮食局的电话就打到黄金乡来了。当然不是找谭丽丽,是找李书记。龙鳞市粮食局要李书记马上到乡粮站去做好准备,他们说你到底有多大的神通呵,省粮食局指定要你的粮食!你的粮食是贡米么?我们的运粮船现在已经从龙鳞城出发了,我们一共来了八个人,只有一个人是喝酒的,刚好坐一桌。

李书记马上吩咐食堂里杀鸡打鸭。

李书记向粮站跑去时,向谭丽丽竖起了拇指。

李书记还是那句话:大学生到底是大学生!

谭丽丽轻而易举就为乡政府解决了一个大问题,李书记当然就对她高看一眼了。李书记本来认为小丫头不过是上面放下来镀一镀金的,镀了金就要调上去的,开始并没有把谭丽丽当成副乡长看。李书记本来是想好了的,这丫头想请好久的假就给好久的假,只要不给我打岔就行了。谭丽丽轻而易举就解决了这个大问题后,李书记就把她当副乡长看了,要给她压担子。

李书记暂时不准她的假了。

谭丽丽跑到乡粮站去找李书记请假时,李书记在亲自扛麻袋。李书记扛着麻袋说,再等三天吧,三天后你再回去。黄金乡也在大干快上,要在板凳形搞一个板栗基地。报告打上去了,上面也批项目了,但资金到不了位。市里各个部门答应的钱,都还开的是空头支票。其实乡党委并没有开会,可李书记扛着麻袋,一个人就把乡党委的会开完了。李书记说,乡党委已经郑重研究决定了,一致认为你有办法,你就是基地建设领导小组的常务副组长了,我只挂一个组长的虚名。你不是在板凳形做过知青么?你吃过那个地方的板栗。现在有一句口号,要致富,先修路,你要先到交通局去把修路的钱搞回来，再到农开办去把产业结构调整的钱搞回来。上午领导小组开会，你不能缺席。

下午领导小组又开会，谭丽丽又不能缺席。

第二天领导小组还开会，谭丽丽还是不能缺席。

乡政府的事情真的多，从马克思主义一直到鸡婆脚疼鸭公毛长。上面千根针有无数个部门，下面一线穿都要乡政府来最后落实。

谭丽丽十多天后才回到家里。

不过才十几天，谭丽丽就知道了乡下的事情是多么繁杂，乡官真的难做呵。主要是农民不怕官了，他们竖起筷子吃肉，放下筷子骂娘。他们饿着肚子还多子多福，他们仓里有谷后，就更加要放开肚皮生崽了。谭丽丽回这趟家上了三次车。第一次刚上车，乡长又喊她下来。乡政府捉了几个驮肚婆，要把她们送到医院去搞计划生育。几个乡干部看一个，人不够，乡长只好把她又喊下来了。第二次刚上车，路却被一户乡民挖断了。那户乡民大跃进时期搞共产共掉了一间屋，现在反攻倒算找乡政府的麻烦，要乡政府了结历史欠账，就敢把路挖断了来要挟。乡民这样霸蛮，谭丽丽还以为乡政府会有什么作为呢，什么作为也没有，乡政府忍气吞声，生怕影响了安定团结。乡政府没有钱，就给那户乡民打了一张欠条磨时间。每一次改回家的时间，谭丽丽都给市一中打了一个电话告诉谭眼镜。

谭丽丽说，其实也没有什么，晚两天就晚两天。

李书记觉得有一点对不起谭丽丽，就叫人专车送谭丽丽回家，说专车到底要快一些。乡政府只有拖拉机，李书记要师傅把拖拉机的车斗拿掉，只开了那个拖拉机脑壳专门送谭丽丽。拖拉机在路上熄了无数次火，刚进城又被警察扣住了，警察说现在龙鳞是一个地级市了，地级市讲交通规则，拖拉机不准进城。谭丽丽只好下了拖拉机走路。谭丽丽走进进修学校的时候，操场上还有生龙活虎的学生，教师们胳膊下夹着教案来去匆匆。只有贾胜利一个人窝在家里，全心全意地洗尿片。谭丽丽推开门说，嗨，贾胜利！贾胜利回过头来，接过她的黄挎包，很生硬地望着她只笑了一笑。贾胜利的笑法，和在板凳形生产队队屋的笑法有一些不一样了，但谭丽丽没有想那么多。

谭丽丽丢下挎包抱起贾亦谭，就抱起了新生活。

梳着大背头的谭眼镜当然先来了，谭眼镜逗着贾亦谭说，喊妈妈，喊妈妈！

贾亦谭疑疑惑惑，小手指指点了他，又指点贾胜利和傅老师。指点了好一阵，才鼓足了勇气对谭丽丽说，他，他，还有她，都说我是你生的！

谭丽丽证实，他们都是好孩子，好孩子不说谎，亦谭确实是我生的！

谭眼镜说，我也是好孩子吗？没大没小！

大家就笑，笑出个其乐融融。

只有贾胜利没有笑。

谭眼镜鼓着眼睛倚老卖老，他刚刚恶骂了贾胜利一顿。他说贾胜利，你是洗尿片重要呢，还是接老婆重要？贾胜利这回没有跟他油嘴滑舌了，贾胜利说，回就回吧，接不接都是一样的。贾胜利一点都不激动，傅老师也没有激动。傅老师只是叫贾胜利比平时多搞几个菜，菜已经摆在桌子上了。谭家的小儿子已经是一个初中生，已经不会和姐姐抢东西吃了，这让傅老师很放心。一家人就这样入座了，站的站着，坐的坐着。贾亦谭天生和初中生不友好，他一看见初中生挟菜就哇哇乱叫，贾胜利只好出面调解。他按照贾亦谭的要求，把初中生碗里的菜挟到贾亦谭碗里来。后来贾亦谭碗里就堆成一座小山了，再后来这座小山再加上贾亦谭的一些口水和鼻涕，就都倒进了贾胜利的碗里，吃进了贾胜利的肚子里。谭丽丽吃饭的时候看贾胜利，看出来他已经不是那个车匪路霸了，他已经是一个啰啰嗦嗦的父亲，一个低声下气的女婿了。

假如是现在找对象，找的对象还会是他么？

谭丽丽心里突然就这样想到。

可能不会。

她不知道为什么会冒出这样的想法来，自己都吓了一跳。

晚饭吃完后天色其实还很早，但谭眼镜偏偏说天色不早了，要回市一中去休息了。傅老师也要回一中去，她说她做的一坛子酸菜要换水了，而且刻不容缓。只有贾亦谭很不懂味，他搞清楚贾胜利并不去市一中后，就坚决也不去市一中了。他说他和爸爸说好了的，今天还是和爸爸睡。傅老师当然不会让他和爸爸睡，有一个人今天要和爸爸睡呢。傅老师就不管他是如何地造反有理，还是坚决镇压，挟着他就下楼去了。天黑下来后，这一个房子里于是就更真实，真实得只有两个人了。两个人都不说话,贾胜利要去开灯,谭丽丽一把拉住她,说不开灯了,不要开灯了。慢慢地他们两个人就抱在了一起,就像当年在板凳形的队屋里一样,不开灯就抱在了一起。

水到了,可是渠没有成。

怪事,真的没有成!

贾胜利觉得自己好像是在公事公办,刚刚这样一想,就突然软塌塌的坚挺不起来了。谭丽丽闭着眼睛等待,他却很狼狈地滚将下来。这让亢奋不已的谭丽丽大吃一惊,用眼睛示意他第二次攀登,他攀登了,又更加狼狈地滚将下来。谭丽丽只好打开眼睛,她发现贾胜利的脸上写着茫然,还写着绝望。谭丽丽温柔如水,她抚摸着贾胜利,抚摸出来的却仍然是一派疲软。谭丽丽叹一口气,说,春天来了,花儿为什么反而不开放了呢?还记得那个冰雪之夜么? 你恨不得吃了我呵!

贾胜利再一次做了努力,但还是毫无效果。

后来贾胜利就放弃了。

贾胜利放弃时说,有些花,可能只在冰封雪冻的日子才可以开放。

谭丽丽说,不会的,应当不会的。

贾胜利说,我是说我,我不说你。

谭丽丽说,你可能是太激动了。

贾胜利望着窗外说,也许。

窗外是一棵大树,树上有一个鸟巢。如水的月光照在那个鸟巢上,有鸟儿在鸟巢里叽叽喳喳。

鸟儿没有思想,鸟儿不会疲软。

谭丽丽努力抚慰贾胜利,用尽了一个妻子的所有温柔。当然,贾胜利后来还是成功了,但再不是山呼海啸地动山摇的那种态势了。再后来他们躺在床上,让溶溶的月光照在身上,各人想各人的心思。

谭丽丽说,胜利,你退步了呢。

贾胜利答非所问,很忧郁地说,我真的不好意思住在进修学校了。谭丽丽问他是什么意思,他说,我是到现在才知道,世界上确实有一个短板定理。而我呢,确实是你家的那一块短板。

月光照进屋里来,谭丽丽看见贾胜利一脸忧伤。

许多年后，谭丽丽回忆她和贾胜利的情感是什么时候产生波折的，她一下子就想到了她当乡官的第一夜。

其实一切都是有预兆的。

广播员睡的那间房子年久失修，老鼠都成了堆。广播员说起老鼠的种种可恶，谭丽丽就想出了一个办法。谭丽丽在屋子中间放了一个凳子，再伴凳子放一个水桶，水桶装半桶水。她用两根筷子一头搭在凳子上，一头搭在水桶上，搭成一座危桥。再从食堂里弄来一点点肉，放在危桥水桶的那一头。她们睡下去不久，就听见水桶里扑通一响。她们爬起来打开灯一看，一只小老鼠掉到水桶里了。它想过桥去吃桥头的肉，爬到桥中间筷子失衡，就和桥一起掉在水桶里了。她们高兴了好久，再睡到天亮时，谭丽丽却突然惊叫了一声。

枕头上，无缘无故多出来一根筷子！

谭丽丽醒来时一翻身，那根筷子就戳到了她脸上。

戳得好疼。

广播员大吃一惊，认为那根筷子一定是一只大老鼠叼来的，叼来放在她们枕头上，专门来警告她们，或者说报复她们的。谭丽丽当时不相信：老鼠难道真的是成精了么？把一根筷子叼到枕头上来，这对老鼠来说是一个多么巨大的工程呵。但她又说服不了广播员，因为水桶里确实只有一只筷子，还有一只死老鼠。她们半夜里是起来看了看掉在水桶里的小老鼠，但谁也没有、而且谁也不会捞上来那根筷子，再把那根筷子带到枕头上来！这真是一件很怪异的事情，许多年后她回首往事，回忆她和贾胜利的情感是什么时候产生波折的，她却认为那件事一点都不怪异了。

枕头上的那根筷子，假如不是一只大老鼠叼上来的，就只能认定是上天给我的一个警告了。

万物有灵。

人不能太聪明了。

你不要总认为你是对的。

你想要得到一点什么东西么？

你就要准备失去一点什么东西。

当然，这些感受都是她后来得出来的，乡官谭丽丽第一次回家只住了两天,两天的时间太少了,她不可能得出这些感受。她在家里住的这两天,贾胜利总是和她说一个事,说他要调到机械厂去。贾胜利的理由很充分:张艳玉看见我鼓眼暴嘴,马拐子看见我也鼓眼暴嘴。同学们呢,他们议论我就像议论一个小偷,好像我偷了整个世界。我呢,我不能总是让人指我的背心吧?所以,我要调到机械厂去,我是老鼠,我只能打地洞。谭丽丽当然不同意,谭丽丽说,世上只有从糠箩里跳到米箩里来的,哪里有从米箩里跳糠箩里去的呢?一切都只是过程,你相当中专的文凭到手了,我们换一个地方,就没有人对你鼓眼暴嘴了。谭丽丽已经看中了《龙鳞日报》,《龙鳞日报》的总编辑当时正在参加全国地方党报总编辑函授培训,将来给他打评语的那个人,正好是谭丽丽的一个同班的同学。谭丽丽已经跟那个同学说了,那个同学已经和总编辑说了,总编辑说这还不是一句话么?行,人毕业了来就是的。地方党报要不到大学生,相当中专就很不错了,总编辑也没有开好大的后门。谭丽丽教导贾胜利说,坚持就是胜利,《龙鳞日报》会做大,现在正在砌房子呢,三室一厅!谭丽丽要求贾胜利曲线救国,她说机会给人往往只有一次,你不去把握,这个机会就没有了。

贾胜利不要三室一厅,贾胜利说,你真的为我想得周到呵,你是不是太精明了一点呢?

谭丽丽大义凛然,说,我是为了我们这个家。

贾胜利说,家当然是个好家,可惜我无法和你打好配合。我现在也不想瞒你了,我认清我自己的嘴脸了。我过去和你父亲嘻皮笑脸,就像大观园里的刘姥姥一样。我现在再没有心思做刘姥姥了,我现在即使还嘻皮笑脸,他也不给我好脸色看了。我现在好像只有回到机械厂去,我才能找到做人的感觉。

贾胜利不该提起机械厂,贾胜利提起机械厂,谭丽丽就气不打一处来了。谭丽丽和贾胜利也是好几年的夫妻了,但她到目前为止还只到机械厂去过一次。那还是一九七八年冰冻后轮渡重新启锚,她不见贾胜利来找她,就到机械厂去找贾胜利。那样的鬼地方是人住的呵?过道上破坛子里装着潲水,地上到处都是痰迹,好像所有的人都随地吐痰。当年你那个小弟弟鹦鹉学舌说的那些话,我现在都记得呢。你父亲不是嫌我出身不好么?那个时候了,你父亲还不准你找我呢,这样的人只配被时代抛弃!你要回到机械厂去,要和那些人混在一起才能找到做人的感觉?我还想要你脱胎换骨呢！但谭丽丽那一天有一句话没有说好，那天性子也急躁，她本来是劝贾胜利打消胡思乱想的，性子一急，说出来的话就很不中听了。谭丽丽说，真的是龙生龙，凤生凤！

谭丽丽说了这句话就知道错了，但已经收不回了。

贾胜利没有回嘴。

她知道贾胜利不回嘴，就说明情况很糟糕了。

20

又一个台湾老兵

一九八六年夏天的一个上午,有一艘轮船从省城开过来了。这一艘轮船呜呜呜地拉了三声汽笛后,就和平常一样缓缓地停靠在龙鳞城的大码头。龙鳞市这几年大干快上,修了很多公路。两区三县都通公路后,河道就不重要了,大码头就没有往日那么繁忙,基本上只有一点客运了。这艘轮船就是一条客运船,许多当地人下船后,一个老人从船上走下来,立刻引起了码头上很多人的注意。

首先是这个老人太新潮了。

龙鳞人这时候虽然已经不穿补巴衣服了,但穿西装打领带的还只有极个别人,还没有人穿得荒诞怪异。这个老人却好大胆,他竟然就穿了一件大红格子的花衬衫!穿了大红格子的花衬衫还不够,他还穿了一条果绿色很新色的牛仔裤!看的人就在心里笑他了:真的是红配绿,看不足呵?你脸上也有了老人斑呢。他们刚要鄙视那个老人,却又看见那老人还挽了一个妇人。那妇人的打扮就更让人们好笑了:眼圈涂成了青色,嘴唇涂成了红色,尤其是她的眼睫毛。她的眼睫毛密密的,每一根都有半寸长,一看就知道是假的,栽上去的。如果只看那女人的眼睛,那她就是一只大熊猫了。妇人年轻一点,四十开外的样子,人们以为那是老人的女儿呢,但后来他们就确定了不是女儿。女人哪有这样挽父亲的?女儿挽父亲不会这样挨肩搭背,更不会胸脯总在父亲身上擦来擦去而毫不在意。人们发现那个老人一踏上岸就老泪纵横,就更加觉得有点稀奇了。人们交头接耳纷纷议论,就看见那个老人膝下一跪,扑通一声就跪在码头上了。

我的龙鳞呵,我的龙鳞!

老人面向苍天摊开一双手,像是要拥抱十五里麻石街。

喊过了,又发狂一样亲吻脚下的土地,吻得满嘴是泥。

人们就断定这个老人是发羊癫疯了。

就有人跑过去。

跑过去的人对那个妇人说,快点送医院,快点送医院!

妇人却一点也不急,摆摆手,叫大家只管让老人吻他脚下的土地,让他一回就吻个够。妇人说出来的话就像是鸟叫,有点像香港武打片里香港人说的那种话,又不太像,人们根本就听不懂。陆陆续续围上来很多人,终于有一个听得懂鸟语的人挤进来了,那个人就和那妇人说起了鸟语。说了一阵鸟语后,再用龙鳞土话大声地对众人说,他们是从台湾来的,来找一个叫刘庆丰的人。这位小姐说,刘庆丰应当住在二堡西施胡同。

懂得鸟语的人称呼那个妇人为小姐,众人都笑得要死。

这么老了,还是小姐么?

懂鸟语的人就鄙视笑的人没有见识,他说台湾人喊小姐就像我们喊女同志一样,一点也不稀奇。懂鸟语的人大声说,刘庆丰,有人认得刘庆丰么?

就有闲人像失了火一样地大叫道:哎呀!刘庆丰就是庆癫子呢,他的崽叫刘新军,新痞子和我的崽是同学!

一边叫还一边拍自己的大腿。

叫完了,就飞跑着把讯去。

众人就明白了,又回了一个台湾老兵!

就是在这两年,龙鳞城回来过许多台湾老兵了。他们都是河这边十五里麻石街上的。这些台湾老兵也是真可怜呵,都是十几岁二十当兵就出去了,战场上出生入死,回来的时候两鬓如霜。回来的第一个台湾老兵还上了电视新闻。这个台湾老兵的亲人不敢认他,他的亲人说就是因为他这点海外关系,从解放起我就被斗得要死,搞得我一屋子女都没有人团入党,我就请你不要再来害人了。这位台湾老兵只好去找政府,政府就派了干部来做工作,跟他的亲人说现在没有问题了,大陆已经主动向台湾"三通",台湾人也早就不喊反攻大陆了。干部说,现在是血浓于水,两岸人民也要团结起来。政府也真的是好呵，不但做工作做得他们合家团圆，还为这个台湾老兵解决了实际困难。台湾老兵的老婆早就改嫁了，看他们原配夫妻哭得伤心又不可能破镜重圆，政府就帮他另外牵了一个线，帮他找了一个比较贤惠肯和他结婚的家乡小寡妇。一位副区长亲自参加了他们的婚礼。这位副区长就是沈土改，沈土改给市里的书记提包，进步得当然就比谭丽丽要快一些。谭丽丽刚刚将副乡长的副字去掉，他就从市委办下来了，下来就是副区长了。

那一个认得刘庆丰的闲人跑去给刘庆丰把讯后，又有许多人主动学雷锋，他们帮那个穿红格子衬衫的老人和那个眼睛像熊猫的妇人拦出租车，拦得尽心尽力。几年又过去了，龙鳞城里再不是只有红脑壳公交车。早就有一部分人先富起来了，蹦蹦车再不能满足他们，于是真正的出租车就出现了，开始为他们服务。学雷锋的人拦下了一辆夏利出租车，又热心地对红格子衬衫和熊猫眼睛讲，你在学门口下车就是二堡了，下车走下水第三个胡同就是西施胡同。还怕他们走错了，又详细告诉他们最精确的位置：胡同口摆着一个烤红薯的炉子，烤红薯的那个人穿一件黑色腰褂子，黄色小衣，围一条白色抹兜子。

这时候那个老人已经平静了，妇人不知道什么是走下水，不知道什么是腰褂子、小衣、抹兜子。老人就流着眼泪告诉她说：几十年没听过这样的乡音了，真的亲切呵，亲切！下水指资江河的下游方向，腰褂子是衬衫，小衣是裤子，抹兜子呢，就是围裙。

熊猫眼睛就说，呵呵，好神秘呵，腰褂子，小衣，抹兜子。

刘庆丰确实就是新痞子的父亲。刘庆丰踩了一世人力车了，他的头上从来就没有长过癞子，可人们要喊他庆癞子，他也没有办法。就连新痞子也经常没大没小，高兴的时候喊他爸爸，不高兴的时候也喊他庆癞子。这一天新痞子轮休，正好在家里，在家里和他爸爸展开舌战。新痞子再一次提出要他爸爸帮他带了刘亦金算了。刘亦金已经读小学三年级了，一不要把屎二不要把尿，庆癞子再不带孙子已经没有一点理由。但是他爸爸还是不肯，新痞子就和他讲必须带的大道理。新痞子说，庆癞子你不能搞特殊化。贾铁头你认得吧？带孙子。谭眼镜你认得吧？也带孙子。怎么就你带不得了呢？我是给你延续香火呢，要不我也不得生。你要硬不带，你就出学费！他父亲不答应带孙子，也拒绝出学费，新痞子就不高兴了，就喊他庆癞子了。他们正争论的时候，把讯的人来了。把讯的人讲清楚事情的原委后，新痞子就又爸爸爸爸喊得浸甜的了。新痞子高兴得手舞足蹈，说，爸爸，财神菩萨来了呢，我只怕要把你媳妇接回来了！

新痞子说的"你媳妇"，当然就是金妹砣了。

新痞子一直还和金妹砣有来往，他想把金妹砣接回来，金妹砣也很积极，但一系列法律问题还一下子不好解决。其时金妹砣家里已经丰衣足食，新痞子还是只混个温饱，金妹砣就对新痞子说，看在刘亦金的面上，我答应你。但你要搞得再好一些了，我再离了婚和你结婚。

新痞子做梦都在等着那一天呢。

那一对台湾人从出租车上下来的时候，庆癞子已被跑过来把讯的那个人拖到学门口了，新痞子跟在他后面跑。他们跑到学门口，站在一根电线柱子下。已经站在电线柱子下了，庆癞子还在问把讯的那个人：真的么？真的么？你不是骗我吧？你不是骗我吧？

新痞子说，没有人骗过你，只有你骗过人。

庆癞子在这个问题上确实骗过人。新痞子小时候从来没有听庆癞子讲过他有一个伯伯。他长这么大，不管是读书还是下放，填履历表在父系直系亲属那一栏都只需写一个字：无。文革期间他听人说他有一个伯伯，他曾经不止一次问过庆癞子。每一回庆癞子都是眼睛一瞪：你听哪个讲的？嚼血！据庆癞子讲，这个伯伯已经死了，死得伟大，死得光荣。他1943年被万恶的伪政府抓了壮丁，可他不肯为万恶的国民党卖命，他很勇敢地与万恶的国民党做坚决的斗争。他可能是地下党，要到延安去。他还在龙鳞师管区搞新兵训练的时候就跑，没有跑脱，被万恶的国民党打死了。血海深仇呵，我们家和万恶的国民党血海深仇呢——尤其是文化革命期间，庆癞子总是这样教导新痞子。后来麻石街上有台湾老兵回来了，回来一个就一个家族先富起来。新痞子再问，庆癞子才讲了真话。庆癞子说，可能是真的死了吧。怪我，我不该老是讲他死了，他不死也被我咒死了。

伯伯咒不死，伯伯还是回来了。

基本上是衣锦还乡。

之所以说是衣锦还乡，当然是有依据的。伯伯刚刚接到家里，还只和庆癞子哭了第一场，区里的领导就赶来了，来的还是沈副区长。新痞子对沈副区长没有好感,沈副区长和中心医院那个叫霍玲玲的护士结婚的时候,裴红红要跳河,裴平平请了许多同学朋友帮他守妹妹,也请了新痞子。那一向裴红红意志消沉,是新痞子帮她重新振作起来的。新痞子天天陪她玩麻将,新痞子把他的刘亦金放在贾胜利家里,天天陪着她打麻将。她在一百零八块麻将牌中找到了自我,于是就振作起来了。新痞子曾经设计过,他要在某个月黑风高的夜里,躲在街上人行道上某一棵大树的阴影下,掷沈副区长一块黑砖头才解恨。后来见裴红红还是振作起来了,他这个设计才没有真正实行。沈副区长进来的时候,他屁股后面还跟了一个《龙鳞日报》社的记者。沈副区长和伯伯说话时,那个记者就拿了傻瓜相机拍照,闪光灯老是闪,讨厌死了。伯伯说一句,记者就记一句,好像伯伯是领导,沈副区长反而不是领导了。几个老街坊进来了,老街坊们大呼小叫喊伯伯的小名,伯伯也老泪纵横喊老街坊们的小名。于是新痞子又知道了,伯伯的小名叫三毛砣,老街坊木爹的小名叫木脑壳,老街坊才爹的小名叫才狗子。伯伯和木脑壳才狗子有讲不完的话,渐渐地就把沈副区长冷落了,沈副区长只好告退。伯伯和木脑壳才狗子继续讲话,新痞子渐渐地又搞清楚了,伯伯大名叫刘庆国,当兵当到了上校才退役,现在在台北开着一家叫顺达宏的公司,经营的是房地产。讲到顺达宏,那个很妖艳的妇人很适时地用鸟语插话道:刘董是我们顺达宏的董事长,我们顺达宏在台湾是一个大企业,很有名的。那个很妖艳的妇人这样一说,老街坊们当然就再不喊三毛砣了,一口一声董事长。新痞子还搞清楚了,伯伯根本不是被伪政府抓壮丁抓走的,他是投笔从军。他当的是什么远征军,抗战最困难的时候自愿到缅甸去打日本鬼子的。伯伯还记得当年他们从家乡出发时,十五里麻石街道上众乡亲搭起彩台热列欢送,下街的二毛在台上演戏,裤子没有扎好,演着演着裤子就掉下来了,他里面又没有穿短裤。伯伯讲这个典故的时候,大家都笑,笑得眼泪都出来了。有人就说快去找二毛,二毛现在做生意也小发了,现在董事长回来了,我们要他请客。

伯伯说,我请客我请客。

真的是欢娱嫌日短呵,新痞子还没有插进去讲几句话,就到了吃晚饭的时候了。庆癫子的家里很局促,一愁没有地方给哥哥和嫂子住,二愁请不起哥哥的客,幸好区台办的干部又很及时地赶来了。区台办的干部并不打扰他们家人团聚，只在区政府接待处请刘董事长吃了一餐饭，就再没有来了。区台办的干部给了一片钥匙给新痞子，说是你家里太那个了一点，区台办在接待处开了一个房间。你呢，你这两天就多陪一陪董事长。区台办的干部还临时教给了新痞子好多知识，什么叫一国两制，什么叫两岸三通。他嘱咐新痞子讲话要注意，多讲两岸同根，多讲血浓于水，绝不要一扯就扯到政治上去。

新痞子说，我晓得，血浓于水，炎黄子孙！

新痞子接过钥匙就在接待处打电话了，他拨通了电子厂然后理直气壮地说，电子厂办公室么？统战工作是归你办公室管吧？那我就跟你说一声呵，我这个月不得上班了！为什么？你打个电话到区政府去问吧，找沈副区长！

新痞子后来就天天往接待处跑。

他看见往接待处跑的有区台办的干部，有区工商联的干部，还有河那边开发区的干部。

后来他就知道了，伯伯这次回来除了探亲，还想投资。

新痞子再去接待处就带刘亦金一起去了。

伯伯没有小孩，新痞子发现伯伯特别喜欢刘亦金。

刘亦金嘴巴沁甜，他唱歌一样喊一声爷爷，伯伯就笑得嘴巴都合不拢了。

伯伯喜欢刘亦金，爱屋及乌就喜欢新痞子了。

终于有一天，伯伯安排他不知道是夫人还是秘书的那个女人住到外间去，叫新痞子和刘亦金与他住一个房子，夜里好说话。新痞子和伯伯说起庆癫子编的故事，伯伯很生气。伯伯说，狗日的庆癫子，咒老子死！所有的老年人都喜欢回忆，伯伯也不例外。伯伯回忆一九四三年，日本鬼子把我们的海上运输线掐断了，我们拼死也要占领缅甸。否则美国的军援运不进来，这个仗就打不下去了。政府要组织远征军，动用我们学生。学校里有一天突然贴出标语，说是一寸山河一寸血，十万学生十万兵！我个子矮，远征军配美式装备，人员素质要求高，我怕他们不要我，我到师管区报名的时候，鞋子里垫了六双鞋垫！我们学校的训导主任一直把我们送到云南，送到怒江边上。他只有一只手，我过江的时候他对我说，崽子，中国人一只手要十条日本命来抵，你起码要给我杀三个鬼子！

新痞子适时地插话,新痞子说,我知道这个训导主任,他叫某某某。他当时是你们学校的训导主任,还兼了龙鳞县地方抗敌联保总队的总教官。他最开始是中央军三十三军的一个连长,他的那只手,就是在徐州会战时丢在战场上的。

伯伯大吃一惊,眼睛瞪得鸠圆:真是这样呢,你怎么知道?

新痞子大言不惭地说,我喜欢研究地方历史。新痞子也和他父亲庆癞子一样,也在骗人了。他那号水平,还研究得地方历史?研究麻将历史还差不多。不过他还是很聪明的,他知道伯伯有投资意向后,就开始动脑筋了。他昨晚临时学习了一本书,一本地志办刚刚编完的《龙鳞地方志》。志书上有一个专章,就是讲这个训导主任的。伯伯不知道有一本《龙鳞地方志》刚刚编完,伯伯马上就认为这个侄儿很不简单了。新痞子问伯伯:你后来杀了几个日本鬼子?

伯伯举起五个手指头,很意地说,五个!第六个是一个日本小兵,顶多还只有十五六岁,望着我的刺刀只知道哭,我实在杀不下手。远征军是美国人出钱我们出人,美国教官鼓励我们多抓俘虏,抓一个就奖三百现大洋,他们要拿来换他们被日本人俘虏的美国将军。我们从来不抓俘虏,宁愿不要奖金,也要把那些畜生几刀捅死!我那回心一软就得了三百块现大洋,我后来在台湾办公司,就是拿这笔钱起的家。

新痞子又适时插话:我知道你们远征军二〇〇师的师长是孙立人,美国西点军校毕业的。孙师长审讯日本俘虏只问一句话:到没到过中国?到过中国的一律死了死了的,没到过中国的才网开一面。

伯伯又大吃一惊:你怎么知道?

新痞子笑一笑,又一次大言不惭地说,我还喜欢研究抗战历史。

伯伯更加对这个侄儿另眼看待了。他不知道,新痞子那几日天天在读一本号称小说的纪实材料《中国远征军》。

伯伯和新痞子越谈越投机了,他发现这个侄儿不但知道远征军新德里大胜利,还知道远征军兵败野人山。不但知道滇缅公路,还知道陈纳德的飞虎队。而庆癞子总说,新痞子没读多少书,是个蠢家伙。伯伯慢慢地就钻进新痞子设计的圈套里去了,他没有儿子,他想培养新痞子做他的接班人了。终于有一天,伯伯在接待处很郑重地说,新崽,你回去一趟,你将庆癞子给我喊过来!

新痞子知道伯伯喊父亲要做什么,立即笑了。他屁颠屁颠回来喊爸爸,说庆癞子呢,你快点快点!伯伯叫你去,伯伯要送你一个金戒指,一条金项链!

庆癞子说,真的?

新痞子比划着说,我看见了,金戒指这么大,金项链粗得可以做狗链子。

伯伯那一天将庆癞子骂得狗血淋头。伯伯说,新崽资质这么好,你却不培养。他要发展,你却刘亦金也不肯帮着带一带!我看新痞子一点都不蠢,你庆癞子倒是个蠢家伙呢。骂完了又送了他一套正牌金利来西装,送了西装才说,庆癞子呵,我就把新崽带走了,我来培养他!

他没有想到,庆癞子连声说好好好,好像这个儿子本来就不是他的,是他哥哥的。

新痞子于是就准备去台湾了。

新痞子第三天就到铜鼓公社去了一趟,去找金妹砣。他把金妹砣叫出来说了很久的话,不知道两个人都密谋了一些什么。

21

漫　酒

某一天下午,新痞子到进修学校来了。

新痞子穿着一套正牌的金利来西装。这一套西装是他伯伯送给他父亲庆癞子的,庆癞子不要,又换给他了。庆癞子觉得洋鬼子的衣服袖子太小了,尤其是胸部空敞,空敞得就像没有穿衣服一样,他穿了说是风直往胸门口灌。他认为穿这样的东西会得感冒的,就用这套西装换了新痞子电子厂发的一套工作服。新痞子来进修学校,不但穿着一套正牌金利来西装,手里还拿着一个比砖头还要厚实两三倍的怪东西。那个怪东西上面有一根天线,他把那根天线扯出来,再胡乱按了几个数字,就老是对着那个东西喊话了。他喊道:行了行了,就这样定了。或者说:过几天再说吧,我现在很忙,真的很忙。他其实是喊话给自己听。当时正值教学楼下课的时候,有许多学生伏在走廊的栏杆上看远方风景。有人看见了就无限羡慕地提醒同学们说:哟,大哥大,大哥大!

其实那样的手机,几年以后就因为太原始,要都没有人要了。

进修学校穿西装的人还是比较多,他们一般都有绅士风度。新痞子也穿上西装了,但他一点也没有绅士风度。人们看见他穿着那套西装却在楼下死命地喊:贾胜利,贾胜利!喊贾胜利喊不应,又喊谭丽丽,喊得好多人都以为他是从神经病院跑出来的。还是没有人答应,他就提起脚,举着他的大哥大踏踏踏地上楼了。一上楼就死劲地拍门,拍得嘭嘭嘭响。门终于开了,一个男人很气愤地冲出来说,你找哪个?你找哪个?你有没有一点教养呵?看样子你还是一个老板呢!

新痞子把那人的讽刺看成是表扬，所以不和他生气。新痞子问道，这不是三楼么？

男人肯定地说，是三楼，是三楼又怎么样呢？

新痞子说，三楼住的是贾胜利呵。

男人说，没有贾胜利！

嘭的一声，门就关紧了。

后来新痞子在进修学校扯了人就问，乱问一气后才搞清楚了：贾胜利调到机械厂去了，谭丽丽还在黄金乡，这套房子和他们没有一点关系了。新痞子大惑不解：旧城区的人都往新城区涌，贾胜利是发神经了么？从米箩里跳到糠箩里！新痞子这两年住到河那边去了，他是没有办法。刘亦金在河那边读书，他只能和他父亲庆癞子一起挤西施胡同，他是只能从米箩里跳到糠箩里。他前不久还在河那边碰到过贾胜利，和贾胜利在十五里麻石街上的某一个胡同口喝过一次漫酒。喝漫酒的时候，他和贾胜利说起过谭丽丽，说起过裴红红。贾胜利说谭丽丽干得不错，副乡长的副字已经去掉了，新痞子说裴红红现在是不上班了，下海了。他们说了好多这样那样七七八八的事情，但贾胜利就是没有说起他调到机械厂去了。现在看来，他是不好意思说得呢。贾胜利也和我一样了呵？也是个工人阶级了呵？新痞子呵呵地笑，笑过了自言自语，这个家伙还是有自知之明呵，他认得几个字呵？不要以为男到女家嫁了个大学生就也是大学生了，其实也和我差不多！他如果做得知识分子，那我就做得大学教授了！

新痞子呵呵地笑着跳上公交车，一车就搭到河这边来了。

新痞子在机械厂的铸造车间找到了贾胜利。

铸造车间烟雾缭绕铁水奔流，地上是一地做好了的砂型。齿轮杆杆、键轴筒子、抽水机座子，都是一些根本就不赚钱的低级产品。贾胜利端着一个长柄铁勺子，铁勺子里是一汪通红通红的铁水，正在往砂型里面浇铁水。铁勺子的柄很长很长，但铁水还是将贾胜利的脸烤得通红，烤得他就像是一只煮熟了的大虾。新痞子喊一声贾胜利，贾胜利吓了一跳，只差一点铁水就烫了自己的脚。贾胜利丢下铁勺子抬起头来说，这里没有什么值钱的东西呵，你怎么也来呢？又说，还大哥大呢，你难道会用么？

新痞子老老实实回答，才买的，目前还不会用。

不会用那你举着做什么呢？贾胜利打击他道，还西装呵，怎么不打领带？

新痞子不和贾胜利说这些了，新痞子对贾胜利道，你不要对现实不满呵，你不要仇富。你看了前三日的《龙鳞日报》么？老子时来运转了呢，老子也先富起来了。

贾胜利说，看了。反动派打不倒，有一条消息说你伯伯提着钱袋又回来了。

《龙鳞日报》是地方党报，机械厂每个车间都有。贾胜利工间休息时没有事做，一般都是读这份报纸。

新痞子说，我伯伯不是反动派，我伯伯是回来投资的，是来帮助龙鳞人民搞社会主义建设的。

他们调笑了一阵，新痞子就说正事了。新痞子说他是来指导贾胜利脱贫致富的，新痞子说，贾胜利呵，机械厂的临街的围墙怎么还没有拆掉呢？教育局的围墙都拆掉了呢。你还没有下海呵？

贾胜利说，敌军围困万千重，我自岿然不动。

那一年，龙鳞城里确实拆掉了很多临街的围墙。各个单位拆掉临街围墙后，一律都建起了门面房。上面要推动商品经济的大潮，开出很优惠的条件鼓励人们下海，下海就成了一种时代时髦。熟人们一见面就要问：你下海了吗？你怎么还恋着铁饭碗呢？许多人采取进可以攻退可以守的搞法，都搞一国两制：丈夫吃皇粮，妻子就下海，妻子吃皇粮，丈夫就下海。丈夫在粮食局工作，妻子下海一定是做粮食生意，妻子在交通局掌管了线路牌，丈夫就一定是买个旧客车跑长途客运。裴红红的顶头上司，教育局的办公室主任是个半老头，半老头还没有找到老婆，孤家寡人竟也搞一国两制。半老头在街上租了一个十多平米的门面房，就注册了一个广告公司。他只请了一个小妹子坐班，公司却敢号称环球广告。半老头每天早上八点把一个黑色提包丢在办公室就算是上班了，然后骑了一部木兰摩托车天天在外边跑。他见人就动员你到他的公司来加盟，来做他的兼职广告业务员。某一天新痞子又到办公室来喊裴红红打麻将，裴红红说我再不打麻将了，我也要下海。她于是也就印了名片，名片上印的是某一个贸易公司的副总经理。她后来只要是碰到了熟人就一定会问：你搞不搞得到化肥指标？你搞不到化肥指标，煤炭指标也行。那一年龙鳞城里对面走过来十个人，估计其中九个是副总经理，剩下的那一个可能就是总经理了。

新痞子也想当总经理或者副总经理，他的那个电子厂正在分崩离析。副厂长差不多都下海了，都在搞一国两制：在国营厂拿一份工资，再在外面办一个私营小厂，和机械厂一个搞法。当然，私营小厂在工商局登记的是老婆或者姨妹的名字。国营厂看着看着就不行了，慢慢地发不出工资了，他们的私营小厂却越办越好。报纸上反而说，这就是体制问题，所以要进行体制改革。新痞子也只好相信这是体制问题，他早就想下海了，但一直没有这个资格。现在他伯伯给他这个资格了，他就想带动贾胜利也富裕起来。

贾胜利是一个真正的朋友。

他的拳头是有点讨嫌，但人还不讨嫌。

新痞子说，走吧，喝漫酒去，我请客！

贾胜利说，漫酒就漫酒，反正厂里也没人管事了。

那一天晚上，新痞子和贾胜利在学门口的一个漫酒摊子上喝得酩酊大醉。新痞子认为满天的麻雀他都可以捉尽，他一会儿要贾胜利创办这样一个公司，一会儿又要贾胜利创办那样一个公司。电子厂正在尝试分车间承包，他要贾胜利承包一个车间，听说机械厂也要分车间承包，他又要贾胜利在机械厂承包一个车间算了。他说我就要到台湾去了，台湾人据说家家都有印钞机，街头上到处都是钱。你在龙鳞创办一个公司，我们就可以内引外联，可以里应外合了。你现在是还少了几个钱，我打算赞助你。他忘记了一个问题，他还并没有动身，至少现在还是一个穷光蛋，台湾老兵目前还只武装得他一个大哥大。他甚至还鼓动贾胜利，要他在河这边麻石街上办一个美容美发总公司。据他说，现在搞美容美发其实什么技术也不要了。把黑头发染成红头发，把直头发烧成弯头发，这样的新潮流，只要胆子大一些就行了。贾胜利一直不说话，他想新痞子你也真是个混蛋。我以为你喊我来喝漫酒，会问一问我怎么调到机械厂来了，问一问我生活得幸不幸福呢。你没有问，我的家庭出大问题了，我和谭丽丽的婚姻关系已经名存实亡，你也问都没有问，你妈妈的真是一个真正的混蛋!

贾胜利那一天晚上心情很郁闷。他自己也不知道为什么,自那天疲沓之后,一直还是疲疲沓沓的。疲沓得自己都没有信心了,谭丽丽也没有信心了,于是就很自然的两地分居了。两个人都不提离婚的事,就这样拖着。儿子贾亦谭住在一中,他有好几个月没有过河,连儿子也没有去看了。他也到医院里去做了检查,但左检查右检查,医生都说他生理上一切正常,可能只是出于心理上的因素。他又去心理门诊,心理门诊的医生说,你不要自卑嘛,英国女王也是个女人呢,她丈夫还不是一样上?有什么了不起的!他真是郁闷死了,他好想把心中的郁闷找个人吐出来呵,可新痞子这个混蛋,却老是说什么下海下海!

我不下海,你们都下海吧,你们前程远大!

贾胜利嘟嘟囔囔喝闷酒,喝到后来,月亮就升上天空了,星星也在一望无边的天穹上闪闪烁烁了。正北方五十公里的天空下,就是黄金乡所在的地方。那里的月亮也升上天空了吗?那里的星星也在闪闪烁烁吗?贾胜利突然想唱歌了。他先唱了上一个时代的老歌《我们是毛主席的红卫兵》,又唱这一个时代的流行歌,唱《路边的野花你不要采》,唱《你是我的心我的爱》。

贾胜利喝成了一个酒癫子了。

新痞子为酒癫子鼓掌,说好,好,再来一个!

漫酒摊上的闲人也为酒癫子鼓掌,也说好,好,再来一个!

龙鳞城里的漫酒摊那一年如雨后春笋,在全城的每一个角落里遍地开花。

尤其是在夜幕降临的时候。

政府号召人们要有商品意识,但并不是每个人都有条件开公司的。那些没有条件开公司的人也要加入商品经济的大潮呵,怎么办?他们就置办几张小桌子,几把小椅子,夜晚随便在哪个衎头哪个巷尾摆出来,就是一个漫酒摊了。漫酒摊主要经营嘟螺和龙虾,那一年的夜晚人们在龙鳞城里一脚踩下去,肯定不是踩了龙虾壳壳,就是踩了嘟螺壳壳。龙鳞市两区三县半山半湖,龙虾生长在湖区那两个县的沟港塘渠里,其实只是一种蝎类水生物,基本上没有肉。这种蝎类水生物比较反动,总是喜欢啃食田埂,搞得农民千百年来田里总是在漏水。农民世世代代与这种蝎类水生物进行顽强的斗争,他们在沟港塘渠撒石灰,放农药,想让这种蝎类水生物断子绝孙。是时代让农民也具备了商品意识。具备了商品意识的农民突发奇想,他们捞起这种蝎类水生物用尿桶挑了,挑到城里,再给它们起一个好听的名字,叫小龙虾。城里那些没有条件开公司的人花几块钱买一桶,加一些酱油味精辣椒桂皮还有八角什么的一锅煮了,放到小桌子上去,就可以摆漫酒摊了,就可以加入商品经济的大潮了。有的县没有小龙虾,当地的农民开始很着急。但他们后来发现,生长在他们沟港塘渠里的一种小钉螺,也是可以赚到钱的。那种小钉螺连名字都没有,只要有水的地方就能长,只是很小,总共才一耳屎大。剥肉是剥不出来的,但城里人还是解决了吃它的方法。他们也用酱油味精辣椒桂皮将这种小钉螺和壳壳一锅煮了,煮熟了,再撮起嘴唇去吸,壳壳里那少得简直可以忽略不计的一星星肉,还是可以吸出来的。龙鳞土话,吸就是唧,于是那种小钉螺就有了一个自己的名字:唧螺。这样的东西当然烂便宜,当然人人都吃得起。而且,龙虾和唧螺都没有肉,吃一天也不会饱肚子,不要上厕所。于是,一堆人围着一个漫酒摊喝漫酒,漫不经心地喝下去,漫无边际地扯闲篇,就成了龙鳞城里的一道风景线了。

贾胜利和新痞子在河那边十五里麻石街上喝漫酒的时候,马拐子和祁麻子坐在河这边新城区的一个漫酒摊上,也在喝漫酒。

也是剥龙虾。

也是吸唧螺。

马拐子就是这一年退居二线的。

马拐子其实还不到退居二线的年龄,但他的思想也跟不上形势的发展了。导火索是他教育局的那个办公室主任,还有裴红红,还有进修学校的几个学员。他的办公室主任每天早上还是八点按时来,但把一个黑色提包丢在办公室就跑了,就骑了一部木兰摩托车跑自己的广告业务去了。马拐子是局长,当然就要批评他。但办公室主任不服管教,办公室主任也是右派,之所以来教育局来得比较晚,是因为坐过一年牢。坐牢不是因为政治问题,是因为经济问题。他做右派控制使用当会计,还敢挪用了几十元公款,他不坐牢哪个去坐牢?办公室主任因为坐过牢,就敢和局长相骂。和马拐子相了几次骂以后,一国两制就不搞了,竟然提出来要停薪留职。那半老头停薪留职才三个月，就不骑木兰摩托车了，换了一台桑塔纳汽车。他的桑塔纳汽车虽然是从旧车市场淘来的旧家伙，开起来全身都响倒是有时候喇叭不响，但还是瓦解了局里好多人的革命意志。老头子到办公室来清理他的办公桌，只将他的桑塔纳汽车在局里停了小半天，裴红红就也打报告了，也要停薪留职。都停薪留职，教育这个基础还搞不搞呵？马拐子当然不能批准。裴红红不和马拐子相骂，又是另一种策略。马拐子不批准，她就不来上班了，一心一意倒腾她的化肥指标和煤炭指标去了。情况是越来越不像话了，进修学校的那些学员中间，也出现了许多总经理和副总经理。他们的书包装了整个公司，还可以装进去听课笔记本。马拐子对这种情况有些看不惯，不准他的学生不务正业，说是哪个要当总经理和副总经理的，哪个就退学。学生们告到市里，他就被市里管意识形态的副书记叫了去，谈了一次话。

马拐子当时还没有感到事态很严重。

副书记对他说，我也不说你不对，但我们是讲辩证法的，我们不就事论事。你知不知道呵？中国人几千年以来都是重农轻商，我们龙鳞人又最没有商品意识。东城郊出产萝卜，东城郊的农民卖萝卜不过秤，论担卖。西城郊出产榨菜，西城郊的农民收榨菜只割下一个小小的榨菜脑壳，榨菜叶子就丢在田里沤粪了。现在我们是矫枉，矫枉必须过正。经济大潮怎样推动？靠人去推动，靠大家去推动，首先要形成一个氛围！

马拐子说，书记呵，您要东城郊的农民斤斤计较卖萝卜就行了，您要西城郊农民把榨菜叶子也做成榨菜就行了，教育不是基础了？

副书记说，教育是基础，经济更是基础。

副书记比较年轻，马拐子就不怕他。马拐子有些不怀好意地说，那我就搞不清楚了。我打个比方吧，建一个屋，难道要打两个基础？

副书记说，教育是经济的基础，经济更是教育的基础。

副书记说的辩证法其实好懂：我不给钱给你，你怎样打教育的基础？马拐子故意不懂，马拐子和副书记争来争去。他没有争出什么名堂来，倒把自己的乌纱帽争得没有了。

几天以后，组织部的同志找他来了。

组织部的同志是来加强局里的党的建设的。组织部认为教育局这么大的一个摊子，设一个党组不行，要设党委。设党委当然要有一个党委书记,不能像党组一样,由马拐子一个人兼了。组织部的同志还说,党政要分家,但党还是领导一切的。马拐子一听这话就明白了,这是要我让位呢!老牛犁不动田了,只能杀了卖牛肉了。马拐子很自觉,第二天就打报告要求退休。他说他的身体是一天比一天不行了,最近搞了一次体检,还查出了脑内有一个肿瘤,医生说有可能是恶性。

马拐子没有想到,他的报告才交上去,组织上就批准了。

马拐子骂:什么世道?是不是变化太快了一点?

组织上还是讲感情的,没有让他退休,只是让他退居二线。退居二线时还让他官升了半级,做了市政府的教育巡视员。

组织上说,你今后的任务主要是传帮带。

马拐子说,嘿,传帮带!

马拐子才不传帮带呢,他根本就不巡视。他可不是祁麻子,祁麻子不识相,到处讨人嫌,他识相,他不打算去讨人嫌。他到教育局清理办公桌后什么都没有带,只带走了办公室所有的稿纸。他还嫌少了,还要新来的局长给他送一箱过来。新局长也是他年轻时教书教出来的学生,就和老师开玩笑,问他是不是准备也搞个公司,做稿纸及办公用品的批发生意?马拐子说,老子写小说,小说的题目都取好了,就叫龙鳞旧事。

新局长说,龙鳞旧事?老师要做司马迁呵。

马拐子眼睛一鼓,怎么?你还想抓我的辫子?

新局长连忙说,岂敢岂敢。人人都当得局长,但作家可不是人人都当得的。我还想在老师的大作里,不是反面人物呢。

马拐子说,那就看你的局长是怎样当的了。

马拐子后来果然就偎在家里写小说了,写累了就出来喝漫酒。

新城区这边大楼一天比一天高,街道一天比一天宽,新城区这边的漫酒摊,就比河那边老城区的漫酒摊要讲究一些。桌子是正正经经的方桌,椅子是正正经经的靠椅。龙虾壳壳和㘞螺壳壳也不能像老城区一样满地乱丢,要丢在桌子上,再扫到垃圾箱里去。尤其是喝漫酒的人,有老板也有官员,不像河那边尽是一些打赤膊的闲人。马拐子这一天喝漫酒的时候,就看见了祁麻子。祁麻子喝漫酒也多管闲事,他一边吸㘞螺一边还在对漫酒摊主人进行教育。漫酒摊主人没有及时将龙虾壳壳和㘞螺壳壳扫到垃圾箱里去,祁麻子认为这有损龙鳞的形象。他教育漫酒摊主人说，龙鳞是我家，全靠你我他。漫酒摊主人说，我是刚从河那边搬过来的，我是河那边的下岗工人。就在祁麻子准备对漫酒摊主人开展深入教育的时候，马拐子看见了他，就把自己的啤酒瓶子移了过去，对着老板喊：这一桌的单，我买了！

祁麻子看见马拐子就乐了。祁麻子说，马拐子你这个右派，你又在乱说乱动！你到处说我的坏话呵？你说我跟不上形势了，我承认我是跟不上形势了，但你怎么也跟不上形势了呢？

马拐子说，我和你不同，你的是路线问题，是方向问题。

祁麻子说，屁话！你也是路线问题方向问题！不全民经商，推得动商品经济的大潮么？你是在和市长唱反调呵！学生都搞提包公司了，这很好呵，这就是全民经商！

祁麻子是一门大炮，马拐子不想和他一起出洋相，马拐子就说，我是太累了，我是自己要求退下来的。

祁麻子说，死要面子！又说，也好，眼不见为净。

那一天他们两个人也喝到了一定的程度。祁麻子关不住自己的嘴巴了，告诉马拐子一个惊天秘密。祁麻子说，你那年被捆一紧身子，你晓得是哪个揭发的么？你蠢得要死，你说你是补划的右派，真的要平反你要优先。马拐子用筷子沾了一点酒，在桌子上写了一个谭字然后说，这就不劳你告诉我了，教育局的档案我后来翻了个滚瓜烂熟，我还不知道是哪个嘴巴皮子作痒么？他也是图表现，他当时与他哥哥都划清了界线呢。祁麻子问，那你为何还要骗我的房子安排那个贾、贾、贾什么胜利？他是他女婿！马拐子说，是你们教导我们的呵，一切要向前看！祁麻子就夸赞马拐子心胸广阔。他指着马拐子背了一段伟人的话，祁麻子背道：小马呵，世界是你们的，也是我们的，但是归根结底是你们的。马拐子也指着祁麻子打趣他说：小祁呵，世界是你们的，不是我们的，而且归根结底是你们的。

两个人都哈哈大笑。

后来两个人又商量，做生意还是有一点味道的。退下来了的张副市长就在桥南开了一个服装店，在店子里坐了半年，坐得高血压降下来了，神经官能症也不官能了。祁麻子说小马，你可以开一个书报店。马拐子说小祁，计生委的计生用品批发的时候接近于不要钱，我建议你开一个计划生育用品专店。

　　后来马拐子果然开了一个书报店,祁麻子也果然开了一个计划生育用品专店。再后来,龙鳞人就编了一个顺口溜纪实那段历史,说是张市长卖衣帽,马巡视卖书报,祁助理卖的是避孕套!

　　这一个顺口溜,还在龙鳞城里的酒桌饭局上流传着。

22

豪 宅

新痞子本来是迫不及待要去台湾的，后来又在龙鳞耽搁了几天，是因为他发现自己竟然是个木脑壳。他举着他的那个大哥大和朋友们熟人们一一辞行，免不了要喝漫酒，免不了扯闲篇。扯闲篇讲起贾胜利讲起谭丽丽，他才知道贾胜利和谭丽丽已经拜拜了，只差没有到民政局去打离婚证了。新痞子狠狠地甩了自己一个耳光，他责问自己道：这样大的事情我怎么就不晓得呢？这样大的事情不晓得，那不是一个木脑壳又是什么呢？他又拧了一下自己的大腿：真的是睡到麻土里去了！龙鳞人说一个人打麻将打昏了头，就说那个人是睡到麻土里去了，新痞子认为自己正是这么一个情况，他这两年确实是打麻将打昏头了。贾胜利真是一个好兄弟呵，心慈只是口恶。现在他走背运了，天降大任于斯人，我不去关心他谁去关心他？新痞子就决定推迟几天再到台湾去捡钞票。谭丽丽就没有必要去关心了，她是组织上的人，自有组织上去关心谭丽丽同志。

新痞子想做一回媒人。

裴红红一直挂空挡，现在贾胜利也挂空挡了。

他们两个基础很好。

新痞子本来是想到裴红红家里去一趟的。裴家早就不住在三堡，住到对河大渡口去了。她家现在有一幢三层楼的独院，围墙围起，被当时的龙鳞人称为豪宅。新痞子没有去，是怕豪宅里养的那一只大狼狗。新痞子当年被金妹砣的公爹放狗咬怕了，后来一辈子都怕狗。新痞子怕狗，就只好向裴红红打电话。新痞子坐在十五里麻石街上剥着龙虾壳壳说，裴红红呢,老城区这边的漫酒好得不得了呵,新城区的那号冒牌货是根本不能比的。我现在就坐在老县剧院门口呢,我要请你喝漫酒吃龙虾。电话里杂音好大,他隐隐只听见裴红红在喊:什么什么?你再讲一遍你再讲一遍,听不清,根本就听不清!新痞子只好拿出吃奶的劲来放声喊道:喂,喂,我请你到老县剧院门口来喝漫酒,喂喂你要不来就是看不起我。喂,喂喂!那时候龙鳞城里的手提电话还处在初级阶段,还都是模拟机。模拟机块头很大,音质却很不行,打电话就像两个人在比赛谁的嗓门大。新痞子鬼叫鬼喊又喂喂了好一阵,裴红红才基本上搞清了他的意思。新痞子听见裴红红说,我已经听人家讲了,你很快就是台湾老板了,我还敢看不起你么?新痞子就说,那你还不赶紧来?开着你哥哥的烂车子来,我出汽油钱。

裴红红打击他道,我不想来,我今天不想看见你的暴牙齿。

新痞子经得起打击,说,裴红红呵,贾胜利要离婚了呢你知道么?

裴红红很愤怒地说,暴牙齿你是什么意思呵?他离婚不离婚跟我有什么关系?他现在是领导家属呢,我听说谭丽丽又要提拔了,下不得卵地!

新痞子赶快伏小,说是的是的,我的牙齿是有一点暴,你和他是没有关系。新痞子窃笑着扯了一个谎说,贾胜利昨天出事了呢,铸模子铁水烫伤了左脚。我刚才到医院里去看了,医生说,只怕今后是要拄拐棍了,不锯掉那个脚只怕是不行了。

裴红红一惊,真的?

新痞子赌咒,我哄你是猪!

效果还真的出来了呢,只听见电话里裴红红急急地说,在哪个医院?在哪个医院?我就来,我现在就来!

裴平平有可能是龙鳞城里第一个自建私房的人。

政策刚刚允许城里人自建私房的时候,裴平平的腰包还不是很鼓,他只能在大渡口拖刀坳的峡谷里购一块地皮。大桥建起来后,轮渡就光荣退休了,大渡口一带突然静寂下来,他认为那里很适合居住。拖刀坳既然是三国时红脸关公一刀拖出来的,峡谷就很陡峭,他的私房只建了三层,但耸立在很陡峭的峡谷里,还是显得很高大很威猛。大渡口那一片都是房管局的直管公房,矮塌塌烂兮兮的。龙鳞人当时眼界还很窄小,那一幢三层楼包裹了白瓷片，明晃晃树在那里鹤立鸡群，当然就被他们认为是豪宅了。小偷们一般都比较喜欢溜进豪宅来作业，为防备他们，裴平平只好又养了一只大狼狗。大狼狗拴在大门口，见人就汪汪地叫，豪宅的样子就更加出来了。裴平平发财以后懂事了，再不和他爸爸裴大头对着干了。他要裴大头住到他的豪宅里去做老太爷，裴大头扭扭捏捏开始有些不愿意。裴平平刚说陈家婶婶也可以一起去，裴大头就愿意了，嘴巴笑出一根线，扯到了后颈窝。小舅舅洪定忠自恃在艰苦的岁月里扶持裴家兄妹劳苦功高，他还没有等到裴平平开口，就理直气壮地带着刘小玲住到了豪宅里。刘小玲从那一天起再不喊离婚了，在裴平平的公司里当出纳，当得比副老总还威风。搞得裴平平经常要提醒她：你虽然比我还小几岁，你在家里确实是我的小舅母，但你在公司里只是一个一般员工，你要听从副老总的安排。洪定忠就不安排在公司做事算了，豪宅需要一个大管家，就让他一只脚长一只脚短在豪宅里走来走去，管一下油盐酱醋茶算了。陈家婶婶的三个儿子呢，其他事做不像，做保安还是蛮好的，那就安排在公司里做保安吧，正好三班倒。事实后来证明他们兄弟在公司做保安，做得比豪宅里的那条大狼狗还忠诚可靠。裴红红得了便宜，她睡一觉起来就做了股东。裴平平的公司开始登记的是独资，工商局的朋友认为改为股份公司比较好。工商局的朋友说，股份公司就靠近集体了，和个体户比较起来更接近社会主义经济。那时候的人们还生怕露富，裴平平建了豪宅后心里正紧张着呢，就决定对公司进行股份制改造。重新登记股东一共两个，一个是自己，一个是裴红红。裴红红莫名其妙拥有了公司全部资产的百分之二十后，立即就向裴平平主张股东的权益。裴平平解释说这样搞是讲对策，裴红红说我不管。裴红红平时就吊儿郎当，陈家婶婶那么一把年纪了，在豪宅里还像保姆一样兢兢业业，裴红红却只把豪宅当成她的旅馆。公司呢，就当成她的钱柜了。

裴平平随她，反正不做股东也要给她钱花。

妹妹小时候过得太苦了。

裴平平真是一个好哥哥。

裴红红平日最喜欢做的事情，就是开了她哥哥的那辆车在龙鳞城里瞎逛，逛累了回来往沙发上一倒还要说：妈妈的，这日子一点味也没有！她胜利的桃子被霍玲玲玉指一伸就轻轻摘走后，她跳了一次河，但从河里爬上来后,还是接二连三又谈了好几个男朋友。她的眼力真的很不行,她总是谈一些想骗财又想骗色的男朋友。这些男朋友骗不到财骗不到色就打退堂鼓,他们打退堂鼓的时候裴红红总是很生气。裴红红的哲学思想是:我可以叫你滚蛋,但你不能踢开我。裴红红这几年过得很滋润,谈朋友的时候就很有主动权了。龙鳞人把钱说成是米米,她袋子里从来不缺少米米。她还有的是时间,她上班只在教育局去点个卯,高兴去就去一下,不高兴去就在她哥哥的公司里指手画脚瞎做一些指示,再顺便支一点钱。裴平平交代过公司各部门,裴红红支钱一千以下照付,但她不是公司的人,她的指示你们不要听。通常的情况是,裴红红做完指示并不要求落实,支了钱又满世界玩她的去了。教育局的领导都不管她,她哥哥裴平平一到年关就在龙鳞城里大拜年,其中有一天专门拜教育局。这一天教育局的所有局长和科长,都会收到裴平平以他公司名义送来的一件礼品。或是电炒锅,或是热水器,都是刚上市的新潮实用品。裴平平总强调他的是集体经济,说感谢你们对集体经济的大力支持,他们就说我们还做得很不够。裴红红一年四季总是在谈男朋友,但一到过年的时候,又总是没有男朋友带回家来过年。她的嫂嫂印芭,那个善良又贤慧的傣族妇人都在帮她着急了。印芭刚来龙鳞时穿傣裙,后来就不穿傣裙了,成了龙鳞城里首家时装店女老板的好朋友。女老板每一次进了时装,都要叫印芭过来欣赏。印芭欣赏着欣赏着忍不住就想买了,女老板暗暗加价百分之五十,再很慷慨地优惠印芭百分之二十,两个人就获得了双赢都很高兴。裴平平在云南边境建立了公司的办事处后,那个为他运来了第一车菠萝椰子的茅芭师傅就成了茅芭主任。茅芭主任后来多次来龙鳞,他一来龙鳞印芭就问他,边境上有那号会讲汉话的后生没有?越穷的越好。印芭的意思茅芭主任很明白,有可能的话,再搞一次民族团结也是不错的。

有一段时间,裴红红将嘴唇涂得红红的,把车停在河北区委区政府的办公楼下。沈土改一从办公楼出来,她就跑过去拍沈土改的肩膀。她拍着沈土改的肩膀,用很哥儿们的口吻说,嘿,沈老师! 你的收音机砸掉了没有呵? 你最近还收听敌台广播么?

沈土改很严肃地说,是裴红红同志呵,你不好好在教育局上你的班,你在这里做什么?

裴红红调戏他说,等你呵,我想到你家去坐一坐!

沈土改紧张地四下看看，然后说姑奶奶，你开玩笑也开得有点太过头了。

裴红红奚落他说，我听人讲你每天下班回家后第一件事，就是给霍玲玲打洗脚水。可你端过去她说热了，你添一瓢冷水她又说冷了，是不是这样个情况呵？我们是多年的老朋友了，你也不请我到你家里去坐一坐！

沈土改很恼火，因为裴红红讲的那个情况基本上是事实。但他又发作不得，就把裴红红无理取闹的恶劣行径，根根叶叶都告诉了裴平平。

沈土改对裴平平诉说委屈，沈土改说，裴红红爱情不顺，这是她的命呵，怎么把仇恨都发泄在我身上了呢？一点道理都没有！我当年是想过要和她好，但她理我没有呢？没有！我当时是农民，她是知青。就因为这一点点城乡差别呵，所以说，发展才是硬道理！沈土改是在皇玉堂的包厢里和裴平平说这些话的，其时裴平平已经是河北区的政协常委了，还兼了区里工商联不领工资的副会长。那一段时间他正在和沈土改协商，协商收购机械厂的事。两个人经常坐在包厢里喝茶，关系一下子就搞得很铁了。裴平平的生意是做得越来越大了，早就不只是水果了，他除了不贩卖毒品不贩卖人口，已经是只要赚钱的生意什么都做，包括收购破了产的工厂。机械厂打算改制到处找民营老板又来"吃螃蟹"，他是第一个勇敢报名的。经常在场面上出入，人就开朗，特别注意搞好各方面的关系，过去的恩恩怨怨就只当是笑谈了。他和沈土改终于理顺了收购机械厂的方案和步骤后，回到家里来将裴红红狠狠地批评了一顿。裴平平说，过去的事情就过去了，时光还能够倒流么？开始时是你不要他，后来才是他不要你，你们扯了个平手。

裴红红恨恨地说，他不该穿了我一双好皮鞋！

裴平平说，我叫他现在还你一个机械厂！

裴红红说，机械厂不关我的事。

裴平平笑着说，你支钱的时候是股东，你现在又不是股东了？

裴平平又和裴红红说起了收购机械厂的事情，很自然地就说起了贾胜利。裴平平正在和沈土改讨价还价，沈土改代表政府要保障工人的权益，他要求机械厂改制后，留用的工人不能少于百分之九十，老弱病残政府就养了。裴平平怎么能要百分之九十呢？他认为国营企业的工人都被铁饭碗养懒了，能够少要一个就坚决少要一个。至于厂里那些坐办公的相公,则一个都不要。要那么多科室做什么? 工厂就是工厂,又不是一级政府! 裴平平讲这些的时候,裴红红插进来说,有一个你必须留用。裴平平就知道了,妹妹讲的是贾胜利。裴平平叹息道,贾胜利吃亏,就吃在太不会弯转了,一条黑胡同走到底。他不知道世界是变化的呢,什么都在变,只有变化本身才是永远不变的。谭丽丽拿了他没有办法,我拿了他也会没有办法。他如果肯和我合作,我让他当经营副厂长,他不是差一点就有了相当中专的文凭了么? 但是我估计,他会和我犟起搞的。

裴平平说贾胜利的时候,裴红红心不在焉,一直用手指沾着茶水在茶几上写字。她一遍又一遍地写道:贾胜利贾胜利贾胜利。

裴平平隔着茶几故意问,你老是写贾胜利做什么呵?

裴红红突然说,你当年不该安排我到板凳形去。

裴平平说,那时候我在云南,我没有办法照顾你。

裴红红蛮不讲理地说,总之你当年不该安排我到板凳形去。

裴平平知道妹妹一直还想着贾胜利,当年"胃穿孔"的事,她就只仇恨谭丽丽,从来不仇恨贾胜利。裴平平对自己要求很严格,龙鳞城里像他这样身价的老板,一般都是外面彩旗飘飘,家里红旗不倒。裴平平就只有家里一杆红旗。他有时候贿赂人家也带人家到有小姐的地方去潇洒,但他只守在吧台上结一下账,置身污浊而不染。裴平平对自己要求很严格,但并不意味着他的思想就不解放了。贾胜利还没有离婚,我总不能帮你去抢人吧?但裴平平还是幽幽地说,是哥哥不好,哥哥没有尽到做哥哥的责任。

陈家婶婶泡了茶来,两兄妹就默默地用茶了。

陈家婶婶虽然到现在还没有一个正式名分,但她也感到相当满足了。主要是三个崽都有了工作。她曾经跑到裴平平的公司去看过,崽上班的时候穿着跟警察差不多的制服,威风得很。这时候电话响了,陈家婶婶走路轻轻摸摸的,很专业地接了电话轻轻说,裴老师,你的电话。豪宅里的人都唤裴红红为红红,陈家婶婶不敢喊红红,总是低眉顺眼喊裴老师。

裴红红也不谢一声,起身就接电话了。

电话就是新痞子打过来的。

裴红红接了电话向裴平平伸出一只手:给我车钥匙!

好像那车子是她的。

裴红红心急火燎赶到学门口,下车就看见新痞子东倒西歪坐在一个漫酒摊上,正在专心致意地吸嘞螺。油水煮过的小螺砣很滑很滑,稍不留神就滑到地上去了。新痞子发明了一个新办法,他不用吸管吸,干脆用牙齿去咬。和壳壳一起咬碎了再吐到手掌上,然后瞪大了眼睛找出那一点点肉来,然后再塞到嘴里去。他的吃相就相当不雅了。裴红红走拢去很厌恶地问,在哪个医院?新痞子哈哈大笑说,我带你的笼子的。我不说贾胜利烫伤了,你会来么?

带笼子又是一句龙鳞土话,诈骗的意思。

裴红红又羞又恼,主要是羞,就狠狠地踢了新痞子小腿一脚。哼一声,转身就走。

新痞子很不要脸,跟到了车上。

裴红红喊,滚下去!

新痞子呵呵笑,我搭你一截车行么?我要到白马寺去问一卦。我就要到台湾去了,我要去算一算我的财运。

裴红红又喊,滚下去!

新痞子还是呵呵笑,还是说我要到白马寺去。

新痞子是一只蚂蟥,是当年板凳形生产队冷浸水田里的那号蚂蟥。他一巴到了你身上,你是没有办法甩掉他的。新痞子要到白马寺去,裴红红只好将他送到白马寺。新痞子坐在后座老是说贾胜利。他说贾胜利坚决要和谭丽丽离婚,现在是谭丽丽不肯。新痞子是扯谎的大王,他又扯了一个谎。他说贾胜利现在后悔得不得了,昨天和他喝漫酒时说,早知如此,我当年为什么不找裴红红?新痞子讲这些的时候,裴红红总骂他嚼血,裴红红洗清买白说,我关是关心贾胜利,我当年吃了他好多狗肉好多薰泥鳅。但同情又不是爱情,你这个蠢东西和侬说也说不清。

白马寺在二堡,是一个很小很小的寺院,只住着一个穿青袍的很年轻的道长。那一段时间年轻道长正被龙鳞人传得活神仙一样,都说他上知五百年下知五百年。他讲哪个人有煞,那个人不生病也会平地上摔一跤,他讲哪个人有喜,那个人不涨工资也会提拔成一个小组长。年轻道长也自己吹牛皮,说他大胆吸收了现代科学的最新成果,比如说日本的姓氏学,美国的天文学,他其实搞的是科学预测。裴红红是个直套人,新痞子一说要到白马寺去问一卦,她也就想去问一卦了。车到白马寺新痞子滚下去时,裴红红也就跟着下了车。

新痞子说,你也要问一卦么?

裴红红横了他一眼,不做声。

新痞子心中窃喜。

年轻道长生意好,白马寺就简简单单地修饰了一下。左边的墙壁上绘了一幅八仙过海图,右边墙壁上绘的却是樊离舍身饲虎图。只是仙风和佛缘混淆在一起了,让人总有一点糊涂不解。幸喜自己的祖师爷他还是没有搞错,迎面的墙壁上挂的是老子像,匾额也是《道德经》的开篇首句:道非道,非常道,名非名,非常名。新痞子先问卦,年轻道长焚过香就请了一卦,竟然是"飘扬过东海,去搬聚宝盆,从此身无价,金银过秤称"。裴红红暗暗称奇,去台湾是要"飘扬过东海"呵,做了台湾老板,当然是"金银过秤称"了。裴红红也问,年轻道长又焚一柱香,请出来的卦词却是没头没尾的一句古诗:梦里寻他千百度,蓦然回首,那人却在灯火阑珊处。裴红红心里一动,问年轻道长那人是哪个,年轻道长随口说了一句《红楼梦》里面的诗:贾不贾,白玉为堂金作马。裴红红装着还是不解,还是缠了年轻道长要问个清楚,年轻道长就说,你也清楚,我也清楚,讲穿了就没有一点意思了。

付过年轻道长的香火钱后,裴红红退出来快快上车。新痞子也跟过来,他摸着他还有一些隐疼的小腿一跳一跳说,贾胜利真的是一个好人。他那一份对人的真诚,我不如他,红红你也不如他。他的脚是没有烫伤,但他的心烫伤了。我就要到台湾去了,我真的有些不放心。

裴红红坐进驾驶室问,新痞子你是一个什么意思?

新痞子拉着车门说,我的意思你晓得。

裴红红拉了一下离合器:你的意思我不晓得!

说完踩了一下油门。

新痞子见裴红红走了也要走,年轻道长从里面赶出来扯住他,笑着向他伸出一个摊开的巴掌,说,米米! 新痞子骂了他一句,就将一张十元的票子拍到他的手板心里。新痞子和年轻道长是老熟人了,昨日就和年轻道长讲好,我带一个少少来问一下婚姻,你要这般这般如此如此讲,我

豪宅

想做一回媒人。讲得好，我谢你十块钱。

年轻道长当然要新痞子兑现。

新痞子其实是个粗中有细的人。

23

成长的脚印

新痞子在麻石街上请裴红红喝漫酒的时候，谭丽丽在黄金乡蓄势待发。

她也学会了走官场龙套。

她进步很快，很快就明白了官场上干得好不好不是最重要的，怎么干才是最重要的。

大学生到底是大学生。

某一个下午，谭丽丽得到讯息，沈土改回到板凳形了。沈土改比较恋巢，时不时就回家做一回孝子，搞得谭丽丽时不时就要去汇报一回工作。谭丽丽当时已经很累了，她白天骑一部自行车在下面跑了好几个村，回乡政府的路上还处理了一起突发事件。一名农妇和她老公吵架喝了农药，让她碰上了。碰上了，就是她乡长的事了，要安定团结要移风易俗。谭丽丽处理了这件事回来，乡政府的食堂只有饭没有菜了。大师傅要为她重新炒菜，谭丽丽说，你烧一盆热水送过来。谭丽丽累得不行了，不打算吃晚饭了。打算洗了脚就早点休息。她的心情一直不好，贾胜利不听招呼，自作主张就调到机械厂去了，她感觉到她的生活正在产生危机。贾胜利还是不行，已经不是疲软不疲软的问题了。生理上的疲软可以医治，思想上的疲软是不可以医治的。但广播员说沈土改回来了，她就没办法早点休息了。沈土改大小也是区里的一个领导，区里的领导来乡里了，乡长只要还有一口气，也是要去汇报工作的。

官场上就是这样一个规矩。

你要想不汇报工作,你就必须进步到他前面去。

但现在暂时还没有进步到他前面去。

谭丽丽其实是不服沈土改的:就不说毕业学校的上下高低了吧,都是省委组织部同一批培养对象,凭什么我才是乡长,你就是副区长了呢?但不服又不行。人家是从上面下来,你却要从下面上去。他岳老子把他先安排在上水头了,船走下水,当然就比走上水要快一些。不过谭丽丽也不着急,她的崔叔叔已经向她透风了,她也马上会得到提拔,而且有可能破格。省委组织部最近对全省的干部队伍状况又做了一次分析,发现正处级干部中女性所占的比例还是太少了,谭丽丽是女性,所以有可能破格。崔叔叔嘱咐她说,在这个关键要稳住。谭丽丽当时还没有破格,谭丽丽当时的情形是只要还有一口气,她就只能骑了自行车到板凳形去走一趟了。

乡间的道路坑坑洼洼,路中间不时有一堆又一堆的牛屎。有时候自行车辗在牛屎上,牛屎就子弹一样射过来,射到裤脚上了。有小顽童在田间牧牛。小顽童们不知道骑车躲避牛屎的是他们的乡长,小顽童们又唱童谣了。他们拍脚拍手地唱道:自行车,响丁当,车上坐的是我婆娘!自行车,响丁当,我和我婆娘睡一床!

谭丽丽好几次都想跳下车来,每人掌他们几个嘴巴。

这就是乡村。

物质不文明,精神也就文明不了。

谭丽丽在板凳形的村道上碰上了沈土改的爸爸,沈土改的爸爸正在村道上昂起脑壳走摆步。沈土改读大学的时候他爸爸还不走摆步,沈土改在市里上班后,他就开始走摆步了。沈土改当上副区长后,他走摆步时脑壳就昂得更高一些了。谭丽丽心里想:这都是李书记惯出来的。他平时双手背着在村道上走摆步的时候,李书记下乡碰见了也会赶紧迎上去,客客气气地装他一根烟,还会掏出打火机来,毕恭毕敬地帮他点上。谭丽丽不抽烟,就没有装他的烟,但谭丽丽还是跳下自行车了,恭恭敬敬地走拢去叫了一声沈伯。

老家伙并不回答,只是摇着头自说自话。老家伙说,我那个媳妇呀,嘿嘿,嘿嘿,太讲孝道了。谭丽丽知道,其实老家伙只见过一回霍玲玲。霍玲玲只到老家伙家里来过一次,来了一次回去就全身消毒,还要沈土改也消毒,以后就再也不肯来了。霍玲玲以后听沈土改说起他爸爸都要掩鼻子,但老家伙不管和谁说话,不管是扯什么话题,却必定还是要扯到霍玲玲身上去。谭丽丽那一天推着自行车,就充分满足了他的要求,和他扯起了霍玲玲。据老家伙说,霍玲玲老要他住到城里去,他不想去,霍玲玲还生过一回气呢。我为什么要住到她家里去呵?乡长你说说看?老家伙装着个很委屈的样子说,我住惯了乡里呵。你们街上防盗门一关,就和坐监狱一样,我想打个小牌都会找不到人。老家伙暂时还不敢扯到亲家公身上去,因为霍市长当的官毕竟太大了,大得让他想起来都胆战心惊。

谭丽丽恭维他说,您老人家好福气呢。

老家伙自己肯定自己,说,好福气,好福气。

谭丽丽走到沈土改家里,发现李书记早就来了,早就在汇报工作了,沈土改坐在阶沿上的一把竹椅子上听李书记汇报工作。沈土改在李书记面前还有一些拿架子,对谭丽丽却表现得很随便,很随和。看见谭丽丽来了,沈土改马上起身,马上跑下阶沿来了。他接过谭丽丽的自行车支好,再取下自己的眼镜擦着说,谭乡长你就不要来了嘛,我们其实是同学呢,都是省里派下来锻炼学习的。沈土改这么说的时候,谭丽丽看见李书记的脸色有一些难看,有一点像今天的气象预报:晴转阴。可李书记还是接着说,乡长你工作太投入了,肯定又没有吃晚饭!我入伍最开始当的是炊事兵,你就汇报吧,我来重操旧艺。威高武大的李书记扎脚勒手,喊沈伯拿来了米,拿来了菜,就真的像小媳妇一样进入厨房点火做饭了。李书记也是个聪明人,他早就知道了这第三梯队的人都是有爆发力的,和自己这样的土八路不能等同视之。很多地方的乡政府党政主官都搞不好团结,黄金乡两个党政主官却团结得非常好。这主要是李书记能够摆正自己的位置,他知道谭丽丽前程远大,很快就会是他的领导。

李书记说,区长,乡长,你们谈工作,你们谈工作。

李书记扎脚勒手重操旧艺的时候,谭丽丽和沈土改就谈工作了。沈土改说他这次回来是来解剖麻雀的,他父亲就插话说,麻雀肉其实是很好吃的。老家伙说大跃进时代除四害,他就吃了好多麻雀肉。那时候敲锣打鼓捉麻雀,全村人统一行动。沈土改换个题目说起农村综合配套改革,五保户要怎样怎样重新分摊供养,水利工程要怎样怎样分摊维修,他父亲又插话了。老家伙说村里的沟塘渠坝淤积得不行了,上个月我们村里的人和邻村的人抢小河里的水插晚稻,打烂了一个脑壳,打断了一只脚。沈土改好讨厌他父亲插嘴,但又不能讲明的,于是就建议道,我们到屋后小竹林里去走一走。谭丽丽就跟他走一走了,小竹林还是当年他和裴红红一起走过的小竹林,但他已经不是当年的他了。当年他想牵裴红红的手,裴红红不肯,现在他想牵任哪个的手,任哪个都会把手递给他的。谭丽丽也在心里感叹,裴红红目光短浅,她后来跳河真是自讨的!一走进小竹林,两个人就都不想谈工作了,过去的日子涌上心头。谭丽丽玩恶作剧地说,沈区长你好有福气呵,有人为了你跳河!

谭丽丽一提起裴红红,沈土改马上就有些紧张了,沈土改有点急切地问,你们还有来往吗?

谭丽丽故意说,谁呵? 你问谁和我还有没有来往呵?

沈土改说,你知道。

谭丽丽说,我就是不知道。

沈土改只好自己说了。沈土改嘿嘿笑着说,我是追求过裴红红,瞒你也瞒不住的。癞蛤蟆想吃天鹅肉,我当年还想追求你呢,我怕贾胜利那个土匪会打人! 我和裴红红当年是在这个小竹林里散过步,但只是散过步。追求不上呵,你们街上人,又怎么看得起我们乡下佬呢? 不过我现在还是认为,红红还真的是很不错呢。我看见过她一次,看见她开了一辆车,我以为她阔得买车了呢,后来有人告诉我,她现在还在初级阶段,车是她哥哥的。一提起裴红红,沈土改就变得唠唠叨叨,一个好想找人倾诉的样子。

谭丽丽见状,就突然打断他说,听说上面要发一个文件了。

沈土改以为是真的,什么文件?

谭丽丽说,你不要着急,这个文件就会解决这个问题。这个文件将规定,副处以上领导干部都可以娶两个老婆,为的是提高人口质量。

沈土改说,那要等到你当了国家主席。

谭丽丽说,我当了国家主席就解决你这个问题,我看你吃着碗里的,好像还惦着锅里的。

沈土改说,我不惦着锅里的,我惦着贾胜利碗里的。

沈土改说的这句话是一句玩笑话,但那一天晚上还是触动了谭丽丽的千千心结。贾胜利,你男人的自尊心就那么重要么?一定要从进修学校搬出去,宁愿到机械厂去当个工人。而且——谭丽丽和贾胜利的婚姻关系已经名存实亡,他们的夫妻生活,早就没有实质上的内容了。开始一段,谭丽丽还要贾胜利去看病,贾胜利看了,看不好,谭丽丽就知道他不是生理上的病,而是思想上的病了。谭丽丽平常不想这些,而不想这些的办法,就是把精力都集中到工作上去。沈土改说了这句玩笑话后,谭丽丽就又将话题引到工作上去了。她开始帮沈土改革解剖麻雀,说农村封建迷信又抬头了,说社会主义的阵地还是要去占领。谭丽丽以黄金乡为例,举例说明当前计划生育的形势有多么严峻,山林承包后一部分农民搞短期行为,又是怎样把树都砍光了。沈土改听她讲这些事的时候偷偷看她,心里却在想她和贾胜利的事情。她和贾胜利的事情,沈土改当然也知道一些,只是不好劝谭丽丽。贾胜利那样的人没本事不说,还一点都不灵活,现在是又臭又硬了。沈土改在机械厂搞改制,有几个工人老是和他顶着干,其中就有贾胜利。这样的丈夫还要了做个什么用呢?当年没有及时处理,还那么浪漫地挺着大肚子读大学,就已经是一个错误了。沈土改喜欢用眼角的余光看人,他用眼角的余光看谭丽丽,发现谭丽丽的眼角上,已经隐隐地有些鱼尾纹了,就很真诚地为谭丽丽感到难过。

谭丽丽心灵深处很痛苦,但她还是咬着牙在黄金乡坚持了五年。

这五年她取得了非凡的成绩。

黄金乡那个广播员也取得了非凡的成绩。

她们都认为这是天道酬勤。

黄金乡的那个广播员在搞好她广播员日常工作的同时,这五年竟然在中央大报上了六条稿子,而且还有一个是头版头条,而且这个头版头条还是一个长篇通讯! 长篇通讯从一版转到三版,把龙鳞市探索改革发展路子的经验介绍出去了,很为龙鳞市赢了面子。那时候新闻媒体还不像现在这么发达,在中央大报上六条稿子而且还有一个是头版头条是个什么概念?龙鳞市下辖两区三县,每个区县都有宣传部,宣传部下面都有一个通讯组,宣传部给通讯组下定的任务,也只是一年在中央大报上一条稿子,争取两条。至于长篇通讯上头版头条,那是想都不敢想的。市委宣传部要求通讯组的同志们都向这个业余通讯员学习,通讯组的同志们都在背后叽叽咕咕,说我们没有那样硬的靠山。下面就是再穷,在宣传方面还是舍得花钱的,这就弄得广播员那两年得的奖金,超过了她的工资。这还不说,《龙鳞日报》其时办成对开报纸,而且是一天一张了,需要优秀的记者。报社老总慧眼识英才,不讲文凭只讲人才,于是把她一拎,就从山高水远的黄金乡拎上来,破格安排到记者部做了一个副主任。

谭丽丽在中央大报的那个男同学,那个被她称为假老公的男同学,特别会处理稿子。广播员六条稿子本来都是歌颂谭副乡长或者谭乡长的,经他一处理,除了第一篇说乡官上任的是纯消息外,其他就都是宣传黄金乡的工作,宣传江北区的工作,宣传龙鳞市的工作了。比如说最后一篇长篇通讯,广播员做的标题是《一名大学生搞富了一个村》,写已经是乡长的谭丽丽怎样集资修公路,公路通了后又如何调整产业结构,把全村的黄金板栗搞出去深加工。最了不得的是,她原来在这个村做知识青年时,曾经被"一位深受左倾路线思想毒害的老农民"无端伤害过,但大学生乡长不计前嫌,村里建起敬老院后,第一个进敬老院安享晚年的就是这个老农民。老农民的第七个儿子小七毛,还当上了板栗加工厂的供销员,后来又在乡长的亲切培养下,成为了板栗加工厂的业务厂长。乡长冲破重重旧观念,一心一意奔发展,差不多就是小说《新星》里面的那个李向阳了。

谭丽丽的假老公觉得这样写不行,这样写是帮谭丽丽的倒忙,这样写会搞得她得罪所有的人。他知道谭丽丽已经功德圆满了,正是关键时刻,就一飞机从北京飞下来,亲自指导广播员来改这条稿子。到底是老手呵,考虑周全,他首先就划掉了有关那位老农民的那一段。他告诉广播员说,中央提倡一切向前看,不要纠缠历史老账。你今后写稿子要注意,要注意调动一切积极因素,历史老账能够不提及的坚决不提及。假老公指导改出来的稿子就不同了,站得高看得远。不但标题成了《思想一解放,奇迹就出来——龙鳞市板凳形试点村调查》,内容也是黄金乡的李书记思想解放,江北区的张书记思想更解放,龙鳞市的王书记思想最解放,三级都摸着石头过河大胆创新,在新旧交替全国都没有现成模式的情况下,搞出了这么一个样板村。而谭丽丽呢,只不过是市委、区委和乡政府集体智慧的落实者,而且在实施过程中大动作小动作都不断得到王书记、张书记、李书记最具体的指导。这样一改,王书记、张书记、李书记就认账了,上下左右就都满意,都认为谭丽丽确实了不起。市里王书记到省

225

时运

里去开会,会间休息省里谭副书记很偶然地问起谭丽丽怎么样,王书记实事求是地说,人才难得呀,很有培养前途! 本来一年前就要提副处的,黄金乡那个样板村离不开她,就只给她挂了个市委委员。我个人认为,省委组织部在使用她的时候要打破一点常规,要破一点格才好,我们不能让能干事会干事的人吃亏。

谭副书记当时没有说什么。

但几天后省委组织部就来考察谭丽丽了,考察过后市委就发文了,任命谭丽丽为龙鳞开发区的区长了。

谭丽丽志得意满,这回是跑到沈土改前面去了。

24

栖霞寺

尽管在遥远的龙鳞市有一个祁麻子表示不赞成,但那个叫深圳的城市却不管这许多,还是奇迹般地在南海的海边上耸立起来了。那里高楼林立,工厂遍地,随便一个村一条街道的财政收入就超过内地一个县。内地许多县长从深圳学习回来都很懊丧地说,我其实还不如那里的一个村长,一个街道办主任。深圳的村长和街道办主任都开着奔驰车,我还是和书记共用一辆桑塔纳。而许多到深圳搞过旅游的居民回来则说,我要是在深圳,我就不上班了,深圳的低保也差不多是龙鳞的平均工资了。人们到这时候才真正明白了经济建设是中心,只要经济发展了,你就是一个副科级干部,你也一样可以住总统套间。你就是下了岗,你也还是有买小菜的钱。深圳经验和深圳速度这两个词组,在一九八八年成为中国人说得最多的两个词组。内地不能办特区,就办开发区,多少也利用一下中央的特殊政策。龙鳞市这一次又抢先了,他们在新城区划出一半地方来单独建制,挂上一块新牌子就是开发区了。龙鳞人下定了决心要像深圳一样,把外地来的客商都吸引过来,于是进龙鳞的各个主要路口都树起了巨大的广告牌:只要来龙鳞,一切好商量! 龙鳞开发区的面积不是很大,但全市未来的高科技企业都规划在这里,几个拟建的重要商厦星级酒楼也全在这里,只等外地客商来投资了,所以地位就显得非常的重要。所调的干部,当然都是精兵良将了。考虑到开发区主要的工作是外出招商引资,所以市委还特别强调说,要配备正规大学毕业的区长,开发区的主要领导一般都要懂英语,最好个个都是俊男靓女。他们要代表龙鳞的形象,走出去就是龙鳞市的名片。

谭丽丽长得漂亮,有人说,她就是占了这个便宜。

也有人认为不是,谭丽丽有一个好伯伯。

而实际上的情况是,谭丽丽的伯伯这时候已经想淡出官场了。谭丽丽接到调令的同时,也接到了伯伯的电话。伯伯在电话里说,丽丽,我有重要的事情想和你谈,你能不能马上到省城来一趟呵?

伯伯是从来不主动打电话的,现在打电话来了,而且是在这个时候,当然是有重要的事情。谭丽丽就说,好呵,我还没去开发区上班呢,正好没事。我把贾亦谭也带来吧,您还没有见过他呢。

伯伯说,亦谭读小学了吧?

谭丽丽说,三年级了。您一上电视,他就跳起喊爷爷,说这是我爷爷!

伯伯好感动,伯伯想了想说,你把贾胜利也带来吧,我也还没有见过他呢,他还好么?

谭丽丽支支吾吾,谭丽丽说,好呢,他有什么不好的?我尽量,他们厂里搞改制事情很多,我看他是不是有假。

谭丽丽当时正在家里为贾胜利伤脑筋呢。

谭丽丽的个人问题,这两年在龙鳞的官场上有好多说法。谭丽丽就要到新的岗位上去了,而且还是一个那么引人入目的岗位,这个问题不解决是不行了。谭眼镜这时候成了事后诸葛亮,谭眼镜说,看看,看看,不听老人言,吃亏在眼前吧?我当年是如何说的?现在的情况是你不幸福,他也不幸福。他要是找一个女工结了婚,现在两口子就是在街上摆一个漫酒摊子,不也是过得蛮好么?所以并没有什么嫌贫爱富,但确实有一个短板理论。你的前程还远大得很呢,才五年就是正处级了,再上一个台阶就是市一级的领导了。

谭眼镜的意思是痛就痛一把:反正你们分居也是几年了,把手续办了,各人去奔各人的前程。

道不同,不相为谋——谭眼镜最后用孔夫子的一句话总结说。

谭眼镜一年前搬了新居,新居在怡和苑。怡和苑是龙鳞城里建的第一个住宅小区,怡和苑建起来后,龙鳞人才知道世界上竟然还有商品房一说,还有居住质量一说。在这之前,龙鳞城里的房子都是公家的,你参加了革命工作公家就得分一个地方给你开床睡觉,房子怎么就成了商品,要自己掏钱去买呢?虽然单位也补助一些钱,但还是要掏一大笔钱呵,龙鳞城里很多人想不通。谭眼镜想得通,公家的房子那也能叫着房子么?水龙头装在厕所旁边,早晨上厕所要排长队,人活得根本就没有一点质量。现在买商品房单位补助,将来买商品房单位就没有补助了,等到大家都想提高生活质量的时候,房价还将飞涨!谭眼镜在很多事情上都先知先觉,在这个问题上又先知先觉了。许多年后,当龙鳞人都知道人活着确实是有个质量问题后,龙鳞城里的商品房就真的涨成天价了。谭眼镜再搬新居时,他当年只用一点点钱就买下的第一套商品房,他算出来白住许多年再出手还升值了三点五倍。

谭眼镜那一天在怡和苑总结道不同不相为谋,意思是劝谭丽丽长痛不如短痛。傅老师左右为难,傅老师主要是为贾亦谭考虑,贾亦谭好无辜呵,他今后会有一个后来爸爸。傅老师带贾亦谭,等于是又生了一个小儿子。贾亦谭读小学了,谭丽丽没有管过,过去贾胜利还管一管,现在是贾胜利也不管了。贾胜利开始还隔周把两周到来一趟,来看看贾亦谭,近来是半年也难得来一趟了。这家伙脑筋是有问题,他越来越看不起自己了。看不起自己可以,问题是还疑神疑鬼。怡和苑的新居当然是铺了地板的,傅老师还在防盗门的后面放了几双拖鞋。贾胜利有一次忘记换拖鞋,满脚的泥巴就进来了。傅老师只不过叫他换一双拖鞋,他却很倔犟地说,我看一下就走,我以后会尽量少来。这样的人,你如何和他合作呢?傅老师本来还对贾胜利有一点同情的,慢慢地同情心也就越来越少了。人是要在一起才有感情的,女儿实际上和他已经不在一起了,那感情恐怕早就没有了。傅老师不反对谭眼镜的观点,她只是觉得不好向贾亦谭交代。

谭眼镜从另一个角度批评谭丽丽了,谭老师说,其实你还是封建思想在作怪。你要是个男的,我只怕你早就下决心了。你打开眼睛到处看一看,现在好多处长科长外面彩旗飘飘,屋里红旗不倒!傅老师剜了谭眼镜一眼,谭眼镜知道自己说错了,马上又纠正道,我是说现在好多男处长男科长离婚的很多,你要是个男的,我只怕你早就下决心了。

但谭丽丽当时还是犹豫不决。

不离,等于是守活寡。

离吧,又下不了决心。

这时候伯伯的电话打来了,说要见贾胜利,谭丽丽只好暂时不想这个问题了。

首先得解决这个问题：伯伯要见贾胜利。

谭丽丽还是很懂道理的，她没有打个电话就把贾胜利叫过来，而是选择了一个星期日坐了一个出租车，带了贾亦谭过河去请贾胜利。贾亦谭问，过河去做什么呵？谭丽丽哄他说，过河去机械厂，去看你贾爷爷。

因为是看贾爷爷，就买了两瓶酒，一袋子水果。

河这边和河那边，确实是新旧两重天。贾家还是住着那一栋老房子，只是更加破旧了，窗玻璃都没有了，蒙的是塑料薄膜。走廊上还是堆满了藕煤，还是放着潲水桶。上楼梯的每一级扶手都摇摇欲坠，一层楼才一个公共厕所，也不知住户们夜里上厕所，是怎样保证生命安全的。谭丽丽十年前来过这里，她走向那一栋老房子的时候，看见一群工人在地坪里议论纷纷，中间有个老头在大呼小叫。那个老头好像是因为没有领到工资，他好像是在骂厂长的娘。一群工人在看他，像看猴把戏一样。谭丽丽不在意，现在要打破铁饭碗，这样的事情多去了。市政府大门口还经常有老工人一群一群静坐呢，工厂要改制，他们说引进民营股份是引进资本家，他们总是反映厂长和资本家勾结，他们要干革命，他们不愿意为资本家打工。谭丽丽小心翼翼地牵着贾亦谭上楼，生怕贾亦谭掉下去了。她走到她当年敲过一次的那扇门前面，举手推了一推，推开了却发现里面空空荡荡。这时候就听见楼下地坪里有人喊了：贾铁头，贾铁头，你走桃花运了，有一个少少在找你呢！

少少是龙鳞土话，少妇的意思，但带着强烈的暧昧色彩。

谭丽丽心里骂：一群流氓！

刚才骂娘的那个老头仰起脸来，她这才认出那就是贾铁头。他怎么老得这么快呢？头发都白完了，难怪我一眼没有认出来。

谭丽丽站在走廊上微笑，等贾铁头上楼来。

谭丽丽那天穿着一套藏青色西装套裙，套裙里面衬粉红色纯羊毛内衣。套裙线条挺刮，内衣镶嵌着珠饰。这样的服饰那时候在龙鳞城里还非常打眼，她婷婷玉立站在破旧得很苍凉的小楼走廊上，就像鸡窝里飞来了一只金凤凰。贾铁头好像是认出她来了，但并没有跑上来，他依旧在那里大呼小叫，依旧在骂厂长的娘。谭丽丽感到很委屈：没教养就是没教养呵,难怪毛主席说,世界所有的人,无不打上阶级的烙印。但她委屈了还不能生气,还是要抬起轿子去就知县。谭丽丽想了想款款走下楼梯,走下去站在贾铁头面前。她当然不会喊爸爸,她只牵着贾亦谭的手说,喊爷爷,亦谭喊爷爷!

贾亦谭不喊爷爷,他不适应这样的场合,贾亦谭怯生生地往妈妈身后躲。

贾铁头叹一口气,一双粗糙的大手就抚在贾亦谭的头上了。贾铁头说,孙孙呵,你不喊爷爷是对的。车间承包了,包头们都要年轻力壮有技术的人,都要有剩余价值可供他们榨取的人。你爷爷老了,没有一个人愿意要你爷爷。我现在就是想给你买几颗糖,我也没有钱呢。幸好,你还有一个谭爷爷,你不在乎我的这一点糖。

贾亦谭突然说,爷爷,我给你钱,我存得有压岁钱!

贾铁头蹲下去,亲了亲贾亦谭的脸蛋。

那一天刮着小南风,小南风从资江河面上吹过来,隐隐地带着水腥气。贾铁头蹲下去的时候,他的白发被小南风吹得颤悠悠地飘。

贾铁头一颗苍老的心,亲贾亦谭亲得柔一些了,这才站起来对谭丽丽说,来了?你来找贾胜利?真的对不起呵,我也不请你进屋了。我那个屋,比大树下面还不如呢。你没有什么事情是不会来这里的,我去把贾胜利叫来?你们要谈事,就找个地方去谈吧。

说完就颠儿颠儿地向车间走去了。

谭丽丽就站在那里等贾胜利。

谭丽丽等贾胜利的时候,人们议论纷纷。有人不知道谭丽丽和贾铁头的关系,有人知道谭丽丽和贾铁头的关系。知道的人向不知道的人悄悄地细说根由,谭丽丽就很不自在了。一个工人很严肃地走过来说,您就是谭区长吧?《龙鳞日报》上发布了市人大常委会对您的任命,我们都看到了。您还是市委委员呢,您也就算是我们的父母官了。

谭丽丽说,言重了,言重了。

那个工人说,工人阶级还是不是领导阶级不重要,但每一个人都要活您说是不是?活着就要吃饭,您说是不是?

谭丽丽问,哪一个没有饭吃了?据我所知,在打破铁饭碗之前,我市配合改制完善了最低生活保障机制,原则是应保全保。你没有饭吃了吗?

你可以去申请低保。

我暂时还有饭吃——那个工人指着贾铁头的背影说，这个人有可能会没有饭吃了，可他又坚决不申请低保。我知道你们的关系，但我现在是以一个子民的身份和父母官说话。车间承包了，承包给先富起来的那些人了，我若是包头我也会不要他，我要年轻力壮的人。工人又不像农民，你不要我，我自己种地就行了。他一个人是造不出机器来的，他确实是几个月没有领到工资了。我们这一边几个厂，都在打破铁饭碗，像他这种情况的有好多人。

谭丽丽说，听说机械厂效益很不好？已经连续亏损好几年了？

机械厂是亏损了，但从机械厂下海的几个副厂长都赚了——那个工人说，他们带着机械厂的销售渠道下海，他们偷工减料生产同样的产品，他们行贿销售，机械厂还不就被他们搞垮了？

谭丽丽说，我还没有上任，我不了解机械厂的情况。

又有一个工人走上来说，你们当官的怎么都是一口话呀，沈副区长也是这么讲，让我先了解了解，我了解了情况再说。去年他这么讲，今年他还是这么讲。

谭丽丽说，我是河那边开发区的，在这里没有发言权。

幸喜贾胜利过来了，不然的话，谭丽丽真的不知如何应对当时那个场面。贾胜利看见谭丽丽时，眼睛还是亮了一下，但只亮了一下，马上又暗淡了。谭丽丽心里很凄凉，还是主动迎了上去。谭丽丽故作随意地说，贾胜利，你爸爸把我们拦在门外了呢，好像贾亦谭不是他的孙子。

贾胜利牵起贾亦谭的手：亦谭，想爸爸了吗？贾亦谭点了点头，贾胜利就说，我们上回龙山，我们到栖霞寺去喝佛茶去，叫妈妈也去，好吗？

贾亦谭当然说好。

贾胜利就朝谭丽丽笑了一下，抬抬下巴用眼睛示意说，走吧。

谭丽丽没有说话，走出机械厂大门拦了一辆出租车。

回龙山现在是中国南方的一个佛教圣地了，佛教协会在那里建起了很具规模的佛学院。香烟缭绕，花香鸟语，一大片雕梁画栋的庙宇隐现在四季常青的樟树林里，气象十分恢宏。铸造了一口铜钟，钟重三千三百三十三斤，是照元代六祖坐坛时的原件图样铸造的复制品。原件抗战期间被日本鬼子敲碎造了军火,复制品是后来一群红卫兵出资铸造的。这一群红卫兵文革期间破四旧,他们砸烂了栖霞寺,还逼着不肯下山的那几个和尚吃红烧肉。改革开放后他们做的做生意,当的当领导,都混出了一个人样子。有一个叫裴平平的人做水果生意也发了点财,他就发起他当年的革命战友们,要铸这颗铜钟。他的言下之意大家都明白,于是大家就都响应了。不过那一天贾胜利和谭丽丽带着贾亦谭去喝佛茶的时候,栖霞寺还没有成为中国南方的佛教圣地。寺院的房地产还刚刚由政府发还给佛教协会,佛教协会还刚刚在规划佛学院,新栽下去的几百棵樟树也还只有碗口那么粗。庙宇还只恢复到文革前的水平,栖霞寺也还是简简单单的,但铜钟已经铸好了。铜钟吊在临江的钟楼里,钟楼的门楣上是四个大字:警心警慧。僧人们在钟亭旁边还建了一排亭子,亭子里摆了一些石桌、石凳。善男信女们来进香,僧人们就请他们在亭子里喝一回茶。茶叶是僧人们自己种植自己采摘自己制作出来的,茶树也长在寺院里,龙鳞人就把寺院的茶称为佛茶了。

亭子也就叫佛茶亭。

佛茶亭临江。

茶亭进门处摆有一个积善箱,谭丽丽进去时将几张毛票丢了进去,贾胜利进去也将几张毛票丢了进去。里面没有几个人,他们寻了一个僻静处,选一条石凳坐下了。小和尚来上茶,先双手合十唱道:阿弥陀佛!他们只好又站起来,也双手合十唱道:阿弥陀佛! 再坐下去,两个人就说一些有关贾亦谭的事情了,咸不咸淡不淡的。有一只画眉飞进茶亭,转了一个圈又飞进树林里去了。贾亦谭去追那只画眉云了,没有贾亦谭在旁边,他们就再怎么也找不到话题了。

谭丽丽说,今天天气很不错呢。

贾胜利就说,今天天气是不错。

谭丽丽说,气温可能有十七八度吧?

贾胜利就说,估计有十七八度。

天气确实很好,气温也真的是十七八度,而且还是春天。在这样的季节里,在这样的气候下,花草树木都欣欣向荣。从佛茶亭看出去,先是看见苗圃里有蝴蝶在成双成对翻飞着。再看远一点,就看见江面上百舸争流了。有人坐着小划子,在江中心钓鱼。他们收一次竿一无所有,再收一次竿还是一无所有，但他们还是乐呵呵的。他们是醉翁之意不在鱼，他们的笑声，不时就传到山上来了。亭子里又进来了一对少男少女，年轻得像是两个早恋的中学生。少男揽着少女的腰，少女吊着少男的脖子。那只画眉又飞进来了，和画眉一起飞进来的还有贾亦谭。那只画眉又飞出去了，贾亦谭又和那只画眉飞了出去。在这样的天气里，在这样的环境里，两个曾经惊天动地相爱过的人就这样沉默着，这让他们自己都感到很不理解。谭丽丽的眼睛有些湿润，她偷偷地看贾胜利，却发现贾胜利也在偷偷地看自己。谭丽丽按捺不住了，说，贾胜利，现在有专科医院了，你有病还是要去治病。

贾胜利说，区长，你还有其他事要讲么？

贾胜利不想说给谭丽丽听，他已经去过了，但不是去的医院，是去的一个不好说的地方。那个地方比较隐蔽，有一个妈咪带着两个乡下来的大胸脯女孩在做生意。贾胜利每次把一张五十元的钞票往大胸脯女孩的乳罩里轻蔑地一插，马上就知道自己没有病了。他浪费了好几张五十元的钞票又不办事，那个妈咪还怀疑他是便衣警察呢。

贾胜利喊谭丽丽区长，谭丽丽就发火了，说，你这是什么态度？我们法律上还是夫妻呢。我叫你去治病，我是想挽救我们的婚姻。区长？你在讽刺我呵？你自己没有考取大学，本来还可在进修学校混一个中专文凭的，你又不要了，距离是你自己拉开的！你说都不和我说一声，就调到机械厂去了，机械厂就比进修学校好？

贾胜利不想和谭丽丽吵，贾胜利请求谭丽丽说，行了行了，不要说了。

谭丽丽也叹一口气：不说了就不说了，事已至此，我们还是现实一点。

贾胜利说，现实一点就现实一点。

贾胜利点燃一支烟，阴沉着眼睛吸烟。

贾胜利其实想骂人，最好是跳起脚来骂人，但他不知道应当去骂哪个。理论上没有一个人欠他的，但事实上每一个人都欠他的。我这辈子是什么好事都碰上了，应当长身体时饿肚子，应当读书的时候，学校里只教一本《工业基础知识》，一本《农业基础知识》，还有一本《毛主席语录》。要就业的时候，一朵大红花戴了，送到农村去，去抢贫下中农那一点点本来就吃不饱的口粮。晴空里突然一声雷响，讲知识了，讲文凭了，讲技术了，讲资金了，全都没有我的份。果真要骂的话，是骂都骂不过来的。贾铁头该骂，小时候他还教导我要讲政治呢，谭家出身不好，不准和谭家人来往。学校里的老师该骂，告诉我知识越多越反动，告诉我无产阶级革命事业接班人有五条标准。现在呢？一条标准也没有了，有钱的就是大爷了，标准由他们来制定。知青办的那些人也该骂。你们现在个个都是老干部，你们下放我是对的，将我收上来也是对的。所有认得的人都该骂。进修学校分房子，不是分给我贾胜利的，是分给谭丽丽的。人们一说我，就说谭丽丽的老公怎样怎样，我贾胜利是连名字都没有了。谭丽丽也该骂，她有事可以和她爸爸商量，却不屑和我商量，我在她面前后来只是一堆行尸走肉，硬都硬不起来了。

最该骂的还是沈土改。

这个乡巴佬，一条四眼狗！

沈土改要打破铁饭碗，车间承包还只是他的第一步。他要改制，他要把机械厂和汤和水一家伙卖掉，卖给那些先富起来的资本家。他不断地领着人看机械厂，裴平平就跟着他来看过机械厂。裴平平收购云南的菠萝椰子不过瘾了，现在收购国有资产的残值。国有资产的残值，好拗口的名词呵，肯定是沈土改和他一起坐在茶馆里公款喝茶，喝了无数杯茶以后才绞尽脑汁想出来的。沈土改在裴平平面前真的像一条狗，裴平平下车的时候，沈土改跑过去给他开车门，手还抵在车门的上方，生怕裴平平下车时会碰了脑壳。沈土改在望春楼宴请裴平平谈收购机械厂的事，裴平平点名要贾胜利去陪，说正好老同学叙一下旧，贾胜利没有去。我会去么？我不会去，我去了我会被工人们骂死的。

那一天他们在山上主要是坐，坐着各人想各人的心事。

坐得贾亦谭喊肚子饿了，还没有谈出一个什么结果来，谭丽丽只好很现实地说，伯伯打电话来了，要我们到省城去。我不想让伯伯为我伤心，你看你是不是可以帮帮我。

贾胜利说，你是想我一起去吧？

谭丽丽说，是。

贾胜利想了想说，这个忙我还是应当帮的。我听说你伯伯是一个好官，我也不想让你伯伯伤心。

谭丽丽说，我打算给他带一箱子皮蛋去，我麻烦你准备一下。

贾胜利说，我在一本杂志上看到一篇介绍你伯伯的文章，说他怀念龙鳞臭猫乳。还带一罐子臭猫乳吧,从法律的角度看,我目前还是你伯伯的侄女婿呢。

　　皮蛋和臭猫乳,都是龙鳞的土产。

25

蓝色风衣

有道是穷在闹市无人问,富在深山却有远亲,谭眼镜就目睹了女儿当官给他带来的好处。他看见谭丽丽坐在家里只打了一个电话,开发区就把机关最好的那辆小车开到怡和苑来了。司机上楼时还搬上来一箱子酒,一箱子烟。酒是好酒,烟当然也是好烟。司机放下烟酒时喊了一声谭老师,然后很小心地说,谭区长的长辈也是大家的长辈呵,同志们都说第一次登门,那还是要表示一下意思的。谭眼镜当然说这不行,这怎么行呢?我家丽丽不过是人民的勤务员,她什么都不懂,你们还要多多帮助她呢。可是他客套了一阵还是拗不过司机,这一个司机比较武断。司机坚决不考虑谭眼镜的意见,还是强行把烟酒放进壁柜了。司机和谭眼镜客套的时候,谭丽丽装着个没有看见。司机讨好了谭眼镜又来讨好谭丽丽,司机说,区长呵,开发区的同志们都在等您亮相呢。同志们都说好了好了,最有水平的领导到我们开发区来了,我们开发区的工作有希望了。

谭丽丽说,把这一些皮蛋和猫乳,放到车子尾箱里去!

司机说声好,就搬着东西下楼去了。

谭眼镜心里想:嘿,还看不出呵,丽妹砣知道怎样做一把手了!一把手是要有一个一把手的样子,一把手不要多讲话,也用不着对下面人讲客气。一把手如果啰啰嗦嗦,下面的人就不怕你。下面的人不怕你,你又怎么有威信呢?

看见女儿成长得这样快,谭眼镜就放心了。他背着手在屋里踱了一会步,搬一把睡椅放到阳台上,再泡一杯茶来,就舒舒服服地晒太阳了。

谭眼镜最近很少去学校了，总是眯起眼睛躺在阳台上晒着太阳品茶,有时候还唱京剧:我坐在城头上观风景。或者是:苏三离了洪洞县。市一中换了一个年轻的校长了,年轻校长很会来事,学校里有什么事,年轻校长总是跑到家里来找他商量,找他拿主意。谭眼镜无官无职,但在学校里讲话是越来越起作用了,他知道这是因为什么原因。他在阳台上晒太阳的时候,一只狮毛狗对着他汪汪地恶叫。谭眼镜骂狮毛狗说,叫什么叫什么?你还敢咬老子么?但狮毛狗还是叫,而且越发叫得恶了。傅老师跑过来看了一下,说,老东西你拿错了杯子呢,你看你拿的是谁的杯子呵?四把手动了一把手的杯子,贝贝当然要抗议了。

谭眼睛在学校里是越来越讲得话起了,但在家里还不行。贾亦谭是家里的一把手,这是毫无疑义的,现在的独生子女都是说一不二的天王老子。傅老师是二把手,具体操持这个家的家务,地位也无法动摇。本来他可以是三把手的,但贾亦谭养了一只狮毛狗,将这个家的秩序又打乱了。这只狮毛狗倚仗了贾亦谭有恃无恐,在谭家的地位竟也在谭眼镜之上了。谭眼镜拿错了杯子,拿的是一把手的杯子,狮毛狗认得这只杯子,当然就要对着他恶叫了。

谭眼睛换过了杯子狮毛狗就不叫了,谭眼睛摇着头说,这个世界,嘿嘿,真是狗眼看人低呵!

司机也在楼下晒太阳,晒着太阳等领导。

谭丽丽在楼上翻箱底。

她翻出了一件蓝色风衣。

她翻箱底的时候百感交集,她翻箱底的时候才是一个女人。

她感叹:往事如烟!

那一年在大码头搭小火轮去公社赶考,就是穿的这件风衣。还记得当时穿着这件风衣像一只就要展翅腾飞的雏鹰,码头上人来人往,好多年轻的男人走过去了,还要回过头来看我一眼。这件风衣是下乡第一年做的。下乡第一年积极性真高,出了三百多天工。初春积肥担塘泥,队长说女劳力就算了,但谭丽丽不算了,硬说男女都一样,也和男劳力一起担塘泥。赤脚板踩在溜滑的跳板上,塘泥里面还看得见冰碴子。那一年年底生产队办决算,扣去吃粮食的钱,就分了我七块六角钱。当时的七块六角钱是一笔好大的财产呵，贾胜利来了，就带了贾胜利就去公社逛供销社。看了电影吃了米粉，还看中了供销社柜台里的一块蓝色哔叽布。没有那么多布票，那时候一个人一年发的布票，只够做两条短裤。第一年没有买得成，第二年发布票的时候，贾胜利又来了。贾胜利送来了自己的布票，还将新痞子的布票也强行借来了。谭丽丽翻出这件蓝色风衣时叹了一口气——"我们的目的一定要达到"，我们的目的现在是达到了，不知道为什么又生出了这么多枝枝节节呢！

前几日从栖霞寺下山时，谭丽丽产生了幻觉。当时蹦蹦跳跳的贾亦谭一只手牵着贾胜利，一只手牵着她，他们很像是一家人。贾亦谭指着一只蝴蝶说，爸爸看，蝴蝶！贾亦谭指着一只画眉喊，妈妈看，雀雀！贾亦谭这么乱喊乱叫的时候，她觉得她和贾胜利之间的裂缝，还是有可能弥合的。英国女王也有丈夫，英国女王上班的时候是女王，下了班就是一个妻子。英国女王据说还是一个好妻子，为什么我就做不了一个好妻子呢？

谭丽丽决定就穿这件风衣去省城，再找一回感觉。贾胜利你这个没良心的东西，看看这件风衣吧，你怎么老是要跟我过不去呢？我还没有嫌弃你呢！要是你和我换一个位置，还不知道现在你是不是在逼我离婚。

我还想维持这个家庭，实在对得起你了。

谭丽丽穿这件风衣时，傅老师进来了。傅老师说，过时了呢，现在还有哪个穿这种衣服？

但谭丽丽苦笑了一下，还是穿上了。

傅老师心里就一疼。

她想：女儿是一颗新星，却是一颗孤独的新星。

去省城的国道已修成了水泥公路，单车道变成了双车道。以前去省城要坐半天车，现在只要坐两个多小时了。

谭丽丽坐在副驾驶的位置上，想自己的心事。

路两边的树，一棵棵向后面退去。

车上的音响在唱歌，唱的是邓丽君。邓丽君嗲声嗲气地唱道：在哪里，在哪里见过你，你的笑容这么熟悉……呵，在梦里！

车子从省城开发区穿过的时候，谭丽丽叫司机把音响关掉。

谭丽丽要理一下思路。

龙鳞都有开发区，省城就更有开发区了。谭丽丽留意了一下，省城开发区只是大一些，但正因为大，项目就多。而项目一多，许多项目就免不了还是一片黄土地，黄土地上就免不了还是莺飞草长。龙鳞开发区项目少，但因为规划得早，一个就是一个。她从黄金乡上来后曾到开发区跑了一遍，看到沿河路、金桂路、太阳路和迎宾路已经初步成型了，电厂路、银山路、康华路和龙鳞路两边的高楼也建得差不多了，有的还住进去了人。传统工业区基建任务比较大，因为资金不够停了一些，但高新工业区基本上搞完了，好多外来企业搬进去了。这么一对比，谭丽丽对今后的工作信心就更足了。谭丽丽还考虑到：工作平台变化了，接触的人也不同了，怎么样继续发挥好男同学的作用呢？男同学也当官了，已经掌握了北京的那一家大报，那家大报一说话，就是一个全国的典型呵——这一个资源一定要利用好。当年过家门而不入亮相亮得好，这一回亮相也要找一个好一些的切入点。这个切入点是有点不好找了，但还是一定要找出来。

　　宁愿晚两天上班，但一定要登台就亮好相。

　　这是一个方面，另一个方面是：现在上的这一个台阶，基本上没有要伯伯帮出面，在开发区再上一个台阶，就可以考虑要伯伯出出面了。伯伯是个很正统的人，要他出面必须非常策略。最好还是继续发挥崔叔叔的作用，崔叔叔说话，有时候就等于是伯伯说话呢。

　　谭丽丽临行前多备了一份礼品，也是一箱子皮蛋，一罐子猫乳。

　　那是给崔叔叔准备的。

　　谭丽丽想心事的时候，贾胜利也在想自己的心事。

　　贾胜利和贾亦谭坐在后排，贾亦谭一双眼睛不够用，脸都贴在窗玻璃上了，贾胜利可以不管他。贾胜利注意到了，谭丽丽穿了那件蓝色风衣。那件蓝色风衣当然熟悉，当年我向新痞子借布票时，新痞子不肯，我把新痞子按到地上，强行从他身上将布票搜出来，后来也没有还给他。风衣是找龙鳞城里最好的裁缝做的，没有付裁缝现金，送了他一袋子糯米。糯米是和饲养员换的，用了一套《毛泽东选集》。背着那一袋子糯米不好扒拖拉机，那一次我是先走路到公社，再从公社坐船进城的。蓝色风衣当然触动了贾胜利的心弦，贾胜利坐在后座可以偷偷观察谭丽丽。他又看到了谭丽丽左根耳的那颗痣。当年在床上炕起腊肉吃斋，谭丽丽说，你一吻这颗痣，我的心就跳。贾胜利从反光镜中看到，那颗痣颜色淡了些，谭丽丽眼角上的鱼尾纹，却深了些。

岁月不饶人呵。

可是我现在才知道有一个短板理论。

事实证明短板理论是科学的，可惜以前不懂。冬妮娅或许是爱保尔的，但保尔就比我聪明。保尔知道短板理论，一开始就对冬妮娅不存幻想，他后来娶了一名女工。知识青年出身的人，都读过《钢铁是怎样炼成的》。这本书其实是一本自传，保尔如果娶了冬妮娅，估计日后和我也是一个下场。恋爱和婚姻其实不是一回事，恋爱只是一个人和另一个人发生关系，婚姻却是一个家族和另一个家族发生关系了。而且还不止这些，一个家族和另一个家族的所有社会关系，所有的价值观念都要掺与进来，都要发生强硬的碰撞。贾胜利在这场碰撞感觉到自己已经遍体鳞伤了，但好像原因又只能归结于自己。那一年的高考真是改变了一切呵，就是谭丽丽也不可能料到，她一只脚跨进考场后，她的前途会有这样辉煌。她现在已经是正县级了，正县级是个什么概念？古装戏里就是县太爷。县太爷出行的时候，一边一个衙役鸣锣开道，老百姓碰见了，那是要下跪的。谭丽丽分明很在乎这个，不在乎这个的话，当年毕业时就不会过家门而不入了。她在乎这个，就无法在乎其他了，比如说感情。现在贾胜利相信了，假如她先知先觉，那个冬天她就不会爬冰卧雪到知青点去了。

她当时爬冰卧雪当然是忠诚的。

她现在要发展也是忠诚的。

只是，早知今日何必当初呢？

谭副书记这一次可以在家里接待谭丽丽了。

他早就复婚了。

省委大院到处是绿荫，到处是草地。绿荫下摆有白色的长椅，草地上也摆有白色的长椅。谭副书记住的是一栋黄色的小楼，小楼前有一个池塘，池塘旁有一个小亭子。谭丽丽牵着贾亦谭，贾胜利搬着那些皮蛋猫乳，他们走到池塘边时，伯母早在小亭子里等候他们了。伯母喊小刘，一个穿军装的年轻人从小楼里飞快地跑过来，跑过来二话不说，很礼貌地就接过了贾胜利搬着的东西。伯母见了谭丽丽时脸上有一点绯红，她分明还是有一点不好意思呢。当年和谭副书记离婚，毕竟是她主动提出的。

谭丽丽善解人意,一见面就要贾亦谭喊奶奶,还主动拥抱了伯母,说伯母我好想你呵,我们全家人都在想你呢!

伯母就笑了,笑问谭丽丽是怎样过来的。

谭丽丽说,搭车,搭班车。

伯母说,为什么不要一个车呢? 你也是正县级干部了。

谭丽丽说,还是搭车最方便。

贾胜利白了谭丽丽一眼。谭丽丽在大院门口就要司机把车开回龙鳞去,他当时不理解,他现在理解了。谭丽丽是不想坐了小车在省委院子里跑,她是太注意影响了,政界上的人都是很注意影响的。贾胜利想:谭丽丽真是个当官的料呵,一点一滴都注意到了。

尽管她穿了蓝色风衣。

但风衣里面的内容已经不同了。

我真的不能连累她了。

谭副书记在他的客厅里迎接客人,他的客厅里挂满了名人字画。谭副书记较过去胖了一些,肚子都有一点显出来了。谭副书记离乡多年了,但还是记得龙鳞的风俗。贾亦谭刚喊了他一声爷爷,他就拿出了一个好大的红包。接下来,贾亦谭的话题就成为首选话题了。贾亦谭长得虎头虎脑,会背唐诗,会用英语说"哥得莫领"和"散克优",还会模仿机器人动作跳太空舞,这就把谭副书记和伯母都爱得不行。贾亦谭得了红包不肯上缴给谭丽丽,又把大家笑了一回饱的。

大家笑过后,伯母就系起围裙,说她一定要亲自下厨。

你们是第一次来呵,稀客稀客——伯母说。

把贾亦谭的话题说完后,谭副书记就夸奖贾胜利了。他看贾胜利带小孩带得很专业,就羡慕不已地说,小贾会享受! 人生的幸福,其实就是在家里了。谭丽丽有一点伤感:伯伯不知道我们是在演戏呢,其实我们一点都不幸福!她赶紧岔开话题,简单地介绍了一下贾胜利的情况后,说小贾其实也是很聪明的。我们那些知青都是一考定终身,但机会面前并不是人人都平等。谭丽丽显然是误会了谭副书记的意思,谭副书记赶紧说,我讲的是真的,人都要活到我这个岁数,才会知道什么是真正的生活。外面的世界很精彩,但外面的世界也很无奈。谭副书记说,丽丽,我叫你来,就是有些话要对你说一说。

谭丽丽说,我也想听听伯伯的教导。

伯伯牛头不对马嘴地说,今天的天气真好呵!又说,昨天那个电视剧一点意思都没有。

伯母本来是在逗贾亦谭玩的,一听谭副书记说今天的天气,还说昨天那个电视剧一点意思都没有,就马上就很自觉地进厨房忙她的去了。谭胜利没有接受过这种训练,伯母进了厨房,他还蠢里蠢气在给伯伯添开水,添了开水又找来拖把,想把被贾亦谭搞脏的那块地板砖抹一抹。谭副书记是想和谭丽丽单独谈话呢,这都不懂?伯母只好在厨房里喊了:小贾,你过来,过来给我剖鱼!

贾胜利恍然大悟,就跑去剖鱼去了。

贾胜利剖鱼去了,谭副书记这才说,丽丽,我也没有很多时间,我永远都是开不完的会。我下午还要去赶飞机,我只能简单地和你说一说。中央那家大报关于你们那个乡的报道,我都看到了,说明你做得不错,破点格提拔你也是正常的。我在这个位置上,我没有说一句话,我这个人喜欢逆向思维。这几天我一直在想你的事情,现在我想问你,你真的今后就想从政么?

谭丽丽斟字酌句地说,还,还没有想好。

伯伯说,真没有想好还是假没有想好?

谭丽丽只好说,真没有想好。

伯伯喝了一口茶,缓缓地说道,你如果真的还没有想好,我就要给你提一个建议。

谭丽丽说,我听伯伯的。

伯伯说,我不想你从政。

谭丽丽吃了一惊,问,为什么呢?

伯伯说,这怎么讲呢?老百姓说官场怎样怎样,我不能那样说。我这样说吧,从政很苦的,你看我,我就活得很苦。但在我们这个院子里,我还不是最苦的。我还可以到院子外面去走一走呢,因为我不是一把手。一把手散步都没有自由,要事先和保卫处联系。和保卫处联系了再去散步,保卫处已经在你要去的地方安排了便衣,你说这步还散得出什么乐趣么?

谭丽丽还不明白伯伯的意思,说,这些和我有什么关系呢?

伯伯想了想继续说,做官很辛苦,还应当是清苦的。比如我,我就是把我的工资全部存下来,那点钱对于一个人的一生来说,根本也不成比例。当然,也可以不清苦,因为做官就有权利,权利可以换来钱。但真正那样的话,清苦是不清苦了,但一个人的价值也就没有了,就是小偷了。而且,一将功成万骨枯。唉,我也不知道如何给你说,我只能和你说到这个程度了,我说的意思你都懂了吗?我没有子女,你就是我的子女了,丽丽!

谭丽丽其实没懂,但谭丽丽还是说,我懂。

伯伯说,如果你真的懂,我建议你听组织安排在开发区搞一段后,还是搞你的文艺理论。龙鳞市进修学校以后要升格为进修学院了,省里规划按正规大学的规模建,以后再一步步发展成综合大学。我要是你,我就要求调过去。按你现在的职级,你可以安排一个副院长,我现在说话还灵。你教一点书搞一点研究,小贾又这么爱你,你们过的就真是神仙过的日子了。

谭丽丽越来越听不明白了。

伯伯找我来,难道就是为了说这些?伯伯好像遇到了什么困难呵,说出话来全没有几年前那种指点江山的气势了。谭丽丽不好接腔,谭丽丽就换个话题说,伯伯,你怎么老不回龙鳞呢? 一中的那位老校长,老是要和你切磋书艺呢。

伯伯苦笑一下说,你就告诉他吧,他的愿望会实现的。只是,到时候他可能会改变主意,他又不想和我切磋书艺了。

谭丽丽问,为什么?

伯伯突感失言,伯伯说,我今天是不是说了一些不该说的话?不为什么。我要开会去了,开了会又要上北京。我也当了这么久省委副书记了,我还没有为亲友打过一次招呼。丽丽你如果想好了到进修学校去,我就破例给你打一次招呼吧。当然,我现在只是给你提一个建议。

谭丽丽心里想:我要是想当教书匠,当年也不要得罪马拐子了。我现在好好的,正要乘势而上呢,为什么反而要去走回头路吃二遍苦?心里这样想,说是不敢说的,只是大着胆子问:伯伯,您是不是遇到了——麻烦?

麻烦?什么麻烦?伯伯说,就是我的工作有调动,也是很正常的事情。而且,没人说我会变动工作嘛,你小小年纪瞎想些什么呢?有时间就在这里住几天,我还要和贾亦谭好好玩一玩呢。

伯伯还想谈下去,但电话响了,电话催他开会了。

伯伯说,我就是这个意思。

谭丽丽说,我谢谢伯伯教诲。

伯伯没有吃饭就开会去了,伯母陪着吃的饭。

谭丽丽一家人那一次在省城玩了两天。

伯母很热情,明显地是想弥合一下感情。她留住谭丽丽一家游了海底世界,还去了动物园。本来说住一晚早晨就走的,贾亦谭不肯。贾亦谭舍不得动物园的小猴子,坐在地上打滚耍赖皮,一定还要去看一回。谭丽丽操起鸡毛掸子打他的屁股,还是没有镇压得住。贾亦谭平时不怕贾胜利,只怕谭丽丽,谭丽丽都镇压不了,那就没有办法了,只能再去看一回了。第二次游动物园的时候,伯母陪了去。谭丽丽慢慢套伯母的话,终于套出点情况来了:天有不测风云,省里的高层人事可能会有变动。伯伯可能会调往一所大学,职级还是不变,但组织上可能只安排他传帮带了。

伯母透露这些时牢骚满腹,说了许多不该说的话。伯母说,现在这个世道,弯腰做事的不如低头看脸的。伯母还说,你伯伯得罪的人太多了。都找他要官,他哪里有那么多帽子呢?

谭丽丽不好和伯母讨论这些,但心里还是一惊:伯伯是靠不上了!

但她还是不想去教什么书。

假如想教书的话,我就留在北京了。

又看了一回小猴子,贾亦谭无法再耍赖皮了,于是谭丽丽一个电话打来了开发区的车,全家人就回龙鳞了。

崔叔叔出差去了,给崔叔叔的礼物只好托伯母转交。

在伯伯家里住了两天,她和贾胜利住得好别扭。

伯母是个很细心的人,她给他们铺了新床单,嘱咐了他们好好休息就拉开门出去了。屋里只剩下两个人时,贾胜利坐在沙发上抽烟,谭丽丽站在窗前看外面的夜景,两个人不但没有激情,而且还都有些不自在。贾胜利想谭丽丽先开口说话,心想随便说什么都好呵,谭丽丽想贾胜利先开口说话,也在心里想,随便说什么都好呵。最后还是贾胜利先开口说话,贾胜利抽完了那根烟自言自语地说,睡吧,壁柜里还有被子么?

谭丽丽很生气,谭丽丽和衣和裤滚到床上说,可能有吧。

贾胜利就打开壁柜拿出一床被子,铺到了沙发上了。

第二天夜里就连这个程序也没有了，贾胜利打开壁柜拿出一床被子，直接就睡到了沙发上。

26

离　婚

　　谭丽丽和贾胜利还是离婚了。

　　这是从省城回来三年后的事情。

　　这三年龙鳞市又发生了很大的变化。大楼是一天比一天高了,街道也是一天比一天宽了,一座全新的城市,眼看就要在河这边横空出世了。金台酒店是出现在龙鳞的第一家涉外酒店,虽然只不过是三星,但在当时已经是够高档的了。楼高十八层,白天大门前停满了汽车,晚上霓虹灯一闪一闪。还安了电梯,那是龙鳞城里的第一部电梯。金台酒店最顶上有个旋转餐厅,真的可以旋转。人坐在餐厅里旋转,整个龙鳞城就在脚下,还可以看见很远很远的地方。铁路也修过来了,火车站当然是建在河这边。

　　龙鳞的变化很大,但谭丽丽个人的变化却不大,她还是趴在开发区区长的位置上纹丝没有动。官场上有业余分析家为她分析,分析出两大原因:一是伯伯不在省里了,她再在官场上混就到底差一色了。二是个人婚姻问题没有处理好,人家当面不说,背后指指点点,于个人形象还是有些损失的。但即使是这样,谭丽丽也还是没有想过要和贾胜利马上就离婚。反正大家都习惯了,连贾亦谭都习惯了。十一岁了的贾亦谭越来越懂事了,隔个把月就背着书包,和奶奶说一声我过河去了,就过河和贾胜利去吃一个晚饭。回来再告诉谭丽丽,爸爸还是那个老样子。有班上就上班,没有班上就睡觉。谭丽丽想等贾亦谭再大一些了,让他懂得世界有许多无奈后,和他讲清这场婚姻的前因后果再离婚,最好等到他十八岁。她认为那样可能要更好一些,贾亦谭懂事后会心疼人了,说不定会主动提出来要父母离婚算了。

之所以没有等到那个时候，是因为受不了裴红红的恶意挑衅。

知识青年成为历史名词一晃就是十几年了。这十几年来，龙鳞城里当年的知识青年经常搞这样那样的聚会。市政协文史组就每年都编一本书，总书名就叫《忘不了的岁月》。他们听说新痞子从台湾又到了深圳，还派人去深圳专门采访过新痞子。新痞子当年偷鸡摸狗的事当然不会写，写他如何仗义行侠，为朋友的事情两肋插刀。新痞子看了很高兴，汇过来一笔赞助。裴平平艰苦创业的那篇文章是裴平平自己写的，裴平平不要人家写，他说人家写不出他的感受，在橡胶林里唱《知青之歌》的那一份感受他永远记得，后来就成了他艰苦创业的原动力。实事求是地说，他这篇文章写得不怎么样，但他也出了一笔赞助，市政协文史组就不好再改动他的了，原样照登。当年的知识青年经常搞这样那样的聚会，谭丽丽一次都没有参加。她其实是不想和贾胜利碰面，碰面难免尴尬。但大家却不这样想，大家都说她地位变了，高高在上。裴红红一直是孤家寡人，她对这个世界玩世不恭，她总是唯恐这个纷纭的世界乱得还不够。有一次知青聚会时她看见贾胜利心血来潮，突然就想起要给谭丽丽打一个电话了。裴红红很猖狂地说，丽姐姐，呵呵不是丽姐姐是敬爱的谭区长，我是裴红红呢。你就把贾胜利这样晾起呵？浪费了宝贵资源呢。我现在请示你一下，你不用，我们可不可以利用一下呵？

谭丽丽说，你讲话正经一点好不好！

谭丽丽当时坐在办公室。

知青聚会她不好参加，她好失落。有手下人进来请示某一个事情，谭丽丽好不耐烦地手一挥说，明天，明天再讲你这件事。

知青聚会时男人是疯子女人是神经病，互相都说对方是自己的初恋情人。他们都说要抓住青春的尾巴，有时候半是玩笑动手动脚的情况也是有的。谭丽丽其时已经知道，贾胜利和裴红红已经搅到一起去了。有人就告诉过她，说裴红红就很公开地说过，贾胜利真的是她的初恋情人。他们两个现在除了一起参加知青聚会，还经常在一起打麻将。那个人还向谭丽丽告密说，贾胜利和裴红红据说到鸭婆洲去打过一回野鸭子。龙鳞市正好卡在山区和湖区的地理分界线上，鸭婆洲在湖区。那里现在搞旅游开发，是有野鸭子打。但野鸭子现在已经是国家保护的野生动物了，到那里去打野鸭子的男男女女,就一般都是醉翁之意不在酒了。他们去的时候总是带一顶帐篷,主要是到那里去搞浪漫。谭丽丽相信有这个可能,裴红红厚颜无耻,一年谈十二个男朋友还没有男朋友过年,她是没有什么事情做不出来的。

许多年后谭丽丽回忆裴红红打的这个电话,每一次回忆都感到很震惊。不是震惊这件事本事,而是震惊自己:贾胜利还是你法律上的配偶呵,她这样厚颜无耻地给你打电话,你当时怎么一点也不生气呢?谭丽丽当时不以为然地说,裴红红呵,我相信你做得出来。还记得那一天你说过的话么?你问是哪一天?马拐子敲锣的那一天呵,贾胜利来了,送来了两袋子棒棒糖,我们煮了一个南瓜。你要我把他让给你,我现在就让给你了,你要了吧。

裴红红说,这和要不要不是一回事,我只是想让你知道一下。因为我搞清楚了,当年他的胃没有穿孔,当年只有你的胃穿孔了。

谭丽丽说,什么意思?这么多年了,你还记得那些陈年烂芝麻的事!

裴红红说,你当然不记得了,但是我还是记得。你要是胃不穿孔,我就不是只考起一个龙鳞师范了。不过我现在也不错,今天我买的的股票又涨了。

谭丽丽说,我后来在考场里不是想帮你一把么?你不是不要我帮么?

裴红红说,幸亏没有要你帮呢,帮了我就考上了,考上我可能只是教书,我又不会混官场。

裴红红这样猖狂,谭丽丽一点也不气。裴红红知道什么呵?浑身散发的是铜臭味! 现在是有钱人的世界了,所以裴红红能够猖狂。你能够猖狂,那你就猖狂吧,谭丽丽还是很平静地说,你从来不给我打电话,今天你给我打电话就为这个事呵?贾胜利还和你说了一些什么呵?他是不是说了他也爱你?你看见我家里出了一个叛徒,你心里是不是很高兴呵?

裴红红说,谈不上高兴不高兴,但就是为这个事才和你打电话。

谭丽丽说,谢谢你了。

裴红红很油诈地说,不用谢!

谭丽丽当时真的一点也不生气,心里反而好像轻松了许多。一个包袱背了许多年,现在终于可以放下来了。贾胜利既然已经在裴红红面前说胃穿孔的事了,那还有什么办法呢?我们的关系就走到尽头了,只有离了。两天后谭丽丽坐在开发区的办公室里，要通了机械厂的电话找到人后，很平静很客气地对贾胜利说，你好。不知道你有没有时间呵？如果有时间，明天我们到民政局去一趟好不好？

有道是心有灵犀一点通，电话那头贾胜利马上就说，好。

两个人就约定时间，还约定了由谭丽丽起草协议。

他们约的时间是下午五点。

五点半民政局就下班了，谭丽丽的估计没有错，五点钟的时候婚姻登记处的大厅里正好是空荡荡的。谭丽丽干什么事都注意影响，这样的事情当然碰见的熟人越少越好。民政局在七里桥，谭丽丽这一次没有要开发区的车，她打了一个的士，悄没声息就坐到七里桥去了。她走进民政局的时候，空荡荡的大厅只有贾胜利一个人。贾胜利抽着烟，在看金庸的武打小说。他好像是来替别人办什么事一样，脸上什么表情也没有。贾胜利见她来了就不看小说了，就伸出手来。谭丽丽苦笑了一下说，好多年没有握过手了，今天你倒客气了呵。贾胜利真诚地说，说到底还是我对不起你，但是我没有想到会是这样。

谭丽丽说，这样是怎样？

贾胜利说，我也讲不清楚。

讲不清楚的事情就不讲了，谭丽丽也不讲多话了。民政局的人都认得谭丽丽，谭丽丽来之前已经给他们打过电话了，他们早就把一切手续都办好了。两个人只要这里那里签一下字，这个婚就算离了。贾胜利签字前连协议都没有看，谭丽丽提醒他说，协议是我起草的呢，你知道我都写了一些什么？你也要维护你的权益呵，你还是看一看罢。贾胜利说，有什么看的呢？贾亦谭叫贾亦谭，就是改了姓，还是叫谭亦贾呢。我就是要他的监护权，想必你们也不会同意，尤其是他爷爷不会同意。上法院也不行，法院考虑我们双方的经济状况和受教育程度，法院也会把监护权判给你的。莫说我还没有那样蠢，你家的条件和我家的条件比，确实一个在天上，一个在地上。我也希望贾亦谭或者谭亦贾生活得好一点呢，和我在一起，只怕会大学都考不上的。贾胜利直到这时候才说，如果硬要后悔，我也只后悔当年没有也搞复习，也考大学。

谭丽丽说，不怪你，我那时招得工上我可能也不会去考。

贾胜利说,所以我也不怪你。

谭丽丽还想说什么,民政局的人过来了。民政局的人说,手续办完了。谭区长,建福利院的那块地,还是要请开发区关照一下我们呢。

谭丽丽说,今天不谈工作。

那个人说,那好,我们为两位准备了一个便餐,我们局长说他要过来陪。他说他要为你们举杯祝福,祝两位都找到自己的幸福。

谭丽丽对那个人说谢谢,贾胜利也对那个人说谢谢。贾胜利说了谢谢还加一句:到底是当区长呵,我差一点又沾光了!

两个人都没有吃民政局那个便餐,争论刚开个头也没有再继续下去了。两个人都发现再说任何话都是多余的,两个人就再握一回手,各自回各自的家了。

那一天龙鳞城里天气很好,季节正是深秋,阳光很柔和。气温摄氏20度左右,微微有一点小西风,但小西风吹在身上还是暖洋洋的,有一点像是春天。从民政局出来的时候,谭丽丽还以为自己会伤感呢,她惊讶地发现自己一点也不伤感。有什么伤感的呢?做人难,做女人更难,做一个官场上的女人难上加难。鱼和熊掌不可兼得,其实这句话是专门说给我们女人听的。男人在这个问题上就不一样,他们常常能做到鱼和熊掌都兼得。

谭丽丽回到家里的时候,发现家里多了一个客人。谭眼镜忙不迭地指着客人介绍说,小吴,这是小吴,省发改委副主任!

小吴其实不小了,头顶都有点秃了。他的头发油抹水光,明显地是努力把头发梳向中间,还是只能造成一个地方靠拢中央的态势。谭眼镜一介绍,他就站起来,站起来面向谭丽丽,唯唯诺诺地满脸堆着笑。

谭丽丽突然就来火了,她当着客人就说,我今天有个应酬,我回来换件衣服还要出去!

谭丽丽真的换件衣服又出去了,她信步来到了秀峰湖公园。

夜幕已经降临了,公园里人烟稀少,谭丽丽还是尽量往阴暗的地方走,她怕碰见熟人。她一直走到湖边上站住,才感觉到心中有一丝隐隐的疼。眼睛有些湿润,她感觉到里面有一条小溪要涨潮了,她努力控制住,那一条小溪才没有泉水丁冬。省发改委的那个小吴她不认识,但她知道。爸爸已经不止一次说过小吴了,说小吴千好万好,最后总落脚在一个点上:小吴的叔叔从北京调到了省里,正好代替了伯伯原来的位置。而且因为少壮，今后在省里再进一步也不是没有可能的。谭丽丽并不想从此就独身一人，但爸爸你的动作也太快了一点。你昨日刚听了我的汇报，我说把那件事结束算了，你今天就把小吴叫过来了。一个木桶十块板子，这回你找到了那块最长的板子了吧？

你真是迫不及待呵！

秀峰湖公园紧伴着会龙山，站在秀峰湖边上仰头看，可以看见栖霞寺那一片金碧辉煌的屋顶。谭丽丽站在湖边上心中隐隐作疼的时候，栖霞寺那口重达三千三百三十三斤的铜钟又敲响了。嗡嗡嗡嗡的声音从山顶上泼洒下来，震撼得湖水也泛起一圈又一圈皱纹。那声音密密实实地填充了整个世界，撞击着每一个人的心灵。谭丽丽啼听着嗡嗡嗡嗡的声音，突然想起了一个事情：机械厂就要改制了，最后还是确定了裴平平来抄底，但职工们的养老保险金还没有落实好。沈土改要裴平平先把职工们的养老保险金一次性向市社保处交了，裴平平不肯，说他的资金先要发展生产，他建议职工们自己把养老保险金先垫付了，垫付了养老保险金的职工优先留用。裴平平说，生产发展了，还会少了你们几个养老金？笑话！谭丽丽知道，笑话有可能是笑话也有可能不是笑话。改制过程中这样的麻纱是扯不完的，扯到最后，吃亏的只能是工人。谭丽丽决定，明天抽个时间到市社保处去看一看，去看一看贾胜利的名下到底要交好多养老保险金。

她想，不过也就是几千万把块钱吧？

贾胜利可能没有什么钱，就是有钱，他也不会听资本家的话。

谭丽丽决定，就把贾胜利名下的养老金代交了算了。就算是报答他了，报答他当年在板凳形给自己盖了那么多次的屋顶。

那个屋顶还在吗？

应当早就不在了。

谭丽丽突然想起了她当乡官的第一夜。她和广播员两个人都被老鼠们吵得睡不着觉，就起来设计了一个机关，把一只小老鼠骗进了水桶里。但睡到天亮的时候，枕头上无缘无故多出来了一根筷子！那根筷子是一只大老鼠衔来警告我的么？一只老鼠拖得动一根筷子么？

裴红红这个巫婆，就是那只大老鼠么？

27

鸭婆洲

裴红红心血来潮,她突发奇想又叫嚣要去闯深圳了。

为什么要到深圳去?到深圳去做什么?她自己都没有想清楚。她和她哥哥吵,她哥哥要她说出理由来,她说不出。

没有什么理由——裴红红说,我心里烦躁!

裴平平做好儿子好丈夫做得很轻松,做好哥哥就做得心身疲惫。只有这样一个妹妹,妹妹小时候受的苦又太多了一点,你拿了她有什么办法呢?裴平平问妹妹,深圳有金子捡么?

裴红红说,要去,给我五万块钱,我先开一个发廊!

裴平平说,我没有钱。

裴红红说,我不要你的钱,我退股,公司有我百公之二十的股份。

裴平平哈哈大笑,你一定要去?

裴红红说,一定要去!

裴平平就说,好,好,我满足你,只当你又是去旅游!你快去快回,快一些把这些钱丢完了,好快一些回来!

几万块钱对于裴平平来说,已经不算是一回事了。

裴红红的意思裴平平其实知道。

裴红红是瞎吵。

机械厂更名为机械分公司,隶属总公司名下,收购机械厂的事只剩下与区政府签合同了。裴红红要哥哥安排贾胜利搞机械分公司的副经理,裴平平坚决不答应。裴红红就说我也是股东,公司的人事问题要股东会议来决定。裴平平讽刺她说,你还钻研过一番公司法呵,就端一杯茶坐下来和裴红红开股东会议了。先讲龙鳞街上最近发生的新闻:七里桥有一对夫妻打架过刀砍,市里考古队在黄泥湖又挖出了汉代墓葬,派出所的警察都配电棒了,河那边听说有一只公鸡下了一只好大的蛋。七说八说说得妹妹的脸色好看一点了,裴平平再讲贾胜利不能做副经理的理由。理由一共有八个,讲了这八个理由后,裴平平还是同意安排那家伙做一个工头。裴平平耐心耐烦解释说,那家伙还不知道有没有这个能力呢,我的工头就相当于他们原来的车间主任了。你要多接触他,你要做好他的工作,他也要配合我才好,必须跟我是一条心。

裴平平知道妹妹和那家伙已经有戏了。

股东会议开不出效果,裴红红就叫嚣要去闯深圳了,她没有想到哥哥会同意。哥哥一同意,裴红红又不去了。裴红红还倒打一耙,说哥哥你早就看我不顺眼了,只想我滚出去。

裴平平哭笑不得,心里想我这个妹妹看来是长不大了。

裴红红确实是长不大。

也可以说她又回到了青春浪漫的少女时代。

某一个阳光灿烂的早晨,太阳已经晒在屁股上了,贾胜利还窝在床上发呆,压在枕头下面的BB机突然就叫了。他的家当然还是机械厂那个家,只是贾铁头搬出去了,搬到对河那边去了。他现在成了孤家寡人一个,贾亦谭隔个把月来看他一次,他也是把贾亦谭带到外面店子里去吃餐饭,然后父子俩人或者是去游一次泳,或者是去爬一次山。机械厂改制一打破铁饭碗,当年的车间主任劳动模范就真的没有人要了,贾铁头就成下岗工人。下岗工人经常在市政府吵来吵去,有时候还很多人结了伴去吵,还要打出横幅来。承包人当然是不管这些的,政府就只好出面管了,说是花钱买一个安定。一个人给一点点生活费,还在河那边建了一大片廉租房。贾铁头分得了一套廉租房,就不到市政府去吵了,但又不愿交租金。房管局的人来收租金,他说你们去问市政府要,老子是下岗工人,要钱没有,要命有一条。贾胜利还没有下岗,他只是暂时待岗。机械厂停摆了,旧体制和新体制正处在交接之间,反正也没有什么事情干,那就睡吧,睡他个天昏地暗。区里的领导怕工人闹事,要厂里工会多搞些一些活动,厂里工会就设了一个麻将室,鼓励大家打麻将。这一向厂区只听见一片麻将响,连出租车司机都知道,到没到机械厂不要看站牌,听见一片麻将响你就停车,保证不会走错地方。贾胜利和谭丽丽离婚后,就公开地和裴红红好在一起了。BB 机就是这时候在龙鳞城里流行起来的,他本不赶这个趟,现在只能忍着血疼跑到邮电局也买了一个。他的 BB 机一叫,一多半时间是裴红红在呼他。但这一次不是,BB 机上显示的是一个陌生的号码。他还以为又是麻将室里工友们三缺一,又是喊他去救场呢,他不打麻将,就懒得回电话。可 BB 机还是不断地叫,他这才忙不迭地穿上衣服,一溜烟跑下楼,跑到厂门口传达室。接通电话,传来的是一个陌生女人的声音。

请问,你是贾胜利先生吗?

那个女声没有任何感情色彩,只是公事公办地这样问道。

贾胜利答,我是贾胜利,你是哪一位呵?

那个女声并不回答,还是公事公办地说,龙鳞电信 168 讯息点歌台为你服务,请听好,你的女友裴红红祝你生日愉快。

真的,今天还真的是我的生日呢!

是裴红红帮他彻底搞清楚了自己的生日到底是哪一天。某一日和裴红红一起吃夜宵,不知怎么就扯到了生日的事情上。贾胜利说我这一辈子真的过得稀里糊涂,身份证上一个生日都是瞎鸡巴乱填的。裴红红就说这个事情我跟你搞清楚。裴红红讲话上算,第二天就开着车瞎跑。她先寻到贾铁头问,贾铁头说最好记了,贾胜利的生日和土地菩萨的生日是同一天。他回忆说那时候街上也搞大跃进,家家户户都在天井里种瓜点豆。他妈妈大肚子发作时,我正在阶沿上堆南瓜。裴红红问具体是几月几日,贾铁头就不晓得了,只晓得是土地菩萨下凡的那一天。裴红红也真是霸得蛮,就跑到栖霞寺去问,问设在那里的佛教协会工作人员。她好不容易才弄清楚,土地菩萨住在天上,每年在农历二月初二那天下来视察一次,看农民是不是开始播种了,乡下人呢,则认定这一天是他老人家的生日。农历二月初二换成公历是哪一天?换成当年的公历比较容易,换成三十多年前的公历就太复杂了。农历有闰年闰月公历没有闰年闰月,换算起来十分复杂,没有两三张演草纸是演算不出来的。裴红红为贾胜利做事吃得苦耐得劳,演算了一个晚上还是将贾胜利的生日演算成了公历。

255

时运

贾胜利将听筒举到耳朵上，听筒里就传出一阵音乐。音乐是"祝你生日快乐"，音乐过后再就是香港歌星邓丽君的歌声了。

在哪里，在哪里见过你，你的笑容这么熟悉，我一时想不起，呵，在梦里……

一支好听的歌！

邓丽君唱歌之前好像半个月没有吃过饭，唱出来软绵绵席梦思一样，似乎是专门唱给男人听的。贾胜利曾听车间里的工友说过痞话，说是男人听久了邓丽君的歌，全身百分之九十九的肌肉会软得化成水，硬度都集中到只占全身肌肉大约百分之一的那一点上去了。贾胜利平常很少听歌，龙鳞城里这两年开了许多歌厅了，但那些歌厅都不是为他这样的工人开的，他还没有这方面的体会。贾胜利这回想体会一下了，但他握着听筒身上一不软二不硬，只是想：裴红红也真的会作怪，还搞这些中学生才搞的小把戏！

邓丽君谢幕了，168 讯息点歌台的那个女声又公事公办地说，贾胜利先生，168 讯息点歌台的全体员工也祝您生日愉快！

贾胜利于是打裴红红的电话。裴红红早一向和他约好了的，这一个生日到鸭婆洲去打野鸭子。

贾胜利将电话打过去，就听见裴红红在电话那头笑得哈哈连天。裴红红说，利马虎呵，尾巴长出来没有呵？我现在开着车正在路上呢。

贾胜利说早起来了，赶紧跑回家洗脸刷牙。

贾胜利早已经和裴红红"那个"了，贾胜利这回不老实了，已经没有什么作风错误一说了，一个要补锅，一个要锅补，没有必要再炕起腊肉吃斋。第一次竟然是在一家小茶馆的包厢里。裴红红和人打麻将，贾胜利在旁边看。小茶馆是裴红红的女友开的，麻将散场人走完了，他们也准备回家时天上落大雨，向老板娘借伞，老板娘不借给他们，反而窃笑着说天就要亮了，你们在包厢里坐两点钟算了。包厢是那种塌塌米包厢，倒下去就可以睡觉。

山崩地裂。

完事了贾胜利感到很奇怪，怎么又恢复了英雄本色呢？其实老子根本就没有病！看裴红红娇羞的样子，贾胜利豁出去了，又一次山崩地裂。

鸭婆洲

山崩地裂到第三次，裴红红投降了，气喘吁吁地表扬他说，你真行！

"你真行"后，裴红红就提出要到鸭婆洲去打野鸭子了。

那一天裴红红将车开得风快，她将车开到机械厂的大门口时，贾胜利已经在等着她了。贾胜利很潇洒地做了个停车的手势，裴红红就把车停了。贾胜利上车时亲了裴红红一下说，我今天傍富婆了。

裴红红微笑着说，就不怕富婆勾引你？

贾胜利做出一个破罐子破摔的样子说，欢迎勾引。

和贾胜利相比，裴红红确实是富婆了。贾胜利把最好的衣服都穿出来了，但裴红红脚上穿的一双耐克鞋，还是超过了他从头到脚的价值总和。但即使这样，贾胜利在裴红红面前还是一点都不感到两个人有距离，和在谭丽丽面前根本就不是同一回事。他发现在裴红红面前，他的幽默和机智又回到身上来了，他讲出话来又妙趣横生了。他看到裴红红带了两个大包，拆开一个大包倒出来的是旺旺饼口香糖，还有牛肉罐头干鱼片矿泉水。贾胜利嚼着干鱼片还要去倒另一个大包，裴红红不许，裴红红有些羞涩地说，不许看。

贾胜利说，不看就不看。

其实贾胜利手一探就知道了，包里面是一个帐篷，拆叠式的那种帐篷。

贾胜利想：今天我一定要发挥得更好！

交通发达后，世界就缩小了。鸭婆洲在琼池县，以前到琼池县去天高路远，现在自己开车，只半天就到了。他们在县城吃了中饭没有停留，直接就去了洞庭湖，去了鸭婆洲。渡口处有一户人家，将车开到那户人家的地坪里，出了几块钱请那户人家照看着，两个人就一人背了一个包，一起往渡口走了。走到渡口，租定一个"水上飘"，送他们到洲上去。

"水上飘"是近两年风行起来的水上交通工具，玻璃钢制成的船壳，小小的，很轻巧，很漂亮。装着一个小动力，烧汽油，除了水手，还坐得三到四个客人，跑起来风快风快，相当于水上出租车。裴红红是第一次坐这种小艇，看浪花打在窗玻璃上一个要扑进船舱的样子，吓得怪叫，一双手就将贾胜利抓得铁紧。水手是一个年轻人，看乘客夫妻不像夫妻又是到鸭婆洲去潇洒的，就有意吓她，拉动操纵杆故意将艇晃了几下。裴红红以疯作邪，就吓得直往贾胜利怀里钻了。这弄得贾胜利有点左右为难：抱紧了不好,松开了又更不好,只好将一包烟丢给水手,请他特别关照一下。

水手意味深长有些暧昧地笑一笑,并不要烟,但那小艇是行驶得很平稳了,贾胜利这才打开窗户,看湖上风光。

湖水深蓝,小南风在湖面上吹荡起碎银子一样的浪花,夏日的阳光照在浪花上,那浪花就闪闪烁烁,迷人得很。湖面上星星点点有渔船在撒网,撒网的渔姑个子小巧,但一律长得壮实,短衣短裙,手臂和大腿露在外面,男子汉一样肌肉发达。她们一伸手将好几十斤重的渔网撒成个圆圈沉下水里,再提起来时网里就有大鱼小鱼活蹦乱跳,网网都不见空。老年渔夫不撒网,他们坐在小划子上悠闲地吸烟,任小划子在水上荡来荡去,有的还在船上仰着脖子喝酒。裴红红问这些人是干什么的,贾胜利答:这些人是剥削者,自己不劳动,剥削鸬鹚。

裴红红果然就看见有几只鸬鹚从水中钻出来,铁黑色的长嘴叼着尺把长的鱼,双翅扑腾分开水往各自主人的船上扑。鸬鹚出水了,吸烟喝酒的老人这才将烟熄灭将酒壶放下,伸出一根长竹篙让鸬鹚爬上去,将鸬鹚接到船上来。鸬鹚吐出嘴中的鱼,双翅扑腾吱吱叫向主人邀功请赏,老人从船舱里捞一条几寸长的小鱼放到鸬鹚嘴里,鸬鹚吞下肚,欢天喜地又跳下水去。

水天一色,无限风光。

水上飘在水面上划出银色的一道弧线,有水鸟吱吱叫着奋力追赶,有水鸟飞着飞着突然如一块石头一头扎进水里,你正为它惊讶着,它转眼又从水里钻出来了,再升上天空时嘴里就叼着一条尾巴乱摆的小鱼。贾胜利正感慨天下还有如此壮阔的景色,陡然发现远处有一抹青黛,慢慢地便看出来了,是一个小洲。小洲上绿得滴汁的芦苇铺天盖地,正长得半人高,风一吹,那芦苇便集体舞蹈。

水手就把小艇靠了岸,问:我是在这里等你们呢,还是约个时间来接你们?

贾胜利拉裴红红跳上岸,看西边的天上已烧起了灿烂的晚霞,晚霞中太阳竟被衬成了白色,白太阳也已摇摇晃晃,一个就要跌进湖里去的样子。正不知道如何回答,裴红红摸出一张伍拾的钞票拍到水手手里,说,烦你明早八点来接我们,谢谢你了!

那水手也不说话,点点头一拉操纵杆,"水上飘"划一个半弧,调转头就如飞似箭地飘走了。

贾胜利故意问裴红红，这洲上荒无人烟，除了野兔就只有水鸟，你把那水手放走了，两个人一个晚上怎么过？

裴红红一笑说，你把那个大包打开。

贾胜利把那个大包打开，原来是一个小型的野营帐篷。贾胜利心头一动，已经等不及搭帐篷了，他一把抱住裴红红，却突然发现裴红红泪流满面。贾胜利慌了神，裴红红流着泪说，贾胜利呵，给我，给我一个仪式。

贾胜利一下子就明白了。

两个人再不说话，默默地将一蓬芦苇踩倒了，把帐篷搭起来。这种帐篷真的高级，展开了，一根铝管像天线一样一节节拉长。铝管往地上一树，四条尼龙绳从四个角上扯出去钉在地上，一个帐篷便稳稳当当了，竟然还有门有窗。两个人弯着腰钻进去，再在软绵绵的芦苇上面铺一块朔料布。他们面对着洞庭湖，裴红红先跪下去，贾胜利跟着跪下去。

裴红红跪下去说，天地神明，我要和贾胜利结成夫妻！

贾胜利眼泪一盆。

裴红红说了这句话，就倒在贾胜利怀里了。

此时正是鸭婆洲最美丽的时刻，天边的晚霞将大半个天空都烧得通红，倒映在水里，于是大半个洞庭湖也就被烧得泛红泛亮。白太阳在波涛中一跳一跳的，跳了半天才一头跌进洞庭湖，很不甘心地投湖自尽了。波浪翻腾了一天，只怕是此时也累了，一望无边的湖水于是远比白天平静，晚风吹来，只泛起微微的涟漪。有鱼在涟漪中跳跃冲撞，尾巴将湖水打得啪啪作响。湖里特有的江豚，当地人唤作江猪子，此时一群一群在水中舞蹈。它们是国家一类保护动物，知道没有人敢把它们怎么样，所以一点也不怕人，渔船过来了也不让路。渔姑们收网散工了，就着湖水抹把脸，然后摇起双桨一律唱起渔歌，那渔歌依依呀呀的有一些古韵，很是动听。有过往船上的后生撩拨她们，喊一些疯疯颠颠带点肉麻的话，渔姑们就骂他们，骂了又笑，笑得格格格的，将半空中水鸟的翅膀也惊得一颤一颤的。晚风好清凉，将洲上的芦苇吹得频频点头，那婀娜多姿的样子，仿佛每一根芦苇都有灵魂，又仿佛那芦苇中埋伏着一支万人大部队，可以引起人无限的遐想。面对如此壮阔的景色，两个人都想说一句什么话来表达自己此刻的感慨，但就是找不出一句合适的。贾胜利想了半天，拥着裴红红也只想起早被无数人用了无数次的一句伟人诗词:江山如此多娇!

　　还是裴红红先开口,裴红红万语千言都简略了,只对贾胜利说,我再也不打麻将了,我其实恨死了麻将。

　　贾胜利不回答裴红红,却自言自语道:我想参加成人自考。

　　裴红红那一次从鸭婆洲回来后,整个就像换了一个人一样。

　　她把车钥匙交给了他哥哥,从此再不动那辆车,也再不打麻将了。她和龙鳞城里的普通工薪族一样,骑自行车上班,按时按点。她认真严肃安静地在教育局的档案室管档案,很枯燥的工作做得有滋有味。有时候还加班,加班到很晚才回来。那一年教育局评先进,她竟然评了一个先进。裴大头见她早出晚归好辛苦的样子,老说那几个工资还值得你这样去认真? 我们又不少那几个钱呵! 裴大头说,教育局的领导都是你哥哥的朋友,我们每年不是都要去拜年么? 你做做样子,没有哪个会为难你的。

　　裴红红回答裴大头,说了一句莫名其妙的话。裴红红说,钱是很重要,但最重要的还不是钱。

　　裴大头不懂这句话的意思,他把这话告诉裴平平,裴平平想了半天对裴大头说,这很好,红红她心里有底了。

　　裴大头问裴平平她有了什么底,裴平平又不答,只是笑。笑过了才说,红红只怕要搬出去了,我只怕要买一套房子给红红了。

28

新痞子荣归

这一年年底的时候,有一天马拐子逛到了教育局。新局长在办公室远远看见马拐子来了,连忙和裴红红打电话,叫她赶快坚壁清野。裴红红说好的,我坚壁清野,只是手里并不动。

马拐子写小说没有写出什么名堂来,他中篇短篇一顿乱写,寄到杂志社就石沉大海。杂志社先还回他一个退稿信,后来连退稿信都不回了。马拐子后来就搞清楚了,龙鳞城里本来写小说的那几人都不写小说了,市场经济呢,纯文学少有人读了,杂志大多都只发那种写偷情写凶杀的快餐式通俗作品了。马拐子写不来偷情也写不来凶杀,他认为那都是垃圾,文化垃圾。经过一番深思熟虑后,他就换了一个方式来消化时间:搞收藏。而且专门收藏历史档案。比方说大跃进时期水稻亩产十万斤的喜报,比方说反右时期对右派分子的劳教决定,还有文革时期红卫兵办的那种红通通的战报。新局长怕死了马拐子,马拐子总是到教育局来查这个资料查那个资料,有些资料经他一查,有时候就不见了。档案室的几个小妹砣不敢得罪他,背后告诉新局长,新局长也没有办法,只能看见马拐子来了就给档案室打电话,叫她们坚壁清野。

这一天是裴红红值班。马拐子不回头,就知道新局长已经给档案室打过电话了,但他不着急。新局长还不知道呢,裴红红早就被马拐子收买了。

新局长还在给裴红红打电话,新局长说,你知道他的新爱好么?

裴红红说,知道。

新局长说，那就好，你把估计他想要的东西都藏起来。

裴红红说，藏起来就藏起来。

裴红红心里好笑。新局长不打电话还好些，新局长一打电话，裴红红就把马拐子需要的东西准备好了。马拐子昨天就打电话来了，他要文革期间工农兵学员的推荐材料，盖了贫下中农协会章子的那种推荐材料。裴红红想起新局长曾经是工农兵学员，就把新局长档案袋里的推荐材料找出来了，找出来复印一份，把复印件装进新局长的档案袋里，狸猫换太子原件等马拐子来拿。马拐子走进档案室朝裴红红歪歪下巴算是打了招呼，然后调侃她说，浪子回头金不换呵，小富婆怎么也知道要认真上班了呢？

裴红红一边上茶一边质问马拐子，谁是浪子？我觉得我的表现一直就好！

马拐子不说推荐材料的事，先和裴红红说起了贾胜利。社会上兴起成人自考热潮后，龙鳞市进修学校新近也办起了一个自考辅导班，贾胜利去报了名，他说人家一年考两门，我两年考一门行不行？说起贾胜利，裴红红话就多了，她说我也不知前世欠了他什么，可能姻缘就是这样安排的吧？我当年去板凳形，就是冲着贾胜利去的。要不我去板凳形做什么？她说，我会到云南去，和我哥哥一样穿真军装！裴红红说她前几日到栖霞寺又去问了一次卦，大和尚知道她是大施主裴平平的妹妹，就在方丈室陪她喝了佛茶。大和尚焚香净手亲自给她请签，请出来的签文是：命里注定终归你，西方自有宝贝来。她说，西方宝贝，不就是一个贾字么？裴红红说这些的时候，马拐子很高兴，但心里想什么签不签的，女人的身子没有底，和男人的心头没有底是一个道理。心头有底的男人不会乱来，身子有底的女人也不会再乱来了。裴红红正在成长成一个优秀公务员，马拐子感到很高兴。他一高兴，就自告奋勇要为裴红红保媒了。马拐子说贾胜利是个过日子的男人，现在是穷了一点，但这不是他的过错。马拐子问裴红红，有一个叫刘新军的人你认得么？当年铜鼓公社知青点的，据说和贾胜利住一个屋。这家伙现在发财了呢，深圳老板，听说就要回龙鳞来投资了。现在的投资商，见官都大三级！马拐子说了刘新军然后安慰裴红红，人呀，都有一个时运的，贾胜利现在是时运还不到。

裴红红相信时运，她相信她的贾胜利总有一天也会走时运的。不是说一个人的福份就是一盏灯油么？点一根灯蕊可以燃到天明，点三根灯蕊就只能燃到半夜。但裴红红不好意思和马劼子说这些,裴红红只是淡淡地道,刘新军呵? 我们都叫他新痞子!

一九九四年,新痞子真的荣归故里了。

回来的时候带着金妹砣。

新痞子带着金妹砣从深圳出发时,两个人为怎样走的问题争执了好久。新痞子的意思是一飞机坐到省城算了,省心又省力。到了省城下飞机再打个电话给龙鳞市的沈秘书长,他自会派车来接我们的。新痞子说的沈秘书长就是沈土改,实际上还只是龙鳞市政府的副秘书长。但按照不成文的铁律,官场上凡副字都得省掉,于是他就成了秘书长了。沈土改调任龙鳞市政府的副秘书长后专门抓旧城改造,但财政又不给他一分钱。财政在开发区给了他一些土地,就要他建出安置楼来,安置老城区的那些居民。他想来想去,只好老往深圳跑。许多龙鳞乡友在深圳发了财,他一张铁嘴到处游说,游说他们都回来报效乡梓,都回来搞房产开发。龙鳞市开出来的条件很优惠:土地划拨,建好了政府按合同收购,他说政府只是目前拿不出钱来,到时候就拿得出钱了。新痞子帮着他鼓动,台湾老兵就觉得这个项目很合算了,就第一个就和沈土改达成了协议,叫新痞子回龙鳞再建一个分公司。新痞子本不急着回龙鳞的,但沈土改老是打电话来催。沈土改向他诉苦,水利局一听说达成了协议,马上就落实防洪工程,他们已经在十五里麻石街上撬麻石了,一卡车一卡车运到河边上去修涵洞。城建局的人提了石灰桶,规划要拆的老房子一间写一个拆字,再打一个惊叹号,麻石街上的老百姓快要造反了呢,我现在身上的压力好大好大!新痞子趁机又提条件,贷款的事政府还是要出一下面,政府要么担保,要么银行同意我以在建工程做担保。沈土改喊爷了,说我的活爷呵,还是那句老话,只要来龙鳞,一切好商量。工商税务国土规划等等等等所有部门都协调好了,银行贷款的事也已经有了一个眉目,只要你新嫂嫂快一点上轿。沈土改说,你刘董事长是哪个? 是我的救命恩人呵,你回来搞开发我还能不优惠?优惠得你满意为止,优惠得你不好意思为止!

新痞子说,我其实也是拆迁户呢,我的老屋在麻石街上。

沈土改说,知道,二堡西施胡同。

新痞子说,我老爸还住在那里,我的意思是安置旧城居民的时候,西施胡同要优先。

沈土改说，还是那句话：一切好商量！

新痞子一想起老爸庆癞子会有新屋住就高兴不已，他好像就是为了老爸庆癞子有新屋住，才特地回来搞开发的。他恨不得马上就将西施胡同推倒了，所以他主张坐飞机回去。金妹砣不同意坐飞机回去，金妹砣要自己开车回去，开了他们自己的那辆雪铁龙回去。新痞子说，你还怕回去上街考察没有车用呀？我们回去是投资呢，龙鳞工商局税务局国土局规划局的车，都是我们的车！

金妹砣说那不一样，车都没有一个，你像个什么老板呢？金妹砣还对新痞子说，到了龙鳞你就不能再叫我金妹砣了，我姓金，你要叫我金总！

新痞子说，金总就金总。不过你也不能喊我新痞子了，要喊我刘董。你的金总还是喊出来的，我的刘董是实实在在总公司任命了的。

金妹砣说，蛮稀奇！

新痞子离开龙鳞后，其实只在台湾打了一个转身。那个台湾老兵在深圳树起一家台资公司后，就让他在深圳守摊子，做他的董事长助理了。当然，台湾老兵还是在背后垂帘听政，新痞子并当不得什么大家，主要是学习。新痞子是个比较有良心的人，他在深圳搞出点样子后做的第一件私事，就是写了一封十万火急的鸡毛信，把金妹砣也叫到了深圳。金妹砣当然是早就在等着这一天了，她到深圳什么也没有带，只带着她的离婚证。她到深圳后把离婚证往新痞子面前一摆，就要和新痞子去打结婚证。新痞子心里也是这么个想法，但得了便宜还喊肚子疼，口里却故意喊冤屈。新痞子嚷道，我这个人怎么这样背时呵？国家对男同胞的政策刚刚好一点，作风刚刚不是一个问题了，就没有我的那一份福利了！其时刘亦金已经是一个半大不小的后生子了，他比金妹砣先到深圳一步，已经在一所全封闭的贵族中学读他的书了。金妹砣不理会新痞子，她有那所贵族中学的电话，她一个电话就把刘亦金叫回来了，说我们要开一个家庭会。刘亦金回来后，新痞子就再不喊冤屈了，反而骂金妹砣。他装出一个很气愤的样子骂金妹砣说，你怎么这么久了才来团聚呵，你对得住我们的儿子么？你这个人真的没有一点良心！

金妹砣从那天起成了刘董夫人。

金妹砣在一个私人办的叫什么"贵夫人"的社交学校完成学业后，新痞子就惊奇地发现,金妹砣学起东西来还是很快的。她三个月拿到了驾驶执照,半年后又拿到了会计员等级证书。金妹砣拿到驾照时新痞子还蛮高兴,新痞子是个懒鬼,能够坐起的时候决不站起,能够睡起的时候决不坐起,他自己正不想开车呢,乐得有一个不要开工资的女司机。但等到金妹砣拿到会计员等级证书时,他就有些恐慌了。金妹砣提出来要管账,他就不愿意了。这个官司打到了台湾老兵那里,台湾老兵飞到深圳对金妹砣进行了一番考察,考察后认为金妹砣的建议非常好,正式任命金妹砣为深圳分公司财务总监。金妹砣做了财务总监,新痞子的日子就有些不好过了。原来新痞子要用钱,只需和出纳员说一声,现在他再要用钱,出纳就要请示了金妹砣才敢拿。新痞子很烦躁,他因为钱的问题和金妹砣吵过无数次架,但吵到后来就不吵了,因为台湾老兵发了话,再吵,他就要让金妹砣与新痞子调换一个位置。新痞子是一个对生活很知足的人,他一下子就老实了,再不敢和金妹砣吵了。后来就大体上是这么一个情形:新痞子在外面还是董事长助理,但一回到家里,就只能助理金妹砣了。

金妹砣要开车回来,当然就是开车回来了。

　　他们在深圳是傍晚出发的,金妹砣说夜里开车畅通无阻。他们开了那辆雪铁龙在高速公路上跑了十来个小时后,第二天天明时就进入龙鳞市了。他们在晨曦中穿过最后一个收费站,惊奇地发现,不过才十来年工夫呢,龙鳞城的重心就真的转移到对河去了。记忆中对河原来那那一片一片的丘陵,现在是高楼林立了,只是广场一样宽阔的街道上,跑的还基本上都是国产车。车子经过拖刀坳的时候,新痞子尿胀了,要金妹砣停一下车。新痞子还是没有什么修养,见大街上清早并没有什么人,就搬出他的水龙头冲他的后轮胎了。他冲后轮胎的时候抬起脑壳寻老行署机关的那几栋俄式红砖楼,没有寻得到,只寻到一个停车场。山头削平了,一座酒店叫金台酒店耸立起来,楼高十八层。他心里想:妈妈的,这就是放在深圳,也是一个不小的酒店呵!龙鳞人有钱,我回来投资是搞对了,我要狠狠地挖它一铁齿钉耙!大马路对面是新修的市委市政府办公楼,高大又威严,这么早就有官员挟着黑提包进进出出了,确实有了一个中等城市首脑机关的气派。他们把车开到资江边上的时候,发现资江河面上已经有两座桥了,远处还有第三座更大的桥正在修建之中。金妹砣不熟路,新痞子就哄骗她,说西施胡同在上水,应当走一桥过河。金妹砣开到一桥就发现走错了,绕了一个好大的弯。新痞子这才理直气壮地说,一桥是老子修的呢,老子修一桥牺牲了一个手指头,老子过河当然要走一桥!过了河下坡转一个弯就是西施胡同了,新痞子这时候喊累得不行了,他说他要先到金台酒店去睡一觉再说。金妹砣当然不肯,金妹砣还没有见过她新公爹庆癞子呢,她从深圳给庆癞子带来了许多好东西:两对国公酒,一箱脑白金,好几个金华火腿,好几箱岭南荔枝。金妹砣不管新痞子有好累,径直就把车开上了十五里麻石街道,开到了西施胡同。

　　他们把车子停在在西施胡同的进口,刚一下车,两个人就被庆癞子大骂了一顿。

　　西施胡同的进口乌烟瘴气,一部推土机张牙舞爪,正在拆除旁边的一个大杂院。轰的一声,石库门倒了,一块条石摔下来,差一点就砸在了他们的车上。新痞子下车刚要发火,察看了那个阴险的条石后不发火了,发现了新大陆一样叫金妹砣快过来看。那条石上刻着黑虎财神,那黑虎财神还舞着一条钢鞭呢。最有价值的是条石的背面还刻着一行繁体字:正七品龙鳞知县文胜刚监造,大清国同治十二年孟春月。新痞子很欣喜地说,文物呢,文物!两个人正察看那条石,庆癞子就骂人了。那边推土机张牙舞爪,这边却有一大片花花绿绿的塑料水桶塑料脸盆塑料椅子和塑料玩具,庆癞子就埋藏在这一片花花绿绿之中,摆了个摊子正在做他的生意。庆癞子踩不动人力车后就倒腾塑料水桶塑料脸盆塑料椅子和塑料玩具了,新痞子的车子刚好停在他的摊子前面,他当然就怒火中烧了。他一怒火中烧就骂道,你们先富起来了呵,你们开着车瞎逛,但老子也要吃饭呵! 车停在这里,老子还做不做生意呢?

　　庆癞子尽管埋藏得很深,但新痞子还是一眼就发现了他,就对着他笑。庆癞子看见车上下来的人还笑,心里就更有气了。他气冲冲从那一大片花花绿绿中冲出来了,一冲出来就在雪铁龙汽车上踹了一脚。但骂着骂着他就不骂了,因为他也认出新痞子来了。

　　新痞子瞪了他父亲一眼说,看来还真的是有人仇富呢。

　　庆癞子说,你还记得你有一个爷呵? 妈妈的,你有车了?

　　新痞子再不说话了,他感觉到眼睛有一些湿润。

　　金妹砣甜甜地叫了一声爸爸,就打开雪铁龙的后箱,将国公酒、脑白金、金华火腿和岭南荔枝都搬了出来。庆癫子马上就表扬金妹砣说,你比新痞子孝顺。新痞子发了财,就丢下老子不管了!老子只好贩了这些塑料水桶塑料脸盆来卖,城管还说老子是非法经营! 表扬了金妹砣又讽刺新痞子说,这是刘董吧? 刘董请进去小坐一坐?

新痞子说,你全不像一个做爷的!

庆癫子说,你又像一个做崽的么?

他们还像过去一样,到了一起就喜欢拌嘴。

十五里麻石街上那个叫"好再来"的大排档,墙壁上已经被城管队写了一个大大的拆字了,但还没有拆,还在非法营业。那一天晚上,好再来大排档的吴老板很赚了一把。庆癫子提出要新痞子请客,把老街坊们都请来,请大家狠狠地搓一顿。庆癫子说,老子这辈子做人不起,好像还没有很正式地请过客呢。现在你发了不义之财,你要给老子长一长面子!新痞子说请客可以,十五里麻石街就要拆了,我就请乡亲们一个最后的晚餐吧,纪念晚餐。但你要讲清楚,我怎么发的是不义之财呢? 我不来给你们建房子,你们住到屁眼里去?庆癫子蛮不讲理,说你新痞子有好大的本事人家不知道,我知道。你凭什么给老子买了匡公酒还买脑白金?还不是赚钱不费力,费力不赚钱! 庆癫子讲到这里又生气了,说着说着又骂人了,他对龙鳞城的重心转移到对河去了心怀不满,对政府给了他一点低保就不准他摆摊子了也心怀不满。他要新痞子请客,其实也有一点打土豪的意思。新痞子和他讲不清,只好不讲了,承认自己发的是不义之财算了。庆癫子解决了这个理论问题后,这才寻出了墨水来,又摸索出一支大约还剩得十几根狼毫的毛笔,亲自写"略备薄酒,敬请光临"的红纸条。

庆癫子写红纸条的时候,金妹砣帮他磨墨。

庆癫子的红纸条写好了,又脚不点地地一家一家送他的红纸条。金妹砣要开了车帮他去送。庆癫子先是不肯,扭扭捏捏坐到车上又说,难怪白猫黑猫,这坐车确实是比走路要舒服一些。

那一个晚上,是庆癫子扬眉吐气的晚上。

老街坊没有一个讲客气的,都和庆癫子是一个腔调,都说不吃白吃,吃了也白吃。他们们已经知道新痞子是沈土改请来搞旧城改造的,就把对沈土改的种种不满,转而移之都发泄到了新痞子头上。有人对新痞子讲狠话,叫老子搬到河那边去?老子就是不搬,看你们拿了我怎么搞!有人态度好一点,说搬还是要搬的,但不搬过渡房,要一步到位搬安置房,防洪大堤迟修年把会死人么?他们真的就像一句俗话说的那样,一个个都是端起碗来就吃肉,放下筷子就骂娘。新痞子脾气有点躁,说你们对现实不满,到市政府去上访呵,怎么都对着我来了呢?我跟沈土改又不是一起的!幸亏了金妹砣灵活,金妹砣会讲话,她一桌又一桌敬酒,按了庆癫子的指点喊这个人叔叔,又喊那个人舅舅,喊得每一个人都转移了话题,都说新痞子是一棵歪树结了一个好桃子。众人开始讲庆癫子的好话了,说庆癫子这也好那也好,尤其是媳妇好。有了好话做下酒菜,他们很快就把大排档的啤酒都喝完了。吴老板只好又去进货,他踩着三轮车汗流满面跑了三次,跑得心情一次比一次更加愉快。

可是又有人说起了对河的金台酒店,说起对河新修的体育公园。金台酒店楼高十八层,里面的总统套间据说睡一晚就要八百八十八元,抽水马桶都是从德国进口的。对河体育公园修的足球场可以举行国际赛事,足球场上种的草,据说都是从美国进口的。说起这一些,喝酒的人又发牢骚了。

我们河这边有什么呢?还是一条十五里麻石街,麻石街上还是那些石库门老胡同。现在十五里麻石街也在一段一段拆除了,拆除了要修什么防洪大堤。想起来就气人的是,龙鳞城不是龙鳞街上人的了,是外地佬的了,是乡巴佬的了。开发区那些大工厂和大公司里的老总和员工们就不要讲了,说鸟语的多,不说鸟语的的人,也拗起嘴巴说谁也听不懂的普通话。他们绝不会把衬衫说成是腰褂子,把裤子说成是小衣,把围裙说成是抹兜子。他们说资江河上游就是说上游,说资江河下游就是说下游,绝不会把上游说成是上水,把下游说成是下水。最气人的是,乡下的那些乡巴佬,原来的那些贫下中农,现在也可以进城了。他们狡猾一点的做生意,有一点手艺的进工厂,一个个也变成街上人了。发了财的乡下人如果在城里买房子,竟也不愿意住在河这边,他们也说河这边没有发展前途,一买房子就肯定也要买到对河去。这十来年,十五里麻石街上考出去了大量的大学生和中专生,他们也忘本了。他们毕业了先是向深圳挤,向海南挤,挤不进深圳海南就是回龙鳞,也绝不会回到十五里麻石街上来,最落魄也要到对河开发区去谋一个事做。十五里麻石街是资江河浪水打出来的,是排古佬和驾船人建起来的。大码头通向五湖四海,一直是老街坊们的骄傲。可现在呢,河那边有了铁路有了火车站,乡村角落里都通汽车了,大码头就败落了,每天只有从省城来的一趟游船靠一下码头了。十五里麻石街最大的企业轮船公司寿终正寝,排古佬和驾船人的子孙都一个个下岗了。

老街坊们一说起这些事情就又重新愤怒。

新痞子只好和老街坊们一起愤怒。

新痞子一佯装愤怒,就重新回到乡亲们中间来了。老街坊们一高兴,就这个敬那个的酒,那个又敬这个的酒,很快就一个个都喝得醉醺醺了。新痞子这才拖了金妹砣跑到排档外,摸出手机来和沈土改打电话。

新痞子现在的手机再不是那种砖头一样笨重的大哥大了,小小巧巧的,声音也很清晰。

电话一下子就接通了,新痞子一开口就说,我回来了,我胡汉山又回来了!胡汉山是早年电影《闪闪的红星》里面的还乡团头子,新痞子说话还是那样油里油气。沈土改半夜三更接到新痞子的电话,当然吃了一惊,沈土改问他怎么不先和他接头,新痞子就说我正和乡亲们在一起吃酒呢乡亲们都在骂你,骂得好恶。新痞子学了几句老街坊们骂沈土改的话,沈土改就有点不好意思了。

沈土改又诉苦,说拆迁真的是天下第一难事。我现在为他们找过渡房找白了头发,他们还在骂我的娘!沈土改诉了苦批评新痞子搞自由主义,说我代表三百万龙鳞人民欢迎你大驾光临。又和他开玩笑,我早就为你在金台订了房间呢,晓得你屋里金妹砣厉害得很,就没有为你订小姐了。

新痞子说,我不像你,我没有那个爱好,你知道我能力小,我现在是喂一个猪婆子都没有糠吃呢。金妹砣就打了新痞子一巴掌。沈土改电话里听见巴掌响问怎么回事,新痞子说蚊子,好大一个蚊子!

七讲八讲讲了一阵,新痞子和金妹砣回到"好再来"又敬了老街坊们一杯酒,这才开着车过河直奔金台酒店。再上车沈土改又打电话来了,说明天上午他要到金台来,安置房要尽早动工,明天要把交房的合同签了。新痞子说不行,说你又不是不晓得我爱睡懒觉,你下午再来吧。搪塞了沈土改后新痞子对金妹砣说,明天上午我会搞不赢,我没有时间理沈土改。

我要去看一个叫贾胜利的人,不知道他和那个裴红红搞好了没有。他对金妹砣说,你不知道呵,我现在是多么地想念他们两个!都只怪我太忙不赢了!也不管金妹砣爱不爱听,新痞子唠唠叨叨就说起他和贾胜利和裴红红的交情了。说知青点的那场大雪,说修大桥时举的红旗,说着说着他就睡着了。他醒来时发现车已经停下,一部很强悍的小吊车蛮不讲理地挡在他们的车前面,有强烈的探照灯搞得他睁不开眼睛。在强烈的探照灯下,他看见一群头戴安全帽的工人正在麻石街道上努力撬麻石。一个大约是小头目的人走过来说,对不起老板,真的对不起。拦住了你们真不好意思,只有几块了,快了快了。新痞子只好打着哈欠,撑起眼皮看他们撬麻石了。他们每撬起一块长条麻石后,就用钢丝绳缚住套在小吊车的吊钩上。那个小头目吹响哨子,吊臂就举起来了,那一块麻石在空中乱扭几下,仿佛很不愿意离开了它沉睡了数百年的老窝。

可是小吊车只轻轻地吼了一声,那块麻石就还是被搬上卡车了。

对河,一座新城灯火灿烂。

听得见有打桩机还在野蛮地撞击大地。

一贯粗俗的新痞子,暴起个鬼牙齿,睡意沉沉中第一次说了一句文绉绉的话。他鸡食米一样点着他的头说:

再——再见了,我——我的麻石街!

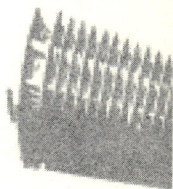

《时运》(第二季)内容预告：

　　小说时间跨度从 1995 年至 2008 年。这一期间龙鳞的经济腾飞了，但问题也出来了。比如说腐败问题、文化传承问题、环保问题。在解决问题的过程中，故事更加引人入胜，扣人心弦。除了谭丽丽、贾胜利、裴平平、沈土改……在多元文化中成长起来的"80 人"贾亦谭们，也将成为《时运》(第二季)的主人公。

　　敬请期待。